CONAN
BAND 1

## Das Buch

Mit der Geschichte »Im Zeichen des Phönix« – Dezember 1932 in dem Magazin *Weird Tales* erschienen – begann der Siegeszug eines der großen Helden der Fantasy-Literatur: Conan der Barbar. Zahlreiche weitere Erzählungen um den wortkargen, schlagkräftigen Abenteurer folgten und fanden eine begeisterte Leserschaft. Heute ist Conan – angesichts einer Fülle von Romanen, Filmen und Comics – weit mehr als eine Genre-Figur, er ist ein Medien-Phänomen. Doch im Laufe der Jahre wurde das Bild des Helden stark verändert und dem jeweiligen Zeitgeschmack angepasst. In den hier versammelten, vollständig wiederhergestellten Original-Geschichten entdecken wir Conan, wie ihn der Autor erschaffen hat – jenseits des Klischees vom muskelbepackten Superheld. Es sind Erzählungen von epischer Breite und mythischer Tiefe, die bis heute zu den originellsten Abenteuern der Fantasy-Literatur zählen.

## Der Autor

Robert E. Howard, 1906 in Texas geboren, begann bereits in jungen Jahren mit dem Schreiben von Krimi-, Abenteuer-, Western-, Horror- und Fantasy-Geschichten für einschlägige Unterhaltungsmagazine – insbesondere für *Weird Tales*, wo zwischen 1932 und 1935 auch die Erzählungen um Conan dem Barbaren erschienen. Im Juni 1936 beging Howard Selbstmord und konnte so den großen Erfolg seiner Figur nicht mehr erleben. Heute gilt er als einer der bedeutendsten Fantasy-Autoren des 20. Jahrhunderts.

## Der Illustrator

Mark Schultz wurde 1955 in der Nähe von Philadelphia geboren und arbeitet seit seinem Studium als Comic-Zeichner. Bekannt wurde er insbesondere mit der Serie *Xenozoic Tales*, aber auch mit zahlreichen anderen Arbeiten, etwa für *Star Wars* und *Aliens*.

# ROBERT E. HOWARD

Die Original-Erzählungen – Band 1

# CONAN

Illustriert von MARK SCHULTZ

**FESTA**

2. Auflage Februar 2020
Copyright © dieser Ausgabe 2015 by Festa Verlag, Leipzig
Copyright © aller Illustrationen und des Rückseitenbildes 2002
by Mark Schultz
Titelbild: Arndt Drechsler
Logo: Timo Wuerz
Alle Rechte vorbehalten

Paperback-ISBN 978-3-86552-387-7
eBook-ISBN 978-3-86552-388-4
Hardcover-ISBN 978-3-86552-389-1

# INHALT

Einführung ..................................................... 9
Vorbemerkung des Illustrators .............................. 23

## Die Original-Erzählungen

Cimmerien ..................................................... 31
Im Zeichen des Phönix .......................................... 33
Ymirs Tochter .................................................. 73
Der Gott in der Schale ......................................... 89
Der Turm des Elefanten ........................................ 121
Die scharlachrote Zitadelle .................................. 163
Die Königin der schwarzen Küste ............................ 227
Natohk, der Zauberer .......................................... 277

## Anhang

Im Zeichen des Phönix .......................................... 337
(erste eingereichte Fassung)
Exposé ohne Titel ............................................. 377
(Die scharlachrote Zitadelle)
Exposé ohne Titel ............................................. 379
(Natohk, der Zauberer)
Fragment ohne Titel ........................................... 383
(Auf dem Schlachtfeld war es still ...)
Exposé ohne Titel ............................................. 387
(Ein Trupp zamorianischer Soldaten ...)
Veröffentlichungsnachweise ................................... 391

# Einführung
## des Herausgebers

ALS IM DEZEMBER 1932 die neue Ausgabe von *Weird Tales* erschien, war Robert E. Howard (1906–1936) wahrscheinlich nicht klar, dass er Geschichte schreiben würde. Die Erzählung *Im Zeichen des Phönix*, in der Conan von Cimmerien als neue Figur eingeführt wurde, war im März desselben Jahres entstanden. Zwar hatte der Herausgeber Farnsworth Wright der Geschichte bescheinigt, sie habe »einige ausgezeichnete Ansätze« zu bieten, doch hatte dies nicht ausgereicht, um sie als Titelstory zu präsentieren. Die erste Conan-Geschichte war in dieser Ausgabe von *Weird Tales* einfach nur eine Erzählung unter anderen.

Heute, siebzig Jahre später ist die Figur international bekannt. In nahezu jedem Land der Welt sind die Conan-Erzählungen veröffentlicht worden. Ein Erfolg führte zum nächsten, die Gestalt wurde in Filmen, Comic-Heften, Cartoons und Plagiaten aufgegriffen, sie tauchte in Fernsehserien, als Spielzeug und im Rahmen von Rollenspielen auf. Im Laufe der Zeit wurde Howards Schöpfung so sehr verwässert, dass man in dem klischeehaften Bild des in Felle gekleideten, mit dicken Muskelpaketen ausgestatteten Superhelden, das so weite Verbreitung fand, kaum noch die Figur wiedererkennen konnte, die Howard erschaffen hatte.

Dieses Phänomen ist in der Geschichte der populären Kultur nicht eben selten zu beobachten. Wenn ein fiktiver Charakter derart berühmt wird, dann entzieht er sich oft seinem Schöpfer, entwickelt ein Eigenleben und wird sogar bekannter als derjenige, der ihn erfunden hat. Dracula, Fu-Manchu und Tarzan sind bekannte Figuren, während ihre Schöpfer Bram Stoker, Sax Rohmer und Edgar Rice Burroughs weit weniger bekannt sind und höchstens an zweiter Stelle in Zusammenhang mit ihren Figuren genannt werden.

Viele Burroughs-Leser sind Tarzan zunächst einmal nicht in Büchern, sondern in Filmen und Comic-Strips begegnet und wurden erst später angeregt, auch die Bücher zu erwerben, die deren Grundlage bildeten. Erst dann konnten sie entscheiden, ob die Adaptionen dem Original entsprochen haben. Bei Howard war dies jedoch nicht möglich. Bis zur hier vorliegenden Edition sind Howards Conan-Geschichten noch nie in einer einheitlichen Sammlung in der Form und Reihenfolge veröffentlicht worden, in der Howard sie geschrieben hat.

Natürlich ist im Prinzip nichts dagegen einzuwenden, die »Biographie« einer Romanfigur nachzuzeichnen, doch kein Literaturwissenschaftler, der sich mit Sherlock Holmes beschäftigt, käme je auf die Idee, die Geschichten in der Reihenfolge anzuordnen, in der sich die Ereignisse in Holmes' Leben zugetragen haben, statt die Reihenfolge zu wählen, in der die Texte geschrieben wurden; und niemand würde fremde Neuaufgüsse in den Werkkanon aufnehmen. Genau dies ist jedoch mit den Conan-Erzählungen geschehen. Sie wurden nicht nur in einer Form verbreitet, die gerade den Vorstellungen irgendeines Redakteurs entsprochen hat, der die »Biographie« der Figur rekonstruieren wollte, sondern in den Reigen von Howards Geschichten wurden auch Pastiches von zweifelhafter Qualität – um es vorsichtig auszudrücken – eingefügt.

Außerdem wurden einige von Howards eigenen Geschichten umgeschrieben und andere Storys, die nichts mit Conan zu tun hatten, wurden künstlich an Conan angepasst; wieder andere Conan-Erzählungen, die in Howards Augen zu unbedeutend waren, als dass er sie vollenden wollte, wurden von anderen Autoren zu Ende geschrieben.

Die ganze Veranstaltung der »posthumen Zusammenarbeit«, wie man sie nannte, machte es dem durchschnittlichen Leser schwer zu entscheiden, was in den Büchern nun echter Howard war und welche Teile umgeschrieben waren oder minderwertiges Nachäffen darstellten. Wer also nach der Begegnung mit Adaptionen oder Plagiaten verlockt wurde, Howards Conan-Storys zu lesen, fand einfach nur das vor, was er sowieso schon kannte, und vermochte mangels präziser Informationen nicht die Spreu vom Weizen zu trennen. Dadurch wurde eine kritische Würdigung der Conan-Geschichten schwierig, denn der Texaner wurde oft an Texten gemessen, die entweder manipuliert oder überhaupt nicht von ihm verfasst worden waren.

Howard selbst regte an, dass die Geschichten nicht in der Reihenfolge, in der sie im Leben der Figur anzuordnen wären, veröffentlicht werden sollten: »Wenn ich dieses Garn spinne, dann kommt es mir nicht so vor, als würde ich etwas erschaffen, sondern eher so, als würde ich seine Abenteuer aufzeichnen, wie er sie mir selbst erzählt hat. Deshalb springen die Geschichten so sehr hin und her, ohne einer bestimmten Ordnung zu folgen. Ein Abenteurer, der aufs Geratewohl einige Geschichten aus seinem wilden Leben erzählt, folgt dabei kaum einem geordneten Konzept, sondern er berichtet über Episoden, die in Raum und Zeit weit voneinander entfernt sind, wie es ihm gerade einfällt.«

Deshalb sind die Geschichten in diesem Band auch in der Weise angeordnet, wie sie Howard »eingefallen« sind und wie sie festgehalten wurden, und in der Form, wie sie von Howard aufgeschrieben wurden – ohne Ausschmückungen, ohne Veränderungen zum Wohle der »Konsistenz«, ohne sie umzuschreiben. Diese Präsentation achtet Howards Absichten und wirft zudem ein ganz neues Licht auf die Romanfigur und ihre Entwicklung. So gewinnen wir neue Einsichten über einige wichtige Themen der Serie.

Nachdem im Dezember 1932 die neue Ausgabe von *Weird Tales* in den Handel gekommen war, wurde Howard rasch eine tragende Säule der Zeitschrift. Die erste verkaufte Geschichte des Texaners, die den Titel *Spear and Fang* trug, war im Juli 1925 in diesem Magazin veröffentlicht worden und in den folgenden Jahren erschienen Howards Texte dort immer häufiger. 1926 kam mit *Wolfshead* das erste Mal eine seiner Geschichten auf die Titelseite. Die von Fans geschätzte Figur des Solomon Kane führte er im August 1928 in der Story *Red Shadows* ein, die ebenfalls auf die Titelseite kam. Ein Jahr später hatte Howard mit zwei Geschichten über Kull von Atlantis, *The Shadow Kingdom* und *The Mirrors of Tuzun Thune*, die in den August- und September-Ausgaben 1929 erschienen, den Respekt seiner Kollegen und namentlich den von Howard Phillips Lovecraft erworben.

Man könnte sagen, dass Robert E. Howard ein Protegé des *Weird Tales*-Herausgebers Farnsworth Wright war. Wright förderte das aufblühende Talent des jungen Texaners und beschrieb ihn später als eine seiner »literarischen Entdeckungen«, als »Genie« und als »Freund«. Wright war in der Tat ein ungewöhnlicher Herausgeber. In einer Welt, die von formatierten, klischeebefrachteten Pulp-Magazinen beherrscht wurde, konnte *Weird Tales* oft seinem Untertitel als »The Unique Magazine« (die einzigartige Zeitschrift) gerecht werden, da es eine Balance zwischen den kommerziellen Notwendigkeiten einer Zeitschrift und Wrights literarischen Ansprüchen anstrebte. Lovecrafts Geschichten wurden häufig abgelehnt, denn der Autor war nicht fähig oder nicht bereit, sich Wrights herausgeberischen Anforderungen und Anregungen zu fügen. Howard war flexibler. Er informierte sich über die Wünsche seiner Herausgeber, er ahnte sie voraus und hatte keine Mühe, Dutzende Geschichten zu liefern, die in den Rahmen der jeweiligen Genre-Zeitschriften wie *Fight Stories* oder *Action Stories* passten; gelegentlich fand sich unter diesen Texten sogar das eine oder andere Kleinod.

Andererseits hatte der Texaner echte literarische Ambitionen, die vor allem in seinen Gedichten zum Vorschein kamen, für die es allerdings keinen tragfähigen Markt gab. *Weird Tales* kam für den jungen Schriftsteller gerade im rechten Augenblick. Diese atypische Reihe publizierte eine große Zahl von Howards Gedichten und die besten seiner Erzählungen: die Geschichten über Solomon Kane, Kull, Bran Mak Morn und Conan den Cimmerier. Es ist kein Zufall, dass Howard unter den zahlreichen Figuren, die er erschaffen hat, nur über diese vier Gedichte schrieb (sofern wir *Cimmeria* als Gedicht über Conans Heimat gelten lassen). Der Texaner war offensichtlich beim Schreiben der Conan-Geschichten mit größerer Begeisterung bei der Sache als beim Verfassen von Beiträgen für andere Märkte.

Man sollte noch anmerken, dass die erste Conan-Story die Neufassung der 1929 vollendeten Kull-Geschichte *By This Axe I Rule!* war. Wie die Conan-Erzählungen drehten sich auch die Kull-Storys um einen barbarischen Abenteurer in exotischen Ländern der mythischen Vergangenheit der Erde. Hier allerdings endet die Ähnlichkeit auch schon. Zwischen 1929 und 1932 verlegte Howard sich mit neu erwachtem Ehrgeiz auf die Fantasy-Erzählungen.

Endlich war es ihm gelungen, einige historische Erzählungen zu verkaufen, die ihm die Gelegenheit gegeben hatten, in epischer Breite zu schreiben. Howard verlieh diesen Geschichten eine Lebendigkeit, die ihresgleichen sucht, und lieferte bemerkenswerte Erzählungen über die späteren Kreuzzüge. Herausragend ist die Schilderung des langsamen Niedergangs des einst mächtigen Reichs von Outremer, das unter inneren Streitigkeiten und äußeren Angriffen zerbrach – ein in den ersten Conan-Geschichten häufig wieder aufgegriffenes Thema.

Es sollte sich jedoch als mühsame Aufgabe erweisen,

regelmäßig historische Fiktion zu liefern. Über sein Interesse am Genre und die Schwierigkeiten des Marktes schrieb Howard 1933: »Es gibt in meinen Augen keine literarische Arbeit, die mich so fesselt wie das Umschreiben der Geschichte im Gewand der Fiktion. Ich wünschte, ich könnte den Rest meines Lebens auf diese Art des Schreibens verwenden. Doch die Märkte sind zu klein und der Rahmen ist zu eng und ich brauche zu viel Zeit, um auch nur einen einzigen Text abzuschließen. Ich versuche, mich beim Schreiben so weit wie möglich an die historischen Fakten zu halten und so wenig Fehler wie möglich zu machen. Ich schildere den Hintergrund und das Ambiente so präzise und realistisch, wie es mir mit meinem beschränkten Wissen möglich ist. Wenn ich die Tatsachen zu sehr verfälschte und Daten veränderte, wie es manche Autoren tun, oder wenn ich eine Figur einführte, die nicht mit meinen Vorstellungen von jener Zeit und jenem Ort übereinstimmt, dann verlöre ich meinen Realitätssinn. Meine Figuren wären keine lebendigen, tatkräftigen Geschöpfe mehr und die Geschichten würden nur noch auf meinen theoretischen Vorstellungen der Charaktere beruhen. Sobald ich aber dieses Gefühl für meine Figuren verliere, kann ich im Grunde gleich zerreißen, was ich geschrieben habe.«

All diese Aspekte hatte Howard wahrscheinlich im Hinterkopf, als er im Februar 1932 die Geschichte *By This Axe I Rule!* zu *Im Zeichen des Phönix* umschrieb. Er stellte gegenüber der früheren Erzählung seine Vorlieben zurück und gab der Überarbeitung eine bizarre Note. Howard wusste genau, was er tat. Im Gegensatz zu seinen früheren Texten war die erste Conan-Geschichte maßgeschneidert für die Anforderungen von *Weird Tales*.

Es war eine Sache, die Geschichte an die Anforderungen des Abnehmers anzupassen, doch es war viel schwieriger, die schöpferischen Kräfte, die den Barbaren ins Leben gerufen hatten, im Zaum zu halten:

Ohne großes Zutun von meiner Seite stand dann auf einmal der Mann namens Conan vor meinem inneren Auge und sofort floss ohne sonderliche Mühe ein Strom von Geschichten aus meiner Feder, oder besser aus meiner Schreibmaschine. Ich hatte nicht das Gefühl, etwas zu erschaffen, sondern es war eher so, als erzählte ich Ereignisse nach, die sich bereits zugetragen hatten. Eine Episode folgte so rasch auf die nächste, dass ich kaum noch mithalten konnte. Wochenlang tat ich nichts weiter, als Conans Abenteuer aufzuschreiben. Die Figur ergriff ganz und gar Besitz von mir und verdrängte alles andere, was ich noch hätte schreiben können.

In der ersten Geschichte ist Conan als Mann in mittleren Jahren der König von Aquilonien, in der zweiten ist er ein junger Barbar im hohen Norden der Welt, in der dritten ein junger Barbarenhäuptling in der zivilisierten Stadt Numalia. Die unterschiedlichen Phasen im Leben der Figur und die weit voneinander entfernten Schauplätze ließen Howard Gefahr laufen, sich in seiner Figur und seinem Universum zu verirren. So war es mit den Kull-Storys geschehen, in denen Howards »Realitätsverlust« spürbar ist. Deshalb entschied er sich, dieses Mal Hintergrund und Ambiente »präzise und realistisch« zu beschreiben.

Die Schöpfung eines in sich stimmigen Universums war die perfekte Lösung für Howards Bedürfnisse und Vorstellungen. Sein Entschluss, das hyborische Zeitalter mit Cimmeriern, Vanir, Nemediern und Afghulis zu bevölkern – kaum veränderte Namen, die er der Geschichte oder den Legenden entnahm –, wurde nie wirklich verstanden. Jahre später hat Lovecraft deshalb über Howard die folgende Kritik geäußert: »Der einzige Fehler an seinen Sachen ist Howards unheilbare Neigung, Namen zu benutzen, die zu sehr an reale Namen erinnern und die bei den Lesern ganz andere Assoziationen wachrufen.« Lovecraft und eine ganze Reihe anderer nach ihm konnten nicht verstehen, dass Howard keineswegs ein Universum erschaffen wollte, das zu unserer Welt keinerlei Verbindung besitzt, wie er es getan hatte, als er die Geschichten über Kull schrieb, und wie es so viele spätere Autoren in der heroischen Fantasy getan haben. Indem er Namen wählte, die an Namen aus unserer Geschichte und aus den Legenden erinnerten, wollte Howard dafür sorgen, dass niemand sich fragte, wie denn ein Turanier aussehe. Kein Leser sollte daran zweifeln, dass die Vanir und Æsir im Norden der Welt lebten. Er verlagerte Geschichte und Geographie und erschuf ein Universum, das neu und doch vertraut war, und konnte so mit Assoziationen und Stereotypen spielen. Mit einem Minimum an beschreibenden Anteilen gelang es ihm dank dieser Technik, eine exotische Kulisse zu erschaffen.

Gleichzeitig nahm er dabei auf sein eigenes Bedürfnis Rücksicht, »präzise und realistisch« zu bleiben, wenn er den Hintergrund seiner Texte entwarf. Er erschuf für sich selbst eine Methode, um (pseudo-)historische Erzählungen zu schreiben, ohne für Anachronismen oder sachliche Fehler zur Rechenschaft gezogen zu werden. Die ersten drei Conan-Geschichten, die vollendet wurden, bevor *Das hyborische Zeitalter* geschrieben wurde, können als Experimente betrachtet werden, die nötig waren, bis Howard die Umwelt seiner Figur und die Potenziale der neuen Serie im Griff hatte. In der vierten und fünften Folge – *Der Turm des Elefanten* und *Die scharlachrote Zitadelle* – bereicherte Howard die neue Serie um diese epische und (pseudo-)historische Dimension. Von diesem Punkt an waren die Conan-Storys mehr als nur die Erlebnisse eines barbarischen Abenteurers in einem imaginären Königreich, wie es bei den Kull-Geschichten der Fall gewesen war. Je nach Erzählung war Conan ein König im mittelalterlichen Europa (*Die scharlachrote Zitadelle*), ein General im antiken Assyrien, der in die Rivalitäten zwischen Stadtstaaten hineingezogen wird (*Natohk der Zauberer*), oder ein Angehöriger der wilden Kosaken – wieder eine Anleihe aus der realen Geschichte – im Osten.

Howard schrieb einmal: »Meine historischen Studien waren von Zeitalter zu Zeitalter eine unablässige Suche nach neueren Barbaren.« Durch die Erschaffung des hyborischen Zeitalters gab er sich selbst ein Universum, in dem alle barbarischen Völker im gleichen Zeitrahmen gleichzeitig existieren können, und Conan der Cimmerier wurde das perfekte Vehikel, um seine Ansichten über Barbarei und Zivilisation zu transportieren.

In vielen dieser Geschichten aus dem hyborischen Zeitalter befindet sich der Cimmerier in Grenzgebieten, wo Barbarei und Zivilisation in epischen Schlachten aufeinander treffen und nach Zehntausenden zählende Armeen einander bekriegen. Diese gewaltigen Schlachten finden ihre Entsprechungen in eher persönlichen Episoden, die den Geschichten oft bemerkenswerte Szenen und Dialoge liefern, wie etwa jene Situation, als Conan in *Die Königin der schwarzen Küste* über seine Gerichtsverhandlung erzählt: »Aber ich unterdrückte meinen Zorn und hielt mich zurück. Das verärgerte den Richter offenbar so sehr, dass er behauptete, ich missachte die Ehre des hohen Gerichts, und er bestimmte, dass ich so lange im Kerker schmachten sollte, bis ich meinen Freund verriete. Als ich sah, dass er und das ganze Gericht den Verstand verloren hatten, zog ich mein Schwert und hieb es dem Richter über den Schädel.« Oder denken wir an Howards bissige Bemerkung in *Der Turm des Elefanten*: »Zivilisierte Menschen können es sich eher leisten, unhöflich zu sein als Wilde, denn für sie besteht nicht so leicht die Gefahr, dass man ihnen deshalb gleich den Schädel einschlägt.«

Offenbar kann der größte Teil von Howards Werk – und namentlich der Conan-Storys – als Bearbeitung des Themas »Barbarei gegen Zivilisation« verstanden werden, wobei

Howard unbeirrt auf der Seite der Barbaren steht. Dieses Grundthema inspirierte von Anfang an Howards schriftstellerische Arbeit und wurde zum wichtigsten Diskussionsthema des 1930 einsetzenden Briefwechsels, den der Texaner mit Lovecraft führte. Die Begegnung mit dem belesenen Autor aus Providence zwang Howard, seine Ansichten mit historischen und politischen Daten zu untermauern, und so widerspiegelten die Conan-Erzählungen oft Ideen, die gerade im Briefwechsel diskutiert wurden, und umgekehrt. Lovecraft wusste genau, welche Positionen und Ansichten Howard vertrat, und konnte dank seiner einzigartigen Verbindung zum Verfasser die Conan-Erzählungen und ihre Zwischentöne in vollem Umfang würdigen. Kurz nach Howards Tod schrieb Lovecraft dann auch: »Es ist schwer zu erklären, warum genau Mr. Howards Geschichten so herausragend sind, doch das wahre Geheimnis ist wohl, dass er in jede einzelne davon sich selbst eingebracht hat.«

Der kluge Autor berührte hier einen Kernpunkt der Conan-Serie und vermochte zugleich die »innere Kraft und Glaubwürdigkeit« der Erzählungen dingfest zu machen und zu erklären, warum kein Conan-Abklatsch jemals das Niveau der Originale erreichen konnte. Man mag Howards Texte als besonders gut gebaute Phantasieromane sehen, die den Leser in farbenprächtige, abwechslungsreiche Abenteuer entführen, doch die besten von ihnen haben weit mehr zu bieten. Ein bitterer Unterton haftet der ganzen Serie an, der im Leser oft gemischte Gefühle hinterlässt – ein Gefühl, etwas erlebt zu haben, das gleichzeitig spannend und deprimierend ist. Howards beste Conan-Storys – wir könnten *Der Turm des Elefanten* und *Die Königin der schwarzen Küste* nennen, oder auch *Beyond the Black River* und *Red Nails* – sind ausgerechnet jene, die ein trauriges Ende haben. Der Glanz der »eskapistischen« Erzählungen kann über die dunklen Untertöne nicht hinwegtäuschen.

Conans Philosophie kommt am deutlichsten in einer

Passage aus *Die Königin der schwarzen Küste* zum Ausdruck: »In diesem Leben kämpfen und leiden die Menschen vergebens und finden ihre Freude nur im Wahnsinn der Schlacht … Ich möchte das Leben, solange es mir gehört, in tiefen Zügen trinken. Ich möchte saftiges Fleisch genießen und schweren Wein, möchte sanfte weiße Arme um mich spüren und mich am Kampf begeistern, wenn die blauen Klingen sich rot färben. Ja, dann bin ich zufrieden. Sollen doch die Weisen, Priester und Philosophen sich den Kopf über Wirklichkeit und Illusion zerbrechen. Ich weiß nur eines: Wenn das Leben eine Illusion ist, dann bin ich es nicht weniger und somit wäre auch die Illusion für mich Wirklichkeit. Ich lebe und das Leben brennt heiß in mir; ich liebe, ich kämpfe, ich bin zufrieden.«

Dies ist in der Tat einer der wichtigsten Charakterzüge des Cimmeriers. Er lebt im Hier und Jetzt, er kostet jeden Moment aus, die Vergangenheit kümmert ihn so wenig wie die Zukunft. Gestern Kosak, heute König, morgen Dieb. In diesem Sinne laden die Conan-Storys tatsächlich zur Weltflucht ein; ihre Anziehungskraft ist universell, über Generationen und Kulturen hinweg. Howard sagte einmal selbst: »Wenn jemand eine Story über Conan liest, dann kann er in der Tiefe seines Wesens wieder die barbarischen Impulse spüren; und folglich handelt Conan, wie die Leser unter ähnlichen Umständen gehandelt hätten.«

Was die Conan-Geschichten aber vor allem auszeichnet, ist der deutliche Eindruck, dass die spannenden Abenteuer, die in den Storys beschrieben werden, nur eine Maske sind und dass es nie wirklich möglich ist, die grausame Realität der Welt zu vergessen. Conans hyborisches Zeitalter begann mit einem Kataklysmus und endete mit einem zweiten. Was die Hyborier – und Conan – auch erreichen können, es ist letzten Endes nicht von Bedeutung und wird schließlich doch nur in Zerstörung und Vergessen münden. Menschliches Leben und menschliche Reiche sind bei Howard gleichermaßen vergänglich. Die Zivilisation ist nicht die letzte Phase der menschlichen Entwicklung. Sie mag eine »unausweichliche Konsequenz« dieser Entwicklung sein, doch sie bleibt ein vorübergehender Zustand. Zivilisationen schwinden dahin und verfallen und werden schließlich von Horden von Wilden oder Barbaren überrannt und erobert, die nach einiger Zeit ihrerseits wieder eine Zivilisation aufbauen werden …

In diesem Zyklus lagen Howards Sympathien bei den Barbaren. Der Grund dafür war nicht, wie manche Kritiker meinten, ein Glaube an die Überlegenheit der Barbarei über die Zivilisation oder die Vorstellung, die Barbaren seien etwas wie die »edlen Wilden«: »Ich sehe die Barbarei nicht als etwas Idyllisches an – soweit ich weiß, ist sie ein übler, blutiger, kämpferischer Zustand ohne jede Liebe. Ich habe kein Verständnis dafür, dass die Barbaren irgendeiner Rasse als würdige, gottähnliche Kinder der Natur gesehen werden, mit eigenartiger Weisheit begabt und mit gemessener, wohlklingender Stimme sprechend.«

Die vermutlich beste Metapher für das barbarische Leben, wie Howard es sah, findet sich in *Beyond the Black River*, wo die Protagonisten in eine böse Klemme geraten. Hinter ihrer Siedlung und dem Schwarzen Fluss hausen die wilden Pikten, die jeden Augenblick angreifen können, jenseits des Donnerflusses befinden sich die Streitkräfte der Zivilisation, die zu dekadent und zu zerstritten ist, um ihr Überleben zu gewährleisten, von der Sicherheit des Grenzlandes ganz zu schweigen. Die Erzählung schildert diese üble Lage bis zu ihrem logischen Ende und Conan, die einzige Figur, die in der Barbarei statt in der zivilisierten Welt geboren wurde, ist der einzige Überlebende. Der Zivilisationsprozess hat Conans Verbündete von ihren Instinkten getrennt, und da ihnen dieser grundlegende Antrieb fehlte, der dem Cimmerier angeboren war, konnten sie nicht überleben. Die letzten Zeilen der Geschichte – zweifellos das bekannteste Zitat aus

Howards Werken – schildern dies so: »Die Barbarei ist der natürliche Zustand der Menschheit. Die Zivilisation ist unnatürlich. Sie ist eine Laune der jeweiligen Umstände. Die Barbarei wird jedoch letzten Endes immer triumphieren.«

Die Zivilisation trägt in sich bereits die Saat ihrer Zerstörung, da sie sich von der Natur distanziert. Was »unnatürlich« ist, kann nicht überleben. Es wird sich entweder den »natürlichen« Kräften unterordnen müssen, wie es in *Beyond the Black River* beschrieben wird, oder es wird langsam verfallen und sich auf schreckliche Weise selbst zerstören, wie es in *Der wandelnde Schatten* und in *Red Nails* zu sehen ist. Die Gründe für Howards Faszination hinsichtlich verfallender Zivilisationen und für sein Interesse am Leben der Barbaren waren vermutlich sehr komplexer Natur. Sie dürften weniger in den Evolutionstheorien jener Zeit zu suchen sein, die manchmal in den Erzählungen anklingen, sondern eher in Howards eigener Biographie und Psychologie. Seine Ansichten haben in der Tat eine sehr persönliche Note, die alle Erzählungen durchzieht, und gerade dies verleiht den Texten ihre Kraft.

Zweifellos sind nicht alle Conan-Storys auf der gerade beschriebenen Ebene angesiedelt. In Zeiten finanzieller Not gelang es Howard mühelos, Conan zu seiner wichtigsten Einnahmequelle zu machen. Die meisten der routinemäßig abgespulten Conan-Storys – in denen immer wieder halb nackte Damen auftauchten, die bis dahin in der Serie völlig gefehlt hatten – sind zwischen November 1932 und März 1933 entstanden, als Howard dringend Geld brauchte. (Die Tatsache, dass die meisten Conan-Aufgüsse ihre »Inspirationen« aus eben diesen Geschichten und nicht aus *Red Nails* oder *Die Königin der schwarzen Küste* bezogen, wirft übrigens ein bezeichnendes Licht auf die Urteilsfähigkeit der jeweiligen Autoren.) Die meisten dieser Storys tragen unverkennbar Howards Handschrift – wie Lovecraft einmal schrieb, war Howard »stets größer als jeder Zwang zum Geldverdienen, dem er sich unterwerfen musste« –, doch sie zielen erkennbar darauf ab, ein Erfolgsrezept zu wiederholen, das dem Autor den Platz auf der Titelseite einbringen sollte.

Mit seinen Geschichten über Conan von Cimmerien wollte Howard mehr schaffen als Durchschnittskost in Pulp-Heften. Er hätte pausenlos Erzählungen veröffentlichen können, in denen der Cimmerier Ungeheuer erschlägt und dürftig bekleidete Damen aus großer Gefahr errettet, was ihm sicher ein regelmäßiges Einkommen gesichert hätte. Doch Howard entschloss sich, seinen Cimmerier nicht zur Massenware verkommen zu lassen. Wie es einen echten Schriftsteller auszeichnet, hat er immer wieder mit neuen Arten von Storys experimentiert; er ging Risiken ein und schrieb Geschichten, deren Verkauf und kommerzieller Erfolg nicht von vornherein gesichert war. Wenn ein wahres Kunstwerk eines ist, das zugleich anzieht und aufwühlt, dann nehmen die Conan-Storys einen ganz besonderen Platz ein. Die Heldengeschichten sind in lebhaften Farben gemalt, sie schildern Heldentaten und gewaltige Figuren in sagenhaften Ländern, aber es steckt auch noch etwas anderes, Dunkleres in ihnen.

Wenn Sie den Lack abkratzen wollen, dann tun Sie dies auf eigene Gefahr.

PATRICE LOUINET

# Vorbemerkung
## des Illustrators

WIRKLICH, ES WAR ein schwerer Weg.

Wenn ich hier sitze und die Zeichnungen und Bilder durchgehe, die ich zu diesem Buch beigesteuert habe – die Arbeit von mehr als anderthalb Jahren –, dann muss ich gestehen, dass ich gemischte Gefühle habe.

Es war kein Problem, mich darauf einzulassen, die berühmteste Schöpfung eines meiner Lieblingsautoren, eines literarischen Leitsterns, der mich seit meiner Kindheit immer wieder in seinen Bann geschlagen hat, in Bildern festzuhalten. Oder besser, es klang einfach, solange ich nicht tatsächlich damit begonnen hatte. Glauben Sie mir, seit mehr als dreißig Jahren tauche ich immer wieder in diese Träume ein und ich war jedes Mal sehr beeindruckt, wenn ich die perfekten Illustrationen zu Conans Streifzügen durch die Welt hinter geschlossenen Augenlidern sah.

Wenn es aber darum geht, die Bilder umzusetzen und etwas Brauchbares daraus zu machen, wenn es darum geht, all die Ideen und großartigen Entwürfe, die durch den glücklich unbeschwerten Geist gezogen sind, in etwas Konkretes zu verwandeln – dann beginnen die Probleme.

Robert E. Howards Conan war bei weitem nicht so einfach zu illustrieren, wie ich es mir vorgestellt hatte. Ich glaube, teilweise lag dies daran, dass Conan und sein hyborisches Zeitalter zwar dem ersten Anschein nach ins Genre der Heldendichtung gehören, in der es um Scharen tapferer Krieger, um wilde Kämpfe auf dem Schlachtfeld und die wagemutigen Taten starker Männer geht, wie es eben der heroischen Fantasy entspricht. Doch ihre wahre Größe beziehen sie aus einer tieferen, dunkleren Schicht. Howard schrieb die Texte in einem persönlichen Stil, der post-heroisch anmutet und sich in die literarische Tradition des zwanzigsten Jahrhunderts einfügt, in der man die einst mit den Heldengesängen verbundene Schwülstigkeit, Überschwänglichkeit und die Tugenden des Heldentums hinter sich ließ.

Howard setzte die üblichen Elemente der Heldendichtung ein, doch er schrieb die Texte nicht in dem affektierten Ton, den man gewöhnlich in diesem Genre erwartet. Zum Teufel, nein – er zog sich diese Elemente über wie einen Schafspelz, er verbarg sein wahres Anliegen und wetterte über seine persönlichen Lebensumstände. So grollte und knurrte er in seinen Erzählungen über die frustrierende Beschränktheit der Welt, die er kannte – ein einsames Kaff in Texas inmitten von Weißeichen und Ölfeldern.

Ich will darauf hinaus, dass Howards Conan-Geschichten zwar in den Rahmen der klassischen Heldendichtung gehören, während sie ihrem Wesen nach – oder im Herzen, dessen Schlag sie am Leben hält – auf einer viel persönlicheren Ebene aufgefasst werden können. Sie kommen daher und werden vorangetrieben durch Howards berühmte Schneidigkeit und Forschheit (keine Gefangenen!), die ihn so sehr auszeichnet, doch dies ist in Wahrheit ein Ausdruck seiner Wut auf seine unmittelbare Umgebung. Howard schrieb die schnellen, wilden und derben Geschichten nicht, weil er es liebte, so zu schreiben. Die Texte sind schnell und wild und leidenschaftlich, weil Howard selbst so war. Howards Genialität bestand darin, die literarischen Formen zu wählen, die ihm zusagten und die er ergänzte, zuschnitt und formte, bis eine neue Gestalt entstand, die in gewisser Weise seine eigenen, tiefen Überzeugungen widerspiegelte. Er sah das Leben als unendlichen Kampf, der letzten Endes vergeblich bleiben musste. Aber wenn man Glück hat, dann kann man unterwegs wenigstens noch einen Höllenritt hinlegen.

Unser Glück als Leser besteht darin, dass wir die Tradition der alten Heldendichtung in neuer Interpretation und gefiltert durch die Empfindungen eines Texaners vermittelt bekommen – eines Mannes, der sich für die Überlieferungen seines Landes begeistern konnte. Es war eine Geschichte voller gewalttätiger Blutfehden und Indianerkriege, verknüpft mit der reichen Tradition der Südstaaten-Legenden samt ihren Gespenstern und Ungeheuern aus dem Sumpf.

Diese Mischung ließ etwas Neues und sehr Spannendes entstehen, doch wurde es mir dadurch – um auf meinen ursprünglichen Gedankengang zurückzukommen – zugleich auch schwer gemacht, Conan bildlich darzustellen. Einerseits ziehen mich Howards lebhafte Schilderungen der Pracht und Großartigkeit an, diese Ehrfurcht gebietende Erhabenheit und Größe des hyborischen Zeitalters, in der Conans Heldendichtung angesiedelt ist, und ich wollte alledem gerecht werden, indem ich auf die schönsten Traditionen der klassischen Illustrationskunst zurückgriff. Andererseits zehren diese Geschichten auch von Howards amerikanischer Unbekümmertheit, von seinen Gefühlsexplosionen und seinem erbarmungslosen Tempo, und damit gewinnen sie eine Lebendigkeit, die weit über die ihrer Zeitgenossen hinausgeht. Um dies in stimmige Bilder zu bringen, musste ich dick auftragen und drastisch und mit kühnen Strichen zeichnen.

Howards Geschichten sind unverwechselbar. Niemand sonst könnte eine Geschichte über Conan oder etwas anderes aus der »Sword and Sorcery«-Abteilung mit der Wildheit und der schrecklichen Schönheit schreiben, die Howards Texte auszeichnet. Dazu ist Conan eine viel zu persönliche Schöpfung, die an Howards persönliche Stärken und Schwächen und Eigenarten gebunden ist. So kann man gut verstehen, warum Conan mit Abstand Howards bekannteste Schöpfung geworden ist.

Howard ging es zuerst und vor allem um die Story und

das ist ja keineswegs ehrenrührig. Mit Conan scheint er jedoch in seiner Entwicklung als Autor einen Punkt erreicht zu haben, an dem er die Bedeutung einer voll entwickelten Hauptfigur schätzen lernte.

Einen literarischen Entwurf, der sich um eine Phantasiewelt dreht und der eine gut gebaute Handlung aufweist, wird das Publikum einmal oder zweimal dankbar aufnehmen. Wenn aber der Autor die Leser immer und immer wieder in seine Welt locken will, dann muss er als Dreh- und Angelpunkt einen attraktiven und einzigartigen Charakter anbieten, der mehr ist als ein literarisches Konstrukt. Howard hat dies mit Conan erreicht. Er hat die Persönlichkeit seines Helden an die hart gesottenen texanischen Typen, die er so gut kannte, angelehnt und eine Reihe von Geschichten erschaffen, die an Popularität alle seine anderen schönen Welten in den Schatten stellten.

Mit Conan haben wir eine Rarität in der phantastischen Literatur vor uns: einen Helden, der sich tatsächlich verändert und von Geschichte zu Geschichte weiter wächst. Der jugendliche unsichere Conan, der in *Der Turm des Elefanten* einen Mann tötet, der ihn verspottet, ist nicht derselbe wie der eigensinnige Kraftprotz, dessen Herz in *Die Königin der schwarzen Küste* gebrochen wird. Und dieser ist wiederum ein ganz anderer als der kampferprobte Söldner in *Natohk der Zauberer*, der seinen Weg bis zum Ende gehen wird; und wieder ein anderer ist jener Conan, der in *Im Zeichen des Phönix* als König die Künste fördert (ausgerechnet die Künste, bei Crom!), weil ihm bewusst wird, dass die Dichtung noch leben wird, nachdem er abgetreten ist.

Conan wächst und reift und es ist schade, dass die Wahrnehmung dieser Figur vor allem auf den finster starrenden Muskelprotz beschränkt bleibt, der die Zähne zusammenbeißt und alle möglichen Leute umbringen will. Howard hat ihm mehr als nur dies mit auf den Weg gegeben.

Wohl wahr, er zankt und prügelt sich, aber er denkt auch

nach und lacht – über sich selbst ebenso wie über die anderen –, er liebt und erleidet Verluste, er zweifelt und scheitert, er handelt altruistisch und zeigt Mitgefühl mit fremden Wesen. Vor allem aber ist er ungeheuer charismatisch. Ein Außenseiter, der nicht das Vertrauen, die Loyalität und die Hingabe der Leute besitzt, wäre nicht imstande, Armeen und Nationen zu befehligen und zu beherrschen. Conan ist mehr als ein brutaler Schlägertyp. Er ist eine vielschichtige Figur und ich habe mich bemüht, diese Facetten einzufangen und ihn in einer Vielzahl von Stimmungen und Situationen zu zeigen.

Nicht alle Geschichten dieses Bandes sind herausragend. Howard hat mit ungeheurem Tempo für monatlich erscheinende Publikationen produziert und unter diesen Bedingungen ist Perfektion so gut wie ausgeschlossen. Dennoch bieten auch Texte wie *Das Tal der verlorenen Frauen* Abschnitte mit wundervoll gebauter Prosa. Nehmen Sie etwa Livias Gedanken zum Gemetzel im Dorf – eine fesselnde und eindringliche Schilderung eines schrecklichen Massenmordes, wie man sie nur selten in fiktiven Werken findet – oder die Beschreibung einer gespenstischen Mondlandschaft, als Livia ins verwunschene Tal hinabsteigt.

Die meisten dieser Geschichten sind großartig und *Der Turm des Elefanten* und *Die Königin der schwarzen Küste* sind zweifellos Klassiker unter den phantastischen Kurzgeschichten, die auch außerhalb des Genres Beachtung und Wertschätzung verdienen.

Der Mann konnte schreiben und mit Conan ist Howard auf der Höhe seines Schaffens. Ich wünsche mir aber, dass Sie nicht zu viel Gewicht auf meine Auslegung seiner Erzählungen legen, sondern darüber hinausblicken, um Conan und seine Welt – und Howards mitreißende Prosa – aus Ihrer persönlichen Perspektive genießen zu können.

MARK SCHULTZ

# DIE ORIGINAL-
# ERZÄHLUNGEN

# Cimmerien

*In der Erinnerung seh ich*
Die dunklen Berge unter düstren Wäldern,
Der grauen Wolken bleiern-ewgen Bogen,
Die Flüsse, wie sie still durch Schatten strömen,
Den Wind, der einsam in den Pässen raunt.

Ein Zug von Panoramen, Berg auf Berg,
Hang hinter Hang, bedeckt von finstren Bäumen,
Lag karg das Land. Und stieg ein Mann hinan
Und spähte vom gezackten Gipfel, sah er
Das Panorama endlos, Berg auf Berg,
Hang hinter Hang, ein jeder waldverhüllt.

Es war ein düstres Land, ganz voller Winde
Und Wolken, Träume, die die Sonne scheuen,
Wo Astwerk kahl im tristen Winde knarrt,
Und über allem brüten dunkle Wälder,
Erhellt nicht einmal von der fahlen Sonne,
Die jedermann zu Schatten duckt; es hieß
Cimmerien, Land des Dunkels, tiefer Nacht.

So lange ist es her, so weit entfernt,
Ich weiß schon nicht mehr, wie sie mich dort nannten.
Die Axt, der steinbewehrte Speer sind Träume,
Und Jagden, Kriege sind wie Schatten. Nur
Die Stille jenes düstren Landes blieb mir,
Die Wolken, über Bergen hochgetürmt,
Das Dämmerlicht der Wälder ohne Zeit.
Cimmerien, Land des Dunkels und der Nacht.

O Seele mein, geborn aus Schattenbergen
In eine Welt von Wolken und von Winden
Und Geistern, die das Licht der Sonne scheuen,
Wie viele Tode braucht es, um dies Erbe
Zu brechen, welches mich ins graue Kleid
Von Geistern hüllt? Im Herzen such und find ich
Cimmerien, Land des Dunkels und der Nacht.

*Verfasst in Mission, Texas,*
*im Februar 1932; inspiriert*
*von der Erinnerung an das Hügelland*
*oberhalb von Fredericksburg,*
*in dunstigem Winterregen betrachtet.*

# IM ZEICHEN
# DES PHOENIX

*»Wisse, o Prinz, dass zwischen den Jahren, als die Ozeane Atlantis und die strahlenden Städte verschlangen, und jener Zeit, als die Söhne von Aryas aufstiegen, ein unbekanntes Zeitalter existierte, in dem auf der Welt prachtvolle Königreiche wie kostbare Tücher unter den Sternen ausgebreitet lagen – Nemedien, Ophir, Brythunien, Hyperborea, Zamora mit seinen dunkelhaarigen Frauen und den geheimnisvollen, von Spinnen heimgesuchten Türmen, Zingara mit seinen Rittern, Koth, das ans liebliche Weideland von Shem grenzte, Stygien mit den von Schatten bewachten Gräbern, Hyrkanien, dessen Reiter in Stahl und Seide und Gold waren. Das stolzeste Königreich der Welt aber war Aquilonien, das unumstritten im träumenden Westen herrschte. Hierher kam Conan der Cimmerier, schwarzhaarig und düsteren Blickes, das Schwert in der Hand – ein Dieb, ein Plünderer, ein Mörder voll gewaltiger Melancholie und gewaltiger Heiterkeit, um mit Sandalen an den Füßen die edelsteingeschmückten Throne dieser Welt zu zertreten.«*

*– Die Nemedischen Chroniken*

# I

DIE DUNKELHEIT UND STILLE, die dem Morgengrauen vorangehen, hüllten die prächtigen Türme ein. In die düstere Gasse eines unvorstellbar verwirrenden Straßenlabyrinths traten vier vermummte Gestalten aus einer Tür, die eine dunkle Hand verstohlen für sie geöffnet hatte. Die vier sprachen nicht. Eng in ihre Umhänge gehüllt, hasteten sie dahin und verschwanden lautlos wie die Geister Ermordeter in der Finsternis. Hinter ihnen war flüchtig in der einen Spalt geöffneten Tür ein spöttisches Gesicht zu sehen, in dem ein Augenpaar boshaft glitzerte.

»Zieht nur in die Nacht, Kreaturen der Finsternis«, höhnte eine Stimme. »Oh, ihr Narren, das Verhängnis folgt euch auf den Fersen wie ein blinder Hund, doch ihr ahnt es nicht.«

Der Sprecher schloss die Tür, verriegelte sie, drehte sich um und schritt mit der Kerze in der Hand durch den Korridor. Er war ein finsterer Riese, dessen dunkle Haut sein stygisches Blut nicht verleugnen konnte. Er betrat ein Gemach, in dem ein großer hagerer Mann in abgetragenem Samt wie eine müde Katze auf einem Seidendiwan lag und Wein aus einem schweren goldenen Pokal trank.

»Nun, Ascalante«, sagte der Stygier und setzte die Kerze ab. »Eure Gimpel sind wie Ratten aus ihren Löchern auf die Straße geschlüpft. Mit merkwürdigen Werkzeugen arbeitet Ihr.«

»Werkzeugen?«, entgegnete Ascalante. »Aber genau als das erachten sie *mich*. Monatelang, seit das Rebellenquartett mich aus der Südwüste hierher beorderte, lebe ich hier mitten unter meinen Feinden, verstecke mich bei Tag in diesem unscheinbaren Haus und schleiche des Nachts durch dunkle Gassen und noch dunklere Korridore. Und ich habe erreicht, was diese aufrührerischen Edlen nicht vermochten. Durch sie und andere, von denen nur wenige mein Gesicht zu sehen bekamen, habe ich das ganze Reich unterwandert.

Kurz gesagt, ich, der im Dunkeln arbeiten muss, habe den Sturz des Königs vorbereitet, der sich im Glanz des Thrones sonnt. Bei Mitra, ich war schließlich Staatsmann, ehe ich zum Gesetzlosen wurde.«

»Und diese Gimpel, die sich einbilden, Euch zu benutzen?«

»Sie werden weiterhin glauben, ich diene ihnen – bis wir unsere momentane Aufgabe erledigt haben. Wer sind sie schon, dass sie sich mit Ascalante messen könnten? Volmana, der zwergenhafte Graf von Karaban; Gromel, der riesenhafte Befehlshaber der Schwarzen Legion; Dion, der fette Baron von Attalus; Rinaldo, der schwachsinnige Minnesänger. Ich war es, der sie zusammengeschmiedet hat, doch ich werde sie auch zerschmettern, wenn die Zeit gekommen ist. Aber das liegt noch in der Zukunft. Heute Nacht wird erst einmal der König sterben.«

»Vor Tagen sah ich die königlichen Schwadronen aus der Stadt reiten«, sagte der Stygier.

»Sie ritten zur Grenze. Die heidnischen Pikten greifen sie an – dank des starken Branntweins, den ich über die Grenze schmuggelte, um sie aufzustacheln. Das ermöglichte Dions Reichtum. Und Volmana sorgte dafür, dass der Rest der königlichen Truppen in der Stadt aus dem Weg geschafft werden konnte. Durch seine hochgeborene Sippschaft ließ König Numa von Nemedien sich leicht überreden, Graf Trocero von Poitain, Seneschall von Aquilonien, zu sich an den Hof einzuladen. Und natürlich, um seinem hohen Stand gebührend auftreten zu können, wurde ihm eine königliche Eskorte mitgegeben – und Prospero, König Conans rechte Hand. So befindet sich nur die Leibgarde des Königs in der Stadt – und natürlich die Schwarze Legion. Durch Gromel ließ ich einen durch Glücksspiel verschuldeten Offizier bestechen. Er wird gegen Mitternacht die Wache von des Königs Tür abberufen.

Dann schleichen wir uns mit sechzehn meiner tapfersten Männern durch einen Geheimgang in das Schloss. Selbst wenn das Volk uns nicht zujubelt, nachdem die Tat getan ist, wird Gromels Schwarze Legion genügen, Stadt und Krone zu halten.«

»Und Dion bildet sich ein, dann könnte er den Thron besteigen?«

»Ja. Dieser fette Narr behauptet, er stünde ihm zu, da eine Spur königlichen Blutes in seinen Adern fließt. Conan beging einen großen Fehler, indem er jene am Leben ließ, die, wenn auch entfernt, von der alten Dynastie abstammen.

Volmana möchte wieder in königlicher Gunst stehen, mit aller klingenden Münze, die ihm das einbringt, wie es im alten Regime gewesen ist, damit er seine zerfallenden Besitztümer im alten Glanz erstrahlen lassen kann. Gromel hasst Pallantides, den Befehlshaber der Schwarzen Dragoner, und ersehnt sich das Kommando über die gesamten Streitkräfte. Dieses Ziel verfolgt er mit der Hartnäckigkeit eines Bossoniers. Rinaldo hat als Einziger keine persönlichen Ambitionen. Er sieht in Conan den rauen Barbaren mit den blutigen Händen, der aus dem Norden gekommen ist, um ein zivilisiertes Land auszuplündern. Er idealisiert den König, den Conan der Krone wegen tötete. Er erinnert sich nur, dass er dann und wann die Künste förderte, und hat alle Ungerechtigkeit und Misswirtschaft seiner Herrschaft vergessen – und er sorgt dafür, dass auch das Volk es vergisst. Schon singt man offen das Klagelied für Numedides, in dem Rinaldo diesen Gauner in alle Himmel hebt, und Conan, ›den Wilden mit dem schwarzen Herzen aus der finstersten Hölle‹, verdammt. Conan lacht, aber das Volk murrt.«

»Weshalb hasst er Conan?«

»Schon immer hassen Poeten jene, die an der Macht sind. Für sie liegt die Vollkommenheit stets hinter der letzten Ecke – oder der nächsten. Sie entfliehen der Wirklichkeit in ihren Träumen von der Vergangenheit oder der Zukunft. Rinaldo brennt vor Idealismus. Er glaubt, einen Tyrannen stürzen und das Volk befreien zu müssen. Und was mich betrifft – nun, noch vor ein paar Monaten kannte ich keinen Ehrgeiz mehr, außer vielleicht den, den Rest meines Lebens Karawanen zu überfallen. Doch jetzt erwachen neue Träume. Conan wird sterben, Dion den Thron besteigen. Dann wird auch er sterben. Einer nach dem anderen wird jeder, der sich mir in den Weg stellt, den Tod finden: durch Feuer oder Stahl – oder jene tödlichen Weine, die du so gut zuzubereiten weißt. Ascalante, König von Aquilonien, wie klingt das?«

Der Stygier zuckte die breiten Schultern.

»Auch ich hatte einmal meine Ambitionen«, sagte er mit unverhohlener Bitterkeit, »neben denen Eure farblos und kindisch erscheinen. Wie tief bin ich gesunken! Meine alten Freunde und Rivalen würden ungläubig die Augen aufsperren, könnten sie sehen, dass Thoth-amon vom Ring einem Ausländer – und einem Gesetzlosen noch dazu – als Sklave dient und die unbedeutenden Ambitionen von Baronen und Königen unterstützt!«

»Du hast dich auf Magie und Mummenschanz verlassen«, erwiderte Ascalante ungerührt. »Ich verlasse mich auf meinen Verstand und mein Schwert.«

»Was sind Schwerter und menschlicher Geist gegen die Weisheit der Finsternis«, knurrte der Stygier. Seine dunklen Augen blitzten. »Hätte ich nicht den Ring verloren, wären unsere Rollen jetzt vielleicht umgekehrt.«

»Jedenfalls«, sagte der Gesetzlose ungehalten, »trägst du die Striemen meiner Peitsche auf deinem Rücken und wahrscheinlich werden noch weitere hinzukommen.«

»Seid Euch dessen nicht so sicher!« Teuflischer Hass funkelte flüchtig in den Augen des Stygiers. »Eines Tages finde ich vielleicht den Ring wieder, und dann – bei den Schlangenfängen Sets – werdet Ihr bezahlen …«

Der hitzköpfige Aquilonier schlug ihm mit aller Kraft den Handrücken über den Mund. Thoth taumelte zurück. Blut sickerte aus seinen Lippen.

»Du wirst mir ein wenig zu unverschämt, Hund!«, knurrte der Gesetzlose. »Hüte dich! Ich bin immer noch dein Herr, der deine finsteren Geheimnisse kennt. Steig hinauf aufs Dach und brüll hinaus, dass Ascalante in der Stadt ist, um den König zu stürzen – wenn du es wagst!«

»Das wage ich nicht«, murmelte der Stygier und wischte sich das Blut von den Lippen.

»Nein, das wagst du nicht.« Ascalante grinste höhnisch. »Denn wenn ich durch deine Heimtücke sterben sollte, wird ein Eremitenpriester in der Südwüste davon Kenntnis erhalten; und er wird das Siegel einer Schriftrolle brechen, die ich ihm zu treuen Händen übergab. Sobald er den Inhalt kennt, wird in Stygien eine Kunde von Mund zu Mund gehen. Und im Süden wird sich um Mitternacht ein Sturm erheben, auf der Suche nach dir. Wo willst du dich dann verkriechen, Thoth-amon?«

Der Sklave erschauderte und sein dunkles Gesicht wurde aschfahl.

»Genug!« Ascalante wechselte den Tonfall. »Ich habe Arbeit für dich! Ich traue diesem Dion nicht. Ich riet ihm, zu seinem Landsitz zu reiten und dort zu verharren, bis alles hier vorüber ist. Der fette Narr könnte seine Nervosität vor dem König nicht verheimlichen. Reite ihm nach. Wenn du ihn nicht auf der Straße einholst, dann reite weiter zu seinem Herrenhaus und bleib bei ihm, bis wir ihm Bescheid geben, dass er ungefährdet kommen kann. Lass ihn nicht aus den Augen. Er ist kaum noch bei Sinnen vor Furcht und könnte etwas Unüberlegtes tun, ja in seiner Panik vielleicht gar zu Conan eilen und ihm von unserem Komplott erzählen, nur um seine eigene Haut zu retten. Marsch!«

Der Sklave verneigte sich – so verbarg er den Hass in seinen Augen – und tat wie befohlen. Ascalante widmete sich wieder seinem Wein. Über den edelsteinverzierten Spitztürmen ging die Sonne blutrot auf.

## II

*Als ich ein Krieger war, galt mir der Trommelschlag,*
*Weil mir in Ruhm und Glanz das Volk zu Füßen lag.*
*Jetzt bin ich König und mir droht Gefahr*
*Durch Gift und Mörderdolch – aus seiner Schar.*

Die Straße der Könige

DER RAUM WAR GROSS und prunkvoll eingerichtet, mit kostbaren Teppichen an den polierten, getäfelten Wänden und auf dem Fußboden aus Elfenbein. Die hohe Decke war kunstvoll skulptiert und stellenweise mit Silberfiligran verziert. Hinter einem elfenbeinernen, mit Gold eingelegten Schreibtisch saß ein Mann, dessen breite Schultern und sonnengebräunte Haut nicht in diese luxuriöse Umgebung passten. Er sah eher aus, als gehörte er in die weiten, windumbrausten Steppen oder in die rauen Berge. Jede Bewegung verriet die geschmeidige Kraft von Muskeln, die vom scharfen Verstand des geborenen Kämpfers gelenkt wurden. Nichts an ihm war bedächtig oder gemessen. Entweder verhielt er sich völlig ruhig – reglos wie eine

Bronzestatue – oder er befand sich in Bewegung, doch nicht mit der ruckhaften Hast überspannter Nerven, sondern mit der Flinkheit der Katze, die schneller als das Auge war.

Seine Kleidung war aus kostbarem Stoff, doch von gewollt einfacher Machart. Er trug weder Ringe noch sonstigen Schmuck und seine gerade geschnittene schwarze Mähne wurde lediglich von einem einfachen Silberband um die Stirn zusammengehalten.

Er legte den goldenen Griffel nieder, mit dem er angestrengt auf die Wachstafel vor sich geschrieben hatte, stützte das Kinn auf eine mächtige Faust und richtete die eisblauen Augen fast neidisch auf den Mann, der vor ihm stand und im Moment mit sich selbst beschäftigt war. Dieser schnürte den goldverzierten Harnisch an der Seite ein wenig enger und pfiff dabei geistesabwesend – ein etwas ungewöhnliches Benehmen, wenn man bedachte, dass er sich in der Gesellschaft eines Königs befand.

»Prospero«, sagte der Mann hinter dem Schreibtisch. »Diese Staatsgeschäfte ermüden mich – und das ist ein Gefühl, das ich nie kannte, auch wenn ich von Morgen bis Abend auf dem Schlachtfeld kämpfte.«

»Es gehört eben dazu, Conan«, antwortete der schwarzäugige Poitane. »Du bist König – und das ist Teil deiner Obliegenheiten.«

»Ich wollte, ich könnte mit dir nach Nemedien reiten.« Conans Neid wuchs. »Mir scheint es eine Ewigkeit her zu sein, seit ich das letzte Mal auf einem Pferd saß. Aber Publius behauptet, dass einige Angelegenheiten in der Stadt meine Anwesenheit hier erfordern.

Als ich die alte Dynastie stürzte«, fuhr er mit der kameradschaftlichen Vertrautheit fort, die nur zwischen dem Poitanen und ihm bestand, »war es wirklich ganz leicht, obgleich es mir damals schwer genug vorkam. Doch wenn ich jetzt zurückblicke, erscheinen mir all diese Tage der harten Arbeit, der Intrigen, des Gemetzels und der Prüfungen wie ein Traum.

Nur träumte ich nicht weit genug, Prospero. Als König Numedides tot zu meinen Füßen lag und ich ihm die Krone entriss, um sie selbst aufzusetzen, hatte ich die absolute Grenze meiner Träume erreicht. Ich war nur darauf vorbereitet gewesen, die Krone zu nehmen, nicht aber, sie zu halten. In der alten Zeit meiner persönlichen Freiheit brauchte ich nichts anderes als ein gutes Schwert und den geraden Weg zu meinen Feinden. Jetzt scheint es überhaupt keinen direkten Weg mehr zu geben und mein Schwert ist nutzlos.

Damals, als ich Numedides stürzte, war ich der Befreier – jetzt verachten sie mich. Sie haben eine Statue dieses Lumpen im Mitratempel aufgestellt und die Menschen werfen sich weinend und wehklagend davor nieder und beten zu ihm wie zu einem Heiligen, der durch einen blutbesudelten Barbaren den Märtyrertod gefunden hat. Als ich Aquiloniens Streitkräfte als Söldner in den Sieg führte, übersah man großzügig, dass ich ein Fremdling war, doch nun kann man mir diese Tatsache offenbar nicht mehr verzeihen.

Jetzt zünden sie Weihrauch und Kerzen vor Numedides' Standbild an, auch jene, denen seine Henkersknechte die Augen ausstachen, die von ihnen verstümmelt wurden oder deren Söhne in seinen Verliesen verschmachteten und deren Frauen und Töchter in seinen Harem geschleppt wurden. Diese wankelmütigen Toren!«

»Dafür ist zum größten Teil Rinaldo verantwortlich«, antwortete Prospero und schnallte den Waffengürtel enger. »Er singt Hetzlieder, die die Menschen aufwiegeln. Lass ihn doch in seinem Narrenkostüm am höchsten Turm aufhängen. Dann kann er Reime für die Geier schmieden.«

Conan schüttelte die Löwenmähne. »Nein, Prospero, das hätte keinen Sinn. Ein großer Poet ist mächtiger als ein

König. Seine Lieder vermögen mehr als mein Zepter. Ich spreche aus Erfahrung, denn ich spürte es tief im Herzen, als er sich herabließ, für mich zu singen. Ich werde sterben und man wird mich vergessen, aber Rinaldos Lieder werden weiterleben.

Nein, Prospero«, fuhr der König fort, und ein Schatten überzog sein Gesicht. »Es steckt mehr dahinter, auch wenn es nicht offensichtlich ist. Aber ich spüre es! Ich spüre es, genau wie ich in meiner Jugend wusste, wenn ein Tiger im hohen Gras verborgen lag, obgleich ich ihn nicht sehen konnte. Ich spüre eine untergründige Unruhe im ganzen Land. Ich komme mir vor wie ein Jäger an seinem kleinen Feuer mitten im Wald, der die verstohlenen Geräusche lauernder Tiere mehr ahnt als hört und der nur mit größter Anstrengung da und dort ein Augenpaar wie Funken glühen sieht. Wenn es nur etwas Greifbares wäre, gegen das ich mit meinem Schwert ankäme! Ich sage dir, es ist kein Zufall, dass die Pikten in letzter Zeit so häufig in unser Land einfallen und wir die Bossonier um Unterstützung ersuchen mussten, um sie zurückschlagen zu können. Ich hätte mit meinen Truppen reiten sollen!«

»Publius befürchtete ein Komplott. Er glaubte, man wolle dich über die Grenze und in eine Falle locken, um dich zu töten«, erinnerte ihn Prospero, der sich gerade den Seidenumhang über der glänzenden Rüstung glatt strich und seine große geschmeidige Gestalt in einem Silberspiegel bewunderte. »Deshalb ersuchte er dich, in der Stadt zu bleiben. Was du zu spüren glaubst, wie du sagst, verdankst du deinen misstrauischen barbarischen Sinnen. Lass das Volk doch murren! Die Söldner stehen auf unserer Seite, auch die Schwarzen Dragoner, und jeder Aufrechte in Poitain schwört auf dich. Die einzige Gefahr wäre ein Attentat auf dich, aber das verhindert deine Leibgarde, die dich Tag und Nacht bewacht. Woran arbeitest du da eigentlich?«

»An einer Karte«, erwiderte Conan voll Stolz. »Die

44

Karten am Hof sind zwar nicht schlecht, soweit sie die Länder im Süden, Osten und Westen betreffen, aber die vom Norden sind ungenau und fehlerhaft. Also zeichne ich selbst eine Karte des Nordens. Sieh her! Das ist Cimmerien, wo ich geboren wurde. Und …«

»Asgard und Vanaheim!« Prospero studierte die Karte. »Bei Mitra, ich hatte diese Länder fast für legendär gehalten.«

Conan grinste und strich unwillkürlich mit den Fingerspitzen über die Narben in seinem dunklen Gesicht. »Wenn du an der Nordgrenze von Cimmerien aufgewachsen wärst, wüsstest du es besser. Asgard liegt im Norden, Vanaheim nordwestlich von Cimmerien und längs der Grenze herrscht fast unablässig Krieg.«

»Was sind das eigentlich für Menschen dort im Norden?«, wollte Prospero wissen.

»Sie sind hochgewachsen, hellhäutig und blauäugig. Ihr Gott ist Ymir, der Frostriese, und jeder Stamm hat seinen eigenen König. Sie sind unberechenbar und wild. Den ganzen Tag kämpfen sie und des Nachts trinken sie Bier und grölen ihre Kampflieder.«

»Dann unterscheidest du dich ja kaum von ihnen«, sagte Prospero grinsend. »Du lachst und trinkst gern und viel; und die Lieder, die du zum Besten gibst, grölst du auch mehr, als dass du sie singst. Allerdings muss ich gestehen, dass ich außer dir nie einen Cimmerier kennengelernt habe, der etwas anderes als Wasser trank, und auch keinen, der lachte oder etwas anderes als traurige Totenlieder sang.«

»Das liegt vielleicht an dem Land, in dem sie zu Hause sind«, meinte der König. »Ein düstereres Land gibt es nicht. In seinen rauen, teils schroffen, teils dunkel bewaldeten Bergen unter einem fast immer grauen Himmel pfeift täglich der Wind klagend durch die öden Täler.«

»Kein Wunder, dass die Menschen dort freudlos werden.« Prospero zuckte die Schultern und dachte an die freundlichen milden Ebenen und die blauen trägen Flüsse seiner sonnigen Heimat Poitain, der südlichsten Provinz Aquiloniens.

»Für sie gibt es keine Hoffnung«, murmelte Conan. »Weder in diesem noch im nächsten Leben. Ihre Götter sind Crom und seine finsteren Brüder, die über ein Land ewigen Nebels herrschen, das das Reich der Toten ist. Bei Mitra, die Æsir und ihre Götter waren mehr nach meinem Geschmack.«

»Aber die rauen düsteren Berge Cimmeriens hast du ja nun hinter dir«, sagte Prospero lachend. »So, und jetzt muss ich aufbrechen. An Numas Hof werde ich einen Kelch feinen Weißweins auf dein Wohl trinken.«

»Gut«, brummte der König. »Aber küss ja Numas Tänzerinnen nicht in meinem Namen, wenn du nicht möchtest, dass es zu diplomatischen Verwicklungen kommt.«

Sein herzhaftes Lachen folgte Prospero aus dem Gemach.

# III

*In den Pyramidengewölben kriecht der mächtige Set durch
die Nacht,*
*Während sein finsteres Volk im Schatten der Grüfte erwacht.*
*Ich spreche die alten Worte, die ich in düsteren Tiefen las –*
*O herrlicher, gewaltiger Set, schick einen Schergen für
meinen Hass.*

DIE SONNE GING UNTER und tauchte den grünen und dunstig
blauen Wald kurz in leuchtendes Gold. Die erlöschenden
Strahlen spiegelten sich noch flüchtig auf der dicken Goldkette, die Dion von Attalus ruhelos in den fleischigen
Händen drehte, während er auf die bunten Blumen und
üppigen Blüten der Bäume in seinem Garten blickte. Unruhig rutschte er mit dem feisten Gesäß ein wenig auf der
Marmorbank hin und her und blickte sich verstohlen um, als
hielte er Ausschau nach einem lauernden Feind. Dion saß in
der Mitte eines Kreises schlanker Bäume, deren ineinander-
reichende Äste ihren Schatten über ihn warfen. In der Nähe
plätscherte ein Springbrunnen, und weitere, überall in dem
riesigen Lustgarten verteilt, wisperten ihre sanfte Melodie.

Dion war allein, wenn man von der riesenhaften, dunkelhäutigen Gestalt absah, die es sich auf einer Marmorbank
unweit von ihm bequem gemacht hatte und ihn mit düs-
terem Blick beobachtete. Aber Dion achtete nicht auf
Thoth-amon. Er wusste zwar, dass der Stygier ein Sklave
war, der Ascalantes Vertrauen besaß, aber wie so viele
reiche Leute verlor er kaum einen Gedanken an Menschen,
die so tief unter ihm standen.

»Kein Grund für Eure Nervosität«, sagte Thoth zu ihm.
»Es kann nichts schiefgehen.«

»Wie jeder andere kann auch Ascalante Fehler machen«,
schnaubte Dion und der Schweiß rann ihm schon allein
beim Gedanken an einen Fehlschlag übers Gesicht.

»Er ganz bestimmt nicht«, versicherte ihm der Stygier
mit einem finsteren Grinsen. »Sonst wäre ich nicht sein
Sklave, sondern sein Herr.«

»Was ist das für ein Gerede?«, entgegnete Dion entrüstet,
obgleich er nur mit halbem Ohr zuhörte.

Thoth-amons Augen verengten sich. Trotz aller eiserner
Selbstbeherrschung glaubte er, vor ständig verdrängtem
Grimm, Hass und der ihm angetanen Schmach bersten zu
müssen, und war bereit, selbst die geringste Chance zu
nutzen. Er bedachte nur nicht, dass Dion ihn nicht als
Menschen mit Geist und Verstand sah, sondern lediglich als
Sklaven, als Kreatur, die zu beachten unter seiner Würde
war.

»Hört mir zu«, sagte Thoth. »Ihr werdet König sein.
Doch Ihr wisst nichts von dem, was in Ascalantes Gehirn
vorgeht. Sobald Conan tot ist, könnt Ihr ihm nicht mehr
trauen. Ich kann Euch helfen und werde es auch tun, wenn
Ihr bereit seid, mich unter Euren Schutz zu nehmen, sobald
Ihr an die Macht gelangt seid.

So wisset denn, mein Lord, dass ich ein großer Zauberer
im Süden war. Man sprach von Thoth-amon mit der gleichen Hochachtung wie von Rammon. König Ctesphon von

Stygien erhob mich zu großen Ehren. Er verstieß seine früheren Magier und machte mich zum Hofzauberer. Dafür hassten sie mich, aber sie fürchteten mich auch, da ich Macht über Wesen von jenseits dieser Welt hatte und sie nur zu rufen brauchte, wenn ich ihrer Hilfe bedurfte. Bei Set, meine Feinde ahnten nicht, wann diese Wesen über sie kommen würden, um zu nächtlicher Stunde ihre Klauen um ihren Hals zu legen! Finsterste und unerbittliche Magie bewirkte ich mit dem Schlangenring Sets, den ich in einer dunklen Gruft fast eine Meile unter der Erdoberfläche gefunden hatte, wo er schon vergessen war, ehe der erste Mensch aus dem Schlamm des Meeres kroch.

Aber ein Dieb stahl mir den Ring und so verlor ich meine Macht. Die Magier taten sich zusammen, um mich zu töten, doch mir glückte die Flucht. Als Kameltreiber reiste ich mit einer Karawane zum Lande Koth, als Ascalantes Banditen uns überfielen. Alle in der Karawane wurden getötet, außer mir. Doch konnte ich mein Leben nur dadurch retten, dass ich mich Ascalante zu erkennen gab und schwor, ihm zu dienen. Bitter war diese Sklaverei.

Um mich zu halten, schrieb er mein Geständnis nieder, versiegelte die Schriftrolle und übergab sie einem Einsiedler an der Südgrenze von Koth. Ich kann es nicht wagen, ihm im Schlaf einen Dolch ins Herz zu stoßen oder ihn an seine Feinde zu verraten, weil der Eremit dann die Schriftrolle öffnen und lesen würde, genau wie Ascalante ihn anwies. Und wenn ein Wort darüber in Stygien laut würde …«

Thoth erschauderte und sein dunkles Gesicht wurde fahl.

»Man kennt mich nicht in Aquilonien«, fuhr er fort. »Doch sollten meine Feinde in Stygien erfahren, wo ich mich aufhalte, würde es mir nichts nützen, selbst wenn die halbe Welt zwischen uns läge, und ein grauenvolles Verhängnis würde mich ereilen. Nur ein König mit Festungen und einer großen Streitmacht kann mich beschützen. Deshalb habe ich Euch mein Geheimnis offenbart. Ich biete

Euch ein Bündnis an. Ich kann Euch mit meiner Weisheit helfen und Ihr könnt mich beschützen. Und eines Tages werde ich den Ring finden …«

»Ring? Ring?« Thoth hatte die absolute Selbstsucht Dions unterschätzt. Dieser hatte überhaupt nicht auf die Worte des Sklaven geachtet, so völlig war er in seine eigenen Gedanken vertieft gewesen. Aber das Wort Ring hatte ihn an etwas erinnert.

»Ring?«, wiederholte er noch einmal. »Jetzt fällt es mir wieder ein! Er soll ein Glücksring sein. Ich habe ihn einem shemitischen Dieb abgekauft, der beteuerte, ihn von einem Hexer im fernen Süden gestohlen zu haben, und auch, dass er seinem Träger Glück bringen würde. Ich habe ihm, weiß Mitra, genug dafür bezahlt. Und bei den Göttern, ich kann alles Glück brauchen, das nur zu haben ist, nachdem Volmana und Ascalante mich schon einmal in ihr blutiges Komplott mit hineingezogen haben. Ich werde den Ring suchen!«

Thoth sprang auf. Das Blut stieg in sein dunkles Gesicht, während seine Augen vor Wut aufblitzten, obgleich er noch wie benommen von der Erkenntnis der selbstsüchtigen Dummheit des anderen war. Dion achtete überhaupt nicht auf ihn. Mit einer schnellen Handbewegung öffnete er ein Geheimfach in seiner Marmorbank und kramte kurz in dem Haufen darin herum – barbarische Talismane, Finger-knöchelchen, seltsame Amulette und dergleichen. Alles angebliche Glücksbringer, die er in seinem Aberglauben zusammengetragen hatte.

»Ah, da ist er ja!« Triumphierend hielt er einen Ring, eine ungewöhnliche Schmiedearbeit, in die Höhe. Er war aus kupferähnlichem Metall und hatte die Form einer schup-pigen Schlange, die sich dreimal übereinander zusammen-gerollt und die Schwanzspitze in den Rachen gesteckt hatte. Die Augen waren gelbe Edelsteine, die bösartig glitzerten. Thoth-amon schrie auf und Dion wirbelte herum. Mit aufgerissenem Mund und plötzlich bleichem Gesicht starrte er den Sklaven an. Die Augen des Stygiers funkelten, die dunklen Hände hatte er wie Klauen ausgestreckt.

»Der Ring! Bei Set! Der Ring!«, schrie er schrill. »Mein Ring – den man mir gestohlen hat …«

Stahl glitzerte in Thoth-amons Hand. Blitzschnell stieß er seinen Dolch in den feisten Leib des Barons. Dions Angst- und Schmerzensschrei erstickte in einem Gurgeln und er fiel wie ein schmelzender Butterberg in sich zusammen. Bis zum bitteren Ende blieb er seiner Dummheit treu; er starb, ohne zu wissen weshalb.

Thoth stieß den schwabbligen Körper zur Seite, nachdem er ihm den Ring entrissen hatte, und dachte nicht mehr an ihn. Mit beiden Händen hielt er den Ring und seine dunklen Augen glänzten.

»Mein Ring!«, wisperte er in freudiger Erregung. »Ich habe meine Macht wieder!«

Wie lange er mit dem todbringenden Ring in den Händen reglos wie eine Statue gestanden und dessen schreckliche Aura auf seine schändliche Seele hatte einwirken lassen, hätte nicht einmal der Stygier selbst zu sagen vermocht. Als er seine Andacht beendete und seinen Geist aus den finsteren Abgründen zurückholte, in die der Ring ihn hatte blicken lassen, stand bereits der Mond am Himmel und warf lange Schatten über die glatte Lehne der Marmorbank, vor der der dunklere Schatten lag, der einst der Herr von Attalus gewesen war.

»Und jetzt mache ich Schluss mit Ascalante!«, flüsterte der Stygier, dessen Augen in der Düsternis rot wie die eines Vampirs glühten. Er bückte sich, schöpfte eine Hand voll Blut aus der Lache, in der sein Opfer lag, und tauchte die Augen der Kupferschlange hinein, bis das glitzernde Gelb dick mit dem verkrusteten Lebenssaft über- zogen war.

»Verdunkle deine Augen, o mystische Schlange«, sang er mit wispernder Stimme, die einem Zuhörer das Blut in den Adern hätte stocken lassen. »Verschließe sie dem Mondschein und lasse sie die schwärzesten Abgründe erschauen! Was siehst du, o Schlange Sets? Wen rufst du aus den Tiefen der Finsternis? Wessen Schatten fällt auf das schwindende Licht? Bring ihn zu mir, o Schlange Sets!«

Mit einer kreisenden Bewegung, die seine Finger immer wieder zu ihrem Ausgangspunkt zurückführte, strich er über die spürbaren Schuppen des Schlangenrings, dazu flüsterte er erschreckende Namen und leierte Beschwörungen, wie sie auf der Welt längst vergessen waren, außer im Hinterland des finsteren Stygiens, wo monströse Gestalten durch die dunklen Grüfte schleichen.

Die Luft über ihm geriet in Wallung, ähnlich dem Wasser, wenn ein großer Fisch auftaucht. Ein eisiger Luftzug strich über ihn und dann spürte Thoth etwas hinter sich, aber er drehte sich nicht um. Er richtete den Blick auf den monderhellten Marmor vor sich, auf dem sich ein kaum merklicher Schatten abzeichnete. Während er weiter seine Beschwörung leierte, wuchs dieser Schatten und wurde immer deutlicher, bis er sich ganz klar abhob. Die Umrisse ähnelten denen eines gigantischen Pavians, doch einen solchen Pavian gab es nirgendwo auf der Erde, nicht einmal in Stygien. Auch jetzt drehte Thoth sich nicht um. Aus seinem breiten Gürtel zog er eine Sandale seines Herren – die er seit langem schon bei sich trug, in der Hoffnung, sie vielleicht doch einmal benutzen zu können, wie ihm nun endlich vergönnt war – und warf sie hinter sich.

»Mach dich gut mit ihr vertraut, Sklave des Ringes!«, rief er. »Suche denjenigen, der sie trug, und vernichte ihn! Schau ihm in die Augen und zersprenge seine Seele, ehe du ihm die Gurgel zerreißt! Töte ihn!« Und nach kurzer Überlegung fügte er in seinem Grimm hinzu: »Und alle, die bei ihm sind!«

Auf der Marmorwand vor sich sah Thoth, wie die Kreatur des Grauens den unförmigen Schädel senkte und wie ein Bluthund an der Sandale schnüffelte. Dann schwang der grässliche Kopf zurück. Thoth spürte, wie die Kreatur sich umdrehte und wie der Wind durch die Bäume verschwand. In höllischem Triumph warf er die Arme in die Luft und seine Augen und Zähne glänzten im Mondschein.

Ein Posten außerhalb der Mauer schrie erschrocken auf, als ein schwarzer Schatten mit flammenden Augen über die Mauer brauste und mit dem Rauschen des Windes über ihn hinwegflog. Doch so schnell war er verschwunden, dass der verwirrte Posten sich bald fragte, ob es Wirklichkeit gewesen war oder er nur geträumt hatte.

# IV

*Als die Welt noch jung und die Menschen schwach*
*und es herrschten die Dämonen der Nacht,*
*Da zog ich mit Feuer und Stahl und dem Saft des*
*Upasbaums gegen Set in die Schlacht.*
*Und jetzt, da ich im dunklen Herzen des Berges liege*
*in dem die Zeit mich begraben hat –*
*Vergesst ihr ihn, der mit der Schlange rang*
*und den uralten Erzfeind der Seele zertrat?*

KÖNIG CONAN LAG ALLEIN in dem großen Schlafgemach mit
der hohen goldenen Kuppeldecke und träumte. Durch wallenden grauen Nebel hörte er schwach wie aus weiter Ferne
einen seltsamen Ruf. Er verstand ihn nicht, aber er konnte
ihn auch nicht einfach überhören. Mit dem Schwert in der
Hand tastete er sich durch den Nebel wie durch eine dicke
Wolke. Bei jedem Schritt wurde die Stimme deutlicher,
bis er das Wort verstand, das sie rief – es war sein eigener
Name, der über Raum und Zeit an sein Ohr drang.

Der Nebel lichtete sich und so konnte er erkennen, dass er
durch einen breiten dunklen Gang schritt, der aus massivem

Fels gehauen zu sein schien. Boden und Decke waren bearbeitet und poliert; sie glänzten stumpf und die Wände waren mit Reliefs von alten Helden und fast vergessenen Göttern verziert. Er erschauderte, als er die schattenhaften Umrisse der namenlosen Alten Götter sah, und irgendwie wusste er, dass seit Jahrhunderten kein Sterblicher mehr durch diesen Korridor geschritten war.

Er kam zu einer breiten Treppe, die ebenfalls aus dem massiven Felsen gehauen war. Die Seiten des Schachtes waren mit geheimnisvollen Zeichen bedeckt, die so uralt und schrecklich waren, dass König Conans Haut zu prickeln begann. Und die Stufen hatten die Form der Alten Schlange, die Set war, sodass er bei jedem Schritt den Fuß auf den Schlangenschädel setzte, wie es seit altersher beabsichtigt war, aber er empfand Unbehagen dabei.

Doch die Stimme rief ihn und schließlich kam er durch die Dunkelheit, die für das Auge des Körpers undurchdringlich gewesen wäre, zu einer seltsamen Gruft, in der eine nur verschwommen erkennbare, weißbärtige Gestalt auf einem Sarkophag saß. Conans Nackenhaare stellten sich auf und er griff nach seinem Schwert, aber die Gestalt sprach mit Grabesstimme zu ihm:

»O Mensch, erkennst du mich?«

»Nein, bei Crom!«, antwortete der König.

»Mensch!«, sagte der Greis. »Ich bin Epemitreus.«

»Aber Epemitreus der Weise ist schon seit fünfzehnhundert Jahren tot!«, stieß Conan hervor.

»Höre!«, sagte der andere gebieterisch. »Wirft man einen Stein in stilles Wasser, kräuselt es sich, bis die sanften Wellen die Ufer erreichen. Geschehnisse in der Unsichtbaren Welt warfen ihre Wellen bis zu mir und weckten mich aus meinem Schlummer. Ich habe dich beobachtet und auserkoren, Conan von Cimmerien. Gewaltige Ereignisse und große Taten haben dich geprägt. Doch Unheil droht dem Land, gegen das dein Schwert nicht ankommt.«

»Ihr sprecht in Rätseln«, sagte Conan beunruhigt. »Zeigt mir meinen Gegner, damit ich ihm den Schädel spalten kann.«

»Vergiss deinen barbarischen Grimm gegen Feinde aus Fleisch und Blut«, riet ihm der Greis. »Nicht gegen Menschen muss ich dich schützen. So höre: Es gibt finstere Welten, die der Sterbliche kaum ahnt, in denen formlose Ungeheuer umherstreifen – Dämonen, die aus den unendlichen Abgründen des Nichts herbeigerufen werden können, um erschreckende Gestalt anzunehmen und auf das Geheiß schwarzer Magier von ihnen ausgewählte Opfer auf grauenvolle Weise töten. In deinem Haus, o König, lauert eine Schlange – ja, eine Viper ist in deinem Reich. Aus Stygien ist sie gekommen, mit finsterer Weisheit in der schwarzen Seele. Wie ein Schlafender von der Schlange träumt, die neben seinem Bett kriecht, habe ich die anrüchige Gegenwart von Sets Neophyten gespürt. Er ist trunken von schrecklicher Macht und die Schläge, die er seinem Feind versetzt, können sehr wohl das Ende deines Königreichs bedeuten. Und so habe ich dich zu mir gerufen, um dir eine Waffe gegen ihn und seine höllische Meute zu geben.«

»Wieso mir?«, fragte Conan verwirrt. »Die Legende berichtet, dass Ihr im schwarzen Herzen Golamiras schlummert, und in Zeiten der Not Euren Geist auf unsichtbaren Schwingen ausschickt, um Aquilonien beizustehen. Aber ich – ich bin ein Barbar, kein Aquilonier.«

»Stell keine Fragen!« Die Stimme hallte durch das dunkle Gewölbe. »Dein Geschick ist fest mit Aquilonien verbunden. Gewaltige Ereignisse bahnen sich im Gespinst des Schicksals an. Ein blutdürstiger, besessener Hexer darf die Bestimmung des Reiches nicht verändern. Vor langer Zeit schlang Set sich um die Welt wie ein Python um sein Opfer. Mein ganzes Leben, das die Spanne von drei üblichen Menschenleben misst, kämpfte ich gegen ihn. Ich vertrieb ihn, jagte ihn in den geheimnisumwitterten Süden, doch im dunklen Stygien verehren die Menschen ihn immer noch, ihn, der der Erzfeind der Menschheit ist. Und so, wie ich gegen Set kämpfte, kämpfe ich gegen seine Anbeter, seine Jünger und Akoluthen. Streck dein Schwert aus!«

Verwundert gehorchte Conan. Mit einem knochigen Finger zeichnete der Alte nahe der silbernen Parierstange ein seltsames Symbol auf die breite Klinge – ein Symbol, das wie weißes Feuer in der Düsternis glühte. Im gleichen Augenblick verschwanden Greis und Gruft und Conan sprang verwirrt aus dem Bett in seinem Kuppelgemach. Während er reglos stehen blieb und über den seltsamen Traum nachdachte, wurde ihm bewusst, dass er sein Schwert in der Rechten hielt. Da prickelte seine Haut, denn in die breite Klinge war ein Symbol eingraviert: die Umrisse eines Phönix. Da erinnerte er sich, dass er auf dem Sarkophag in der Gruft seines Traumes eine ähnliche Skulptur gesehen hatte, und er fragte sich, ob sie wahrhaftig nur aus Stein gehauen gewesen war. Unwillkürlich lief ihm ein Schauder über den Rücken.

Ein verstohlenes Geräusch vor seiner Tür brachte ihn völlig in die Wirklichkeit zurück. Ohne nachzusehen, schlüpfte er in seine Rüstung. Und wieder war er der Barbar: misstrauisch und wachsam wie der graue Wolf.

## V

*Ich weiß nichts von eurem kultivierten Leben,*
*von Lug und Trug und falschem Schein.*
*Ich kam zur Welt in einem wilden Land,*
*wo es galt, rasch und stark zu sein.*
*Es gibt keine Arglist, kein Intrigenspiel,*
*das nicht letztlich das Schwert gewann,*
*So greift an, ihr Gewürm – auch im Mantel des*
*Königs empfängt euch ein Mann!*

Die Straße der Könige

DURCH DEN STILLEN KORRIDOR des Königsschlosses stahlen sich zwanzig Vermummte. Auf leisen Sohlen, ob nun nackt oder in weiches Leder gehüllt, huschten sie über dicke Teppiche und stellenweise über schimmernde Marmorfliesen. Die Fackeln in den Nischen warfen ihren flackernden Schein auf Dolche, Schwerter und die scharfen Klingen von Streitäxten.

»Leise!«, zischte Ascalante. »Wer atmet da so verräterisch laut? Der Offizier der Nachtwache hat die meisten

Posten auf unserem Weg abgezogen und den Rest mit Wein betrunken gemacht. Trotzdem müssen wir vorsichtig sein. He, zurück! Der Wachtrupp kommt!«

Hastig verbargen sie sich hinter den reliefverzierten Säulen. Und schon marschierten zehn Riesen in schwarzer Rüstung vorbei. Zweifelnd ruhte ihr Blick auf dem Offizier, der sie von ihren Posten abberufen hatte. Die versteckten Verschwörer sahen, dass sein Gesicht bleich war und er sich mit zitternder Hand den Schweiß von der Stirn wischte. Er war sehr jung und der Verrat fiel ihm nicht leicht. Heimlich verfluchte er seine Spielleidenschaft, die ihn in die Hände von halsabschneiderischen Geldverleihern getrieben und dadurch zum Opfer verschwörerischer Politiker gemacht hatte.

Mit klackenden Schritten verschwand der Trupp in einem Korridor.

»Gut!«, murmelte Ascalante grinsend. »Jetzt schläft Conan unbewacht. Beeilt euch! Wenn man uns ertappt, während wir ihn umbringen, ist es um uns geschehen. Doch nur wenige werden die Sache eines toten Königs zu der ihren machen.«

»Ja, beeilen wir uns!«, flüsterte Rinaldo erregt, dessen blaue Augen wie die Klinge des Schwertes blitzten, das er über dem Kopf schwang. »Mein schneidiger Liebling dürstet! Schon sammeln sich die Aasgeier! Schnell, weiter!«

Mit unbekümmerter Eile rannten sie jetzt den Korridor hinunter und hielten vor einer vergoldeten Tür an, die mit dem königlichen Drachen, dem Wappentier Aquiloniens, geschmückt war.

»Gromel!«, zischte Ascalante. »Brecht die Tür auf!«

Der Riese holte tief Luft und warf sich mit seinem ganzen gewaltigen Gewicht gegen einen Flügel, der sich unter dem Aufprall ächzend bog. Erneut warf er sich dagegen. Die Riegel zerbrachen, das Holz barst und die Tür sprang auf.

»Hinein!«, brüllte Ascalante voll Begeisterung.

»Hinein!«, brüllte auch Rinaldo. »Tod dem Tyrannen!«

Doch wie angewurzelt blieben sie stehen, als sie sich Conan gegenübersahen. Kein halb nackter schlaftrunkener Mann, den man in seiner Benommenheit wie ein Schaf abschlachten konnte, stand vor ihnen, sondern ein hellwacher Barbar in Teilrüstung, mit dem blanken Schwert in der Hand.

Einen Herzschlag lang war die Szene erstarrt: Die vier Rebellenführer standen auf der Schwelle der geborstenen Tür, die Meute wilder bärtiger Gestalten hinter ihnen. Allen hatte der Anblick des breitschultrigen Riesen mit den wie Gletschereis blitzenden Augen momentan den Mut geraubt. Doch da sah Ascalante auf einem kleinen Tisch neben der königlichen Schlafstatt das Silberzepter und den schmalen Goldreif, der die Krone Aquiloniens darstellte, und die Gier danach übermannte ihn.

»Hinein, ihr Halunken!«, brüllte er. »Er ist allein gegen uns zwanzig und er trägt keinen Helm!«

Das stimmte. Conan hatte nicht mehr genug Zeit gehabt, den schweren, federbuschverzierten Helm aufzusetzen, auch nicht, den Harnisch an den Seiten zuzuschnüren, noch, um nach dem mächtigen Schild an der Wand zu greifen. Trotzdem war Conan besser geschützt als jeder Einzelne seiner Gegner, mit Ausnahme von Volmana und Gromel, die beide volle Rüstung trugen.

Der König betrachtete seine Gegner mit funkelndem Blick und fragte sich, wer sie wohl sein mochten. Ascalante kannte er nicht, die beiden in der Rüstung hatten ihre Visiere geschlossen und Rinaldo hatte seinen Schlapphut bis zu den Augen über die Stirn gezogen. Doch jetzt war nicht die Zeit, sich darüber Gedanken zu machen. Brüllend, sodass es von der Kuppeldecke widerhallte, stürmten die Verschwörer in den Raum, Gromel allen voran. Wie ein Stier kam er heran, den Kopf gesenkt, das Schwert ausgestreckt, um es dem König in den Leib zu stoßen. Conan sprang ihm entgegen und all seine tigerhafte Kraft und Geschmeidigkeit legte er in den Arm, der sein Schwert schwang. Die breite Klinge pfiff durch die Luft und sauste auf des Bossoniers Helm herab. Klinge und Helm brachen und Gromel stürzte tot zu Boden. Conan sprang zurück, den abgebrochenen Griff in der Hand.

»Gromel!«, schnaubte er. Seine Augen verrieten seine Verwunderung, als der geborstene Helm das Gesicht des Angreifers offenbarte. Doch schon stürzte sich der Rest der Meute auf ihn. Eine Dolchspitze glitt über seine Rippen zwischen Brust- und Rückenharnisch, eine Schwertklinge blitzte vor seinen Augen. Mit der Linken schleuderte er den Dolchschwinger zur Seite und schmetterte den Schwertstumpf, einem Cästus gleich, gegen die Schläfe des anderen, sodass dieser tot zusammenbrach.

»Fünf an die Tür!«, befahl Ascalante schrill und tänzelte um die Kämpfenden herum. Er befürchtete, Conan könnte sich freikämpfen und durch die Tür fliehen. Die Schurken wichen kurz zurück, als ihr Führer einige von ihnen packte und zur einzigen Tür stieß. Während dieser kurzen Verschnaufpause machte Conan einen Satz zur Wand und riss die uralte Streitaxt herunter, die dort, unangetastet von der Zeit, ein halbes Jahrhundert geschlummert hatte.

Mit dem Rücken zur Wand verharrte er kurz vor dem sich um ihn schließenden Halbkreis, dann sprang er mitten hinein. Er hielt nichts davon, in die Enge getrieben zu werden, sondern griff lieber selbst an, auch bei zahlenmäßiger Überlegenheit des Gegners, wie in diesem Fall. Jeder andere wäre in seiner Lage längst tot gewesen und auch Conan rechnete nicht damit, lebend davonzukommen, aber er beabsichtigte, so viele wie möglich mit in den Tod zu nehmen. Seine Barbarenseele riss ihn mit und seine Ohren vernahmen unhörbare Heldenlieder.

Als er auf seine Gegner zusprang, sauste seine Axt herab und schickte einen Gesetzlosen mit abgetrennter Schulter zu Boden; der Rückschwung zerschmetterte den Schädel eines zweiten. Eine Schwertklinge pfiff dicht an ihm vorbei, doch der Tod ging um Haaresbreite an ihm vorüber. So flink war der Cimmerier, dass seine Bewegungen nur verschwommen zu erkennen waren. Wie ein Tiger unter Pavianen sprang er, hüpfte zur Seite und wirbelte herum, bot nie ein ruhiges Ziel, während seine Streitaxt sich wie ein blitzendes Todesrad drehte.

Eine kurze Weile bedrängten die Angreifer ihn wild. Doch sie konnten nur blindlings zuschlagen, da ihre eigene Zahl sie behinderte. Dann wichen sie plötzlich zurück. Zwei Leichen auf dem Boden zeugten von der Wut und Geschicklichkeit des Königs, obgleich er an Armen, Beinen und Hals blutete.

»Feiglinge!«, gellte Rinaldo und riss sich den federverzierten Schlapphut vom Kopf. Wild funkelten seine Augen. »Scheut ihr den Kampf? Soll der Despot vielleicht am Leben bleiben? Auf ihn!«

Er stürzte sich, wild um sich schlagend, auf Conan. Doch der erkannte ihn jetzt. Mit einem kurzen Hieb zertrümmerte er sein Schwert, dann stieß er ihn mit aller Kraft durch den Kreis der anderen, sodass er rückwärts auf dem Boden landete. Da ritzte die Spitze von Ascalantes Klinge des Königs linken Arm und der Gesetzlose konnte sich nur durch schnelles Ducken und einen Rückwärtssprung vor der rächenden Axt retten. Wieder stürzte die Meute sich auf Conan und die Axt zischte durch die Luft und tat ihre Pflicht. Ein bärtiger Halunke duckte sich und legte die Arme um Conans Beine, um ihn zu Fall zu bringen, aber genauso gut hätte er sein Glück bei Eisentürmen versuchen können. Er sah beim Hochblicken die Axt auf sich herabsausen, doch er konnte ihr nicht mehr ausweichen. Inzwischen hatte ein Kamerad sein Breitschwert mit beiden Händen geschwungen und durch des Königs linken Schulterschutz in die Schulter geschlagen. In Herzschlagschnelle war Conans Harnisch voll Blut.

Volmana stieß in seiner Ungeduld die ihm im Wege Stehenden wild zur Seite und zielte mit aller Kraft nach Conans ungeschütztem Kopf. Der König duckte sich und die Klinge schnitt eine Strähne des schwarzen Haares ab, als sie dicht über die Schädeldecke pfiff. Conan wirbelte auf der Ferse herum und schwang die Axt. Ihre Schneide drang durch den stählernen Brustpanzer in Volmanas linke Seite und der Graf sank zu Boden.

»Volmana!«, keuchte Conan. »Ich hätte diesen Zwerg gleich erkennen müssen!«

Er richtete sich auf, um dem Wahnsinnsangriff Rinaldos zu begegnen, der völlig ungeschützt, nur mit einem Dolch bewaffnet, auf ihn zustürmte. Conan sprang zurück und hob die Axt. »Zurück, Rinaldo!«, rief er fast flehend. »Zurück! Ich möchte Euch nicht töten müssen!«

»Stirb, Tyrann!«, kreischte der wahnsinnige Minnesänger und warf sich geradewegs auf den König. Conan wartete mit dem Hieb, den er vermeiden wollte, bis es zu spät war. Erst als er den Dolch in seiner ungeschützten Seite spürte, schlug er die Axt in blinder Verzweiflung hinab.

Rinaldo fiel mit zerschmettertem Schädel und Conan taumelte zur Wand zurück. Blut spritzte durch die Finger, die er auf die neue Wunde drückte.

»Auf ihn!«, brüllte Ascalante. »Tötet ihn!«

Conan lehnte sich mit dem Rücken gegen die Wand und hob die Axt. Wie das Urbild der Unbesiegbarkeit stand er da, mit weit gespreizten Beinen, den Kopf ein wenig vorgeschoben, eine Hand stützend an die Wand gedrückt, die andere mit der Axt hoch über dem Kopf. Die Muskelstränge drohten die Haut zu sprengen. Seine Züge waren zu einer Maske tödlicher Wut verzerrt. Die Augen funkelten gefährlich. Die Männer zögerten. So skrupellose, blutdürstige Verbrecher sie auch waren, hatte doch die Zivilisation sie hervorgebracht, und was ihnen hier gegenüberstand, war ein Barbar, das gefährlichste aller wilden Tiere. Sie wichen vor ihm zurück, denn selbst der sterbende Tiger konnte noch zum tödlichen Schlag ausholen.

Conan spürte ihre Unsicherheit. Er grinste freudlos und fletschte die Zähne.

»Wer will als Nächster sterben?«, knurrtc cr durch aufgcrissene, blutige Lippen.

Ascalante sprang wie ein Wolf, doch mit unglaublicher Flinkheit hielt er fast mitten in der Luft inne und ließ sich auf den Boden fallen, um dem zischenden Tod zu entgehen. Hastig riss er die Füße zur Seite und rollte herum, als Conan erneut zuschlug. Diesmal sank die Axt zolltief in den polierten Boden, dicht neben Ascalantes Beinen.

Ein weiterer tollkühner Bandit wählte diesen Augenblick zum Angriff. Die anderen folgten ihm nur zögernd. Der Erste hatte beabsichtigt, Conan zu töten, ehe der Cimmerier die Axt aus dem Boden zu zerren vermochte. Aber er hatte des Königs Kraft unterschätzt. Die blutige Axt flog hoch und sauste gleich darauf wieder herab. Der Bursche prallte leblos gegen die Beine seiner Kameraden.

In diesem Augenblick schrien die fünf an der Tür gleichzeitig gellend auf, denn ein unförmiger Schatten war urplötzlich an der Wand erschienen. Alle außer Ascalante waren bei diesem Schreckensschrei herumgewirbelt. Und alle außer Ascalante rannten schreiend aus der Tür und in blinder Flucht durch die Korridore.

Ascalante gönnte sich nicht einmal einen Blick über die Schulter zur Tür. Er hatte Augen nur für den verwundeten König. Er nahm an, dass der Kampflärm den Palast geweckt hatte, und die dem König ergebenen Gardisten herbeigestürmt waren. Trotzdem kam es ihm selbst in diesem Augenblick merkwürdig vor, dass die harten, ausgekochten Banditen bei ihrer Flucht so grauenvoll schrien. Conan schaute nicht zur Tür, weil er den Gesetzlosen mit den brennenden Augen eines sterbenden Wolfes beobachtete.

Selbst in dieser ernsten Situation blieb Ascalante seiner

zynischen Lebensphilosophie treu. »Alles scheint verloren, vor allem die Ehre«, murmelte er. »Doch jedenfalls stirbt der König im Stehen und …« Was er sonst noch hatte sagen wollen, kam nicht mehr über seine Lippen, denn er nutzte den Augenblick, da Conan sich notgedrungen mit dem Axtarm das Blut aus den Augen wischte, und stürmte auf ihn zu.

Doch noch ehe er ihn erreicht hatte, war ein seltsames Rauschen zu hören, und ein ungeheures Gewicht landete auf seinem Rücken. Kopfüber stürzte er auf den Boden und scharfe Krallen stießen schmerzhaft in sein Fleisch. Er wand sich verzweifelt unter seinem Angreifer und drehte den Kopf. Er starrte geradewegs in eine Fratze des Albtraums und Wahnsinns. Auf ihm hockte eine riesenhafte schwarze Kreatur, die nicht von dieser Welt stammen konnte. Ihre geifernden schwarzen Zähne näherten sich seiner Kehle und der Blick der flammenden gelben Augen ließ seine Glieder verdorren, so wie der heiße Wind den jungen Weizen verdörrt.

Diese Fratze konnte in ihrer Abscheulichkeit keinem Tier gehören. Sie mochte die einer alten, vom Bösen gezeichneten Mumie sein, die zu dämonischem Leben erwacht war. In diesen grauenvollen Zügen glaubte der Gesetzlose eine schwache, doch schreckliche Ähnlichkeit mit seinem Sklaven Thoth-amon zu erkennen. Doch dann verließ Ascalante sein Zynismus und er gab mit einem grässlichen Schrei den Geist auf, noch ehe die geifernden Fänge ihn berührten.

Conan, der sich das Blut aus den Augen gewischt hatte, starrte die Kreatur ungläubig an. Zuerst glaubte er, ein riesiger schwarzer Hund stünde über Ascalantes verkrümmter Leiche. Doch dann, als sein Blick sich ganz geklärt hatte, sah er, dass es weder Hund noch Pavian war.

Mit einem Schrei, der sich wie ein Echo von Ascalantes Todesschrei anhörte, stieß er sich von der Wand ab und warf mit aller Kraft, die noch in ihm steckte, die Axt auf das

Ungeheuer, das sich daran machte, sich auf ihn zu stürzen. Die fliegende Waffe prallte pfeifend von dem flachen Schädel ab, den sie von Rechts wegen hätte zerschmettern müssen, und der König wurde durch den Aufprall des riesenhaften Körpers durchs halbe Gemach geschleudert.

Die geifernden Kiefer schlossen sich um den Arm, den Conan hochgerissen hatte, um seine Kehle zu schützen, aber das Ungeheuer machte keine Anstalten, ihn sofort zu töten. Über den blutenden Arm des Königs starrte es boshaft in seine Augen, in denen sich das gleiche Grauen abzuzeichnen begann, das in den toten Augen Ascalantes zu lesen war. Conan war, als schrumpfe seine Seele und würde ihm langsam aus dem Körper gezogen, um in den gelben Tiefen überirdischen Grauens zu versinken, die gespenstisch in dem formlosen Chaos glimmten, das um ihn wuchs und ihm Leben und Vernunft zu rauben drohten. Die Augen schwollen an, wurden gigantisch. In ihnen sah Conan ein wenig von der Realität all der abgrundtiefen, blasphemischen Grauen, die in der Finsternis formloser Leere und in schwarzen Schlünden lauern. Conan öffnete die blutigen Lippen, um Hass und Abscheu hinauszuschreien, doch nur ein trockenes Rasseln drang aus seiner Kehle.

Doch das Grauen, das Ascalante gelähmt und vernichtet hatte, erweckte in dem Barbaren eine unbeschreibliche Wut, die dem Wahnsinn nahe kam. Ohne auf den Schmerz in seinem Arm zu achten, schleppte er sich rückwärts und zerrte das Ungeheuer mit sich. Dabei berührte seine ausgestreckte Hand etwas, das er selbst in seinem etwas verwirrten Kampfgeist als den Griff seines zerbrochenen Schwertes erkannte. Instinktiv packte er ihn und stieß mit aller Kraft zu, wie mit einem Dolch. Die gezackte Klinge drang tief ein und Conans Arm kam frei, als das grässliche Maul sich in entsetzlichem Schmerz weit öffnete. Der König wurde zur Seite geschleudert. Als er sich auf eine Hand stützend aufrichtete, sah er, wie dem Dämon das Blut in einem gewaltigen Schwall aus der Schwertwunde strömte und er sich in Todesqualen wand, dann zuckte er nur noch ein wenig und schließlich starrte er mit toten Augen zur Decke.

Conan blinzelte und schüttelte das Blut aus den Augen, denn was sie ihm zeigten, war fast unglaublich: Das gewaltige Ungeheuer schien zu schmelzen und löste sich zu einer schleimigen, schwabbligen Masse auf.

Dann drang ein Stimmengewirr an sein Ohr und die endlich aufgewachten Hofleute – Edle, Hofdamen, Ratgeber und Leibgardisten – zwängten sich in das Gemach. Alle redeten fragend durcheinander und standen sich im Weg. Auch die Schwarzen Dragoner waren herbeigeeilt. Wilde Wut funkelte in ihren Augen und sie stießen Flüche in ihrer Heimatsprache aus, die die feinen Höflinge glücklicherweise nicht verstanden. Der junge Offizier, der die Wache an der Tür des Königs abgezogen hatte, war nicht zu finden und wurde auch nie wieder gesehen, obgleich man ihn im ganzen Reich suchte.

»Gromel! Volmana! Rinaldo!«, stieß Publius, der Reichsberater, aus und rang die fetten Hände beim Anblick der Leichen. »Schwärzester Verrat! Dafür wird jemand am Galgen tanzen! Ruft die Wache!«

»Die Wache ist hier, alter Narr!«, schnaubte Callantides, der Befehlshaber der Schwarzen Dragoner, aufgebracht und vergaß in seiner Erregung Publius' hohen Rang. »Hört zu jammern auf und helft lieber, des Königs Wunden zu verbinden, ehe er verblutet!«

»Ja, ja!«, rief Publius, der für seine klugen Pläne bekannt, aber kein Mann der Tat war. »Wir müssen seine Wunden verbinden. Ruft jeden Heiler am Hof hierher! O mein König, welche Schmach für die Stadt! Was hat man Euch angetan?«

»Wein!«, krächzte Conan. Man hatte ihn auf das Bett gehoben. Jemand drückte einen vollen Kelch an seine blutigen Lippen und er trank wie ein Verdurstender.

»Gut«, brummte er und ließ den Kopf wieder aufs Kissen fallen. »Ein solcher Kampf dörrt einem die Kehle aus!«

Man hatte das Blut gestillt und die ungeheure Lebenskraft des Barbaren leitete die Heilung ein.

»Kümmert Euch erst um die Dolchwunde in meiner Seite«, wandte er sich an den Obersten Hofarzt. »Rinaldos Handschrift hat dort eine blutige Ballade hinterlassen und scharf war sein Griffel!«

»Wir hätten ihn schon lange aufhängen sollen!«, ereiferte sich Publius. »Von solch verwirrten Poeten kann nichts Gutes kommen … Eh, wer ist das?«

Nervös stieß er mit der Zehe Ascalantes Leiche an.

»Bei Mitra!«, entfuhr es dem Dragonerkommandanten. »Das ist Ascalante, der ehemalige Graf von Thune! Welche Teufelei brachte ihn aus seinem Wüstenrevier hierher?«

»Weshalb starrt er so?«, wisperte Publius und wich unwillkürlich zurück, während ihm ein kalter Schauder über den Rücken rann. Auch die anderen verstummten verstört, als sie auf den toten Gesetzlosen blickten.

»Hättet ihr erschaut, was ich sah«, knurrte der König und setzte sich trotz der Proteste der Heiler auf, »würdet ihr euch nicht wundern. Überzeugt euch doch selbst, dort …« Er unterbrach sich verwirrt, denn sein Finger deutete auf den kahlen Boden. Die seltsamen Überreste des toten Ungeheuers waren verschwunden.

»Crom!«, fluchte er. »Die Höllenkreatur kehrte in den stinkenden Schleim zurück, aus dem sie erstanden war!«

»Der König spricht im Fieberwahn«, flüsterte ein Edler. Conan hörte es und hielt seine barbarischen Flüche nicht zurück. »Bei Badb, Morrigan, Macha und Nemain!«, knurrte er grimmig. »Ich spreche nicht im Wahn und weiß, was ich gesehen habe! Es war eine Mischung zwischen einer stygischen Mumie und einem Pavian. Dieses Ungeheuer kam durch die Tür und Ascalantes Halunken ergriffen sofort die

Flucht vor ihr. Es tötete Ascalante, der mir gerade die Klinge in den Bauch stoßen wollte. Dann stürzte es sich auf mich und ich brachte es um – aber ich weiß nicht wie, denn meine Streitaxt prallte von seinem Schädel ab wie von einem Fels. Aber ich glaube, der Weise Epemitreus hatte etwas damit zu tun …«

»Hört! Er spricht von Epemitreus, der seit fünfzehnhundert Jahren tot ist!«, wisperten die Edlen einander verstohlen zu.

»Bei Ymir!«, donnerte der König. »Ich sprach heute Nacht mit Epemitreus! Er rief mich in meinem Traum zu sich und ich schritt durch einen schwarzen, aus dem Felsen gehauenen Korridor mit Reliefs der Alten Götter zu einer Treppe, deren Stufen der Schlange Set nachgebildet waren, bis ich zu einer Gruft kam. Dort stand ein Sarkophag, dessen Deckel mit der Figur eines Phönix skulptiert war …«

»In Mitras Namen, Lord König, schweigt!« Diese Worte entfuhren dem Hohepriester, dessen Gesicht aschfahl war.

Conan warf seinen Kopf zurück wie ein Löwe seine Mähne und wie ein Löwe knurrte er: »Bin ich ein Sklave, dass ich den Mund auf Euren Befehl halten muss?«

»Nein, nein, mein Lord!« Der Hohepriester zitterte am ganzen Körper, doch nicht aus Furcht vor dem Zorn des Königs. »Es war nicht als Kränkung gedacht.« Er beugte sich zu Conan hinab und flüsterte ihm ins Ohr: »Mein Lord, das ist eine Sache, die das menschliche Verständnis übersteigt. Nur der innerste Kreis der Priesterschaft weiß von dem schwarzen Felstunnel, den unbekannte Hände in das schwarze Herz des Berges Golamira schlugen, und von der phönixbewachten Gruft, in der Epemitreus vor fünfzehnhundert Jahren zur Ruhe gelegt wurde. Seither hat kein Sterblicher sie mehr betreten, denn die auserwählten Priester, die den Weisen zu seiner letzten Ruhestatt bringen durften, verschlossen den äußeren Eingang zu dem Korridor, damit niemand ihn finde. Heutzutage wissen nicht einmal mehr die Hohenpriester, wo er ist. Nur durch mündliche Überlieferung der Hohenpriester an ein paar Auserwählte kennt der innerste Kreis von Mitras Akoluthen das Geheimnis der letzten Ruhestätte Epemitreus' im schwarzen Herzen von Golamira. Es ist einer der Grundpfeiler des Mitrakults.«

»Ich kann nicht sagen, durch welche Magie Epemitreus mich zu ihm brachte«, brummte Conan. »Aber er sprach zu mir und ritzte ein Zeichen in mein Schwert. Wieso dieses Symbol es todbringend für Dämonen machte, weiß ich nicht, auch nicht, welcher Zauber dahinter steckt. Doch obwohl die Klinge an Gromels Helm brach, genügte der Stumpf, das Ungeheuer zu töten.«

»Gestattet mir, Euer Schwert anzusehen«, wisperte der Hohepriester mit plötzlich trockener Kehle.

Conan griff nach der zerbrochenen Waffe und streckte sie dem Mitrapriester entgegen. Der schrie auf und fiel auf die Knie.

»Mitra schütze uns vor den Mächten der Finsternis!«, keuchte er. »Der König hat wahrhaftig heute Nacht mit Epemitreus gesprochen! Auf diesem Schwert ist das geheime Symbol, das keiner außer dem Weisen zu machen imstande ist – das Zeichen des unsterblichen Phönix, der für alle Zeit seine Gruft bewacht! Eine Kerze! Schnell! Seht euch die Stelle an, an der der Dämon gestorben ist, wie der König sagte!«

Die Stelle lag im Schatten eines zerbrochenen Wandschirms. Man zog den Schirm zur Seite und beleuchtete mit Kerzen den Boden. Und plötzlich hielten alle schaudernd den Atem an. Einige warfen sich auf die Knie und riefen Mitra an, andere rannten schreiend davon.

Auf dem Boden, wo das Ungeheuer den Geist aufgegeben hatte, hob sich wie ein greifbarer Schatten ein breiter dunkler Fleck ab, der sich mit keinem Mittel entfernen ließ. Der Dämon hatte mit seinem Blut deutlich seine Umrisse hinterlassen und sie stammten ganz sicherlich nicht von einem Geschöpf aus der Welt normaler Sterblicher. Bedrohlich und grauenhaft war er anzusehen, wie der Schatten einer der affenähnlichen Götter, die auf den schwarzen Altären in stygischen Tempeln kauern.

# YMIRS
# TOCHTER

DAS KLIRREN VON SCHWERT und Axt war verklungen, das Schlachtgebrüll verstummt. Stille lag über dem rotbefleckten Weiß. Die blasse, verschleierte Sonne, die sich so blendend auf den Eisfeldern und den weiten Schneeflächen spiegelte, ließ das Silber von durchbohrten Rüstungen und zerbrochenen Klingen aufblitzen, wo die Toten lagen, wie sie gefallen waren. Leblose Hände umklammerten noch die Schwertgriffe. Rot- und goldbärtige Gesichter, von Flügelhelmen umrahmt, starrten grimmig himmelwärts wie in einem letzten Gebet zu Ymir, dem Eisriesen, dem Gott der Krieger.

Über die geröteten Schneewehen und die Gefallenen hinweg funkelten zwei Männer einander an. In all dieser Trostlosigkeit waren sie die einzig Lebenden. Der Frosthimmel hing über ihnen, die weiße, schier endlose Ebene umgab sie und die Toten lagen zu ihren Füßen. Langsam stapften sie über die Gefallenen hinweg aufeinander zu, Geistern gleich, die sich auf den Trümmern einer toten Welt zum Kampfe stellen. In der drückenden Stille standen sie sich schließlich gegenüber.

Beide waren hochgewachsen und kräftig gebaut wie Tiger. Ihre Schilde hatten sie längst verloren, ihre Harnische waren verbeult. Blut trocknete auf der Kettenrüstung. Die Schwerter waren besudelt. Die gehörnten Helme wiesen Spuren grimmiger Hiebe auf. Einer der Männer war bartlos und schwarzhaarig; der Bart und die Locken des anderen leuchteten so rot wie das Blut auf dem in der Sonne glitzernden Schnee.

»Mann«, sagte der Rothaarige, »verrate mir deinen Namen, damit meine Brüder in Vanaheim erfahren mögen, wer als Letzter von Wulfhers Schar durch das Schwert Heimduls fiel.«

»Nicht in Vanaheim«, knurrte der schwarzmähnige Krieger, »sondern in Walhall wirst du deinen Brüdern erzählen, dass du auf Conan von Cimmerien gestoßen bist!«

Heimdul brüllte und sprang. Sein Schwert blitzte in einem tödlichen Bogen. Als die singende Klinge auf seinen Helm krachte und blaue Funken davonsprühten, schwankte Conan und rote Sterne funkelten vor seinen Augen. Aber noch im Taumeln legte er alle Kraft seiner breiten Schulter in sein Schwert. Die scharfe Spitze drang durch Messingschuppen, Knochen und Herz, und der rothaarige Krieger starb zu des Cimmeriers Füßen.

Conan richtete sich auf und ließ sein Schwert sinken. Er schwankte vor Erschöpfung. Der grelle, vom Schnee reflektierte Sonnenschein stach wie Messer in seine Augen. Der Himmel wirkte geschrumpft und merkwürdig zerfetzt. Er wandte sich von dem zertrampelten Feld ab, wo blondbärtige Krieger in der letzten tödlichen Umarmung mit ihren rothaarigen Gegnern lagen. Ein paar Schritte tat er, als das Blenden des sonnenbeschienenen Schnees plötzlich nachließ. Eine wallende Woge der Dunkelheit überschwemmte ihn, und er sank nieder. Grimmig stützte er sich auf einen Arm und schüttelte den Kopf wie ein Löwe seine Mähne, um die Blindheit aus den Augen zu vertreiben.

Ein silberhelles Lachen schnitt durch seine Benommenheit und allmählich kehrte sein Sehvermögen zurück. Er schaute auf. Ungewöhnlich war die Landschaft plötzlich, von einer Fremdartigkeit, die er sich nicht zu erklären wusste – Erde und Himmel schienen seltsam verfärbt. Aber er beschäftigte sich nicht lange mit diesem Rätsel, denn vor ihm stand, sich wie ein Schößling im Winde wiegend, eine Frau. Sein verwirrter Blick sah einen Körper wie aus Elfenbein, der nur von einem feinen Schleiergespinst bedeckt war. Die schlanken Beine schimmerten weißer als der Schnee, auf dem sie ruhten. Sie widmete dem Krieger, der sie ungläubig anstarrte, ein Lachen süßer als das Klingen silberner Glöckchen, aber schneidend von grausamem Hohn.

»Wer seid Ihr?«, fragte der Cimmerier. »Woher kommt Ihr?«

»Ist das so wichtig?« Ihre Stimme war klangvoller als eine Harfe mit Silbersaiten, aber auch sie verriet spöttische Grausamkeit.

»So ruft schon Eure Leute«, forderte er sie auf und umklammerte sein Schwert. »Auch wenn meine Kraft mich verlassen hat, werden sie mich nicht lebend bekommen. Ich sehe, dass Ihr zu den Vanir gehört.«

»Habe ich das gesagt?«

Kurz betrachtete er erneut ihre wirren Locken, die ihm auf den ersten Blick rot vorgekommen waren. Doch nun schienen sie ihm weder rot noch blond zu sein, sondern eine herrliche Mischung beider Farben. Verzaubert starrte er sie an. Ihr Haar war wie Elfengold. Die Sonne spiegelte sich so intensiv darauf, dass sein Anblick ihn blendete. Auch ihre Augen waren weder ganz blau noch ganz grau. Sie schienen ständig die Farbe zu wechseln und leuchteten in einem Ton, für den er keine Bezeichnung fand. Ihre vollen roten Lippen lächelten und von den kleinen Füßen bis zur blendenden Krone ihres dichten Haares war ihr Elfenbeinkörper so vollkommen wie der Traum eines Gottes. Conans Blut hämmerte in den Adern.

»Ich kann nicht sagen, ob Ihr von Vanaheim und so meine Feindin oder von Asgard und mir deshalb wohlgesinnt seid«, murmelte er. »Weit bin ich herumgestreift, doch nie begegnete ich einer Frau wie Euch. Eure Locken blenden mich mit ihrem Glanz. Nie sah ich Haar wie Eures, nicht einmal unter den schönsten Töchtern der Æsir. Bei Ymir …«

»Wer bist du, dass du Ymir anrufst?«, spottete sie. »Was weißt du schon von den Göttern des Eises und Schnees, du, der du aus dem Süden kamst, um Abenteuer unter fremden Völkern zu erleben?«

»Bei den finsteren Göttern meines Volkes!«, fluchte er ergrimmt. »Auch wenn ich nicht von den goldenhaarigen Æsir bin, war doch keiner tapferer im Schwertkampf! Heute sah ich sechs Dutzend Männer fallen und ich allein überlebte die Schlacht, die Wulfhers Räuber gegen Bragis Wölfe austrugen. Sagt, Weib, habt Ihr das Blitzen von Rüstungen auf der Schneeebene gesehen oder die Bewaffneten, die über das Eis schlitterten?«

»Ich sah den Raureif in der Sonne glitzern«, antwortete sie, »und hörte das Wispern des Windes über dem ewigen Schnee.«

Conan schüttelte seufzend den Kopf. »Niord hätte uns bereits erreicht haben müssen, ehe die Schlacht begann. Ich fürchte, er und seine Krieger sind in einen Hinterhalt geraten. Wulfher und seine Männer sind tot … Ich dachte, es gäbe hier weit und breit keine Siedlung. Aber Ihr könnt keine große Entfernung durch diesen Schnee zurückgelegt haben, nackt wie Ihr seid. Führt mich zu Eurem Stamm, wenn Ihr zu den Æsir gehört, denn ich bin schwach von den Hieben, die ich einstecken musste, und müde vom Kampf.«

»Mein Heim ist weiter entfernt, als du zu gehen imstande bist, Conan von Cimmerien«, erwiderte sie lachend. Sie breitete die Arme weit aus und wiegte sich aufreizend mit geneigtem Kopf vor ihm, die Augen halb unter den langen seidigen Wimpern verborgen. »Bin ich nicht schön, Mensch?«

»Wie der unverhüllte Morgen auf dem Schnee«, murmelte er und seine Augen brannten wie die eines hungrigen Wolfes.

»Warum erhebst du dich dann nicht und folgst mir? Was ist das für ein starker Krieger, der sich vor mir niederwirft?«, spöttelte sie lockend. »Leg dich zu den anderen Toten, Conan mit dem schwarzen Haar! Nie kannst du mir dorthin folgen, wohin ich gehe.«

Fluchend stand der Cimmerier auf. Die blauen Augen blitzten im wutverzerrten Gesicht. Grimm erfüllte ihn. Das Verlangen nach diesem aufreizenden Geschöpf hämmerte in seinen Schläfen und peitschte das Blut heiß durch seine Adern. Eine fast schmerzhafte Leidenschaft überflutete ihn, sodass er nicht mehr klar sehen konnte. Müdigkeit und Schwäche schwanden.

Wortlos schob er das blutige Schwert in die Scheide und sprang auf sie zu, um die Hände um ihre sanften Rundungen zu legen. Mit einem Lachen wich sie vor ihm zurück und rannte davon, nicht ohne spöttisch über die Schulter zurückzublicken. Mit dem tiefen Knurren eines Wolfes folgte er ihr. Vergessen war die Schlacht, vergessen waren die Gefallenen, die in ihrem Blut lagen, vergessen Niord und die Räuber, die das Schlachtfeld nicht erreicht hatten. Sein einziger Gedanke galt der schlanken Gestalt, die vor ihm mehr zu schweben als zu laufen schien.

Über die blendend weiße Ebene führte die Jagd. Das zertrampelte blutige Feld lag längst weit zurück, doch seine Ausdauer hielt Conan auf den Beinen; er blieb dem Mädchen auf den Fersen. Seine schweren Stiefel brachen durch die harte Schneekruste, manchmal versank er tief in den Schneewehen, aus denen er sich nur mit großer Anstrengung befreien konnte. Und immer tänzelte das Mädchen leicht wie eine Feder, die über einen stillen Weiher schwebt,

vor ihm her. Ihre nackten Füße hinterließen kaum einen
Abdruck auf der von Raureif überzogenen Schneedecke.
Trotz des Feuers in seinen Adern biss die bittere Kälte durch
die Kettenrüstung und das pelzgefütterte Wams des Kriegers, während das Mädchen in ihrem schleierfeinen Gewand
sie überhaupt nicht zu spüren schien. Leichtfüßig, als wandle
sie durch die Palmen- und Rosengärten von Poitain, tanzte
sie dahin.

Immer weiter lockte sie ihn und er folgte ihr mit wilden
Flüchen auf den ausgetrockneten Lippen. Seine Schläfenadern
schwollen an und pochten und er knirschte mit den Zähnen.

»Du entkommst mir nicht!«, brüllte er. »Führ mich nur in
einen Hinterhalt, dann häufe ich die Schädel deiner Stam-
mesbrüder vor deinen Füßen auf. Und wenn du versuchst,
dich vor mir zu verstecken, spalte ich selbst die Berge, um
dich zu finden. Ja, sogar in die Hölle folge ich dir!«

Schaum quoll über des Barbaren Lippen, als ihr auf-
reizendes Lachen ihm antwortete. Immer weiter in die Öde
führte sie ihn. Stunden verrannen. Die Sonne sank dem
Horizont entgegen, die Landschaft veränderte sich. Aus der
weiten Ebene wuchsen niedrige Hügel, die sich allmählich
zu Gebirgsketten auftürmten. Weit im Norden sah Conan
himmelstürmende Berge, deren ewiger Firn in der untergehenden Sonne blutrot aufleuchtete. Nordlichter zuckten am
dunkler werdenden Himmel auf. Sie breiteten sich fächer-
artig aus – wie Klingen aus eisigem Licht, die ihre Farbe
wechselten, immer größer und heller wurden.

Über ihm glühte der Himmel in seinen seltsamen Lich-
tern und Farbschattierungen. Der Schnee glitzerte gespenstisch: einmal frostig blau, dann in eisigem Rot und
schließlich in kaltem Silber. Durch ein schimmerndes Zau-
berreich stapfte Conan beharrlich, durch einen kristallenen
Irrgarten, in dem die einzige Wirklichkeit die weiße Gestalt
war, die über den funkelnden Schnee tanzte – immer knapp
außerhalb seiner Reichweite.

Er wunderte sich nicht über die Fremdartigkeit des Geschehens, nicht einmal, als sich ihm zwei gigantische Gestalten in den Weg stellten. Die Schuppen ihrer Panzerrüstung glitzerten von Raureif, ihre Helme und Streitäxte waren dick mit Eis überzogen. Schnee funkelte in ihrem Haar, ihre Bärte bestanden aus dichten Eiszapfen und ihre Augen wirkten so kalt wie das Licht am Himmel.

»Brüder!«, rief das Mädchen und hüpfte leichtfüßig zu ihnen. »Seht doch, wer mir folgt! Ich habe euch einen Mann zum Erschlagen gebracht! Reißt ihm das Herz aus dem Leib, damit wir es noch dampfend auf unseres Vaters Tisch legen können!«

Die Riesen antworteten mit brüllendem Gelächter, das wie das Scharren von Eisbergen gegen eine Felsenküste klang. Sie hoben ihre im Sternenlicht glimmenden Äxte, als der vor Wut wahnsinnige Cimmerier auf sie einstürmte. Eine eisüberzogene Klinge blitzte vor seinen Augen und blendete ihn. Er erwiderte den Hieb mit einem wütenden Schlag, der dem Gegner durch das Knie schnitt.

Ächzend fiel der Riese. Im gleichen Augenblick stürzte Conan, von einem betäubenden Axthieb des anderen Giganten auf die Schulter getroffen, in den Schnee. Nur die Kettenrüstung hatte verhindert, dass die Schneide in die Knochen drang. Der Riese hob sich nun wie ein Koloss aus Eis gegen den kalt glühenden Himmel ab. Wieder sauste die Axt herab – und sank tief in den Schnee, als Conan sich blitzschnell zur Seite rollte und auf die Füße sprang. Der Gigant brüllte. Er riss seine Waffe aus dem Schnee, doch noch ehe er sie erneut schwingen konnte, kam bereits des Cimmeriers Schwert herab. Die Knie des Riesen knickten ein. Er sackte in den Schnee, den das aus dem durchtrennten Hals spritzende Blut rot färbte.

Conan wirbelte herum. Das Mädchen stand nicht weit von ihm und starrte ihn mit grauenerfüllten Augen an. Aller Spott war aus ihrem Gesicht geschwunden. Wild brüllte der

Cimmerier auf. Blutstropfen sickerten von seinem Schwert, als seine Hände vor übermächtiger Leidenschaft zitterten.

»Ruf den Rest deiner Brüder!«, schrie er. »Ich werde ihre Herzen an die Wölfe verfüttern! Du entkommst mir nicht …«

Mit einem Schreckensschrei drehte das Mädchen sich um und floh. Nicht länger lachte sie oder blickte aufreizend über ihre Schulter. Sie rannte wie um ihr Leben. Obgleich Conan jeden Muskel, jede Sehne spannte und seine Schläfenadern zu bersten drohten, bis der Schnee rot vor seinen Augen verschwamm, entzog sie sich ihm und schien zu schrumpfen, bis sie nicht größer war als ein Kind, dann eine tanzende Flamme auf dem Schnee und schließlich ein Flimmern in der Ferne. Aber mit zusammengebissenen Zähnen verfolgte Conan sie weiter, bis das Flimmern zur tanzenden weißen Flamme und die Flamme zur Gestalt eines Kindes wurde. Und dann rannte sie wieder als Frau nicht mehr als hundert Fuß vor ihm. Und langsam, Schritt um Schritt, schrumpfte nun die Entfernung.

Das Laufen schien ihr immer schwerer zu fallen. Ihre goldenen Locken flatterten im Wind. Conan hörte ihren keuchenden Atem und sah die Angst in ihren Augen schimmern, als sie hastig über die Schulter blickte. Immer langsamer wurden ihre Beine, sie begann zu schwanken. In des Cimmeriers wilder Seele loderte das Höllenfeuer, das sie entfacht hatte. Mit einem unmenschlichen Brüllen stürzte er sich auf sie. Wimmernd streckte sie die Arme aus, um ihn abzuwehren.

Conans Schwert fiel in den Schnee, als er sie an sich riss. Ihr geschmeidiger Körper bog sich zurück. Sie versuchte verzweifelt, sich aus seinen Armen zu befreien. Der Wind blies ihr goldenes Haar in sein Gesicht, dass der Glanz ihn blendete. Der weiche Leib, der sich in seiner Umarmung wand, erhöhte seine Leidenschaft. Seine starken Finger pressten sich tief in ihre glatte Haut – die sich so kalt wie

Eis anfühlte. Es war, als umarme er nicht eine Frau aus Fleisch und Blut, sondern aus flammendem Eis. Sie wand den Kopf zur Seite, um seinen wilden Küssen zu entgehen.

»Du bist kalt wie Eis«, murmelte der Cimmerier benommen. »Aber ich werde dich mit dem Feuer meines Blutes erwärmen …«

Sie schrie auf und es glückte ihr, sich ihm mit einer heftigen Drehung zu entwinden. Nur ihr schleierfeines Gewand blieb in seinen Händen zurück. Schnell rannte sie davon, ohne den Blick von ihm zu lassen. Die goldenen Locken hingen zerzaust um ihr Gesicht, der weiße Busen hob und senkte sich heftig, die zuvor so spöttischen Augen schimmerten angsterfüllt. Einen Moment lang stand Conan wie erstarrt in Ehrfurcht vor ihrer Schönheit, der der Schnee den passenden Rahmen verlieh.

Und während dieses Moments warf sie die Arme dem Licht am Himmel entgegen und schrie mit einer Stimme, die Conan nie vergessen würde:

»Ymir, o mein Vater, rette mich!«

Doch nun hatte der Cimmerier sich gefangen. Er sprang mit ausgebreiteten Armen auf sie zu, als mit einem Krachen wie das Bersten eines Gletschers sich der ganze Himmel mit eisigem Feuer überzog. Das Mädchen war plötzlich in kalte blaue Flammen gehüllt, die so grell brannten, dass der Cimmerier die Augen vor ihnen schützen musste. Einen flüchtigen Moment lang waren Himmel und schneebedeckte Berge in knisternde weiße Lohe getaucht, aus der eisblaue Blitze zuckten.

Conan taumelte zurück und schrie auf. Das Mädchen war verschwunden, der glühende Schnee lag leer vor ihm. Hoch über seinem Kopf tanzten die Hexenlichter am Winterhimmel. Aus den fernen blauen Bergen dröhnte ein Donnern wie von einem dahinjagenden gigantischen Streitwagen, von flinken Pferden gezogen, deren wirbelnde Hufe Funken sprühten.

Und dann drehten sich Nordlichter, Berge und brennender Himmel um Conan. Tausende von Feuerkugeln platzten in einem Funkenregen, der Himmel wurde zu einem gigantischen Rad, das mit jeder Umdrehung Sterne von sich schleuderte. Unter seinen Füßen hob der Schnee sich ihm wie eine Woge entgegen. Alles wurde schwarz um ihn.

In einem kalten dunklen Universum, dessen Sonnen vor Äonen erloschen waren, spürte Conan die Bewegung fremdartigen, ungeahnten Lebens. Ein Erdbeben hatte ihn erfasst und schüttelte ihn hin und her, rieb ihm gleichzeitig Hände und Füße wund, bis er vor Schmerz und Wut brüllte und nach seinem Schwert zu tasten versuchte.

»Er kommt zu sich, Horsa«, sagte eine Stimme. »Beeilt euch, wir müssen ihm den Frost aus den Gliedern reiben, wenn er je wieder ein Schwert schwingen soll.«

»Ich kann seine Linke nicht öffnen«, brummte eine andere Stimme. »Er hat sie um etwas geballt …«

Conan öffnete die Augen und starrte in die bärtigen Gesichter, die sich über ihn beugten. Hochgewachsene, goldhaarige Krieger umringten ihn.

»Conan!«, sagte einer. »Du lebst!«

»Bei Crom, Niord!«, keuchte der Cimmerier. »Lebe ich wirklich oder sind wir alle tot und in Walhall?«

»Wir leben«, versicherte ihm As, der sich mit Conans halb erfrorenen Füßen beschäftigte. »Wir mussten uns erst aus einem Hinterhalt freikämpfen, sonst hätten wir euch noch vor der Schlacht erreicht. Die Gefallenen waren noch nicht lange steif, als wir das Schlachtfeld erreichten. Wir fanden dich nicht unter den Toten, so folgten wir deinen Spuren. In Ymirs Namen, Conan, weshalb bist du nur auf die Idee gekommen, dich ins öde Nordland zu schleppen? Stundenlang stapften wir auf deiner Fährte dahin. Bei Ymir, wäre ein Schneesturm aufgekommen, wir hätten dich nie gefunden!«

»Fluch nicht so viel in Ymirs Namen«, brummte einer der Æsir und blickte beunruhigt auf die fernen Berge. »Das hier ist sein Land und den Legenden nach haust der Gott zwischen jenen Gipfeln.«

»Ich sah eine Frau«, murmelte Conan. »Wir stießen in der Ebene auf Bragis Männer. Ich weiß nicht, wie lange wir kämpften. Ich überlebte als Einziger. Aber ich war geschwächt und Schwindel befiel mich. Das Land lag wie in einem Traum vor mir, erst jetzt erscheint mir alles wieder natürlich und vertraut. Diese Frau kam und lockte mich. Sie war so schön wie eine gefrorene Höllenflamme. Ein seltsamer Wahnsinn überkam mich, als ich sie sah, und ich vergaß alles andere auf der Welt. Habt ihr denn ihre Spuren nicht gesehen? Und die Riesen im eisigen Panzer, die ich erschlug?«

Niord schüttelte den Kopf. »Nur deine Fährte war im Schnee, Conan. Sonst nichts.«

»Dann mag es sein, dass der Wahnsinn mich wahrhaftig erfasst hat«, murmelte Conan verwirrt. »Dabei kann ich schwören, dass die goldgelockte Frau, die nackt über den Schnee vor mir floh, nicht weniger wirklich war als ihr. Und doch verschwand sie vor meinen Augen in eisigem Feuer.«

»Er spricht im Fieberwahn«, flüsterte ein Krieger.

»Das tut er nicht!«, rief ein älterer Æsir, dessen Augen wild glänzten. »Das war Atali, des Eisriesen Ymirs Tochter! Ist eine Schlacht zu Ende, kommt sie zum Feld und zeigt sich den Sterbenden. Ich selbst sah sie, als ich noch ein Junge war und halb tot auf der blutigen Ebene von Wolfraven lag. Sie wandelte zwischen den Toten im Schnee. Ihr nackter Leib schimmerte wie Elfenbein und ihr goldenes Haar glitzerte unerträglich blendend im Mondschein. Ich lag und heulte wie ein verreckender Hund, weil ich ihr nicht hinterherkriechen konnte. Sie lockt die Überlebenden einer Schlacht in die Schneeöde, damit ihre Brüder, die Eisriesen, sie erschlagen und ihre Herzen noch warm auf Ymirs Tisch legen können. Der Cimmerier hat Atali, des Eisriesen Tochter gesehen!«

»Pah!«, brummte Horsa. »Der alte Gorm ist nicht mehr ganz klar im Kopf, seit er in seiner Jugend einen Schwertstreich auf den Kopf bekam. Es ist der Fieberwahn nach der blutigen Schlacht, der Conan schüttelte. Seht doch nur, wie eingebeult sein Helm ist. Jeder dieser Hiebe auf den Schädel mag seinen Verstand verwirrt haben. Einem Trugbild, nichts anderem, folgte er in die Eisöde. Er kommt aus dem Süden. Was weiß er schon von Atali?«

»Du magst recht haben«, murmelte Conan. »Es war alles seltsam und gespenstisch, bei Crom!«

Er unterbrach sich und starrte auf das, was er immer noch krampfhaft in der geballten Hand hielt. Die anderen rissen stumm die Augen auf, als er ein Stück schleierfeinen Gespinsts hochhielt, wie es von keiner Menschenhand gesponnen sein konnte.

# DER GOTT
# IN DER SCHALE

DER WÄCHTER ARUS HIELT seine Armbrust mit zitternden
Händen. Er spürte, wie ihm der kalte Schweiß ausbrach, als
er die grässlich zugerichtete Leiche auf dem polierten Boden
anstarrte. Es ist kein sehr beruhigendes Gefühl, dem Tod
um Mitternacht an einem einsamen Ort zu begegnen.

Der Wächter stand in einem schier endlosen Korridor, den hohe Kerzen in Nischen an den Wänden erhellten.
Zwischen den Nischen waren die Wände mit schwarzem
Samt verkleidet und zwischen diesen Stoffbahnen hingen
Schilde und überkreuzte Waffen von ungewöhnlicher Art.
Da und dort standen Figuren merkwürdiger Götter – Statuen
aus Stein oder seltsamem Holz geschnitzt, in Bronze, Eisen
oder Silber gegossen –, die sich schwach auf dem glänzenden schwarzen Boden spiegelten.

Arus schauderte. Obgleich er schon seit einigen Monden
hier als Nachtwächter tätig war, hatte er sich immer noch
nicht an diesen sonderbaren Bau gewöhnen können – an
dieses fantastische Museum und Haus der Antiquitäten, das
Kallian Publicos Tempel genannt wurde, wo Raritäten von
überallher auf der Welt zur Schau gestellt waren. Und nun,
in der mitternächtlichen Einsamkeit, stand er, Arus, in dieser
großen stillen Halle und starrte auf die ausgestreckt am

Boden liegende Leiche des wohlhabenden und mächtigen Mannes, dem der Tempel gehörte.

Selbst der stumpfe Verstand des Wächters erkannte, wie sehr diese Leiche sich von dem Manne unterschied, der arrogant und alles beherrschend, die Augen vor Leben sprühend, in seiner vergoldeten Kutsche auf dem Palianweg dahingebraust war. Die Menschen, die Kallian Publico gehasst hatten, würden ihn kaum wiedererkennen, nun, da er wie ein ausgelaufenes Tranfass dalag, das prunkvolle Gewand fast von ihm gerissen und die purpurne Tunika völlig verdreht. Sein Gesicht war dunkel verfärbt, die Zunge hing aus dem weit aufgerissenen Mund. Die fetten Hände waren wie in einer verzweifelten Geste erhoben. An den dicken Fingern glitzerten Ringe mit kostbaren Steinen.

»Weshalb haben sie ihm die Ringe nicht abgenommen?«, murmelte der Wächter beunruhigt. Er zuckte zusammen und erstarrte, während sich ihm die kurzen Haare im Nacken sträubten. Durch die Seidenbehänge, die eine der vielen Türöffnungen bedeckten, kam eine Gestalt.

Arus sah einen großen, kräftig gebauten jungen Mann, nackt – von einem Lendentuch und Sandalen, die bis zu den Knien geschnürt waren, abgesehen. Seine Haut war so tief gebräunt, als hätte die Sonne der Wüstenländer sie verbrannt. Arus bemerkte besorgt seine breiten Schultern, die kräftige Brust und die muskulösen Arme. Ein Blick auf die düsteren Züge und die hohe Stirn verriet dem Wächter, dass dieser Mann kein Nemedier war. Unter einer buschigen Mähne zerzausten schwarzen Haares brannten gefährlich wirkende blaue Augen. Ein langes Schwert hing in einer Lederhülle vom Gürtel.

Arus spürte, dass er eine Gänsehaut bekam. Er umklammerte seine Armbrust und überlegte, ob er dem Fremden ohne Umschweife einen Bolzen durch die Brust jagen sollte, aber er hatte seine Bedenken – denn was, wenn der erste Schuss nicht tödlich war?

Der Fremde betrachtete die Leiche eher mit Neugier als Überraschung.

»Warum habt Ihr ihn getötet?«, fragte Arus nervös.

Der andere schüttelte den Kopf. »Ich habe ihn nicht getötet«, erwiderte er auf Nemedisch mit einem barbarischen Akzent. »Wer ist er?«

»Kallian Publico«, antwortete Arus und wich ein wenig zurück.

Ein Funke von Interesse leuchtete in den blauen Augen auf. »Der Besitzer dieses Hauses?«

»Ja.« Arus hatte, sich vorsichtig zurückziehend, die Wand erreicht. Jetzt griff er nach einer dicken Samtkordel und riss heftig daran. Auf der Straße klingelte durchdringend eine Glocke, wie sie vor allen Läden und öffentlichen Gebäuden zu finden war. Sie diente dazu, Alarm zu schlagen.

Der Fremde zuckte zusammen. »Warum habt Ihr das getan?«, fragte er. »Es wird den Wächter herbeirufen.«

»*Ich* bin der Wächter, Schurke!«, erklärte Arus und nahm all seinen Mut zusammen. »Bleibt stehen, wo Ihr seid! Wenn Ihr Euch bewegt, jage ich Euch einen Bolzen ins Herz!«

Sein Finger berührte den Abzug seiner Armbrust. Der Kopf des Geschosses deutete gerade auf die breite Brust des anderen. Der Fremde runzelte die Stirn und seine Miene wirkte noch finsterer. Er zeigte keine Angst, sondern schien eher zu überlegen, ob er der Aufforderung Folge leisten oder einen Angriff riskieren sollte. Arus benetzte die trockenen Lippen. Sein Blut stockte, als er sah, wie Vorsicht mit mörderischem Grimm in den kalten Augen des Fremden rang.

Doch da hörte er schon, wie die Tür aufgerissen wurde, und dann ein Stimmengewirr. Erleichtert holte er tief Luft. Der Fremde blickte mit dem Ausdruck eines gejagten Tieres auf das halbe Dutzend der Männer, die die Halle betraten. Alle außer einem trugen die scharlachroten Wämser der

numalianischen Polizei. Sie waren ausnahmslos mit Kurz-
schwertern und einer Art Mittelding zwischen Pike und
Streitaxt, aber mit langem Schaft, bewaffnet.

»Welch ein Teufel hat das getan?«, fragte der Vorderste,
dessen kalte graue Augen und schmale scharfe Züge sowie
sein kostbares Gewand ihn von seinen uniformierten Begleitern abhoben.

»Bei Mitra, Herr Demetrio!«, rief Arus. »Das Glück
scheint mir heute Nacht wahrhaftig hold zu sein. Ich hatte
nicht zu hoffen gewagt, dass mein Alarm die Wachen so
schnell herbeieilen ließe – noch, dass Ihr dabei sein würdet.«

»Ich machte die Runde mit Dionus«, erklärte Demetrio.
»Wir kamen gerade am Tempel vorbei, als die Alarmglocke
anschlug. Aber wer ist das? Ischtar! Der Meister des Tempels selbst!«

»Kein anderer«, versicherte ihm Arus. »Und heimtückisch ermordet. Es ist meine Pflicht, die ganze Nacht meine
Runden durch das Haus zu machen, denn, wie Ihr ja wisst,
befinden sich hier ungeheure Reichtümer. Kallian Publico
hatte großzügige Mäzene – Gelehrte, Prinzen und Sammler
von Raritäten. Nun, vor einer kurzen Weile erst überprüfte
ich die Tür zum Portikus und stellte fest, dass sie nur verriegelt, nicht verschlossen war. Diese Tür ist mit einem
Sperrhaken ausgestattet, der sich von beiden Seiten bedienen
lässt, und außerdem mit einem schweren Schloss, das nur
von außen auf- und zugesperrt werden kann. Allein Kallian
Publico hatte einen Schlüssel dazu – jener Schlüssel, der an
seinem Gürtel hängt.

Ich ahnte gleich, dass etwas nicht stimmt, denn Kallian
sperrte die Tür immer mit dem Schlüssel zu, wenn er den
Tempel verließ, und ich hatte ihn nicht mehr gesehen, seit er
gegen Abend zu seiner Villa vor der Stadt aufgebrochen
war. Ich habe einen Schlüssel für den Sperrhaken, also trat
ich ein und fand die Leiche, wo Ihr sie seht. Ich habe sie
nicht berührt.«

»So, so.« Demetrios scharfe Augen musterten den finsteren Fremden. »Und wer ist das?«

»Der Mörder, zweifellos!«, rief Arus. »Er kam durch jene Tür. Er ist gewiss ein nordischer Barbar – vielleicht ein Hyperboreaner oder ein Bossonier.«

»Wer seid Ihr?«, fragte Demetrio.

»Ich bin Conan, ein Cimmerier«, erwiderte der Barbar.

»Habt Ihr diesen Mann getötet?«

Der Cimmerier schüttelte den Kopf.

»Antwortet!«, sagte Demetrio scharf.

Grimm leuchtete aus den kalten blauen Augen. »Ich bin kein Hund, dass man so mit mir spricht!«

»Ah, auch noch unverschämt!«, knurrte einer von Demetrios Begleitern, ein großer Mann mit dem Rangabzeichen eines Polizeipräfekten. »Ein überheblicher Bursche! Ich werde ihm seine Dreistigkeit schon austreiben. He, du! Warum hast du diesen Mann hier umgebracht?«

»Einen Moment, Dionus!«, hielt Demetrio den anderen zurück. »Bursche«, wandte er sich an Conan. »Ich bin der Inquisitor der Stadt Numalia. Ihr erzählt mir besser, weshalb Ihr hier seid, und wenn Ihr nicht der Mörder seid, dann beweist es.«

Der Cimmerier zögerte. Er zeigte keine Furcht, aber er war ein wenig verwirrt, wie es bei einem Barbaren nicht erstaunlich ist, wenn er mit der Komplexität eines Systems der Zivilisation konfrontiert wird, dessen Wesen ihm unverständlich ist.

»Während er darüber nachdenkt, sagt Ihr mir«, wandte Demetrio sich an Arus, »ob Ihr selbst gesehen habt, wie Kallian Publico heute Abend das Haus verließ.«

»Nein, mein Herr. Aber er ist gewöhnlich bereits fort, wenn ich meinen Dienst beginne. Das große Portal war verriegelt und verschlossen.«

»Könnte er das Haus wieder betreten haben, ohne dass Ihr ihn gesehen hättet?«

»Es wäre natürlich möglich, ist jedoch kaum wahrscheinlich. Gewiss wäre er in seiner Kutsche von seiner Villa gekommen, denn es ist ein weiter Weg – und wer nähme schon an, dass Kallian Publico zu Fuß geht? Selbst wenn ich mich gerade auf der anderen Seite des Tempels aufgehalten hätte, müsste ich die Räder seiner Kutsche auf dem Kopfsteinpflaster gehört haben, das tat ich jedoch nicht.«

»Und die Tür war früher am Abend verschlossen?«

»Das kann ich beschwören. Ich überprüfe während der Nacht alle Türen mehrmals. Das Portal war bis vor etwa einer Stunde von außen versperrt – da schaute ich das letzte Mal nach, ehe ich es unverschlossen vorfand.«

»Und Ihr hörtet keine Schreie oder die Geräusche eines Kampfes?«

»Nein, mein Herr. Doch das ist nicht erstaunlich, denn die Mauern des Tempels sind so stark, dass sie keinen Laut hindurchlassen.«

»Weshalb all die Mühe mit diesen Fragen und Überlegungen?«, beschwerte sich der wohlbeleibte Präfekt. »Hier haben wir doch den Mörder, daran besteht kein Zweifel. Schaffen wir ihn zum Gerichtshof. Ich werde sein Geständnis bekommen, und wenn ich ihm alle Knochen im Leibe brechen lassen muss.«

Demetrio schaute den Barbaren an. »Nun wisst Ihr, was Euch bevorstehen könnte. Und was habt Ihr jetzt zu sagen?«

»Wer es wagt, mich zu berühren, wird schnell mit seinen Vorvätern in der Hölle vereint sein!« Der Barbar knirschte mit den Zähnen und seine Augen funkelten grimmig.

»Weshalb seid Ihr hierher gekommen, wenn nicht in der Absicht, ihn zu töten?«, fragte Demetrio weiter.

»Um zu stehlen«, antwortete Conan widerwillig.

»Um was zu stehlen?«

Der Cimmerier zögerte. »Etwas zu essen.«

»Lüge!«, sagte Demetrio scharf. »Ihr wisst genau, dass

hier keine Nahrungsmittel zu finden sind. Sprecht die Wahrheit oder ...«

Der Barbar legte die Hand um den Schwertgriff. Die Bewegung wirkte so drohend wie das Grollen eines Tigers. »Kommandiert diese Feiglinge herum, die Euch fürchten«, knurrte er, »nicht mich! Ich bin keiner dieser verweichlichten Nemedier, die vor Euren angeheuerten Söldnern kuschen. Ich habe bessere Männer aus geringerem Anlass erschlagen.«

Dionus, der seinen Mund geöffnet hatte, um den Barbaren wütend anzubrüllen, schloss ihn wieder. Die Wachen scharrten unsicher mit den Füßen und blickten Demetrio abwartend an. Sie waren sprachlos, dass jemand so über die allmächtige Polizei zu sprechen wagte, und waren sicher, dass Demetrio nun den Befehl geben würde, den Barbaren festzunehmen. Aber Demetrio gab ihn nicht. Arus blickte von einem zum anderen und fragte sich, was im scharfen Verstand hinter dem Adlergesicht vorging. Vielleicht fürchtete der hohe Mann die ungezähmte Wildheit des Cimmeriers, vielleicht hegte er auch tatsächlich Zweifel an seiner Schuld.

»Ich habe Euch nicht des Mordes an Kallian bezichtigt«, sagte er hart. »Aber Ihr müsst selbst zugeben, dass der Augenschein gegen Euch spricht. Wie seid Ihr in den Tempel gekommen?«

»Ich versteckte mich im Schatten des Lagerhauses hinter diesem Gebäude«, erwiderte Conan unwillig. »Als dieser Hund«, er deutete mit dem Daumen auf Arus, »vorbeikam und um die Ecke gebogen war, rannte ich zur Mauer und kletterte sie hoch ...«

»Lüge!«, schrie Arus. »Kein Mensch könnte diese glatte Wand hochsteigen!«

»Habt Ihr noch nie einen Cimmerier eine Steilwand erklimmen sehen?«, rügte Demetrio den Nachtwächter. »Ich leite diese Untersuchung. Sprecht weiter, Conan!«

»Die Ecke ist mit Skulpturen verziert«, fuhr der Cimmerier fort. »Es war einfach, dort hochzugelangen. Ich hatte gerade das Dach erreicht, als dieser Hund wieder um das Gebäude kam. Ich entdeckte eine Falltür, die mit einem Eisenriegel von innen versperrt war. Ich hieb ihn entzwei …«

Arus, der sich erinnerte, wie stark der Riegel gewesen war, schnappte nach Luft und wich von dem Barbaren zurück, der ihn abwesend finster ansah und weitersprach:

»Ich stieg durch diese Falltür und kam in eine kleine Kammer. Ich hielt mich dort jedoch nicht auf, sondern ging zur Treppe …«

»Woher wusstet Ihr, wo die Treppe ist? Nur Kallians Gesinde und seine reichen Mäzene hatten Zugang zu den oberen Räumen.«

Conan schwieg mit finsterer Miene.

»Was tatet Ihr, nachdem Ihr die Treppe erreicht hattet?«, fragte Demetrio.

»Ich stieg sie hinab«, murmelte der Cimmerier. »Sie führte in das Gemach hinter jener verhängten Tür. Auf der Treppe hörte ich, wie eine andere Tür geöffnet wurde. Als ich durch den Vorhang spähte, sah ich, wie dieser Hund sich über den Toten beugte.«

»Warum seid Ihr aus Eurem Versteck herausgekommen?«

»Weil ich ihn zuerst für einen anderen Dieb hielt, der ebenfalls stehlen wollte, was ich …« Der Cimmerier unterbrach sich hastig.

»Was Ihr selbst Euch aneignen wolltet«, beendete Demetrio seinen Satz für ihn. »Ihr nahmt Euch keine Zeit für die oberen Räume, wo die kostbarsten Raritäten aufbewahrt werden. Jemand, der sich im Tempel gut auskennt, schickte Euch hierher, um etwas Bestimmtes zu stehlen!«

»Und um Kallian Publico zu ermorden!«, rief Dionus. »Bei Mitra! Das ist es! Ergreift ihn, Männer! Noch vor dem Morgen werden wir sein Geständnis haben.«

Mit einem wilden Fluch sprang Conan zurück und riss sein Schwert mit einer solchen Heftigkeit aus der Scheide, dass die scharfe Klinge surrte.

»Zurück, wenn Euch etwas an Eurem erbärmlichen Leben liegt!«, knurrte er. »Weil Ihr den Mut habt, arme Krämer zu schikanieren und Dirnen zu schlagen, um sie zum Sprechen zu bringen, braucht Ihr Euch nicht einzubilden, Ihr könntet Eure fetten Finger an einen Nordmann legen! Und wenn du Hund«, wandte er sich an den Nachtwächter, »nicht sofort deine Pfote vom Abzug nimmst, wirst du meinen Fuß im Bauch zu spüren bekommen!«

»Wartet!«, sagte Demetrio. »Pfeift Eure Hunde zurück, Dionus! Ich bin immer noch nicht überzeugt, dass er etwas mit dem Mord zu tun hat.« Demetrio beugte sich zu Dionus vor und flüsterte ihm zu: »Geduldet Euch, bis mehr Männer eingetroffen sind oder wir ihn dazu bringen können, sein Schwert zu übergeben.«

»Na schön«, brummte Dionus. »Zurück, Männer, aber habt ein Auge auf ihn!«

»Gebt mir Euer Schwert!«, forderte Demetrio Conan auf.

»Holt es Euch, wenn Ihr könnt!«, knurrte der Cimmerier.

Der Inquisitor zuckte die Achseln. »Also gut. Aber versucht nicht zu entfliehen. Männer mit Armbrüsten bewachen das Haus.«

Der Barbar senkte die Klinge, doch er ließ in seiner Wachsamkeit nicht nach. Demetrio untersuchte den Toten.

»Erwürgt«, murmelte er. »Weshalb ihn erwürgen, wenn ein Schwerthieb viel schneller und sicherer ist? Diese Cimmerier werden mit dem Schwert in der Hand geboren. Ich habe noch nie gehört, dass sie einen Menschen auf diese Weise töteten.«

»Vielleicht, um den Verdacht von sich abzulenken«, meinte Dionus.

»Möglich.« Demetrio tastete den Toten mit sachkundigen

Fingern ab. »Er ist seit zumindest einer halben Stunde tot. Wenn Conan auf die Art und Weise, wie er sagte, in den Tempel eindrang, kann er gar nicht dazu gekommen sein, den Mann zu töten, ehe Arus eintrat. Natürlich könnte er lügen und schon früher eingebrochen sein.«

»Ich bin die Mauer hochgeklettert, nachdem Arus seine letzte Runde machte«, knurrte Conan wütend.

»Das sagtet Ihr.« Demetrio studierte den Hals des Toten, der regelrecht zerquetscht und bläulich verfärbt war. Der Kopf hing schief von der gebrochenen Wirbelsäule. Demetrio schüttelte zweifelnd den Kopf. »Weshalb sollte ein Mörder ein Seil verwenden, das dicker als ein Männerarm ist? Und welch schrecklicher Würgegriff vermöchte ihm den Hals zu brechen?«

Er erhob sich und schritt zur nächsten Türöffnung, die in ein kleineres Gemach führte.

»Hier ist eine Büste von ihrem Podest neben der Tür gestoßen worden«, sagte er. »Und hier ist der Boden verkratzt und die Türbehänge sind zur Seite gerissen … Kallian Publico muss in diesem Raum angegriffen worden sein. Vielleicht konnte er sich kurz von seinem Mörder losreißen oder er zerrte ihn mit sich, als er zu fliehen versuchte. Jedenfalls taumelte er hinaus auf den Korridor, wohin der Mörder ihm folgte und ihm den Garaus machte.«

»Aber wenn dieser Wilde nicht der Mörder ist, wo ist der Teufel dann?«, fragte der Präfekt.

»Die Unschuld des Cimmeriers ist noch nicht erwiesen«, sagte der Inquisitor. »Aber untersuchen wir einmal jenen Raum …«

Er hielt lauschend inne. Auf der Straße erklang das Rattern von Kutschenrädern. Es näherte sich und erstarb dann abrupt.

»Dionus!«, befahl Demetrio. »Schickt zwei Männer zu diesem Wagen! Sie sollen den Kutscher hierher bringen.«

»Dem Klang nach«, sagte Arus, der mit allen Geräuschen

auf der Straße hier vertraut war, »würde ich sagen, dass die Kutsche vor Promeros Haus anhielt; es liegt gegenüber dem Laden des Seidenhändlers.«

»Wer ist Promero?«, fragte Demetrio.

»Kallian Publicos Oberschreiber.«

»Schafft ihn mit dem Kutscher hierher«, ordnete Demetrio an.

Zwei der Wachen machten sich auf den Weg. Demetrio studierte immer noch die Leiche. Dionus, Arus und die restlichen Wächter passten auf Conan auf, der reglos mit dem Schwert in der Hand wie ein Bild der Drohung dastand. Nach einer Weile hallten Schritte vor dem Tempel. Kurz darauf kehrten die beiden Wächter zurück, mit einem kräftig gebauten, dunkelhäutigen Mann in Lederhelm und dem langen Kittel des Kutschers, der eine Peitsche in der Hand hielt. Ihnen folgte ein kleiner, verschüchterter Mann, offenbar jemand, der sich aus den Reihen der Handwerker hochgearbeitet hatte, um zur rechten Hand eines reichen Händlers zu werden. Der Kleine wich mit einem Schrei zurück, als er die Leiche auf dem Boden entdeckte.

»Oh, ich wusste, dass etwas Schlimmes passiere würde!«, wimmerte er.

»Ihr seid Promero, der Oberschreiber, nehme ich an«, sagte Demetrio. »Und du?«

»Enaro, Kallian Publicos Wagenlenker.«

»Die Leiche deines Herrn scheint dich nicht übermäßig zu erschüttern«, bemerkte Demetrio.

Die dunklen Augen blitzten. »Habt Ihr das erwartet? Jemand führte nur aus, was ich schon lange zu tun ersehnte, jedoch nie wagte.«

»So, so!«, murmelte der Inquisitor. »Bist du ein freier Mann?«

Enaros Augen wirkten bitter, als er seinen Kittel zur Seite zog und das Brandzeichen des Schuldners auf seiner Schulter offenbarte.

»Wusstest du, dass dein Herr heute Nacht hierher kommen würde?«

»Nein. Ich fuhr die Kutsche wie üblich am Abend zum Tempel. Er stieg ein und ich lenkte die Pferde zu seiner Villa. Doch noch ehe wir zum Palianweg kamen, befahl er mir, umzukehren und zurückzufahren. Er schien mir sehr aufgeregt zu sein.«

»Und brachtest du ihn zum Tempel zurück?«

»Nein. Er hieß mich, vor Promeros Haus anzuhalten. Dort entließ er mich und befahl mir, ihn kurz nach Mitternacht wieder abzuholen.«

»Wie spät war es da?«

»Kurz nach Einbruch der Nacht. Die Straßen waren fast leer.«

»Was hast du dann gemacht?«

»Ich kehrte zur Sklavenunterkunft zurück, wo ich blieb, bis es Zeit war, meinen Herrn von Promeros Haus abzuholen. Ich fuhr geradewegs hierher. Eure Männer griffen mich auf, als ich eben mit Promero vor seiner Tür sprach.«

»Hast du eine Ahnung, weshalb Kallian Promero besuchte?«

»Er sprach mit seinen Sklaven nicht über seine Geschäfte.«

Demetrio drehte sich zu Promero um. »Was wisst Ihr darüber?«

»Nichts.« Die Zähne des Schreibers klapperten.

»Kam Kallian Publico zu Eurem Haus, wie der Kutscher sagte?«

»Ja, mein Herr.«

»Wie lange blieb er?«

»Nur eine kurze Weile, dann brach er wieder auf.«

»Begab er sich von Eurem Haus zum Tempel?«

»Ich weiß es nicht!« Die Stimme des Schreibers überschlug sich.

»Weshalb besuchte er Euch?«

»Um … um etwas Geschäftliches zu bereden.«

»Ihr lügt!«, sagte Demetrio scharf. »Weshalb besuchte er Euch?«

»Ich weiß es nicht! Ich weiß nichts!«, schrie Promero hysterisch. »Ich hatte nichts damit zu tun ...«

»Bringt ihn zum Reden, Dionus!«, befahl Demetrio. Dionus winkte einen seiner Leute herbei. Er kam mit einem hässlichen Grinsen auf die beiden Festgenommenen zu.

»Wisst Ihr, wer ich bin?«, fragte er drohend. Er schob seinen Kopf vor und starrte sein zurückweichendes Opfer an.

»Ihr seid Posthumo«, antwortete der Schreiber verängstigt. »Ihr habt im Gerichtssaal einem Mädchen das Auge ausgedrückt, weil sie ihren Liebsten nicht belasten wollte.«

»Ich bekomme, worauf ich aus bin!«, sagte der Wächter drohend. Die Adern seines Halses schwollen und sein Gesicht lief rot an, als er den bedauernswerten Schreiber am Kragen seines Kittels packte und diesen so drehte, dass der Mann fast erdrosselt wurde.

»Sprich, Ratte!«, knurrte er. »Antworte dem Inquisitor!«

»O Mitra! Erbarmen!«, wimmerte Promero. »Ich schwöre ...«

Posthumo schlug ihm gnadenlos erst links, dann rechts ins Gesicht, dann schleuderte er ihn zu Boden und trat ihm mit bösartiger Berechnung in die Hoden.

»Erbarmen!«, ächzte das bedauernswerte Opfer. »Ich sage ... alles ...«

»Dann steh auf, Hund!«, donnerte Posthumo. »Bleib nicht winselnd liegen!«

Dionus warf Conan einen heimlichen Blick zu, um zu sehen, ob auch er beeindruckt davon war. »Seht Ihr jetzt, was denen geschieht, die sich der Polizei widersetzen«, sagte er.

Conan spuckte ihm voll Verachtung vor die Füße. »Er ist ein Schwächling und ein Dummkopf«, knurrte er. »Soll bloß einer von euch versuchen, mich auch nur anzufassen, dann kann er seine Gedärme auf dem Boden zusammenklauben.«

»Seid Ihr jetzt bereit zu reden?«, fragte Dionus den Schreiber seufzend.

»Alles, was ich weiß …«, schluchzte Promero, als er mühsam auf die Füße kam und dabei wie ein geprügelter Hund winselte, »… ist, dass Kallian, kurz nachdem ich heimkam  ich verließ den Tempel etwa zur gleichen Zeit wie er –, an meine Tür klopfte und seine Kutsche wegschickte. Er drohte mir, mich meiner Stellung zu entheben, wenn ich je darüber spreche. Ich bin ein armer Mann, mein Herr, ohne Freunde oder Vermögen. Ohne meine Arbeit bei ihm würde ich vor Hunger sterben.«

»Das ist Eure Sache«, brummte Demetrio. »Wie lange blieb er bei Euch?«

»Etwa bis eine halbe Stunde vor Mitternacht. Dann verließ er mich und erwähnte, dass er zum Tempel gehen, aber zu meinem Haus zurückkehren würde, nachdem er getan hatte, was er zu tun beabsichtigte.«

»Und was beabsichtigte er?«

Promero zögerte, aber ein schaudernder Blick auf Posthumo, der drohend die Fäuste ballte, öffnete ihm schnell die Lippen. »Es war etwas im Tempel, das er untersuchen wollte.«

»Aber weshalb tat er es allein und so verstohlen?«

»Weil dieses Etwas nicht sein Eigentum war. Es war im Morgengrauen mit einer Karawane aus dem Süden gekommen. Die Karawanenleute wussten nichts weiter darüber, als dass die Beauftragten einer anderen Karawane von Stygien es ihrer Obhut übergeben hatten und es für Caranthes von Hanumar, den Ibispriester, bestimmt war. Der Karawanenführer war von diesen Beauftragten bezahlt worden, das Stück Caranthes persönlich auszuhändigen, aber der Halunke wollte geradewegs nach Aquilonien – auf einem Weg, der nicht an Hanumar vorbeiführt. Also ersuchte er, es im Tempel abstellen zu dürfen, bis Caranthes es abholen ließe.

Kallian erklärte sich damit einverstanden und versprach, einen Diener zu Caranthes zu schicken, um ihm Bescheid zu geben. Aber nachdem die Männer der Karawane aufgebrochen waren und ich Kallian auf den Boten ansprach, verbot er mir, nach ihm zu schicken. Er saß zu dem Zeitpunkt grübelnd neben dem Gegenstand, den die Karawanenleute hier abgestellt hatten.«

»Und was war dieser … Gegenstand?«

»Eine Art Sarkophag, wie sie in alten stygischen Grüften zu finden sind. Nur war dieser rund wie eine metallene Schale mit Deckel. Er bestand aus einem Metall wie Kupfer, nur härter; darin waren Hieroglyphen eingraviert, ähnlich denen auf den alten Menhiren von Südstygien. Der Deckel war durch gehämmerte kupferähnliche Bänder versiegelt.«

»Was befand sich denn in dieser … Schale?«

»Die Karawanenleute wussten es nicht. Sie sagten nur, jene, die es ihnen zur Weiterbeförderung anvertraut hatten, erwähnten, es handle sich um eine unersetzliche Reliquie, die man in den Grabkammern tief unter den Pyramiden gefunden habe. Der Absender schickte sie dem Ibispriester aus tiefer Verehrung. Kallian Publico glaubte, es handle sich bei diesem Geschenk um das Diadem der Titanenkönige jenes Volkes, das in dem dunklen Lande lebte, ehe die Vorfahren der Stygier dorthin kamen. Er zeigte mir ein Ornament auf dem Deckel, das genau die Form des Diadems hatte, wie es – so schwor er – die Titanenkönige der Legende nach trugen.

Er war fest entschlossen, die Schale zu öffnen, um zu sehen, was sie enthielt. Er war wie besessen bei dem Gedanken an das sagenhafte Diadem, das, wie er aus alten Schriften wusste, mit kostbarsten Edelsteinen besetzt war, wie nur die Alte Rasse sie kannte und von denen ein einziger mehr wert sein würde als alle Juwelen dieser Welt.

Ich riet ihm ab. Aber kurz vor Mitternacht begab er sich allein zum Tempel und verbarg sich in den Schatten, bis der Wächter sich auf der gegenüberliegenden Seite des Gebäudes aufhielt, dann öffnete er die Tür mit dem Schlüssel an seinem Gürtel. Ich beobachtete ihn heimlich vom Seidenladen aus, bis er im Tempel verschwand, dann kehrte ich in mein Haus zurück. Falls sich tatsächlich das Diadem oder etwas anderes von großem Wert in der Schale befände, beabsichtigte er, es anderswo im Tempel zu verstecken und sich schnell wieder zurückzuziehen. Am Morgen wollte er dann ein großes Geschrei erheben und behaupten, Diebe wären in sein Museum eingebrochen und hätten Caranthes' Eigentum gestohlen. Niemand würde wissen, dass er auf seinem Weg nach Hause wieder umgekehrt war, außer dem Wagenlenker und mir, und weder er noch ich könnten es wagen, ihn zu verraten.«

»Aber der Wächter?«, warf Demetrio ein.

»Kallian wollte von ihm nicht gesehen werden. Er plante, ihn als Komplizen des Diebes zu bezichtigen und ihn kreuzigen zu lassen«, erwiderte Promero. Arus schluckte und wurde totenbleich, als er das hörte.

»Wo ist dieser Sarkophag?«, fragte Demetrio. Promero deutete auf die entsprechende Kammer. Der Inquisitor brummte: »Aha. Also genau in dem Raum, in dem Kallian offenbar angegriffen wurde.«

Promero wand seine dünnen Hände. »Weshalb sollte jemand in Stygien Caranthes ein Geschenk senden? Alte Götterstatuen und seltsame Mumien wurden schon oft auf den Karawanenstraßen hierher geschafft, aber wer könnte den Ibispriester so sehr verehren, dass er ihm ein so kostbares Geschenk vermacht – und ausgerechnet jemand aus Stygien, wo man immer noch den Erzdämon Set anbetet, der in den dunklen Grüften haust. Der Gott Ibis bekämpfte

Set seit dem Morgengrauen der Erde und Caranthes betrachtete Sets Priester sein Leben lang als Feinde. Etwas ist hier sehr seltsam.«

»Zeigt uns diesen Sarkophag«, befahl Demetrio. Promero ging zögernd voran. Alle folgten, einschließlich Conan, der sich offenbar überhaupt nicht um die Wachen kümmerte, die kein Auge von ihm ließen; im Augenblick bewegte ihn sichtlich nur die Neugier.

Durch die zur Seite gerissenen Behänge betraten sie den Raum, der schwächer beleuchtet war als der Korridor. Türen an zwei Seiten führten in weitere Gemächer. An den Wänden reihten sich sagenhafte Abbilder von Göttern aus fernen Ländern und fremdartigen Menschen.

Promero schrie schrill: »Seht! Die Schale! Sie ist offen – und leer!«

In der Mitte des Raumes stand ein seltsamer schwarzer Zylinder, fast vier Fuß hoch und in der Mitte etwa drei Fuß im Durchmesser. Der schwere, mit Symbolen versehene Deckel lag auf dem Boden, neben ihm ein Hammer und ein Meißel. Demetrio schaute in die Schale und betrachtete verwirrt die fremdartigen Hieroglyphen. Dann drehte er sich zu Conan um.

»Seid Ihr hierhergekommen, um das zu stehlen?«

Der Barbar schüttelte den Kopf. »Wie könnte ein einzelner Mann dies forttragen?«

»Die Bänder wurden mit dem Meißel gesprengt«, murmelte Demetrio, »und zwar in großer Eile. Hier sind Spuren, wo der Hammer direkt in das Metall schlug. Wir können wohl annehmen, dass Kallian die Schale öffnete. Jemand hatte sich in der Nähe verborgen – vielleicht zwischen den Falten des Türbehangs. Als Kallian den Deckel abgenommen hatte, sprang der Mörder ihn an. Oder vielleicht tötete er Kallian schon zuvor und brach die Schale selbst auf.«

»Sie ist mir unheimlich«, sagte der Schreiber schaudernd.

»Sie ist viel zu alt, um heilig zu sein. Wer sah schon je Metall wie dieses? Es scheint noch härter zu sein als aquilonischer Stahl. Und seht, wie es an manchen Stellen verrostet und zerfressen ist. Und da – hier auf dem Deckel!« Promero deutete mit einem zitternden Finger. »Was, würdet Ihr sagen, ist das?«

Demetrio beugte sich tiefer, um die Gravur zu studieren. »Es sieht aus wie eine Art Krone«, murmelte er.

»Nein!«, rief Promero. »Ich warnte Kallian, aber er wollte nicht auf mich hören! Es ist eine zusammengeringelte Schlange mit dem Schwanzende im Rachen. Es ist das Zeichen Sets, der Alten Schlange, des Gottes der Stygier! Diese Schale ist zu alt, als dass sie von Menschen hergestellt worden sein könnte – es ist ein Relikt aus jener Zeit, als Set noch in Menschengestalt auf der Erde wandelte. Vielleicht bestattete das Volk, das seinen Lenden entsprang, die Gebeine ihrer Könige in Behältern wie diesem.«

»Und Ihr wollt vielleicht sagen, dass diese verrotteten Knochen sich erhoben, Kallian Publico erwürgten und sich dann davonmachten?«

»Es war jedenfalls kein Mensch, der in dieser Schale zur letzten Ruhe gebettet worden ist«, flüsterte der Schreiber mit ängstlicher Miene. »Welcher Mensch könnte schon darin liegen?«

Demetrio fluchte. »Wenn Conan Kallian nicht auf dem Gewissen hat, dann hält der Mörder sich noch irgendwo in diesem Gebäude auf. Dionus und Arus, bleibt hier bei mir, und ihr drei Gefangene ebenfalls. Ihr anderen, durchsucht das Haus! Der Mörder – falls er entkam, ehe Arus die Leiche fand – kann nur auf die gleiche Weise geflohen sein, wie Conan eindrang, und in diesem Fall hätte der Barbar ihn sehen müssen, wenn er die Wahrheit spricht.«

»Ich sah niemanden als diesen Hund hier«, knurrte Conan und deutete auf Arus.

»Natürlich nicht, weil Ihr der Mörder seid!«, sagte

Dionus. »Wir vergeuden nur unsere Zeit, aber um die Form zu wahren, werden wir die Durchsuchung vornehmen. Und wenn wir niemanden finden, verspreche ich, dass Ihr brennen werdet. Ihr kennt doch das Gesetz, schwarzhaariger Wilder? Für den Mord an einem Handwerker wird man zur Arbeit in den Minen verurteilt, für den Mord an einem Kaufmann zum Tod am Galgen und für den an einem reichen Mann zum Feuertod!«

Conan fletschte als Antwort lediglich die Zähne. Die Männer begannen mit ihrer Durchsuchung. Die in der Kammer Zurückgebliebenen hörten das Stapfen über ihren Köpfen, auf der Treppe, vernahmen das Rücken von größeren Gegenständen, das Öffnen von Türen und die Rufe, wenn die Wachen sich von Raum zu Raum verständigten.

»Conan, Ihr wisst, was Euch bevorsteht, wenn sie niemanden finden?«

»Ich habe ihn nicht umgebracht«, knurrte der Cimmerier. »Ich hätte ihm den Schädel eingeschlagen, wenn er mich aufgehalten hätte, aber ich stieß erst auf ihn, als er bereits tot war.«

»Irgendjemand schickte Euch jedenfalls hierher, um etwas für ihn zu stehlen«, sagte Demetrio. »Durch Euer Schweigen macht Ihr Euch verdächtig. Die Tatsache Eurer Anwesenheit genügt schon, Euch in die Minen zu schicken, ob Ihr nun Eure Schuld eingesteht oder nicht. Wenn Ihr wahrheitsgetreu alles erzählt, was Ihr wisst, könnt Ihr Euch wenigstens vom Pfählen retten.«

»Nun«, brummte der Barbar widerstrebend. »Ich kam hierher, um den zamorianischen Brillantenkelch zu holen. Ein Mann gab mir einen Plan des Tempels und zeigte mir, wo ich ihn finden würde. Man bewahrt ihn dort auf.« Conan deutete. »In einer Vertiefung im Boden unterhalb eines shemitischen Gottes aus Kupfer.«

»Das stimmt«, rief Promero. »Ich glaubte, nicht einmal

ein halbes Dutzend Menschen auf der Welt wüsste von diesem Versteck.«

»Und wenn Ihr ihn Euch geholt hättet«, höhnte Dionus, »hättet Ihr ihn doch sicher nicht Eurem Auftraggeber gebracht.«

Die blauen Augen blitzten verächtlich. »Ich bin kein Hund«, brummte der Barbar. »Ich halte mein Wort.«

»Wer hat Euch hierher geschickt?«, fragte Demetrio streng, aber Conan schwieg. Die Wachen kamen nach und nach von ihrer Suche zurück.

»Kein Mensch versteckt sich in diesem Haus«, erklärten sie. »Wir haben alles auf den Kopf gestellt. Wir fanden die Falltür im Dach, durch die der Barbar eingedrungen ist, und den Riegel, den er in zwei Teile gehauen hat. Wäre jemand auf diesem Weg geflohen, hätten unsere Wachen vor dem Haus ihn sehen müssen, außer er floh, ehe wir kamen. Ganz abgesehen davon, hätte er erst ein paar Möbelstücke übereinander stellen müssen, um die Falltür von unten zu erreichen. Es standen jedoch keine darunter. Könnte er das Haus denn nicht durch das Portal verlassen haben, ehe Arus zurückkam?«

»Nein«, erwiderte Demetrio. »Die Tür war von innen verriegelt, und der Sperrhaken ist mit einem Schloss gesichert, für das es nur zwei Schlüssel gibt. Einen hat Arus und der andere hängt noch am Gürtel von Kallian Publico.«

Einer sagte plötzlich: »Ich glaube, ich sah das Seil, das der Mörder benutzte.«

»Wo ist es, Dummkopf?«, brauste Dionus auf.

»Gleich in der nächsten Kammer«, antwortete der Wächter. »Es ist dick und schwarz und um eine Marmorsäule gewickelt. Es hing zu hoch, als dass ich es hätte erreichen können.«

Er führte die anderen in einen mit Marmorstatuen gefüllten Raum und deutete auf eine hohe Säule. Dann riss er die Augen und den Mund weit auf, ehe er einen Ton hervorbrachte.

»Es ist weg!«, keuchte er schließlich.

»Es war nie dort«, schnaubte Dionus spöttisch.

»Bei Mitra, es war da! Es war genau dort über dem Blätterkranz um die Säule gewickelt. Es ist so dunkel da oben, dass ich es nicht sehr gut sehen konnte, aber es war dort!«

»Ihr seid betrunken«, brummte Demetrio und wandte sich von ihm ab. »Dort oben hätte es kein Mensch erreichen können und niemand wäre fähig, diese glatte Säule hochzuklettern.«

»Ein Cimmerier schon«, murmelte einer der Männer.

»Möglich. Angenommen, Conan erdrosselte Kallian, wickelte das Seil um die Säule, überquerte den Korridor und versteckte sich in der Treppenkammer. Wie hätte er es dann beseitigen können, nachdem Ihr es dort oben saht? Er befand sich ständig bei uns, seit Arus die Leiche fand. Nein, ich sage euch, Conan hat den Mord nicht begangen. Ich glaube, der echte Mörder tötete Kallian, um das an sich zu bringen, was in der Schale gewesen war, und er versteckt sich jetzt in irgendeinem geheimen Winkel des Tempels. Wenn wir ihn nicht finden können, werden wir Anklage gegen den Barbaren erheben müssen, aber … wo ist denn Promero?«

Sie waren zu der Leiche auf dem Korridor zurückgekehrt. Dionus rief nach Promero, der schließlich aus dem Raum mit der leeren Schale kam. Er bebte am ganzen Körper und war aschfahl.

»Was habt Ihr, Mann?«, fragte Demetrio gereizt.

»Ich fand ein Symbol am Boden der Schale!«, antwortete der Schreiber mit klappernden Zähnen. »Keine alte Hieroglyphe, sondern ein ganz frisch eingraviertes Zeichen! Das Signum Thoth-amons, des stygischen Zauberers, der Caranthes' Todfeind ist. Er muss die Schale in einer der grauenvollen Grabkammern unterhalb der von Geistern heimgesuchten Pyramiden gefunden haben! Die Götter der Alten Zeit starben nicht, wie Menschen sterben – sie sanken nur in einen tiefen Schlaf und ihre Jünger betteten sie in Sarkophage, damit keine fremde Hand ihren Schlummer störe! Thoth-amon schickte den Tod zu Caranthes. Kallians Habgier befreite dieses Grauen – und nun lauert es irgendwo ganz in unserer Nähe, schleicht sich vielleicht bereits an uns heran …«

»Brabbelnder Narr!«, brüllte Dionus und schlug Promero heftig mit dem Handrücken über den Mund. »Nun, Demetrio.« Er drehte sich zu dem Inquisitor um. »Wir können nichts anderes tun, als diesen Barbaren …«

Der Cimmerier schrie auf. Er starrte auf die Tür zu einer Kammer neben dem Raum der Statuen. »Schaut!«, rief er. »Ich sah, wie etwas sich in dem Gemach bewegte – ich sah es durch die Behänge. Etwas, das wie ein dunkler Schatten über den Boden huschte.«

»Pah!«, schnaubte Posthumo. »Wir haben das Zimmer durchsucht …«

»Er hat etwas gesehen!«, kreischte Promero und seine Stimme überschlug sich vor hysterischer Aufregung. »Dieses Haus ist verflucht! Etwas kam aus dem Sarkophag und tötete Kallian Publico! Es versteckte sich, wo kein Sterblicher sich verstecken könnte, und jetzt lauert es in jener Kammer! Mitra beschütze uns vor den Mächten der Finsternis!« Er krallte die Finger in Dionus' Ärmel. »Durchsucht diesen Raum noch einmal, Herr!«

Der Präfekt schüttelte die Hand des Schreibers wütend ab. Posthumo sagte: »Ihr werdet ihn schön brav selbst durchsuchen, mein Tapferer!« Er packte Promero an Kragen und Gürtel und trug den Schreienden zur Tür. Dort hielt er inne und schleuderte ihn so heftig in das Zimmer, dass der Schreiber halb betäubt liegen blieb.

»Genug!«, knurrte Dionus und beäugte den schweigenden Cimmerier. Der Präfekt hob eine Hand. Die Luft schien vor

Spannung zu knistern, als plötzlich ein Wächter in den Korridor trat und eine schlanke, prächtig gekleidete Gestalt hereinzerrte.

»Ich sah ihn um den Tempel herumschleichen«, erklärte der Wächter und wartete auf ein Lob. Stattdessen wurde er mit Flüchen bedacht.

»Lass sofort diesen Herrn frei, du unbesonnener Narr!«, brüllte der Präfekt. »Kennst du denn nicht Aztrias Petanius, den Neffen des Gouverneurs?«

Der bestürzte Wächter wich zurück, während die geckenhafte junge Edle sich geziert über den bestickten Ärmel strich.

»Spart Euch Eure Entschuldigungen, guter Dionus«, lispelte er. »Der Wächter tat nur seine Pflicht, das weiß ich. Ich kehrte von einer etwas ausgedehnten Feier zurück und ging zu Fuß, um wieder einen klaren Kopf zu bekommen. Aber was haben wir denn hier? Bei Mitra! Ist das Mord?«

»So ist es, mein Lord«, erwiderte der Präfekt. »Aber wir haben einen Verdächtigen, und obgleich Demetrio seine Zweifel zu hegen scheint, wird er dem Pfählen nicht entgehen.«

»Ein brutal aussehender Halunke«, murmelte der junge Edelmann angewidert. »Wie kann man nur an seiner Schuld zweifeln? Nie zuvor sah ich eine solch schurkische Physiognomie!«

»Aber mich hast du sehr wohl gesehen, du pomadiger Hund!«, knurrte Conan. »Und zwar, als du mich angeheuert hast, um den zamorianischen Kelch für dich zu stehlen. Feier? Pah! Du hast in den Schatten versteckt auf mich gewartet, damit ich dir das Diebesgut aushändige. Ich hätte deinen Namen nicht verraten, wenn du mich nicht mit solchen Worten bedacht hättest. Und jetzt sag diesen Hunden, wie du mich die Wand hochklettern sahst, nachdem der Wächter seine letzte Runde gemacht hatte, damit sie wissen, dass ich gar keine Zeit hatte, dieses fette Schwein zu töten, ehe Arus die Leiche fand.«

Demetrio beobachtete Aztrias, der jedoch keine Reaktion zeigte. »Wenn es stimmt, was er sagt, mein Lord, kommt er als Mörder nicht in Betracht und wir können ohne weiteres über den versuchten Diebstahl hinwegsehen. Der Cimmerier verdiente zwar zehn Jahre Zwangsarbeit für den Einbruch, aber wenn Ihr ein gutes Wort für ihn einlegt, werden wir ihm die Möglichkeit geben zu fliehen und niemand außer uns hier wird je davon erfahren. Ich verstehe vollkommen: Ihr wärt nicht der erste junge Edelmann, der sich eines solchen Mittels zu bedienen versuchte, um seine Spielschulden und Ähnliches zu begleichen, aber Ihr könnt auf unsere Verschwiegenheit rechnen.«

Conan blickte den jungen Edlen erwartungsvoll an, aber Aztrias zuckte die schmalen Schultern und legte geziert eine weiße Hand vor die Lippen, um ein Gähnen zu verbergen.

»Ich kenne ihn nicht«, versicherte er Demetrio. »Er ist verrückt zu behaupten, ich hätte ihn angeheuert. Möge er seine gerechte Strafe bekommen. Er hat einen starken Rücken und die Arbeit in den Minen wird ihm guttun.«

Conan zuckte zusammen, als würde er von einer Wespe gestochen. Seine Augen funkelten. Die Wächter umklammerten wachsam ihre Waffen und entspannten sich erst, als der Cimmerier wie in stumpfer Resignation den Kopf hängen ließ. Arus vermochte nicht zu erkennen, ob er sie unter seinen dichten schwarzen Brauen beobachtete.

Der Barbar schlug ohne Warnung zu wie eine Kobra. Sein Schwert blitzte im Kerzenschein. Aztrias setzte zum Schrei an, der erstarb, als sein Kopf in einem Blutregen von den Schultern flog und die Züge zu einer weißen Maske des Entsetzens erstarrten.

Demetrio zog seinen Dolch und hob ihn zum Stoß. Wie eine Katze wirbelte Conan herum und holte zum Hieb gegen des Inquisitors Leib aus. Demetrios instinktives Ausweichen und Parieren konnte die Spitze nur knapp abwehren. Sie stieß in seinen Schenkel, prallte vom Knochen ab und drang auf der anderen Seite heraus. Demetrio brach mit einem Schmerzensschrei in die Knie.

Conan hielt nicht inne. Die Pike, die Dionus hochriss, rettete den Schädel des Präfekten vor der zischenden Klinge, die sich leicht drehte, als sie durch den Schaft schnitt, den Kopf seitlich streifte und das rechte Ohr mit sich nahm. Die ungeheure Flinkheit des Barbaren lähmte die Wachen. Die Hälfte wäre am Boden gewesen, hätte nicht der wohlbeleibte Posthumo – mehr durch Glück als durch Geschick – die Arme um den Cimmerier werfen und so seinen Schwertarm behindern können. Conans Linke schoss zum Kopf des Wächters hoch und Posthumo gab ihn heulend frei, um beide Hände auf die rote Höhle zu drücken, wo sich gerade noch ein Auge befunden hatte.

Conan sprang zurück und blieb außer Reichweite der nach ihm stoßenden Piken. Dann sah er, wie Arus sich über seine Armbrust beugte, um sie zu laden. Ein heftiger Stoß in den Bauch warf ihn zu Boden, wo er sich ächzend und mit grünem Gesicht wälzte. Conans Ferse drehte sich auf dem Mund des Nachtwächters, der schrill durch die neu entstandenen Zahnlücken loskreischte.

Ein Schrei, der das Blut stocken ließ, drang aus der Kammer, in die Posthumo den Schreiber geworfen hatte. Promero taumelte durch die samtbehängte Tür. Schluchzen schüttelte ihn, Tränen rannen über sein fahles Gesicht und tropften von den schlaffen Lippen.

Alle starrten ihn bestürzt an – Conan mit seinem bluttriefenden Schwert in der Rechten; die Wächter mit ihren erhobenen Piken; Demetrio auf dem Boden kauernd, während er versuchte, das aus seinem Schenkel quellende Blut zu stillen; Dionus, der die Hand auf den blutenden Ohrstumpf drückte; Arus, der wimmernd ausgeschlagene Zähne ausspuckte; ja selbst Posthumo hörte zu heulen auf und blinzelte mit seinem ihm verbliebenen Auge.

Promero torkelte heraus auf den Korridor und fiel steif vor ihnen zu Boden. Zwischen einem durchdringenden, gellenden Gelächter, das zweifellos dem Wahnsinn entsprang, kreischte er: »Der Gott hat einen langen Arm! Ha ha ha! Einen verflucht langen Arm!« Nach einem kurzen, grauenvollen Zucken erstarrte er und grinste blicklos zur Decke.

»Er ist tot«, wisperte Dionus erstaunt. Er vergaß seine eigenen Schmerzen und den Barbaren, der mit bluttriefendem Schwert so dicht neben ihm stand, und beugte sich über die Leiche. Nach einer kurzen Weile richtete er sich wieder auf. Seine Schweinsäuglein quollen ihm schier aus den Höhlen. »Er weist nicht die geringste Verletzung auf. Bei Mitra! *Was ist in der Kammer?*«

Grauen überwältigte sie alle und sie rannten schreiend zum Portal. Die Wachen ließen ihre Piken fallen und versuchten, gleichzeitig hindurchzustürzen, sodass sie es durch das Gedränge nicht ohne Verletzungen schafften. Arus folgte ihnen und der halb blinde Posthumo torkelte ihnen hinterher und flehte sie an, ihn nicht allein zurückzulassen. Er drängte sich an einigen vorbei, doch sie warfen ihn zu Boden und trampelten schreiend in ihrer Furcht über ihn hinweg. Er kroch ihnen nach und als Letzter versuchte Demetrio sich hinkend zu retten, während er immer noch sein Gewand auf die heftig blutende Wunde drückte. Wachen, Wagenlenker, Nachtwächter und Inquisitor, ob verwundet oder unverletzt, stürzten schreiend auf die Straße, wo die Wachen vor dem Tempel ebenfalls von Panik erfasst wurden und, ohne Fragen zu stellen, mit den anderen das Hasenpanier ergriffen.

Conan stand allein im Korridor mit den drei Toten. Er festigte seinen Griff um das Schwert und trat in den unheimlichen Raum. Kostbare Seidenbehänge bedeckten die

Wände, Seidenkissen und seidenbezogene Diwane standen in großer Zahl herum. Über einem schweren, vergoldeten Paravent schaute ein Gesicht dem Cimmerier entgegen.

Conan starrte voll Staunen auf die kalte klassische Schönheit dieses Antlitzes, derengleichen er unter Sterblichen noch nie geschaut hatte. Weder Schwäche oder Mitleid noch Grausamkeit, Güte oder irgendwelche anderen menschlichen Regungen verriet dieses Gesicht. Es hätte die Marmormaske eines Gottes sein können, von Künstlerhand geformt, wäre nicht unverkennbar Leben in ihr gewesen – ein kaltes, fremdartiges Leben, wie der Cimmerier es noch nie kennengelernt hatte und auch nicht verstehen konnte. Er dachte flüchtig: Von welch statuenhafter Vollkommenheit muss der Körper hinter dem Schirm wohl sein, da das Antlitz von solch überirdischer Schönheit ist.

Aber er konnte nur den fein geformten Kopf sehen, der sich leicht von einer Seite zur anderen wiegte. Die vollen Lippen öffneten sich und sprachen ein Wort, ein einziges Wort nur, mit einem klangvollen Vibrieren, wie das der goldenen Glocken in den vom Dschungel verborgenen Tempeln von Khitai. Es entstammte einer fremden Zunge, die vergessen war, noch ehe die Reiche der Menschen sich zu ihrer Größe erhoben, aber Conan wusste, was es bedeutete: »Komm!«

Und der Cimmerier gehorchte mit einem verzweifelten Sprung und einem zischenden Hieb seines Schwertes. Der unirdisch schöne Kopf flog vom Körper, prallte an einer Seite des Paravents auf den Boden und rollte ein Stück, ehe er zur Ruhe kam.

Da rann ein Schauder über Conans Rücken, denn der Schirm schüttelte sich unter den Zuckungen des Körpers, der sich dahinter befand. Der Cimmerier hatte unzählige Männer sterben sehen, doch nie hatte er davon gehört, dass ein Mensch in seinen Todeszuckungen solcher Geräusche fähig war. Das Wesen, das eigentlich hätte tot sein müssen, schlug und stieß mit einem ohrenbetäubenden Krachen um sich. Der Paravent wackelte, schwankte und kippte schließlich, bis er mit einem metallischen Klirren vor Conans Füßen landete. Und dann konnte der Cimmerier sehen, was sich dahinter befand.

Jetzt erst bemächtigte sich seiner das Grauen. Er rannte, so schnell er konnte; weder verringerte er seine Geschwindigkeit, noch hielt er ein einziges Mal an, ehe nicht weit, weit hinter ihm die Türme von Numalia mit der Morgendämmerung verschmolzen waren. Der Gedanke an Set und die Kinder Sets, die einst die Erde beherrscht hatten und jetzt in ihren dunklen Grabkammern unter den schwarzen Pyramiden schlummerten, war grauenvoller als ein Albtraum. Hinter dem vergoldeten Paravent hatte kein Menschenkörper gelegen, sondern der schimmernde, zusammengerollte Leib einer riesigen Schlange.

# DER TURM
# DES ELEFANTEN

## I

FLACKERNDE FACKELN ERHELLTEN die »Keule« nur schwach, wo die Diebe des Ostens ihren Karneval feierten. In der »Keule« konnten sie zechen und lärmen, so viel es ihnen Spaß machte, denn ehrliche Bürger mieden dieses Viertel und die Nachtwächter, die mit nicht ganz sauberen Münzen bestochen wurden, kümmerten sich nicht um diese Gegend. Durch die krummen, ungepflasterten Gassen mit übel riechendem Unrat und stinkenden Pfützen torkelten grölende und johlende Betrunkene. Stahl glitzerte in den Schatten, wo ein Wolf den anderen beraubte. Das Klirren von Waffen und weniger laute Kampfgeräusche waren zu hören, aber auch das schrille Lachen von Frauen. Flammenschein leuchtete aus zerbrochenen Fenstern und weit aufgerissenen Türen. Der abgestandene Geruch von Wein und schwitzenden Leibern drang aus diesen Türen, das Klirren von Krügen, das Hämmern von Fäusten auf raue Tischplatten und wie ein Schlag ins Gesicht vereinzelte Fetzen obszönster Lieder.

In einer dieser Schenken ging es besonders hoch her. Polterndes und schrilles Gelächter brach sich an der niedrigen rußgeschwärzten Decke. Hier hatten sich Halunken in

Lumpen und Fetzen, aber auch in prahlerischen Prunkgewändern eingefunden. Flinkfingrige Taschendiebe zechten hier, erbarmungslose Menschenräuber, geschickte Fassadenkletterer, Meuchler, die den Mund recht voll nahmen, mit ihren Dirnen, Frauen in billigem Flitter, mit durchdringenden Stimmen. Hier beheimatete Gauner waren in der Überzahl – dunkelhäutige, schwarzäugige Zamorier mit Dolchen im Gürtel und falsch im Herzen. Aber auch Wölfe aus einem halben Dutzend fremder Länder hatten sich hier eingefunden, unter ihnen ein riesenhafter Hyperboreaner, schweigsam, gefährlich, mit einem mächtigen Breitschwert an der Seite – denn die Männer trugen in der »Keule« ihre Waffen offen. Dann war da auch ein shemitischer Fälscher mit Hakennase und geringeltem blauschwarzem Bart. Eine keckäugige brythunische Dirne saß auf den Knien eines Gundermanns mit hellbraunem Haar – er war ein umherziehender Söldner, der seinen unerlaubten Abschied von einer geschlagenen Armee genommen hatte. Und der fette Halunke, dessen unflätige Witze das schallende Gelächter hervorriefen, war ein berufsmäßiger Menschenräuber. Er war aus dem fernen Koth hierher gekommen, um den Zamoriern – die mit mehr Geschick in dieser Kunstfertigkeit geboren worden waren, als er sich je hatte aneignen können – den Frauenraub beizubringen. Dieser Mann hielt in der Beschreibung der Schönheit eines vorgesehenen Opfers inne, um einen genussvollen Schluck zu nehmen. Dann wischte er sich die Lippen ab und sagte: »Bei Bel, dem Gott aller Diebe, ich werde ihnen zeigen, wie man Frauen raubt! Noch vor dem Morgengrauen schaffe ich das junge Ding über die zamorianische Grenze, wo eine Karawane auf sie wartet. Dreihundert Silberstücke versprach mir ein Graf von Ophir für eine schöne junge Brythunierin aus bestem Hause. Wochen benötigte ich, um mich als Bettler verkleidet in den Grenzstädten nach einer Passenden umzusehen. Ja, ein bildhübsches Ding ist sie wahrhaftig!«

Er schmatzte einen feuchten Kuss in die Luft.

»Ich kenne hohe Herren in Shem, die das Geheimnis des Elefantenturms für sie preisgeben würden«, brummte er noch, ehe er sich wieder seinem Bier widmete.

Ein Zupfen an seinem Ärmel ließ ihn den Kopf wenden. Er runzelte finster die Stirn über diese Störung. Ein hochgewachsener, kräftig gebauter junger Bursche stand neben ihm. Er wirkte hier genauso fehl am Platze wie ein grauer Wolf unter den räudigen Ratten in der Gosse. Sein billiger Kittel konnte die hünenhafte Statur, die breiten Schultern, die mächtige Brust, die schmalen Hüften und die muskelbepackten Arme nicht verbergen. Sein Gesicht war sonnengebräunt, seine Augen blau und glühend. Eine dichte Mähne schwarzen, zerzausten Haares hing in die hohe Stirn. In einer abgegriffenen Lederscheide am Gürtel steckte ein Schwert.

Unwillkürlich zuckte der Kothier zurück, denn der Bursche stammte aus keinem ihm bekannten zivilisierten Volk.

»Du sprachst vom Elefantenturm«, sagte der Fremde in der Sprache der Zamorier, doch mit fremdartigem Akzent. »Ich habe viel von diesem Turm gehört. Was ist sein Geheimnis?«

Die Haltung des Fremden schien ihm nicht bedrohlich zu sein, außerdem stärkte das reichlich genossene Bier und die Anerkennung seiner bisherigen Zuhörer des Menschenräubers Mut. Er schwoll an vor Wichtigkeit.

»Das Geheimnis des Elefantenturms?«, rief er. »Aber jeder Narr weiß doch, dass Yara der Priester dort haust, mit dem mächtigen Edelstein, den man Elefantenherz nennt. Dieser Stein ist das Geheimnis seiner Zauberkraft.«

Der Barbar dachte kurz über diese Worte nach.

»Ich habe den Turm gesehen«, sagte er. »Er steht in einem großen Garten oberhalb der Stadt. Hohe Mauern umgeben den Garten, aber Wächter sah ich keine. Es würde nicht schwerfallen, die Mauern zu erklimmen. Warum hat denn noch niemand diesen geheimnisvollen Stein gestohlen?«

Der Kothier starrte mit offenem Mund auf diesen naiven Fremden, dann brach er in spöttisches Gelächter aus, in das die anderen einstimmten.

»Hört euch diesen Wilden an!«, donnerte er. »Er möchte Yaras Juwel stehlen. Pass auf, Bursche!«, sagte er und wandte sich überheblich dem jungen Mann zu. »Ich nehme an, du bist ein Barbar von irgendwoher aus dem Norden …«

»Ich bin Cimmerier«, erklärte ihm der Fremde nicht gerade freundlich. Die Antwort und der Ton sagten dem Kothier wenig. Er stammte aus einem Königreich, das weit im Süden an den Grenzen von Shem lag, und wusste wenig von den nordischen Völkern.

»Dann spitz die Ohren und lern ein wenig!«, sagte er und deutete mit dem Krug auf den leicht verwirrten Burschen. »Wisse, dass es in Zamora und vor allem in dieser Stadt mehr verwegene Diebe als sonstwo auf dieser Welt, ja selbst in Koth, gibt. Könnte ein Sterblicher diesen Edelstein stehlen, dann kannst du sicher sein, dass er längst schon in anderer Hand wäre. Du sagst, dass es einfach sei, die Mauer zu erklettern, doch hast du sie erst erklommen, würdest du dir schnell wünschen, du hättest es nicht getan. Aus gutem Grund ziehen des Nachts keine Wächter ihre Runden in dem Garten, das heißt, keine menschlichen Wächter. Doch die Wachkammer unten im Turm ist ständig besetzt, und selbst wenn es dir gelänge, ungehindert an jenen vorbeizukommen, die des Nachts ihre Augen – oder was immer sie haben – auf den Garten richten, müsstest du dich durch die menschlichen Wächter in der Wachkammer kämpfen, um an das Juwel zu gelangen, das irgendwo im Turm darüber aufbewahrt wird.«

»Aber *wenn* es einem glückte, durch den Garten zu gelangen, weshalb könnte er dann nicht versuchen, durch den oberen Teil des Turmes an den Stein heranzukommen«, argumentierte der Cimmerier. »Dadurch würde er eine Entdeckung durch die Wächter vermeiden.«

Wieder starrte der Kothier ihn mit offenem Mund an.

»Hört ihn euch an!«, rief er spöttisch. »Der Barbar ist ein Adler, der zu der edelsteinbesetzten Brüstung des Turmes fliegen kann!« Er wandte sich wieder dem Cimmerier zu. »Ja, weißt du denn nicht, dass der Turm fünfzig und hundert Fuß hoch ist und seine kreisrunden Seiten glatter als geschliffenes Glas sind?«

Der Barbar blickte sich mit funkelnden Augen um. Das dröhnende Gelächter, das sich ob der höhnischen Bemerkung erhoben hatte, machte ihn ein wenig verlegen. Er selbst sah keinen Grund zur Erheiterung darin und er war noch zu neu in der zivilisierten Welt, um ihre Unarten zu verstehen. Zivilisierte Menschen können es sich eher leisten, unhöflich zu sein als Wilde, denn für sie besteht nicht so leicht die Gefahr, dass man ihnen deshalb gleich den Schädel einschlägt. Er war verwirrt und verdrossen und hätte sich zweifellos ohne ein weiteres Wort verlegen zurückgezogen, hätte der Kothier es nicht darauf angelegt, ihn weiter aufzuziehen.

»Komm, komm!«, brüllte er. »Erzähl doch diesen armen Burschen hier, die noch nicht viel länger ihr Diebeshandwerk ausüben, als du am Leben bist, wie du es anstellen willst, an den Stein heranzukommen!«

»Es gibt immer einen Weg, wenn der Mut so groß wie das Verlangen ist«, erwiderte der Cimmerier gereizt.

Der Kothier fasste diese Worte als persönliche Beleidigung auf. Sein Gesicht lief rot an.

»Was!«, brüllte er. »Du wagst es, auf uns herabzublicken und uns Feiglinge zu schimpfen? Mach, dass du weiterkommst! Aus meinen Augen!« Er versetzte Conan einen heftigen Stoß.

»Du nimmst dir die Freiheit, mich zu verspotten, und legst dann auch noch Hand an mich?«, knirschte der Barbar durch die Zähne. Nicht länger konnte er seinen schnell erwachten Grimm zügeln. Er erwiderte den Stoß mit einem Schlag der flachen Hand, der den Spötter gegen den roh gezimmerten Tisch warf. Bier schwappte über den Rand des Kruges. Der Kothier brüllte wütend auf und zog sein Schwert.

»Hund von einem Wilden!«, donnerte er. »Dafür stech ich dir das Herz aus der Brust!«

Stahl blitzte. Die Umsitzenden brachten sich eilig in Sicherheit. In ihrer Hast warfen sie die einzige Kerze im Raum um. Die Schankstube lag im Dunkeln. Schreie und Flüche waren zu hören, das Krachen von umstürzenden Bänken und trampelnden Füßen, das Stolpern sich Anrempelnder und schließlich ein durchdringender Schmerzensschrei, der den Tumult durchschnitt. Als die Kerze wieder angezündet wurde, waren die meisten der Gäste durch die Türen und eingeschlagenen Fenster verschwunden, der Rest hatte sich hinter den Weinfässern und unter den Tischen verkrochen. Der Barbar hatte die Schenke ebenfalls verlassen. In der Mitte der Stube lag die blutige Leiche des Kothiers. Mit dem untrüglichen Instinkt des Barbaren hatte der Cimmerier den Mann in der Dunkelheit, inmitten der allgemeinen Verwirrung, getötet.

## II

Fackellicht und die lärmende Fröhlichkeit der Feiernden blieben hinter dem Cimmerier zurück. Er hatte sich seines zerrissenen Kittels entledigt und schritt nun, von einem Lendentuch und seinen hochgeschnürten Sandalen abgesehen, nackt durch die Nacht. Er glitt mit der Geschmeidigkeit eines Tigers dahin, seine stählernen Muskeln spielten unter der gebräunten Haut.

Er hatte das Stadtviertel erreicht, das den Tempeln vorbehalten war. Rings um ihn glitzerten sie im Sternenlicht mit ihren schneeweißen Marmorsäulen, den goldenen Kuppeln und silbernen Bogenportalen, diese Schreine von Zamors unzähligen fremdartigen Göttern. Conan zerbrach sich nicht den Kopf über sie. Er wusste, dass Zamors Religion kompliziert und nicht so leicht zu verstehen war und ihr ursprüngliches Wesen sich in verwirrenden Riten und Gebräuchen erschöpft hatte. Viele Stunden hatte er auf den öffentlichen Plätzen verbracht und sich die Philosophien und Argumente von Theologen und Lehrern angehört; anschließend war er verwirrter als zuvor gewesen. Doch von einem hatten sie ihn überzeugt: dass keiner von ihnen ganz richtig im Kopf war.

Seine Götter waren einfach und leicht zu begreifen. Crom war der oberste von ihnen. Er war auf einem hohen Berg zu Hause, von wo aus er Tod und Verderben schickte. Es war nutzlos, Crom um etwas anzuflehen, denn er war ein düsterer, wilder Gott und verachtete Feiglinge. Aber er verlieh einem Knaben bei der Geburt Mut und den Willen und die Kraft, seine Feinde zu töten. Das war nach der Ansicht des Barbaren alles, was man von einem Gott erwarten sollte.

Conans Sandalen verursachten keinen Laut auf den glänzenden Pflastersteinen. Kein einziger Wächter war zu sehen, denn selbst die Diebe der »Keule« mieden die Tempel, wo – wie sich herumgesprochen hatte – ein grauenvolles Geschick jene traf, die sie in unheiliger Absicht betraten. Vor sich sah Conan den Elefantenturm gen Himmel streben. Er fragte sich, woher er seinen Namen hatte. Niemand schien es zu wissen. Er selbst hatte noch nie einen Elefanten gesehen, wusste jedoch – wenn er es recht verstanden hatte –, dass dies ein ungeheuerlich großes Tier mit einem Schwanz vorn und einem hinten war. So jedenfalls hatte ein wandernder Shemite ihm erzählt und geschworen, er habe solche Tiere zu tausenden im Land der Hyrkanier gesehen. Aber er musste natürlich in Betracht ziehen, dass die Shemiten große Lügner waren. In Zamora zumindest gab es keine Elefanten.

Der kalt schimmernde Turm schien nach den Sternen greifen zu wollen. Im Sonnenschein glänzte er so stark, dass nur wenige es ertrugen, ihn anzusehen. Man raunte, dass er ganz aus Silber erbaut sei. Er hatte die Form eines Zylinders, war hundertfünfzig Fuß hoch und die Edelsteine, mit denen der obere Rand oder die Brüstung, was immer es auch sein mochte, besetzt war, funkelten im Sternenlicht. Der Turm stand zwischen den sich in einer milden Brise wiegenden fremdartigen Bäumen eines Gartens, der hoch über der Stadt lag. Eine mächtige Mauer umschloss den Garten und außerhalb dieser Mauer befand sich ringsum ein nicht übermäßig breiter Streifen Land, der ebenfalls von einer Mauer geschützt war. Kein Lichtschein drang aus dem Turm. Offensichtlich hatte er keine Fensteröffnungen, zumindest nicht oberhalb der inneren Mauer. Nur die Glitzersteine hoch oben verbreiteten einen frostigen Schimmer.

Um die untere Außenmauer wuchs dichtes Buschwerk. Der Cimmerier schlich sich nahe heran und blieb davor stehen, um sich ein Bild zu machen. Die Mauer war zwar hoch, aber wenn er sprang, konnte er sich gewiss mit den Fingern an den Mauerrand klammern und dann war es ein Kinderspiel, sich hochzuziehen und darüberzuschwingen. Er bezweifelte nicht, dass sich die innere Mauer auf die gleiche Weise bezwingen ließe. Aber er zögerte bei dem Gedanken an die unheimlichen Gefahren, die angeblich im Garten lauerten. Die Menschen hier kamen ihm fremdartig und rätselhaft vor. Sie waren nicht von seiner Art, ja nicht einmal vom selben Blut wie die westlicheren Brythunier, Nemedier, Kothier und Aquilonier, von deren der Zivilisation entspringenden Geheimnissen er schon vielfach gehört hatte. Die Menschen von Zamora entstammten einer sehr, sehr alten Zivilisation, und so, wie er sie bisher kennengelernt hatte, schienen sie ihm von Grund auf verderbt zu sein.

Er dachte an Yara, den Hohepriester, der in seinem Edelsteinturm dunkle Zauber wirkte. Des Cimmeriers Haare stellten sich auf, als er sich der Geschichte entsann, die ein betrunkener Hofpage zum Besten gegeben hatte – wie Yara einem friedlichen Prinzen ins Gesicht gelacht und ihm ein glühendes, teuflisches Juwel vorgehalten hatte. Blendende Strahlen waren aus diesem schrecklichen Edelstein geschossen und hatten den Prinzen eingehüllt. Schreiend war er zu Boden gesunken und zu einem schwarzen Klumpen verkohlt, der sich schließlich in eine Spinne verwandelt hatte, die hastig durch das Gemach krabbelte, bis Yara sie unter seinen Sohlen zertrat.

Yara verließ seinen Zauberturm nicht sehr oft, und wenn, dann offenbar nur, um irgendeinen Menschen oder gar ein ganzes Volk mit seiner schwarzen Magie ins Unglück zu stürzen. Der König von Zamora fürchtete ihn mehr als den Tod. Er war ständig betrunken, weil er diese grauenvolle Angst nüchtern nicht ertragen konnte. Yara war sehr alt – man raunte, dass er schon seit unzähligen Jahrhunderten lebte und auch in alle Ewigkeit weiterleben würde, und zwar mithilfe der Magie dieses Juwels, das allgemein Elefantenherz genannt wurde – aus dem gleichen Grund, aus dem man diesem hohen Bauwerk den Namen Elefantenturm gegeben hatte.

Der solcherart in Gedanken versunkene Cimmerier drückte sich hastig an die Mauer, als er im Garten gemessene Schritte vernahm. Daneben hörte er auch ein schwaches Klirren von Metall. Also zog doch zumindest ein Wächter seine Runde im Garten. Der Barbar wartete, bis er auf seiner nächsten Runde wiederkehren würde, aber eine von nichts unterbrochene Stille setzte ein.

Schließlich übermannte ihn die Neugier. Er sprang hoch, bekam den Mauerrand zu fassen und zog sich empor. Er legte sich flach auf die Mauerkrone und schaute hinunter auf den Streifen zwischen den beiden Mauern. Hier wuchsen keine Büsche, nur unmittelbar vor der inneren Mauer sah er einige sorgsam gestutzte Sträucher. Das Sternenlicht fiel auf den gepflegten Rasen. Irgendwo plätscherte ein Springbrunnen.

Vorsichtig ließ Conan sich hinunter. Er zog sein Schwert aus der Hülle und schaute sich um. Da er ungeschützt im hellen Sternenlicht stand, erfüllte ihn Unruhe und so schlich er schnell im Schatten der Mauer um eine Biegung, bis er sich auf gleicher Höhe mit den Sträuchern befand, die er bemerkt hatte. Mit flinken, leisen Schritten rannte er tief geduckt darauf zu und wäre fast über etwas gestolpert, das zusammengekrümmt am Rand der Sträucher lag.

Ein schneller Blick nach beiden Seiten zeigte ihm zumindest in Sichtweite keinen Feind. Er beugte sich über die Gestalt. Seine scharfen Augen ließen ihn im Sternenschein einen kräftig gebauten Mann in der silberfarbenen Rüstung und dem Kammhelm der zamorianschen Königsgarde erkennen. Ein Schild und eine Lanze lagen neben ihm. Conan stellte fest, dass der Soldat erwürgt worden war. Beunruhigt schaute der Barbar sich um. Ihm war klar, dass dies der Wächter gewesen war, den er von der anderen Seite der Mauer aus gehört hatte. Nur kurze Zeit war seitdem vergangen und doch hatten inzwischen unbekannte Hände sich aus der Dunkelheit um den Hals des Soldaten gelegt und ihm das Leben genommen.

Seine angestrengten Augen bemerkten plötzlich eine Bewegung zwischen den Sträuchern nahe der Mauer. Die Hand am Schwertgriff huschte er dorthin. Er verursachte dabei nicht mehr Geräusch als ein Panther, der durch die Nacht schleicht. Trotzdem hörte ihn der Mann, den er hatte überraschen wollen. Der Cimmerier sah einen mächtigen Schatten an der Wand und war erleichtert, dass er zumindest von menschlicher Form war. Und dann wirbelte der Bursche mit einem Keuchen, das Panik verriet, herum und wollte sich offenbar auf seinen Gegner stürzen. Als das Sternenlicht sich jedoch auf Conans Klinge spiegelte, wich er wieder zurück. Einen angespannten Augenblick wartete jeder darauf, was der andere tun würde, sofort zur Abwehr bereit.

»Du bist kein Soldat!«, zischte der Fremde schließlich. »Du bist ein Dieb wie ich.«

»Und wer bist du?«, fragte der Cimmerier misstrauisch.

»Taurus von Nemedien.«

Der Cimmerier senkte das Schwert.

»Ich habe von dir gehört. Man nennt dich den König der Diebe.«

Ein leises Lachen antwortete ihm. Taurus war so groß

wie Conan, nur schwerer, ja, er war regelrecht fett und hatte einen dicken Bauch, aber jede seiner Bewegungen verriet ungeheure Geschmeidigkeit und stählerne Kraft. Seine scharfen Augen funkelten lebhaft im Sternenlicht. Er war barfuß und trug ein zusammengerolltes dünnes, aber starkes Seil mit Knoten in regelmäßigen Abständen.

»Wer bist du?«, flüsterte er.

»Conan, ein Cimmerier«, antwortete der Barbar. »Ich bin hier, um einen Weg zu finden, Yaras Juwel zu stehlen, das man Elefantenherz nennt.«

Conan spürte, wie der dicke Bauch vor Lachen hüpfte, aber es war kein spöttisches Lachen.

»Bei Bel, dem Gott der Diebe!«, zischte Taurus. »Ich hatte geglaubt, außer mir brächte niemand den Mut auf, sich *daran* zu versuchen. Diese Zamorier nennen sich Diebe – pah! Conan, mir gefällt deine Kühnheit. Noch nie ließ ich jemanden an einem meiner Beutezüge teilnehmen, aber bei Bel, wenn du Lust hast, versuchen wir dieses Abenteuer gemeinsam zu bestehen.«

»Dann bist du also auch hinter dem Juwel her?«

»Was hast denn du gedacht? Monatelang arbeitete ich den Plan aus. Du aber, glaube ich, handelst wohl aus einem plötzlichen Einfall heraus, habe ich recht?«

»Ja«, brummte Conan. »Hast du den Soldaten getötet?«

»Natürlich. Ich schwang mich über die Mauer, als er auf der anderen Gartenseite patrouillierte, und versteckte mich in den Sträuchern. Er hörte mich – oder glaubte zumindest, etwas gehört zu haben. Als er herbeigelaufen kam, war es nicht schwierig, ihn von hinten anzuspringen und ihm die Luft abzuschnüren. Wie die meisten Menschen war er halb blind in der Dunkelheit. Ein guter Dieb muss Augen wie eine Katze haben.«

»Du hast einen Fehler gemacht«, sagte Conan.

Taurus' Augen blitzten verärgert auf.

»Ich? Einen Fehler? Unmöglich!«

»Du hättest die Leiche in die Sträucher ziehen sollen.«

»Sagte der Lehrling zum Meister. Wachablösung ist erst um Mitternacht. Würde jetzt einer nach ihm suchen und die Leiche finden, liefe er geradewegs zu Yara, um Lärm zu schlagen. Dadurch hätten wir genügend Zeit, uns aus dem Staub zu machen. Fänden sie sie jedoch nicht, würden sie jeden Busch durchsuchen und uns wie Ratten in der Falle erwischen.«

»Du hast recht.« Conan sah es ein.

»Also, jetzt pass auf! Wir vergeuden nur Zeit mit diesem verdammten Gerede. Es gibt keine Wächter im inneren Garten – keine menschlichen Wächter, meine ich. Allerdings treiben sich dort Kreaturen herum, die bei weitem tödlicher sind. Ihre Anwesenheit gab mir lange Zeit zu denken, doch schließlich fand ich einen Weg, sie auszuschalten.«

»Was ist mit den Soldaten im unteren Turm?«

»Der alte Yara hat seine Gemächer oben. Dorthin werden wir gelangen – und zurückkommen, hoffe ich. Frag mich jetzt nicht, wie; ich habe für eine Möglichkeit gesorgt. Wir schleichen uns von oben her an den Hexer heran und erdrosseln ihn, ehe er uns mit einem seiner verfluchten Zauber belegen kann. Das heißt, wir versuchen es zumindest. Entweder enden wir als Spinnen oder Kröten, die er zermalmt, oder ungeheuere Macht und Reichtum werden unser sein. Alle guten Diebe müssen Wagnisse eingehen.«

»Ich bin dazu bereit«, erklärte Conan und schlüpfte aus seinen Sandalen.

»Dann folge mir!« Taurus drehte sich um, sprang, fasste nach dem Mauerrand und zog sich hoch. Die Gewandtheit des Mannes war unglaublich, wenn man seine Statur bedachte. Es sah beinahe so aus, als schwebe er auf die Mauerkrone. Conan folgte ihm und streckte sich flach neben ihm aus. Sie verständigten sich nur mit leisem Flüstern.

»Ich sehe keine Lichter«, murmelte Conan. Der untere Teil des Turms sah nicht anders aus als die von außerhalb der Mauer sichtbare obere Hälfte – ein glatter glänzender Zylinder, anscheinend ohne Öffnungen.

»Es gibt sehr geschickt verborgene Fenster und Türen«, erklärte ihm Taurus leise, »aber sie sind geschlossen. Die Soldaten atmen die von oben kommende Luft.«

Der Garten war ein vages Schattenmeer, wo gefiederte Büsche und niedrige Bäume mit langen Zweigen sanft wogten. Conan spürte die lauernde Drohung dort unten, fühlte den brennenden Blick unsichtbarer Augen; ein schwacher Geruch stieg in seine Nase, der bewirkte, dass sich sofort die Härchen in seinem Nacken aufstellten. Unwillkürlich fletschte er die Zähne wie ein Jagdhund, der die Witterung eines unheimlichen Feindes aufnimmt.

»Folge mir!«, wisperte Taurus. »Bleib unmittelbar hinter mir, wenn dir dein Leben lieb ist!«

Ehe er leichtfüßig ins Gras des inneren Gartens sprang, holte Taurus etwas, das wie eine Kupferröhre aussah, aus seinem Gürtel. Conan landete dicht hinter ihm, das Schwert kampfbereit in der Hand. Taurus drückte ihn dicht an die Wand und machte selbst keine Anstalten, auch nur einen weiteren Schritt zu tun. Seine Haltung verriet angespannteste Erwartung und sein Blick, genau wie Conans, war auf das schattenhafte Buschwerk ein paar Schritte entfernt gerichtet. Es wogte plötzlich, obgleich sich kein Lüftchen regte. Dann blitzten zwei große Augen zwischen den bewegten Schatten auf und weitere in der Dunkelheit hinter ihnen.

»Löwen!«, murmelte Conan.

»Richtig. Bei Tag hält man sie in Gewölben unter dem Turm. Deshalb sind auch keine menschlichen Wächter in diesem Garten.«

Conan zählte schnell die Augen.

»Ich sehe fünf, aber vielleicht sind in den Büschen noch mehr. Sie werden jeden Augenblick angreifen.«

»Still!«, zischte Taurus. Er entfernte sich mit vorsichtigen

Schritten von der Mauer, als ginge er auf rohen Eiern, und hob das dünne Kupferrohr hoch. Conan ahnte die gewaltigen geifernden Rachen – obgleich er sie nicht sehen konnte – und die Quastenschwänze, die unruhig gegen helle Flanken peitschten. Die Luft wirkte wie aufgeladen. Der Cimmerier umklammerte den Schwertgriff fester. Er erwartete jeden Augenblick den Angriff der mächtigen Leiber. Da hob Taurus das Kupferröhrchen an die Lippen und blies kraftvoll hinein. Ein gelber Pulverregen sprühte aus dem vorderen Rohrende und verteilte sich schnell zu dicken gelbgrünen Wolken, die sich über das Buschwerk herabsenkten und die funkelnden Augen verbargen.

Hastig rannte Taurus zu der Mauer zurück. Conan starrte verständnislos auf das Gebüsch. Die dicke Wolke hüllte es völlig ein. Nicht das geringste Geräusch drang heraus.

»Was ist das für ein Staub?«, fragte der Cimmerier beunruhigt.

»Es ist der Tod!«, zischte der Nemedier. »Sollte Wind aufkommen und in unsere Richtung wehen, müssen wir sofort über die Mauer springen. Aber nein, noch ist es windstill und schon löst die Wolke sich auf. Wir brauchen nur zu warten, bis sie völlig verschwunden ist. Sie einzuatmen wäre der Tod.«

Bald schwebten nur noch ein paar gelbliche Schwaden gespenstisch in der Luft. Schließlich lösten auch sie sich auf und Taurus bedeutete seinem Begleiter, ihm zu folgen. Sie huschten zu den Büschen. Fünf mächtige Körper lagen reglos in den Schatten, das Feuer der grimmigen Augen war für immer erloschen. Ein süßlicher, betäubender Duft hing noch in der Luft.

»Sie starben ohne den geringsten Laut«, murmelte der Cimmerier überrascht. »Taurus, was war das für ein Pulver?«

»Es sind die gemahlenen Blüten des schwarzen Lotos, der nur in den unwegsamsten Dschungeln des fernen Khitais gedeiht, wo allein die gelbschädeligen Priester Yuns hausen. Der Duft dieser Blüten ist absolut tödlich.«

Conan kniete sich neben den kräftigen Tieren nieder, um sich zu vergewissern, dass sie wahrhaftig nicht mehr in der Lage waren, jemandem etwas anzuhaben. Er schüttelte den Kopf. Die Magie fremder Länder war dem Barbaren des Nordens unheimlich.

»Weshalb kannst du die Soldaten im Turm nicht auf die gleiche Weise töten?«, fragte er.

»Weil dies alles Pulver war, das ich besaß. Allein es in die Hände zu bekommen, war eine Tat, würdig des größten aller Diebe der Welt. Ich stahl es von einer Karawane nach Stygien. Ohne sie zu wecken, hob ich es in seinem goldenen Beutel zwischen der zusammengeringelten riesigen Schlange heraus, die es bewachen sollte. Aber komm jetzt, in Bels Namen! Sollen wir die Nacht mit Reden verschwenden?«

Sie huschten durch das Buschwerk zum glänzenden Fundament des Turmes und dort wickelte Taurus das verknotete Seil auf, an dessen einem Ende sich ein starker Eisenhaken befand. Conan begriff, was er vorhatte, und stellte keine Fragen, als der Nemedier das Seil unterhalb des Hakenendes nahm und es über dem Kopf schwang. Der Cimmerier drückte ein Ohr an die glatte Wand, um zu lauschen, aber nichts war zu hören. Offenbar kamen die Soldaten in der Wachkammer gar nicht auf die Idee, dass sich Eindringlinge im Garten aufhalten könnten. Der Nemedier hatte ja auch nicht mehr Geräusch verursacht als der Nachtwind, der sanft mit den Bäumen und Sträuchern spielte. Aber eine innere Unruhe beherrschte den Barbaren. Vielleicht war der allgegenwärtige Löwengeruch daran schuld.

Taurus warf den Strick scheinbar mühelos in die Höhe. Der Haken flog in einer seltsamen Spirale empor und verschwand über dem juwelenbesetzten Rand. Offenbar hatte er festen Halt gefunden, denn er gab auch bei erst vorsichtigem, dann heftigem, ruckartigem Zerren nicht nach.

»Glück gleich beim ersten Mal«, freute sich Taurus. »Ich ...«

Conans Barbareninstinkt ließ ihn plötzlich herumwirbeln. Er konnte nichts gehört haben, denn der Tod hatte sich ihnen völlig lautlos genähert. Ein Blick zeigte dem Cimmerier flüchtig den riesigen gelbbraunen Leib, der sich aufrecht vor dem Hintergrund der Sterne abhob und gerade zum tödlichen Angriff ansetzte. Kein in der Zivilisation aufgewachsener Mensch hätte so schnell reagieren können wie der Barbar. Sein Schwert glitzerte wie Eiskristalle im Sternenschein und er legte die ganze verzweifelte Kraft seiner mächtigen Muskeln und Sehnen in den Hieb. Mensch und Tier gingen gemeinsam zu Boden.

Wütend, aber fast lautlos fluchend, beugte Taurus sich über die Leiber und sah, wie sein Gefährte sich bewegte und versuchte, unter der gewaltigen Last, die schlaff auf ihm lag, freizukommen. Ein überraschter zweiter Blick verriet dem Nemedier, dass der Löwe tot, sein Schädel gespalten war. Er griff nach dem Kadaver und gemeinsam mit dem Barbaren gelang es ihm, ihn von dem Cimmerier herunterzurollen. Conan kam auf die Beine. Das noch bluttriefende Schwert hielt er fest in den Händen.

»Bist du verletzt?«, keuchte Taurus, immer noch verblüfft über die Schnelligkeit, mit der sich dieser unerwartete Kampf abgespielt hatte.

»Nein, bei Crom!«, versicherte ihm der Barbar. »Aber so nah war ich dem Tod selten. Weshalb brüllte das verdammte Biest denn nicht, als es zum Angriff ansetzte?«

»Alles in diesem Garten ist ungewöhnlich«, murmelte Taurus. »Die Löwen schlagen stumm zu – wie alles an diesem gespenstischen Ort. Doch komm jetzt! Der Kampf war nicht ganz geräuschlos. Die Soldaten mögen etwas gehört haben, falls sie nicht schlafen oder betrunken sind. Diese Bestie muss in einem anderen Teil des Gartens herumgestreift und so dem Gifttod entgangen sein. Doch zweifellos gibt es keine weiteren Löwen hier. Wir müssen nun schleunigst hochklettern – gewiss würde ich nur meinen Atem verschwenden, fragte ich, ob ein Cimmerier dazu imstande ist.«

»Wenn das Seil mein Gewicht zu tragen vermag«, brummte Conan und säuberte seine Klinge im Gras.

»Es schafft meines dreifach«, erwiderte Taurus. »Es ist aus den Haaren toter Frauen geflochten, deren Zöpfe ich mir um Mitternacht aus den Grüften holte. Und um ihm noch mehr Festigkeit zu verleihen, tauchte ich es auch noch in die tödliche Milch des Upasbaums. Ich werde vorausklettern – folge mir dichtauf!«

Der Nemedier griff nach dem Seil und legte ein Bein abgewinkelt herum. Wie eine Katze kletterte er empor und ließ so die Plumpheit seines massigen Körpers vergessen. Der Cimmerier folgte ihm. Das Seil schwang und drehte sich, aber das störte die zwei nicht, sie hatten beide schon schwierigere Kletterpartien erfolgreich hinter sich gebracht. Der juwelenbesetzte Turmrand glitzerte hoch über ihnen. Er ragte ein wenig über die senkrechte Mauer hinaus, sodass das Seil etwa einen Fuß Abstand von ihr hatte, was den Aufstieg ungemein erleichterte.

Höher und höher kletterten sie, so geräuschlos es nur möglich war. Die Lichter der Stadt breiteten sich vor ihnen aus und die Sterne wirkten stumpf angesichts des Glitzerns der Juwelen an der Dachbrüstung. Taurus erreichte sie gerade und zog sich hoch und darüber. Conan hielt kurz inne; er war wie geblendet von den riesigen Edelsteinen. Brillanten, Rubine, Smaragde, Saphire, Türkise, Mondsteine, und sie alle steckten dicht an dicht neben- und übereinander in dem schimmernden Silber. Aus der Entfernung war ihr vielfarbiges Leuchten zu einem pulsierenden weißen Glühen verschmolzen, doch jetzt aus der Nähe glitzerten sie in allen Regenbogentönen und bannten ihn mit ihrem Schillern.

140

»Das ist ja ein sagenhaftes Vermögen hier, Taurus!«, wisperte er, aber der Nemedier drängte: »Komm schon! Wenn wir das Herz an uns bringen, wird alles andere ebenfalls unser sein.«

Conan kletterte über die funkelnde Brüstung. Das Dach des Turmes lag ein paar Fuß tiefer. Es war flach und bestand aus einer dunkelblauen, mit Gold eingelegten Substanz. Das Sternenlicht spiegelte sich darin, sodass das Ganze wie ein titanischer Saphir aussah, der mit Goldstaub betupft war. Etwa gegenüber der Stelle, an der sie über die Brüstung geklettert waren, befand sich eine Art Kammer, die auf das Dach gesetzt war. Sie war aus dem gleichen silbrigen Material wie die Turmmauer und mit kleinen Edelsteinen in verschiedenen Mustern bestückt. Die Tür bestand aus schuppenförmigem Gold und war mit Juwelensplittern bestäubt, die wie Eis glitzerten.

Conan warf einen Blick auf das schimmernde Lichtermeer tief unter ihnen und dann auf Taurus. Der Nemedier zog sein Seil hoch und rollte es zusammen. Er zeigte dem Barbaren, wo der Haken verankert gewesen war – nur seine äußerste Spitze hatte unterhalb eines riesigen funkelnden Edelsteins am Innenrand der Brüstung Halt gefunden.

»Wir hatten wieder Glück«, murmelte er. »Eigentlich hätte unser gemeinsames Gewicht den Stein herausreißen müssen. Doch folge mir, die wirklichen Schwierigkeiten beginnen erst jetzt. Wir sind hier in der Grube der Schlange und wissen nicht, wo sie sich aufhält.«

Wie Tiger auf der Jagd glitten sie über den dunklen Boden und hielten vor der glitzernden Tür an. Vorsichtig versuchte Taurus sie zu öffnen. Sie gab ohne Widerstand nach. Die beiden spähten, auf alles gefasst, hinein. Über des Nemediers Schulter sah Conan sich darin um. Wände, Decke und Boden waren mit großen weißen Edelsteinen besetzt, die Feuer zu sprühen schienen und das ganze Gemach hell beleuchteten. Kein lebendes Wesen hielt sich hier auf.

»Ehe wir uns in die Schlangengrube stürzen, sollten wir uns vielleicht noch vergewissern, wie es unten aussieht. Wirf einen Blick von allen Seiten über die Brüstung. Falls du Soldaten im Garten siehst, oder sonst etwas Verdächtiges, dann gib mir sofort Bescheid! Ich warte in diesem Gemach hier auf dich.«

Conan hielt diese Vorsichtsmaßnahme, sofern sie eine war, für unnötig und eine Spur von Argwohn gegen seinen Gefährten erwachte in seiner wachsamen Seele, aber er tat, was Taurus von ihm verlangt hatte. Während er sich umdrehte, schlüpfte der Nemedier in die Kammer und schloss die Tür hinter sich. Conan machte seinen vorsichtigen Rundgang um die Brüstung, ohne auch nur die geringste verdächtige Bewegung in dem wogenden Blättermeer in der Tiefe zu sehen. Er kehrte zur Tür zurück – und plötzlich drang ein erstickter Schrei aus dem Innern.

Der Cimmerier machte erschrocken einen weiten Satz darauf zu, als die Tür aufschwang und Taurus sich vor dem kalten Glühen dahinter abhob. Er schwankte, öffnete die Lippen, doch nur ein trockenes Rasseln entrang sich seiner Kehle. Er klammerte sich Halt suchend an die goldene Tür, torkelte auf das Dach und fiel der Länge nach auf den Boden, während er die Hand an seine Kehle drückte. Die Tür flog hinter ihm zu.

Conan, der sich wie ein gestellter Panther duckte, sah in dem flüchtigen Augenblick, da die Tür offen gestanden hatte, nichts Verdächtiges im Raum hinter dem verletzten Nemedier – außer vielleicht einem Schatten, der über den glitzernden Boden gehuscht war. Doch das mochte eine Täuschung seiner Augen gewesen sein. Nichts folgte Taurus aus dem Gemach auf das Dach. Conan beugte sich über den am Boden Liegenden.

Mit geweiteten, fast glasigen Augen, die irgendwie ungläubig und verwirrt wirkten, starrte der Nemedier empor. Seine Finger krallten sich in seinen Hals, er stieß gurgelnde, unverständliche Laute hervor. Und dann plötzlich erstarrte er. Der verwirrte Cimmerier wusste sofort, dass er tot war, und er hatte das Gefühl, dass Taurus gestorben war, ohne auch nur zu ahnen, welcher Art der Tod gewesen war, der seine Klauen nach ihm ausgestreckt hatte. Conan starrte verstört auf die goldene Tür, die solch ein unheimliches Rätsel barg. In dem Raum mit den glitzernden Juwelenwänden dahinter hatte der Tod sich des Königs der Diebe so schnell und geheimnisvoll bemächtigt, wie er unten im Garten über die Löwen gekommen war.

Nachdenklich betastete der Barbar die halb nackte Leiche, um eine Verletzung zu finden. Aber die einzigen Spuren äußerer Einwirkung waren drei winzige Male an dem mächtigen Nacken – sie sahen aus, als hätten drei Nägel sich tief in die Haut gebohrt und schnell wieder zurückgezogen. Die kaum merklichen Wundränder waren schwarz und ein schwacher Fäulnisgeruch ging davon aus. Vergiftete Wurfpfeile? überlegte Conan. Aber dann müssten die Geschosse noch in den Wunden stecken.

Vorsichtig schlich er zu der goldenen Tür, schob sie auf und schaute in die Kammer. Sie war leer. Nur die funkelnden Edelsteine, die sie erhellten, schienen Leben zu besitzen. In der Deckenmitte streifte sein Blick über ein merkwürdiges Ornament. Es war achteckig, schwarz, und in der Mitte versprühten vier Juwelen rotes Feuer, so ganz anders als das weiße Glühen der Steine ringsum. Auf der anderen Seite befand sich eine weitere Tür, ähnlich der, an der er stand, nur dass sie kein Schuppenmuster aufwies. War der Tod von dort gekommen – und hatte er sich schnell wieder zurückgezogen, nachdem er zugeschlagen hatte?

Conan schloss die Tür hinter sich und trat in die Kammer. Seine nackten Füße verursachten nicht das geringste Geräusch auf dem kristallenen Boden. Es befanden sich weder Stühle noch Tische in diesem Gemach, nur vier Diwane, deren Seidenbezug mit Goldfäden durchwoben und in einem seltsamen Schlangenmuster gewirkt war, und außerdem mehrere mit Silber beschlagene Mahagonitruhen. Einige waren mit schweren goldenen Schlössern versehen, bei anderen waren die geschnitzten Deckel geöffnet; sie offenbarten ihre Schätze – Edelsteine aller Arten, wirr durcheinander.

Conan fluchte lautlos. Seinen erstaunten Augen boten sich in dieser Nacht mehr Reichtümer, als er auf der ganzen Welt insgesamt vermutet hatte. Es wurde ihm schier schwindelig, als er überlegte, von welchem Wert das Juwel sein musste, hinter dem er her war.

Er befand sich nun in der Zimmermitte und schlich geduckt vorwärts, wachsam das Schwert ausgestreckt, als der Tod sich ein zweites Mal in dieser Nacht lautlos auf ihn stürzen wollte. Ein fliegender Schatten, der über den glitzernden Boden huschte, war die einzige Warnung und nur sein instinktiver Sprung zur Seite rettete sein Leben. Flüchtig sah er ein haariges schwarzes Albtraumwesen, das mit einem Klicken geifernder Zähne dicht über ihn hinwegfegte. Etwas tropfte auf seine nackte Schulter. Es brannte wie Höllenfeuer. Mit erhobenem Schwert sprang er zurück und sah das Ungeheuer auf dem Boden aufsetzen, herumwirbeln und mit erschreckender Flinkheit auf ihn zukommen. Es war eine gigantische schwarze Spinne, wie es sie nur in einem Albtraum geben dürfte.

Sie hatte die Größe eines ausgewachsenen Schweins und ihre acht dicken, haarigen Beine trugen den unförmigen Leib mit erstaunlicher Schnelligkeit über den Boden. Vier bösartig funkelnde Augen verrieten eine fremdartige Intelligenz und an ihren Fängen glitzerten Tropfen, bei denen es sich um tödliches Gift handeln musste, hatte doch schon eine Spur davon brennenden Schmerz auf seiner Schulter verursacht. Das also war der Tod, der von seinem Netz an der Decke den Nemedier angefallen hatte. Was waren sie für Narren, nicht zu bedenken, dass die oberen Räume genauso geschützt sein würden wie die unteren!

Diese Gedanken schossen Conan durch den Kopf, als das Ungeheuer ihn wieder ansprang. Diesmal machte er einen mächtigen Satz in die Höhe und die Spinne schoss unter ihm hindurch. Sofort wirbelte sie zu einem neuen Angriff herum. Conan warf sich zur Seite und schlug wie eine Katze zu. Sein Schwert durchtrennte eines der dicht behaarten Beine und wieder entging er dem Tod nur um Haaresbreite, als das Ungeheuer sich drehte und seine Kiefer sich klickend schlossen. Doch die Bestie verfolgte ihn nicht weiter. Sie eilte über den kristallenen Boden und rannte die Wand zur Decke hoch. Hier kauerte sie sich zusammen und die roten Augen funkelten ihn böse an. Dann schwang sie sich plötzlich durch die Luft und zog einen dicken Faden aus grauer Substanz hinter sich her.

Conan wich dem plumpen Leib aus – und duckte sich gerade noch rechtzeitig, um nicht mit dem Spinnwebfaden in Berührung zu kommen. Er erkannte, was das Ungeheuer vorhatte, und sprang zur Tür, doch die Spinne war schneller. Sie legte einen klebrigen Faden über die Tür und verhinderte so Conans Entkommen. Er wagte nicht, ihn mit dem Schwert zu durchschneiden, denn er zweifelte nicht daran, dass das Zeug an der Klinge haften bleiben würde, und ehe er sie davon befreien konnte, würde das Ungeheuer ihm die Zähne in die Haut stoßen.

Ein verzweifeltes Spiel begann, in dem der teuflischen Geschicklichkeit und Flinkheit der Spinne der Verstand und die Reaktionsfähigkeit des Menschen gegenüberstanden. Die Bestie rannte nun nicht mehr in einem Direktangriff über den Boden und ließ sich auch nicht von oben auf ihn fallen, sondern raste über Decke und Wände, um ihn mit den klebrigen grauen Fäden zu fangen, die sie mit unheimlicher Zielsicherheit warf. Diese Fäden waren so dick wie ein Schiffstau. Conan war klar: Wenn er sich erst einmal in ihnen gefangen hatte, würde all seine Kraft nicht ausreichen, sich zu befreien, ehe das Ungeheuer zuschlug.

Sah man vom heftigen Atmen des Mannes, dem leichten Scharren seiner Füße über den glitzernden Boden und dem fortgesetzten Klacken der Zähne des Ungeheuers ab, nahm der gespenstische Tanz in absoluter Stille seinen Lauf. Die grauen Fäden lagen zusammengerollt auf dem Boden, hingen in Schlingen von den Wänden, zogen sich über die Schatztruhen und Seidendiwane und baumelten wie Girlanden von der juwelenbestückten Decke. Dank seiner scharfen Augen und seiner Flinkheit war Conan ihnen bisher entgangen, obgleich die klebrigen Fäden ihn mehrmals nur um Haaresbreite verfehlt hatten. Er wusste, dass er ihnen auf die Dauer nicht würde ausweichen können. Er musste nicht nur auf die von der Decke hängenden achten, sondern auch auf die, die am Boden lagen. Früher oder später würde sich einer der Fäden schlangengleich um ihn winden; dann wäre er, wie eine Mumie eingehüllt, hilflos dem Ungeheuer ausgeliefert.

Die Spinne raste über den Boden der Kammer und zog einen grauen Faden hinter sich her. Conan sprang über einen Diwan. Sofort wirbelte das Untier herum und rannte die Wand hoch. Der Faden peitschte wie ein lebendes Wesen durch die Luft und legte sich um Conans Fußgelenk. Der Cimmerier fing sich mit den Händen ab, als er stürzte, und zerrte verzweifelt an dem Strang, der ihn wie ein elastischer Schraubstock oder der Leib einer Würgeschlange festhielt. Die haarige Teufelsbrut raste die Wand wieder herab, um sich auf ihren Gefangenen zu stürzen. In seiner Verzweiflung stemmte der Barbar mit aller Kraft eine Schatztruhe hoch und warf sie ihr entgegen. Das ungewöhnliche Geschoss zerquetschte den Leib der Spinne mit einem hässlichen Knirschen an der Wand. Blut und grünlicher Schleim spritzten auf und der zermalmte Körper fiel mit der zerschmetterten Truhe auf den Boden. Funkelnde Juwelen in allen Farben umgaben den zerquetschten schwarzen Leib. Haarige Beine bewegten sich zuckend in der kostbaren

Pracht und sterbende Augen glimmten rot zwischen den glitzernden Edelsteinen.

Conan sah sich um, doch kein weiteres Albtraumwesen zeigte sich. Also machte er sich daran, sich von den klebrigen Fäden zu befreien, die hartnäckig um sein Fußgelenk und an seinen Händen hafteten. Schließlich war er frei. Er hob sein Schwert auf und ging vorsichtig zwischen den grauen Schlingen und zusammengerollten Spinnenfäden auf dem Boden zur inneren Tür. Welche Grauen hinter ihr lagen, vermochte er nicht einmal zu ahnen. Sein Blut floss heiß durch die Adern. Er war so weit gekommen und hatte so viel durchgestanden, dass er jetzt nicht daran dachte, aufzugeben. Er würde dieses Abenteuer bis zu seinem grimmigen Ende durchstehen und das mächtige Juwel finden. Er war sicher, dass es sich nicht unter den Edelsteinen in dieser Kammer befand.

Er löste die an der Innentür klebenden Fäden und stellte fest, dass auch dieser Eingang, wohin immer er führen mochte, nicht verschlossen war. Er fragte sich, ob die Soldaten sein Eindringen inzwischen bemerkt hatten. Nun, er befand sich hoch über ihren Köpfen, und wenn es stimmte, was man sich erzählte, dann waren sie an schreckliche Geräusche im oberen Turm gewöhnt.

Der Gedanke an Yara beschäftigte ihn nun und er fühlte sich gar nicht sonderlich wohl in seiner Haut, als er die goldene Tür öffnete. Aber er sah nur eine nach unten führende Silbertreppe, die von irgendetwas, das er nicht erkennen konnte, erhellt wurde. Das Schwert fest in der Rechten stieg er die Stufen vorsichtig hinab. Ohne einen Laut zu vernehmen, kam er schließlich zu einer Tür aus geschnitztem Elfenbein, das mit Blutsteinen eingelegt war. Er drückte ein Ohr dagegen, doch auch von innen drang kein Laut heraus. Aber merkwürdige dünne Rauchschwaden schlängelten sich träge aus dem unteren Türspalt. Ein fremdartiger Duft, wie ihn Conans Nase noch nie aufgenommen hatte, ging davon aus. Die Silbertreppe führte weiter in die Tiefe und verschwand in der Düsternis. Auch von unten war nicht der geringste Laut zu hören. Conan hatte das unheimliche Gefühl, der einzige Mensch in einem Turm zu sein, in dem Geister und Phantome hausten.

# III

Vorsichtig drückte er gegen die Elfenbeintür. Sie schwang geräuschlos nach innen. Wie ein Wolf in fremder Umgebung, bereit sofort zu kämpfen oder zu fliehen, stand Conan auf der schimmernden Schwelle. Vor ihm lag ein großes goldenes Gemach mit einer gewölbten Decke und Wänden aus grüner Jade. Der Boden war aus Elfenbein und teilweise mit dicken Teppichen belegt. Aus einer Feuerschale auf einem goldenen Dreifuß stieg der duftende Rauch auf und dahinter ruhte auf einer Art Marmorbett ein Götzenbild. Mit geweiteten Augen betrachtete Conan es. Das grünliche Ding hatte den Körper eines nackten Mannes, aber der Kopf konnte nur dem Albtraum eines wahnsinnigen Künstlers entsprungen sein. Er war für den Manneskörper viel zu groß und hatte auch absolut nichts Menschliches an sich. Conan starrte auf die breiten faltigen Ohren, den gebogenen Rüssel, die langen weißen Stoßzähne links und rechts davon, deren Spitzen in goldenen Kugeln steckten. Die Augen waren wie im Schlaf geschlossen.

Dieses Bildnis also war der Grund dafür, dass man das Bauwerk Elefantenturm nannte, denn der Schädel dieses …

Dinges sah so aus wie der des Tiers, das der shemitische Wanderer Conan beschrieben hatte. Offenbar war dies hier Yaras Gott – und bestimmt befand das Juwel sich an oder in dem Bildnis versteckt, denn warum sonst würde man es Elefantenherz nennen?

Während Conan, ohne einen Blick von der Statue zu lassen, vorsichtig darauf zuschritt, öffnete sie plötzlich die Augen! Der Cimmerier erstarrte. Das war keine Statue! Es war ein lebendes Wesen, und er war ihm geradewegs in die Falle gelaufen!

Dass er nicht augenblicklich mit der Klinge auf diese Kreatur losstürmte, daran war nur das Grauen schuld, das ihn lähmte. Ein Mann der Zivilisation hätte in seiner Lage zweifelhafte Zuflucht in dem Gedanken gesucht, er habe den Verstand verloren. Aber Conan wäre nie auch nur auf die Idee gekommen, seinen Sinnen zu misstrauen. Er wusste, dass er hier einem Dämon der Älteren Welt gegenüberstand, und diese Erkenntnis erfüllte ihn mit einem solchen Grauen, dass er unfähig war, etwas anderes zu tun, als dieses Geschöpf anzustarren.

Der Rüssel hob sich und tastete suchend umher. Die Topasaugen stierten blicklos durch die Luft. Als Conan klar wurde, dass das Wesen blind war, löste sich seine Erstarrung, und er machte sich daran, leise zur Tür zurückzuweichen. Aber das Geschöpf mit dem Elefantenschädel hatte offenbar gute Ohren. Der Rüssel streckte sich nach Conan aus. Wieder lähmte das Grauen den Cimmerier. Doch da begann das Wesen mit einer fremdartig klingenden, stammelnden Stimme zu sprechen, ohne auch nur im geringsten den Tonfall zu verändern. Das lag wohl daran, dachte der Barbar, dass dieser Rachen nicht für die menschliche Sprache geschaffen war.

»Wer bist du? Bist du wieder gekommen, mich zu foltern, Yara? Wirst du nie genug haben? O Yag-kosha, gibt es denn kein Ende meiner Qualen?«

Tränen rollten aus den blinden Augen. Conans Blick fiel auf die Gliedmaßen, die auf dem Marmorbett lagen. Da sah er, dass dieses grauenvolle Geschöpf gar nicht aufstehen konnte, um ihn anzugreifen. Er erkannte die Narben, die Streckbank und glühende Eisen hinterlassen hatten. So abgehärtet er auch war, erschütterte es ihn, diese grässlichen Verstümmelungen der Arme und Beine zu sehen, die, das sagte ihm sein Gefühl, einst so wohlgewachsen wie seine eigenen gewesen waren. Und plötzlich verdrängte ein tiefes Mitleid seine Furcht und seinen bisherigen Abscheu. Welcher Art dieses Geschöpf war, wusste er nicht, doch die Beweise, welches Leid es hatte erdulden müssen, waren so schrecklich und ergreifend, dass es dem Cimmerier, für ihn selbst unbegreiflich, das Herz zusammenpresste. Er spürte die kosmische Tragödie, und er wand sich vor Scham, als müsse er die Schuld der ganzen Menschheit tragen.

»Ich bin nicht Yara«, sagte er. »Ich bin nur ein Dieb. Ich werde dir ganz sicher nichts tun.«

»Komm zu mir, damit ich dich berühren kann«, bat das Geschöpf stockend. Und Conan trat ohne Angst zu ihm, während sein Schwert vergessen in seiner Hand lag. Der empfindsame Rüssel streckte sich wieder aus und tastete behutsam über des Cimmeriers Gesicht und Schultern, wie ein Blinder es tut, um sich ein Bild zu machen, und die Berührung war sanft wie die einer liebenden Frau.

»Du bist nicht von Yaras teuflischer Rasse«, murmelte das Geschöpf. »Die reine Wildheit der Ödlande zeichnete dich. Ich kenne dein Volk von früher, doch unter einem anderen Namen als den, den es jetzt führt, und aus einer alten, vergessenen Zeit, da die Welt ein anderes Gesicht hatte und ihre prunkvollen Türme dem Himmel entgegenstreckte. An deinen Händen klebt Blut.«

»Vom Kampf gegen eine Spinne in der Kammer oben und gegen einen Löwen unten im Garten«, murmelte der Barbar.

»Du hast in dieser Nacht auch einen Menschen getötet«, sagte das Wesen mit dem Elefantenschädel. »Und ich spüre den Tod oben im Turm.«

»Ja«, flüsterte Conan. »Der König der Diebe ist dem Biss des Spinnenungeheuers erlegen.«

»So – und so!« Die fremdartige nichtmenschliche Stimme hob sich zu einer Art tonlosem Gesang. »Ein Tod in der Diebesschenke, ein Tod auf dem Dach – ich weiß es, ich spüre es. Und der dritte wird den Zauber bewirken, von dem nicht einmal Yara träumt – o Zauber der Erlösung, ihr grünen Götter von Yag!«

Wieder rollten Tränen aus den Topasaugen, während der gemarterte Körper unter den verschiedensten Gefühlen erbebte. Conan starrte das Geschöpf verwirrt an.

Als es sich zu beruhigen begann, wandten die sanften, blicklosen Augen sich in Conans Richtung. Der Rüssel bedeutete ihm, näher zu kommen.

»Höre mich an, o Mensch!«, sagte das ungewöhnliche Wesen. »In deinen Augen bin ich abscheulich und ungeheuerlich. Du brauchst nicht zu antworten, ich weiß es. Aber vielleicht würdest du mir genauso vorkommen, könnte ich dich sehen. Es gibt viele Welten neben dieser Erde und das Leben nimmt vielerlei Form an. Ich bin weder ein Gott noch ein Dämon. Ich bin aus Fleisch und Blut wie du, wenn auch vielleicht zum Teil von anderer Art, und sicher auch in anderer Gestalt erschaffen.

Ich bin sehr alt, o Mensch aus den Ödlanden. Vor langer, unendlich langer Zeit kam ich zu diesem Planeten, zusammen mit anderen von meiner Welt, dem grünen Planeten Yag, der für alle Ewigkeit seine Bahn am Rand dieses Universums zieht. Mit mächtigen Schwingen, die uns schneller durch den Kosmos trugen als das Licht, flogen wir durch das All. Wir hatten Krieg gegen die Könige von Yag geführt und waren besiegt und verstoßen worden. Nie konnten wir in unsere Heimat zurückkehren, selbst wenn man es uns erlaubt hätte, denn unsere Schwingen verkümmerten und lösten sich von unseren Schultern. So fristeten wir hier unser Dasein, getrennt von dem Leben, das die Erde hervorgebracht hatte, und wir mussten gegen die schrecklichen Kreaturen kämpfen, die damals über das Antlitz der Erde stapften. Mit der Zeit wurden wir so gefürchtet, dass wir in den finsteren Dschungeln des Ostens, wo wir uns ein neues Zuhause geschaffen hatten, ungestört blieben.

Wir sahen, wie die Menschen sich über die Stufe der Affen erhoben und die prächtigen Städte von Valusien, Kamelien, Cimmerien und ihren Schwestern errichteten. Wir sahen, wie sie unter den Angriffen der wilden Atlanter und Pikten und Lemurier schwankten. Wir sahen, wie die Meere sich aufbäumten und Atlantis und Lemurien und die Pikteninseln und die prunkvollen Städte der Zivilisation verschlangen. Wir sahen, wie die Überlebenden der Pikteninseln und von Atlantis ihre Steinzeitreiche gründeten, und wie sie in blutigen Kriegen zerfielen. Wir sahen, wie die Pikten in abgrundtiefe Barbarei stürzten und die Atlanter auf die Stufe der Affen zurücksanken. Wir sahen, wie neue Wilde aus dem eisigen Norden erobernd Welle um Welle in den Süden wanderten, eine neue Zivilisation errichteten und neue Königreiche gründeten – Nemedien, Koth, Aquilonien und weitere. Wir sahen, wie dein Volk sich aus dem Dschungel der Affen, die einst die Atlanter gewesen waren, unter einem neuen Namen erhob. Wir sahen, wie die Abkömmlinge der Lemurier, die den Kataklysmus überstanden hatten, aus ihren primitiven Stadien emporstiegen und als Hyrkanier westwärts zogen. Und wir sahen, wie diese Teufel – die Überlebenden einer uralten Kultur aus der Zeit, bevor Atlantis versank – wieder eine Zivilisation schufen und dieses verfluchte Königreich Zamora gründeten.

All das sahen wir, ohne helfend oder hindernd in den kosmischen Lauf einzugreifen. Von meinen Freunden starb einer nach dem anderen, denn wir von Yag sind nicht unsterblich, auch wenn unser Leben an Dauer dem von Planeten und Konstellationen gleicht. Schließlich war nur noch ich allein übrig. Zwischen den zerfallenen Tempeln des dschungelüberwucherten Khitais träumte ich von alten Zeiten und eine alte Rasse gelbhäutiger Menschen verehrte mich als Gott. Und dann kam Yara, kundig in dem finsteren Wissen, das noch aus der Zeit, ehe Atlantis versank, stammte und durch die Tage der Barbarei weitergegeben worden war.

Anfangs saß er zu meinen Füßen und erbat Weisheit. Doch er war nicht zufrieden mit dem, was ich ihn lehrte, denn es war weiße Magie, während er an schwarzer interessiert war, um sich Könige untertan zu machen und seinen teuflischen Ehrgeiz zu befriedigen. Aber ich lehrte ihn keine der finsteren Geheimnisse, die mir ohne mein Zutun im Laufe der Äonen zuteil geworden waren.

Doch seine Klugheit war größer, als ich ahnte. Durch eine List, die er einer Schrift aus einer alten Grabkammer des dunklen Stygiens entnommen hatte, brachte er mich dazu, ihm ein Geheimnis zu verraten, das nie sonst über meine Lippen gekommen wäre. Mit der Macht, die er dadurch erlangte, machte er mich zu seinem Sklaven. Ah, ihr Götter von Yag, wie bitter ist mein Los seit dieser Stunde!

Aus den dichten Dschungeln Khitais, wo die grauen Affen zur Pfeife der gelben Priester tanzten und Opfergaben wie Früchte und Wein sich stets auf meinem Altar häuften, verschleppte er mich. Nicht länger konnte ich dem gütigen Dschungelvolk Gott sein – nein, von da ab war ich der Sklave eines Teufels in Menschengestalt.«

Wieder perlten Tränen aus seinen blinden Augen.

»Er sperrte mich in diesen Turm, den ich auf sein Geheiß in einer einzigen Nacht errichten musste. Auf der Streckbank und mit glühenden Eisen folterte und blendete er mich mit unirdischen Martern, die du nicht verstehen würdest. In meiner Qual hätte ich mir lange schon selbst das Leben genommen, wenn es mir nur möglich gewesen wäre. Aber er erhielt mich am Leben – verstümmelt, verkrüppelt, blind und gebrochen, damit ich seine schrecklichen Befehle ausführte. Dreihundert Jahre lang tat ich von dieser Marmorbank aus, was er mich hieß. So schwärzte ich meine Seele mit kosmischen Sünden, befleckte meine Weisheit mit grauenvollen Untaten, da ich keine andere Wahl hatte. Doch nicht alle meiner alten Geheimnisse vermochte er mir zu entreißen. Meine letzte Gabe wird der Zauber des Blutes und des Juwels sein.

Ich spüre, dass mein Ende nahe ist. Du sollst die Hand des Schicksals sein. Nimm, ich bitte dich, das Juwel, das du dort auf dem Altar siehst!«

Conan drehte sich zu dem Altar aus Gold und Elfenbein um, auf den das Geschöpf deutete, und hob den riesigen runden Edelstein auf, der so klar wie blutroter Kristall war. Das musste das sagenhafte Elefantenherz sein.

»Nun zu dem großen Zauber, dem mächtigen Zauber, wie ihn die Erde nie zuvor erlebt hat und nie wieder in Millionen von Millionen Jahrtausenden erleben wird. Mit meinem Lebensblut beschwöre ich ihn, mit dem Blut, das der grünen Brust Yags entstammt, Yag, der verträumt in der blauen Unendlichkeit des Alls dahinzieht.

Nimm dein Schwert, o Mensch, und schneide mir das Herz heraus. Dann presse es so stark, dass das Blut über den roten Stein fließt. Danach gehst du diese Stufen hinunter in das Ebenholzgemach, in dem Yara sich den verderbten Träumen der Lotosblüten hingibt. Ruf seinen Namen und er wird erwachen. Leg dieses Juwel vor ihn und sprich: ›Yag-kosha schickt Euch eine letzte Gabe und einen letzten Zauber.‹ Darauf musst du dich sofort aus dem Turm entfernen. Fürchte dich nicht, nichts wird deinen Weg behindern! Das Leben eines Menschen ist nicht gleich dem eines

Yags, noch ist der Tod, wie die Menschen ihn kennen, mit dem Tod eines Yags vergleichbar. Befreie mich aus diesem Käfig zerbrochenen, blinden Fleisches und ich werde wieder Yogah von Yag sein, morgengekrönt und leuchtend, mit Schwingen zum Fliegen, Füßen zum Tanzen, Augen zum Sehen und Händen zum Greifen.«

Zögernd nur trat Conan an das fremde Wesen heran und Yag-kosha oder Yogah, der offenbar seine Unsicherheit spürte, zeigte ihm, wo sein Schwert treffen musste. Conan biss die Zähne zusammen und stieß die Klinge tief in des Fremden Brust. Blut strömte über Schwert und Hand. Yogah zuckte noch einmal, dann blieb er reglos liegen. Nachdem er sich vergewissert hatte, dass das Leben – zumindest, was er darunter verstand – dem fremden Leib entwichen war, machte Conan sich an sein blutiges Werk und brachte etwas zum Vorschein, das zweifellos des Yags Herz war, auch wenn es auf keine Weise dem menschlichen Herzen glich. Er hielt das noch pulsierende Organ über das funkelnde Juwel und quetschte es mit beiden Händen, bis sich ein Blutregen über den Stein ergoss. Zu seiner Überraschung rann es nicht daran hinab, sondern wurde von dem Stein wie von einem Schwamm aufgesogen.

Er nahm das Juwel vorsichtig in die Hand und verließ das ungewöhnliche Gemach. Er schaute nicht zurück, als er die Silbertreppe erreichte. Denn er spürte instinktiv, dass sich mit der Gestalt auf dem Marmorbett eine Verwandlung vollzog, die nicht für den Anblick menschlicher Augen gedacht war.

Er schloss die Elfenbeintür hinter sich und stieg ohne Zögern die Stufen hinunter. Er dachte nicht einen Herzschlag lang daran, die Anweisungen zu missachten. An der Ebenholztür, deren Mitte ein silberner Totenschädel zierte – oder verunstaltete –, blieb er stehen und schob sie auf. Er schaute hinein in das Gemach aus Ebenholz und Gagat und sah auf einem schwarzen Seidendiwan einen hoch gewachsenen, hageren Mann liegen. Die Augen Yaras, des Priesters und Zauberers, waren offen und vom Rauch des gelben Lotos geweitet. In unendliche Fernen und tiefe Abgründe jenseits aller menschlichen Vorstellung schien er zu blicken.

»Yara!«, rief Conan wie ein Richter, der das Urteil verkündet. »Wacht auf!«

Sofort wirkten die Augen klar, kalt und grausam wie die eines Geiers. Die große, in Seide gehüllte Gestalt erhob sich und schaute finster auf den Cimmerier herab.

»Hund!« Seine Stimme klang wie das Zischen einer Kobra. »Was suchst du hier?«

»Er, der Euch dieses Juwel sendet, bat mich, Euch folgende Worte auszurichten: ›Yag-kosha schickt Euch eine letzte Gabe und einen letzten Zauber.‹«

Yara zuckte zurück. Sein dunkles Gesicht wurde aschfahl. Das Juwel war nicht länger kristallklar. Sein düsterer Kern pulsierte und seltsame rauchige Wellen von wechselnder Farbe wogten über seine glatte Oberfläche. Wie hypnotisch davon angezogen, beugte Yara sich über den Tisch, nahm das Juwel in beide Hände und stierte in seine verschleierte Tiefe, als wäre der Stein ein Magnet, der seine schaudernde Seele aus dem Leib zog. Conan beobachtete ihn und glaubte seinen Augen nicht trauen zu können. Denn als Yara sich von dem Diwan erhoben hatte, schien er ein Riese zu sein, doch jetzt sah Conan, dass Yaras Kopf ihm kaum bis zur Schulter reichen konnte. Er blinzelte verwirrt und zum ersten Mal in dieser Nacht zweifelte er an seinem Verstand. Doch da wurde ihm mit einem Schock klar, dass der Priester schrumpfte, vor seinen erstaunten Augen immer kleiner wurde.

Mit einem Gefühl der Unwirklichkeit starrte Conan auf das Geschehen. Er zweifelte an sich selbst, obgleich ihm durchaus klar war, dass er hier Zuschauer eines Dramas gewaltiger kosmischer Kräfte war, wie kein Sterblicher sie sich vorzustellen vermochte.

Jetzt war Yara nicht mehr größer als ein Kind, dann lag er wie ein Säugling auf dem Tisch und immer noch umklammerte er das Juwel. Doch plötzlich wurde dem Zauberer sein Geschick bewusst. Er sprang auf und gab den Stein frei. Aber er schrumpfte weiter und Conan sah eine winzige Gestalt wild über die Ebenholzplatte rennen. Sie fuchtelte mit den kleinen Ärmchen und schrie mit einer Stimme, die einem Insektenzirpen gleichkam.

Und nun war er so sehr geschrumpft, dass das große Juwel neben ihm wie ein Berg wirkte. Conan bemerkte, dass das Miniaturwesen die Hände auf die Augen drückte, als müsse es sie vor einem blendenden Leuchten schützen, während es sich taumelnd in Sicherheit zu bringen suchte. Conan spürte, dass eine fremdartige magnetische Kraft Yara zu dem Stein zog. Dreimal rannte er in einer sich immer mehr verengenden Spirale um das Juwel. Dreimal versuchte er, sich umzudrehen und über die Tischplatte davonzulaufen, doch dann warf der Priester mit einem Schrei, der nur schwach in den Ohren des Beobachters klang, die Arme empor und rannte geradewegs auf die feurige Kugel zu.

Conan beugte sich tief darüber und konnte nun Yara die glatte, gekrümmte Oberfläche hochklettern sehen – ein Unterfangen, das normalerweise unmöglich war, denn welcher Mensch vermag einen kugelförmigen Glasberg zu erklimmen? Und dann stand der Priester oben. Er warf die Arme zurück und rief verzweifelt etwas, das nur die Götter noch zu hören vermochten. Und plötzlich sank er geradewegs in das Herz des Juwels, so wie ein Mensch im Meer versinken mag, und Conan sah, wie die rauchigen Wogen sich über seinem Kopf schlossen. Nun war das Juwel wieder kistallklar und Conan wurde Zeuge eines Schauspiels inmitten des blutroten Steinherzens, doch alles wirkte so winzig, als sähe er es aus weiter Ferne. Eine grüne leuchtende Gestalt mit mächtigen Schwingen, dem Körper eines Menschen und dem Kopf eines Elefanten – nicht länger blind und verstümmelt –, zeigte sich mit einem Mal in diesem Herzen. Yara warf die Arme hoch und lief so schnell er konnte. Doch der Rächer folgte ihm. Und dann platzte das große Juwel in einem regenbogenfarbenen Sprühen wie eine Seifenblase und die Tischplatte aus Ebenholz lag leer und verlassen – so leer, das wusste Conan irgendwie ganz sicher, wie das Marmorbett in dem oberen Gemach, wo die Leiche des fremdartigen transkosmischen Wesens gelegen hatte, das sich Yag-kosha und Yogah nannte.

Der Cimmerier drehte sich um und rannte aus der Kammer und die Silbertreppe hinunter. So benommen war er, dass er gar nicht daran dachte, den Turm auf die gleiche Weise zu verlassen, wie er ihn betreten hatte. Und so eilte er die Stufen der Wendeltreppe hinab und kam zu einem größeren Gemach, das an ihrem Fuße lag. Dort hielt er abrupt an, denn es war die Wachkammer der Soldaten. Er sah das Glitzern ihrer Silberharnische, das Funkeln ihrer juwelenverzierten Schwertknäufe. Sie saßen zusammengekauert am Tisch, auf dem sich noch Essensreste befanden, und die dunklen Federbüsche an den Helmen wippten. Sie lagen zwischen ihren Würfeln und den ihren Händen entglittenen Bechern auf dem weinbefleckten Lapislazuliboden. Sie waren alle tot. Yogah hatte sein Versprechen gehalten. Ob Zauberei oder der fallende Schatten der mächtigen grünen Schwingen dem Gelage der Soldaten ein Ende gemacht hatte, wusste Conan nicht zu sagen. Aber nichts behinderte seinen Weg. Eine Silbertür stand offen für ihn und durch sie schimmerte bereits der Morgen.

Er trat hinaus in den Garten. Der Morgenwind trug ihm den würzigen Duft frischen Grüns entgegen und er hatte das Gefühl, als erwache er aus einem Traum. Er drehte sich unsicher zu dem geheimnisvollen Turm um, den er gerade verlassen hatte. War er, Conan, verhext oder spielten seine Sinne ihm einen Streich? Hatte er alles nur geträumt, was er in dieser Nacht zu erleben geglaubt hatte? Als er noch nachdenklich den Turm betrachtete, begann dieser zu schwanken. Die juwelenbesetzte Brüstung funkelte noch einmal im Licht des jungen Tages, ehe das Bauwerk zu glitzernden Splittern zerbarst.

# DIE
# SCHARLACHROTE
# ZITADELLE

# I

*Sie jagten den Löwen durch der Verräter Lande*
*Und schlugen ihn in eherne Bande.*
*Sie jubelten und schrien und tanzten und sangen.*
*Sie riefen: »Wir haben den Löwen gefangen!«*
*Weh über der Verräter Städte und Lande,*
*Wenn der Löwe je wieder sprengt seine Bande!*

Alte Ballade

DER SCHLACHTENLÄRM WAR VERSTUMMT und der Siegesjubel vermischte sich mit dem Ächzen und Röcheln der Sterbenden. Wie farbige Blätter nach einem Herbststurm bedeckten die Gefallenen die Ebene. Die untergehende Sonne spiegelte sich auf brünierten Helmen, goldverzierten Kettenhemden, silbernen Harnischen, zerbrochenen Klingen, und die schwere Seide der in Blutlachen liegenden Standarten schimmerte. Streitrosse und ihre Reiter ruhten reglos neben- oder übereinander. Im Winde flatternde Mähnen und wippende Federbüsche waren gleichermaßen blutbesudelt. Um sie herum und zwischen ihnen, wie Strandgut nach einem Sturm, lagen die niedergemetzelten und zertrampelten Leichen von Bogenschützen und Lanzenkämpfern in ihren Lederwämsern und Eisenhelmen.

Elfenbeinhörner verkündeten den Triumph über die ganze Ebene und die Hufe der Sieger zermalmten die Besiegten. Doch im Zentrum dieses blutigen Chaos focht der letzte Überlebende immer noch seinen ungleichen Kampf.

An diesem Tag hatte Conan, König von Aquilonien, mitansehen müssen, wie die Elite seiner Kavallerie aufgerieben und in die Ewigkeit geschickt worden war. Mit fünftausend Reitern hatte er die Südostgrenze Aquiloniens nach Ophir überquert und hatte feststellen müssen, dass sein bisheriger Verbündeter, dem er zu Hilfe geeilt war, sich mit den Streitkräften Strabonus', des Königs von Koth, gegen ihn verbündet hatte. Zu spät hatte er die Falle erkannt. Alles nur Menschenmögliche hatte er mit seinen fünftausend Kavalleristen gegen die dreißigtausend Reiter, Bogenschützen und Lanzenträger der Verräter getan.

Ohne Schützen und Fußtruppen hatte er seine Reiter gegen den heranstürmenden Feind geworfen, hatte gesehen, wie die feindlichen Ritter in ihren glänzenden Harnischen unter den Lanzen seiner Männer zu Boden gingen, war bis zum Zentrum der Feinde vorgedrungen und hatte die sich auflösenden Reihen in die Flucht geschlagen – doch dann schloss die Falle sich um ihn, als die bisher verborgenen Flanken des Gegners angriffen. Strabonus' shemitische Bogenschützen hatten unter seinen Reitern aufgeräumt. Ihre Pfeile hatten jede unbedeckte Körperstelle zwischen den Rüstungsteilen gefunden und auch die Pferde getroffen. Daraufhin waren die kothischen Lanzenträger herbeigeeilt und hatten die mit ihren Pferden gestürzten Reiter erstochen. Die Lanzenträger des von Conan verjagten Zentrums hatten sich neu gesammelt und, durch die Reiter verstärkt, von den Flanken angegriffen und die aquilonische Kavallerie durch ihre Übermacht überrannt.

Die Aquilonier waren nicht geflohen, sie waren im Kampf auf der Ebene von Shamu gefallen. Von den fünftausend Reitern, die Conan in den Süden gefolgt waren, verließ nicht einer das Schlachtfeld lebend. Und nun stand der König allein zwischen den Toten seiner Leibgarde, mit dem Rücken gegen einen Hügel aus gefallenen Pferden und Männern. Ophireanische Ritter in vergoldeter Rüstung setzten auf ihren Streitrossen über Haufen von Leichen, um auf den einsamen Recken loszustürmen. Gedrungene Shemiten mit blauschwarzen Bärten und kothische Ritter mit dunklen Gesichtern umringten ihn zu Fuß. Das Klirren von Stahl war ohrenbetäubend. Der König aus dem Westen in der schwarzen Rüstung überragte seine Gegner, die sich in ständiger Bewegung befanden, und unentwegt schwang er die gewaltige, todbringende Klinge. Reiterlose Pferde rasten über das Schlachtfeld. Um Conans Füße wuchs ein Ring blutiger Leichen. Keuchend und bleich wichen seine Angreifer vor ihm zurück.

Doch nun ritten die triumphierenden Sieger herbei: Strabonus, mit dem breiten dunklen Gesicht und den listigen, ja verschlagenen Augen; Amalrus, schlank, verwöhnt, heimtückisch und gefährlich wie eine Kobra; und der hagere, geierähnliche Tsotha-lanti, der statt einer Rüstung Seidenroben trug und dessen schwarze Perlenaugen in dem Raubvogelgesicht glitzerten. Schlimmes erzählte man sich von diesem kothischen Hexer. Kraushaarige Frauen in den Dörfern im Norden und Westen jagten ihren Kindern mit seinem Namen Angst ein; und rebellische Sklaven wurden mit der Drohung, sie an ihn zu verkaufen, schneller zum Gehorsam gebracht als mit der Peitsche. Man erzählte sich, dass er über eine riesige Bibliothek mit Zauberbüchern verfüge, die in Menschenhaut gebunden waren – Haut, die lebenden Opfer abgezogen worden war. Und in den Höhlen unterhalb seiner Burg handelte er mit den Mächten der Finsternis, sagte man, und tauschte wimmernde Sklavinnen gegen schreckliche Geheimnisse ein. Im Grund genommen war er, nicht der König, der wahre Herrscher Koths.

Jetzt grinste er finster, als die Könige in sicherer Entfernung von der Gestalt in eiserner Rüstung anhielten, die zwischen den Toten herausragte. Vor dem Blick der eisig funkelnden blauen Augen unter dem eingebeulten Kammhelm schreckte selbst der Tapferste zurück. Conans narbiges Gesicht war von Grimm verzerrt, seine schwarze Rüstung zerfetzt und blutbespritzt, sein mächtiges Schwert rot bis zur Parierstange. In diesem Kampf war aller äußerliche Schein von Kultiviertheit von ihm abgefallen und der wahre Barbar stand den verräterischen Siegern gegenüber. Conan war Cimmerier von Geburt, einer dieser wilden, düsteren Nordmänner, die in den rauen eisigen Bergen unter tief hängenden Wolken zu Hause waren. Seine Lebensgeschichte, die ihn schließlich zum Thron von Aquilonien geführt hatte, war Stoff für unzählige Heldengesänge.

Die Könige behielten ihren sicheren Abstand bei, doch nun setzte Strabonus seine shemitischen Bogenschützen gegen den Cimmerier ein. Seine Hauptleute waren wie Weizen unter des aquilonischen Königs Breitschwert gefallen, und da Strabonus mit ihnen nicht weniger gegeizt hatte als mit seinen Münzen, schäumte er nun vor Wut. Aber Tsotha schüttelte abwehrend den Kopf.

»Nehmt ihn lebend gefangen!«

»Leichter gesagt als getan!«, schnaubte Strabonus, der insgeheim befürchtete, der dunkle Riese könnte sich irgendwie einen Weg durch die Lanzen zu ihnen bahnen. »Wer kann schon einen menschenfressenden Tiger lebend überwältigen? Bei Ischtar, seine Stiefel trampeln auf den Hälsen meiner besten Schwertkämpfer! Sieben Jahre und vieler Säckel Gold bedurfte es, sie auszubilden. Und jetzt liegen sie dort als Geierfutter. Pfeile, sage ich!«

»Und noch einmal nein!«, knurrte Tsotha und schwang sich von seinem Pferd. Er lachte kalt. »Habt Ihr immer noch nicht gelernt, dass mein Geist mächtiger ist als jedes Schwert?«

Er schritt durch die Lanzenträger, und die kräftigen Burschen in ihren Eisenhelmen und Kettenhemden wichen ängstlich vor ihm zurück, um nicht auch nur mit dem Saum seiner Gewänder oder den weiten Ärmeln in Berührung zu kommen. Selbst die Ritter in ihren federbuschgeschmückten Helmen folgten ihrem Beispiel. Ungerührt stieg Tsotha über die Leichen, bis er dem grimmigen König von Angesicht zu Angesicht gegenüberstand. Alle hielten den Atem an und beobachteten die beiden in angespanntem Schweigen. Die Gestalt in der schwarzen Rüstung erhob sich in schrecklicher Drohung über die hagere, seidengewandete und das jetzt schartige, bluttriefende Schwert war schwungbereit.

»Ich biete Euch Euer Leben, Conan«, sagte Tsotha, dessen Stimme die grausame Freude nicht ganz zu verheimlichen vermochte.

»Und ich Euch den Tod, Hexer!«, knurrte der König. Mit aller Kraft der eisernen Muskeln und des in ihm kochenden Grimmes schwang er das Schwert, um Tsotha das Leben zu nehmen. Die Krieger ringsum schrien auf, doch schneller, als das Auge sehen konnte, trat der Zauberer an Conan heran und legte die Hand auf den Unterarm, über den nur noch einzelne Glieder des zerfetzten Kettenschutzes hingen. Die zischende Klinge kam von ihrem Kurs ab und der mächtige Riese stürzte schwer auf den Boden, wo er reglos liegen blieb. Tsotha lachte lautlos.

»Hebt ihn auf! Ihr habt nichts von ihm zu befürchten. Dem Löwen sind die Zähne gezogen.«

Die Könige lenkten ihre Pferde näher heran und blickten nicht ganz ohne Angst auf den gefallenen Löwen. Conan lag starr wie ein Toter, aber seine Augen waren weit geöffnet und funkelten in hilfloser Wut.

»Was habt Ihr mit ihm gemacht?«, fragte Amalrus voll Unbehagen.

Tsotha deutete auf einen breiten Ring von ungewöhnlicher Form an seiner Hand. Er drückte die Finger zusammen, da schnellte aus der Handflächenseite des Ringes ein Schlangenzahn heraus.

»Der Ring ist mit dem Saft des purpurnen Lotus gefüllt, der in Stygien in den südlichen Sümpfen wächst, in denen Geister hausen«, antwortete der Magier. »Dringt der Stachel durch die Haut, verursacht er zeitweilige Lähmung. Kettet ihn und hebt ihn in einen Streitwagen. Die Sonne geht unter. Es ist Zeit, dass wir uns auf den Rückweg nach Khorshemish machen.«

Strabonus wandte sich an seinen General Arbanus.

»Wir bringen die Verwundeten nach Khorshemish. Nur eine Schwadron der königlichen Kavallerie wird uns begleiten. Eure Order lauten, im Morgengrauen zur aquilonischen Grenze zu marschieren und die Stadt Shamar zu umzingeln. Die Ophiten werden euch unterwegs mit Proviant versorgen. Wir kommen sobald wie möglich mit Verstärkung nach.«

Also schlug die Streitmacht mit ihren Rittern, Lanzenträgern, Bogenschützen und dem Tross in dem Weideland neben dem Schlachtfeld das Nachtlager auf, während zwei Könige und ein Zauberer, der mächtiger als jeder König war, durch die Sternennacht zu Strabonus' Hauptstadt ritten, begleitet von der Leibgarde und einer langen Reihe von Streitwagen mit den Verwundeten. Doch in einem dieser Wagen lag auch Conan, der König von Aquilonien, von schweren Ketten gehalten, mit dem bitteren Geschmack seiner Niederlage im Mund und der blinden Wut eines gefangenen Tigers im Herzen.

Das Gift, das seinen mächtigen Körper zur Reglosigkeit verdammte, hatte seinen Geist nicht betäubt. Während die Räder über die weglosen Wiesen holperten, zogen die kürzlichen Ereignisse an seinem inneren Auge vorbei. Amalrus hatte einen Gesandten geschickt, mit der Bitte um militärische Hilfe gegen Strabonus, der – wie Amalrus behauptet hatte – den westlichen Teil seines Landes verwüstete. Dieses Gebiet lag wie ein Keil zwischen der aquilonischen Grenze und dem großen südlichen Königreich Koth. Er erbat lediglich tausend Reiter und Conans Anwesenheit, um den Mut seiner Untertanen zu stärken, wie er sagte. Conan fluchte lautlos. In seiner Großzügigkeit war er mit fünfmal mehr Männern gekommen, als der verräterische König erbeten hatte. In gutem Glauben war er in Ophir eingeritten und hatte sich mit den angeblich im Kampf gegeneinander liegenden Monarchen konfrontiert gesehen, die sich gegen ihn verbündet hatten. Dass sie eine ganze Armee eingesetzt hatten, um ihn und seine fünftausend in die Falle zu locken, bewies, wie gefürchtet er war.

Ein roter Schleier verhinderte seine klare Sicht, seine Adern waren vor Grimm angeschwollen und seine Schläfenadern pochten wie wahnsinnig. In seinem ganzen Leben war seine Wut nie größer gewesen. Sein Leben zog in raschen Szenen an seinem inneren Auge vorbei: Er sah sich in den verschiedenen Stadien seiner Vergangenheit: als Barbar in Felle gehüllt; als Söldner in Kettenhemd, gehörntem Helm und mit breitem Schwert; als Pirat und Freibeuter auf einer Galeere, die entlang der Südküste gefürchtet war; als Hauptmann von Kriegern in brüniertem Stahl, auf einem mächtigen Streitross; als König auf einem goldenen Thron, über dem das Löwenbanner hing, mit unzähligen Höflingen in prächtigen, farbenfrohen Gewändern vor sich. Doch immer wieder brachte das Holpern und Poltern des Streitwagens seine Gedanken zurück zu dem gemeinen Verrat Amalrus' und der Zauberei Tsothas. Seine Schläfenadern drohten zu platzen. Nur das Stöhnen und Wimmern der Verwundeten in den Streitwagen brachte ihm grimmige Genugtuung.

Noch vor Mitternacht überquerten sie die ophireanische Grenze und bei Sonnenaufgang hoben die schimmernden, rot getönten Türme von Khorshemish sich am südöstlichen Horizont ab. Doch trutzig überragte sie eine scharlachrote Zitadelle in einiger Entfernung, die wie ein Blutfleck am Himmel aussah. Das war Tsothas Burg. Nur eine schmale Straße aus Marmor, durch ein schweres Eisentor gesichert, führte zu ihr hinauf auf den Berg, von dem aus sie die ganze Stadt zu beherrschen schien. Die Felswände des Berges waren zu steil, als dass sie hätten erklommen werden können. Von den Mauern der Burg konnte man auf die weißen Straßen der Stadt hinunterblicken, auf die Moscheen mit ihren Minaretten, auf die Läden, Tempel, Häuser, Paläste und Märkte. Auch der Königspalast war zu sehen, inmitten ausgedehnter, von hohen Mauern umgebener Lustgärten, in denen herrliche Blumen blühten, Obstbäume ihre köstlichen Früchte trugen und durch die künstliche Bäche plätscherten und Springbrunnen ihre Fontänen gen Himmel schickten. Doch über all dem schien drohend die Zitadelle zu kauern, einem Kondor gleich, der jeden Moment auf sein Opfer herabstoßen mochte.

Die gewaltigen Flügel des Tores zwischen den mächtigen Türmen der Außenmauer öffneten sich knarrend und der König ritt zwischen Reihen aus glitzernden Lanzen in seine Hauptstadt, während fünfzig Fanfaren erschallten. Doch keine begeisterte Menschenmenge drängte sich auf die weiß gepflasterten Straßen, um Rosen vor die Hufe seines Pferdes zu werfen. Strabonus war zurückgekehrt, ehe Kunde über den Ausgang der Schlacht die Stadt hatte erreichen können. Und so gafften die aus ihrer täglichen Beschäftigung gerissenen Menschen bloß, als sie den König nur mit einem kleinen Gefolge zurückkommen sahen, und wussten nicht, ob er gesiegt hatte oder geschlagen worden war.

Conan, bei dem die Wirkung des Giftes offenbar nachzulassen begann, reckte den Hals, um vom Boden des Streitwagens aus ein wenig von dieser Stadt sehen zu können, die man die Königin des Südens nannte. Er hatte gehofft, eines

Tages durch das goldverzierte Tor reiten zu dürfen, an der Spitze seiner prächtig gerüsteten Schwadronen, das flatternde Löwenbanner über sich. Statt dessen schleppte man ihn in Ketten hierher, seiner Rüstung beraubt und als Gefangenen auf dem Bronzeboden eines Streitwagens der Sieger. Ein teuflisches Gelächter schüttelte ihn plötzlich, aber für die Soldaten, die den Streitwagen lenkten, hörte es sich wie das Brüllen eines erwachenden Löwen an.

## II

*Ihr, die ihr Könige seid durch eurer Vater Gewalt,*
*Erbtet den Thron – ich habe meinen mit Blut bezahlt.*
*Und, bei Crom, nichts wird ihn mir wieder entreißen,*
*Nicht Hallen voll Gold, nicht die Hölle, nicht kaltes Eisen.*

Die Straße der Könige

IN DER ZITADELLE, in einem Gemach mit Kuppeldecke aus
fein behauener Jade und edelsteinbesteckten Ziergittertüren,
hatte sich eine ungewöhnliche Gesellschaft zusammenge-
funden. Conan von Aquilonien, dessen mächtiger Körper
von unbehandelten Wunden blutverkrustet war, stand den
Siegern gegenüber. Zu beiden Seiten bewachten ihn je ein
Dutzend schwarzer Riesen, mit langschäftigen Streitäxten in
den Händen. Tsotha stand direkt vor ihm, Strabonus und
Amalrus, in Seide und Gold und mit kostbaren Edelsteinen
geschmückt, hatten es sich auf weichen Diwanen bequem
gemacht. Nackte Sklavenknaben neben ihnen sorgten dafür,
dass ihre aus einem gewaltigen Saphir gearbeiteten Kelche
nie leer waren. Der blutbefleckte gekettete Conan, dem man

174

nur ein Lendentuch für seine Blöße gelassen hatte und dessen blaue Augen unter der zerzausten schwarzen Mähne grimmig funkelten, bildete einen krassen Gegensatz zu ihnen. Aber es war er, der sie in jeder Beziehung überragte, der allein mit seiner unbezwingbaren, elementaren Persönlichkeit den Pomp der Sieger wie Flitter erscheinen ließ. Und die Könige in ihrem Stolz und ihrer Prunksucht waren sich dessen insgeheim bewusst und fühlten sich nicht wirklich wohl in ihrer Haut. Nur Tsotha war unbeeindruckt und selbstsicher.

»Was wir wollen, ist schnell gesagt, König von Aquilonien«, wandte er sich an Conan. »Unser Reich vergrößern.«

»Und deshalb streckt Ihr Schurken Eure schmutzigen Hände nach meinem aus«, knurrte Conan.

»Was seid Ihr schon?«, entgegnete Amalrus spöttisch. »Nichts als ein Abenteurer, der die Krone an sich riss, auf die er nicht mehr Anspruch hat als sonst ein umherstreifender Barbar. Trotzdem sind wir bereit, Euch eine angemessene Entschädigung zukommen zu lassen …«

»Entschädigung?« Ein spöttisches Lachen kam tief aus Conans Brust. »Für schändlichen Verrat? Weil ich ein Barbar bin, glaubt Ihr, verkaufe ich mein Reich und Volk für mein Leben und dreckiges Gold? Ha! Wie seid Ihr zu Eurer Krone gekommen? Ihr und dieses schwarze Schwein neben Euch? Eure Väter haben sie sich durch Kampf und Leid erworben und auf einem goldenen Tablett an Euch weitergereicht. Was Ihr ererbt habt, ohne einen Finger zu rühren – außer um Eure Brüder zu vergiften –, habe ich erkämpft.

Ihr sitzt auf Euren Satinkissen und trinkt den Wein, der den Schweiß Eurer Völker gekostet hat, und sprecht von den göttlichen Rechten des Königtums – pah! Ich erklomm den Thron aus den Abgründen der Barbarei und das Blut, das dabei floss, war nicht nur das anderer. Wenn jemand von uns überhaupt das Recht hat, über andere zu herrschen, dann, bei Crom, bin ich es! Habt Ihr Euch irgendwie als überlegen erwiesen?

Ich fand Aquilonien unter der Fuchtel eines Schweines – wie Ihr eines seid –, das seinen Stammbaum tausend Jahre zurückverfolgen konnte. Durch die Kriege der Barone untereinander war das Land zerrissen und zerschunden, das Volk wurde unterdrückt und ausgequetscht. Heute wagt keiner der aquilonischen Edlen mehr, auch nur dem Geringsten meiner Untertanen ein Haar zu krümmen oder ihn auszubeuten. Und die Steuern in Aquilonien sind niedriger als sonstwo auf der Welt.

Und wie sieht es mit Euch aus? Euer Bruder, Amalrus, herrscht über die östliche Hälfte Eures Reiches und trotzt Euch. Und Ihr, Strabonus? Eure Soldaten belagern die Burgen von einem Dutzend rebellischer Barone. Steuern und Aushebungen drücken die Völker Eurer beiden Reiche zu Boden. Und Ihr wollt mein Reich ausplündern, ha! Löst mir die Handfesseln und ich poliere diesen gar kostbaren Boden mit euren Köpfen!«

Tsotha grinste düster über den Grimm seiner beiden königlichen Besucher.

»So wahr das alles auch ist, tut es nichts zur Sache«, sagte er. »Unsere Pläne gehen Euch nichts an. Eure Verantwortung endet, sobald Ihr dieses Pergament unterzeichnet habt. Es ist Eure Abdankung zugunsten Fürst Arpellos von Pellia. Dafür erhaltet Ihr von uns Eure Waffen, ein Pferd, fünftausend Goldlunas und eine Eskorte bis zur Ostgrenze.«

»Ah, Ihr wollt mich also dort freilassen, von wo aus ich vor Jahren nach Aquilonien ritt, um in seiner Armee anzumustern – nur dass mir diesmal der Makel des Verräters anhaftet!« Conans Lachen klang wie das tiefe kurze Bellen eines Wolfes. »Arpello, hm? Dieser Schlächter aus Pellia war mir nie so recht geheuer. Könnt Ihr denn nicht offen stehlen und plündern, ohne eine Entschuldigung, auch wenn sie noch so durchsichtig ist? Arpello. In Arpellos Blut fließt gerade noch eine Spur von königlichem Blut, also benutzt Ihr ihn als Ausrede und als Statthalter, durch den Ihr regiert! O nein! Eher sehen wir uns in der Hölle wieder!«

»Ihr seid ein Narr!«, rief Amalrus ungehalten. »Ist Euch denn nicht klar, dass Ihr Euch in unseren Händen befindet und wir Euch Leben und Krone nehmen können, wie es uns beliebt?«

Conans Antwort war weder majestätisch noch würdevoll, wohl aber bezeichnend für diesen Mann, der sich sein barbarisches Wesen auch in der angenommenen Kultur bewahrt hatte. Er spuckte Amalrus voll ins Auge. Der König von Ophir sprang mit einem Wutschrei auf und tastete nach seinem schlanken Schwert. Mit blanker Klinge wollte er sich auf den Cimmerier stürzen, aber Tsotha trat dazwischen.

»Wartet, Eure Majestät! Dieser Mann ist *mein* Gefangener.«

»Zur Seite, Hexer!«, kreischte Amalrus, dem das Funkeln der blauen Augen des Cimmeriers den Verstand raubte.

»Zurück, sage ich!«, donnerte Tsotha mit gewaltigem Grimm. Seine schmale Hand schoss aus dem Ärmel und eine Hand voll Staub flog in des Ophiten verzerrtes Gesicht. Amalrus schrie auf und stolperte zurück. Das Schwert entglitt seinen Fingern und er drückte beide Hände auf die schmerzenden Augen. Schlaff ließ er sich auf den Diwan fallen. Die kothischen Wachen sahen gleichmütig zu. König Strabonus leerte hastig seinen Kelch, den er mit zitternden Händen hielt. Amalrus nahm die Finger wieder von den Augen und schüttelte heftig den Kopf. Seine grauen Augen waren wieder klar.

»Ich war blind!«, knurrte er. »Was habt Ihr mit mir gemacht, Hexer?«

»Oh, ich wollte Euch nur zeigen, wer hier der Herr ist«, entgegnete Tsotha. Er hatte seine höfliche Maske fallen lassen und offenbarte nun seine ganze Grausamkeit und Bösartigkeit. »Strabonus hatte seine Lektion bereits gelernt –

und ich hielt es für nötig, dass auch Ihr die Eure lernt. Was ich Euch ins Gesicht warf, war lediglich Staub aus einer stygischen Gruft. Bekommt Ihr ihn ein zweites Mal in die Augen, wird Eure Blindheit von Dauer sein und Ihr werdet Euch den Rest Eures Lebens durch Dunkelheit tasten müssen.«

Amalrus zuckte die Schultern. Furcht und Wut verdrängend, griff er nach seinem Kelch. Als guter Diplomat gewann er seine Fassung schnell wieder.

Tsotha wandte sich erneut Conan zu, der den Vorfall ungerührt beobachtet hatte. Auf seinen Wink hin griffen die schwarzen Wachen nach den Ketten des Gefangenen und führten ihn hinter Tsotha her durch eine Bogentür auf einen winkeligen Korridor mit buntem Mosaikboden. Gold- und Silberintarsien zierten Wände und Decke, von der goldene Räucherschalen hingen, aus denen süßlicher Duft aufstieg. Sie bogen in einen kleineren, ganz in Jade und Gagat gehaltenen Korridor, der ungemein düster war und vor einer Bronzetür endete. Ein Totenschädel grinste über ihr und ein abstoßend fetter Mann mit einem Schlüsselring in der Hand stand davor. Er war Tsothas Obereunuche Shukeli, von dem man sich grauenvolle Dinge erzählte. Seinen Mangel an normalen Gefühlen ersetzte er durch eine bestialische Freude an ausgefallenen Foltermethoden.

Die Bronzetür führte zu einer schmalen Treppe, die bis tief in den Berg hinunter zu reichen schien, auf dem die Burg stand. Der ganze Trupp stieg die Stufen hinunter und blieb schließlich vor einer Eisentür von ungeheurer Dicke stehen, die übertrieben schien, denn sie öffnete sich ja nicht ins Freie und musste sicher keinen Rammböcken standhalten können. Shukeli schloss sie auf, und als er sie öffnete, fiel Conan die Beklommenheit seiner schwarzen Wächter auf. Ja, selbst Shukeli wirkte ängstlich, als er in die Dunkelheit dahinter spähte. Hinter der mächtigen Eisentür befand sich eine zweite Tür aus gewaltigen Eisenstäben. Sie war mit einem geschickt ausgedachten Riegel verschlossen, der nur von außen geöffnet werden konnte. Als Shukeli ihn zurückzog, glitt die Gittertür in die Wand. Sie kamen zu einem breiten Korridor, der offenbar ganz aus dem Felsen gehauen war. Conan wusste, dass sie ziemlich tief gestiegen waren und sich jetzt vermutlich sogar unter dem Berg befanden. Die Dunkelheit bedrängte die Fackeln der Wächter wie ein lebendes Wesen.

Sie ketteten Conan an einen Eisenring an der Steinwand. In einer Nische über seinem Kopf ließen sie eine Fackel zurück, sodass der König in einem Halbkreis düsteren Lichtes stand. Die Schwarzen fühlten sich offenbar gar nicht wohl hier und schienen nur den einen Wunsch zu haben, von hier zu verschwinden. Immer wieder warfen sie ängstliche Blicke in die Finsternis. Tsotha bedeutete ihnen umzukehren und sie stolperten in ihrer Hast, als befürchteten sie, die Finsternis könnte Gestalt annehmen und sich auf sie stürzen. Der Zauberer wandte sich Conan zu und des Königs Haut prickelte, als er bemerkte, dass Tsothas Augen in der Düsternis glühten und seine weiß glimmenden Zähne stark den Fängen eines Wolfes ähnelten.

»Gehabt Euch wohl, Barbar«, höhnte der Zauberer. »Ich muss mich beeilen, zur Belagerung von Shamar zu kommen. In zehn Tagen werde ich mit meinen Kriegern in Eurem Schloss in Tarantia sein. Was soll ich Euren Frauen ausrichten, ehe ich ihnen die weiche Haut abziehe und darauf die Chronik von Tsotha-lantis Siegeszug niederschreibe?«

Conan antwortete mit einer grimmigen cimmerischen Verwünschung, die das Trommelfell eines jeden gewöhnlichen Mannes zerrissen hätte. Tsotha lachte nur dünn und zog sich zurück. Conan blickte der raubvogelhaften Gestalt durch die Düsternis nach und beobachtete, wie sie den Riegel der Gittertür vorschob, ehe sie durch die dicke Eisentür verschwand und sie zuschloss. Und dann hüllte ihn absolute Stille ein.

# III

*Der Löwe schlich durch der Hölle Hallen*
*Und um ihn sah man die Schatten fallen*
*Der namenlosen Schreckensgestalten,*
*Die mit geifernden Rachen Wache halten.*
*Durch Schreie und Dunkel, mit blanken Krallen*
*Schritt der Löwe durch der Hölle Hallen.*

Alte Ballade

KÖNIG CONAN PRÜFTE DEN RING an der Wand und seine Kette. Er konnte seine Arme und Beine frei bewegen, doch die Kette zu sprengen, ging selbst über seine eisernen Kräfte. Die Kettenglieder waren so dick wie sein Daumen und hingen an einem Stahlband um seine Mitte, das handbreit und einen halben Zoll dick war. Allein ihr Gewicht hätte einen anderen niedergedrückt. Die Glieder, die Band und Kette zusammenhielten, waren so massiv, dass nicht einmal ein Schmiedehammer ihnen unerhitzt etwas hätte anhaben können. Und was den Ring betraf, so schien er durch die Wand zu führen und an der anderen Seite befestigt zu sein.

Conan fluchte und eine unbestimmte Angst griff nach ihm, als er in die Dunkelheit außerhalb des düsteren Halbkreises um die Fackel starrte. Die abergläubische Furcht der Barbaren, durch keine zivilisierte Logik beeindruckt, wohnte immer noch in ihm. Seine Vorstellungskraft belebte die unterirdische Finsternis mit grauenvollen Gestalten. Sein Verstand sagte ihm außerdem, dass man ihn nicht nur hierher gebracht hatte, um ihn hier gefangen zu halten. Die Sieger hatten keinen Grund, ihn zu verschonen. Man hatte ihn aus einem ganz bestimmten und für ihn gewiss sehr unerfreulichen Grund hier angekettet. Er verfluchte sich, weil er ihr Angebot nicht angenommen hatte, obgleich sich innerlich alles dagegen auflehnte, aber er wusste natürlich genau, dass seine Antwort die gleiche bleiben würde, selbst wenn man ihm noch einmal eine ähnliche Chance gäbe. Nein, er würde seine Untertanen ganz sicher nicht an den Schlächter verschachern. Und das, obwohl er ursprünglich die Krone nur ergriffen hatte, weil er sich für sich selbst etwas davon versprach. Ja, so konnte die Verantwortung eines Monarchen selbst einen ausgekochten selbstsüchtigen Abenteurer verändern.

Conan dachte an Tsothas letzte grauenvolle Drohung und knirschte in hilfloser Wut mit den Zähnen, denn er wusste, dass der Hexer sie wörtlich gemeint hatte. Menschen, ob nun Männer oder Frauen, waren für den Zauberer nicht mehr als ein Insekt für einen Forscher. Sanfte weiße Hände, die ihn liebkost hatten, rote Lippen, auf die er seine gedrückt hatte, seidige feste Busen, die unter seinen heißen Küssen erzittert waren – ihnen sollte die feine Haut, so weiß wie Elfenbein oder so rosig wie junge Blütenblätter, abgezogen werden? Ein so grauenvoller und schier unmenschlicher Schrei kam von Conans Lippen, dass einer, der ihn gehört hätte, vor Schrecken erstarrt wäre.

Die Echos machten dem König seine furchtbare Lage wieder voll bewusst. Fast ängstlich spähte er in die Dunkelheit und dachte an all die grässlichen Geschichten, die man sich über Tsothas hexerische Grausamkeit erzählte. Mit einem Schauder wurde ihm klar, dass dies hier die Hallen der Hölle sein mussten, wie man sie in diesen Geschichten nannte: die Tunnels und Verliese, in denen Tsotha seine erbarmungslosen Experimente mit Menschen, Tieren, ja sogar Dämonen – wie man raunte – anstellte, die an der Grundlage des Lebens selbst rüttelten. Wenn die Gerüchte stimmten, hatte der wahnsinnige Poet Rinaldo diese Hallen der Hölle mit Erlaubnis und unter Führung des Hexers besucht; die schrecklichen Monstrositäten, die er in seiner Ballade *Das Lied der Hölle* andeutete, waren keineswegs Ausgeburten eines verwirrten Gehirns. Dieses Gehirn hatte Conans Streitaxt in jener Nacht zerschmettert, als er mit den Verschwörern, zu denen auch Rinaldo gehört hatte, um sein Leben gekämpft hatte – aber die Worte des grässlichen Liedes spukten in des Königs Kopf, als er jetzt hilflos in Ketten lag.

Während er sie verdrängen wollte, vernahm er ein leises Rascheln, das ihm das Blut stocken ließ, denn er ahnte, was es bedeutete. Er lauschte angespannt und ihm war, als streiche eine eisige Hand über seinen Rücken. Das Rascheln kam ohne Zweifel von biegsamer Schuppenhaut, die über den Steinboden kroch. Kalter Schweiß brach auf Conans Stirn aus, als er außerhalb des Lichtkreises vage etwas von gewaltiger Form sah, das selbst in dieser Verschwommenheit Furcht einflößend war. Es richtete sich auf, wiegte sich leicht und gelbe Augen blickten aus der Dunkelheit auf ihn. Langsam nahm ein hässlicher keilförmiger Kopf vor seinen geweiteten Augen Form an und aus der Finsternis glitt, in geschmeidigen Windungen, das absolute Grauen in reptiler Erscheinungsform heran. Es war eine Schlange von gewaltiger Größe. Er konnte sie zwar nicht ganz sehen, aber sie musste von der Schwanzspitze zum Dreieckskopf, der größer als der eines Pferdes war, achtzig Fuß lang sein. In der Düsternis schimmerten ihre Schuppen wie Raureif. Zweifellos war diese Schlange in der Dunkelheit geboren und zu Hause, aber genauso zweifellos war sie nicht blind. Sie rollte sich in einiger Entfernung von dem Gefangenen zusammen und schob den Kopf auf ihrem wiegendem Hals bis wenige Zoll vor Conans Gesicht. Die gespaltene Zunge berührte fast seine Lippen, als sie immer wieder vor und zurück schnellte, und der Übelkeit erregende Gestank, der ihm entgegenschlug, würgte ihn. Die großen gelben Augen blickten mit brennender Eindringlichkeit in seine und Conans Augen funkelten zurück wie die eines Wolfes in der Falle. Er kämpfte dagegen an, die Hände um den Schuppen-hals zu legen. Zwar hatte er mit seinen fast übernatürlichen Kräften, die weit über die eines Mannes aus der Zivilisation hinausgingen, während seiner Korsarenzeit an der stygi-schen Küste einem Python im Kampf den Hals gebrochen, aber das hier war eine Giftschlange. Er sah die spitzen, einen Fuß langen Fänge, die an Krummsäbel erinnerten. Eine farblose Flüssigkeit tropfte von ihnen, die den Tod brachte, das wusste er instinktiv. Es würde ihm vermutlich tatsächlich möglich sein, dem Reptil mit einem kräftigen Faustschlag den Schädel zu zerschmettern, aber er zweifelte nicht daran, dass die Schlange bei der geringsten Bewegung zuschlagen würde.

Logische Überlegung hatte nichts damit zu tun, dass Conan sich völlig ruhig verhielt. Im Gegenteil, die Vernunft hätte ihm vielleicht geraten – da er ja ohnehin verloren war –, die Schlange zu reizen, dass sie ihn sofort tötete, damit er es hinter sich hatte. Nein, es war der blinde Überlebens-wille, der ihn dazu veranlasste, so starr wie eine Statue stehen zu bleiben. Jetzt hob der fassdicke Hals sich noch höher und der Schlangenkopf war weit über seinem, als das Reptil die Fackel in der Nische untersuchte. Ein Tropfen des Giftes fiel auf seinen nackten Schenkel – es war, als würde ihm ein weiß glühender Dolch ins Fleisch gestoßen.

Unerträgliche Schmerzen durchzuckten ihn, trotzdem bewegte er nicht einen Muskel, noch verriet er auch nur mit einem Wimpernzucken, wie sehr die Wunde brannte, die bis an sein Lebensende eine Narbe hinterlassen würde.

Die Schlange wiegte sich über ihm, als wolle sie sich vergewissern, ob Leben in dieser Figur war, die so völlig unbewegt stand. Plötzlich, völlig unerwartet, knarrte die Außentür, die in der Dunkelheit kaum zu sehen war. Die Schlange, misstrauisch wie alle ihrer Art, wirbelte mit einer Schnelligkeit, die bei ihrer gewaltigen Größe kaum vorstellbar war, herum und glitt den dunklen Gang hinunter.

Die Tür schwang auf und blieb offen stehen. Dann wurde der Riegel der Gittertür zurückgezogen und die Tür verschwand in der Wand. Eine riesenhafte dunkle Gestalt war im Schein der Fackeln vor der Tür zu sehen. Sie trat in den Korridor und zog die Gittertür hinter sich wieder zu, ohne jedoch den Riegel einschnappen zu lassen. Als sie in den Lichtkreis der Fackel über Conans Kopf kam, sah der Cimmerier, dass der Mann ein gigantischer, völlig nackter Schwarzer war, mit einem Schwert in einer und einem Schlüsselbund in der anderen Hand. Der Schwarze redete Conan im Dialekt der Südküste an und der Cimmerier antwortete im gleichen, den er während seiner Piratenzeit entlang der Küste von Kush gelernt hatte.

»Schon lange wollte ich Euch kennenlernen, Amra.« So hatten die Kushiten den cimmerischen Seeräuber genannt: Amra, der Löwe. Die weißen Zähne des Sklaven blitzten in einem breiten Grinsen und die Augen unter den kurzen krausen Locken glimmten rot. »Es ist ein großes Wagnis für mich, hierherzukommen«, sagte er. »Seht, die Schlüssel zu Euren Ketten! Ich habe sie Shukeli gestohlen. Was gebt Ihr mir dafür?«

Er ließ den Schlüsselring vor Conans Augen baumeln.

»Zehntausend Goldlunas«, antwortete der König schnell. Neue Hoffnung erwachte in ihm.

»Nicht genug!«, rief der Schwarze mit wilder Begeisterung. »Nicht genug für das Risiko, das ich eingehe. Tsothas Lieblinge könnten aus der Dunkelheit kommen und mich verschlingen. Und wenn Shukeli herausfindet, dass ich seine Schlüssel geklaut habe, hängt er mich an meinem … Nun, was seid Ihr bereit, mir dafür zu geben?«

»Fünfzehntausend Lunas und einen Palast in Poitain«, bot der König ihm an.

Der Schwarze hüpfte in barbarischer Freude von einem Fuß auf den anderen.

»Mehr!«, rief er. »Bietet mir mehr an! Was gebt Ihr mir?«

»Du schwarzer Hund!« Ein roter Wutschleier schob sich vor Conans Augen. »Wäre ich frei, würde ich dir den Hals brechen! Hat Shukeli dich geschickt, mich zu ärgern?«

»Shukeli weiß nicht, dass ich hier bin, Weißer«, versicherte ihm der Schwarze und schob den dicken Hals vor, um Conan besser in die wilden Augen sehen zu können. »Ich kenne Euch aus alter Zeit, als ich noch Häuptling eines freien Stammes war, ehe die Stygier mich gefangen nahmen und in den Norden verkauften. Erinnert Ihr Euch an die Plünderung von Abombi, als Eure Seewölfe die Stadt überfielen? Vor König Ajagas Palast habt Ihr einen Häuptling getötet und ein anderer floh vor Euch. Mein Bruder war es, der starb, und ich der, der floh. Ich verlange einen Blutpreis für ihn, Amra!«

»Befreie mich und ich wiege dein Gewicht in Gold auf«, knurrte Conan.

Die roten Augen glühten und die weißen Zähne blitzten wölfisch im Fackellicht.

»Du weißer Hund! Du bist wie alle deiner Rasse, aber ein Schwarzer lässt sich einen Blutpreis nicht mit Gold bezahlen! Was ich verlange ist – dein Schädel!«

Wie ein Wahnsinniger kreischte er das letzte Wort heraus und es hallte von den Wänden wider. Unwillkürlich stemmte Conan sich gegen seine Ketten, bei dem Gedanken, wie ein

Schaf abgeschlachtet zu werden, doch dann ließ ihn ein noch schrecklicheres Grauen erstarren. Über des Schwarzen Schulter sah er undeutlich die ihm bereits bekannte Gestalt, die sich in der Dunkelheit mit hoch erhobenem Hals wiegte.

»Tsotha wird es nie erfahren!« Der Schwarze lachte teuflisch. Viel zu sehr beschäftigte ihn sein Triumph, als dass er auf irgendetwas anderes als den Gefangenen geachtet hätte; und zu trunken vor Hass war er, um zu spüren, wie der Tod hinter ihm lauerte. »Er wird erst wieder in die Hallen der Hölle kommen, wenn die Dämonen deine Knochen aus den Ketten gezerrt haben. Und jetzt werde ich mir deinen Kopf holen, Amra!«

Er spreizte die muskelbepackten Beine wie Ebenholzsäulen und hob das schwere Schwert mit beiden Händen. In diesem Moment schnellte der titanische Schatten hinter ihm herab und der keilförmige Kopf schlug mit solcher Wucht zu, dass der Krach des Aufpralls durch den Tunnel hallte. Doch kein Laut drang aus den Wulstlippen, als der Schwarze sie vor Schmerz weit aufriss. Conan sah, wie das Leben mit der Plötzlichkeit einer ausgeblasenen Kerze aus den schwarzen Augen schwand. Der Schlag warf den riesenhaften schwarzen Körper quer über den Korridor und die mächtige Schlange wickelte sich ganz um ihn. Danach war das Bersten und Zersplittern von Knochen deutlich zu hören.

Mit einem Mal ließ etwas Conans Herz schneller schlagen. Schwert und Schlüsselring waren dem Schwarzen entfallen und auf dem Steinboden gelandet – und wie der Cimmerier jetzt sah, lagen die Schlüssel fast vor seinen Füßen.

Er wollte sich nach ihnen bücken, doch die Kette war zu kurz. Sein Herz pochte ihm so heftig im Hals, dass er kaum Luft bekam. Mit einem Fuß streifte er den Schuh des anderen Fußes ab und griff mit den Zehen nach dem Schlüsselring. Er hob den Fuß hoch und packte den Ring. Nur mit Mühe konnte er den Freudenschrei unterdrücken, der sich über seine Lippen drängen wollte.

Es dauerte eine Weile, bis er die alten Schlösser aufgesperrt hatte, aber endlich war er frei von seinen Ketten. Er bückte sich nach dem Schwert und schaute sich funkelnd um. Nur Dunkelheit begegnete seinem Auge, Dunkelheit, in die die Schlange den zermalmten Schwarzen gezerrt hatte. Conan wandte sich der offenen Tür zu. Ein paar schnelle Schritte brachten ihn zur Gittertür – da durchschnitt ein schrilles Lachen die Luft. Vor seiner Nase schlug die Tür zu und der Riegel schnappte ein. Ein höhnisches, hässliches Gesicht, einer Teufelsfratze gleich, spähte durch die Eisenstäbe. Shukeli, der Eunuch, war seinen gestohlenen Schlüsseln gefolgt. In seiner triumphierenden Schadenfreude sah er das Schwert in des Gefangenen Hand nicht. Conan stieß zu wie eine Kobra. Die schwere Klinge schnellte durch das Gitter und Shukelis Gelächter wurde zum Todesschrei. Der feiste Eunuch krümmte sich – es sah kurz aus, als wolle er sich vor Conan verbeugen – und fiel vornüber.

Conan knurrte in wilder Genugtuung, aber er war immer noch gefangen. Die Schlüssel nutzten bei dem Riegel nichts, der nur von außen betätigt werden konnte. Er tastete ihn durch die Stäbe ab, und seine Erfahrung sagte ihm, dass er genauso wenig wie das Gitter durch das Schwert gebrochen werden konnte. Versuchte er es, ging er dabei nur seiner einzigen Waffe verlustig. Aber die Berührung verriet ihm, dass versucht worden war, die Eisenstäbe durchzubeißen – sie wiesen scharfe Dellen auf. Unwillkürlich schaudernd fragte sich Conan, welch gewaltige Monstren sich hier einen Weg in die Freiheit hatten bahnen wollen. Doch wie auch immer, er konnte nichts weiter tun, als einen anderen Weg aus diesen Hallen der Hölle zu suchen. Er nahm die Fackel aus der Nische und machte sich mit dem Schwert in der Hand auf den Weg den Gang hinunter. Von der Schlange oder ihrem Opfer war, außer einem Blutfleck auf dem Boden, nichts zu sehen.

Die Dunkelheit drängte von allen Seiten auf ihn ein und

wehrte sich dagegen, von seiner Fackel auch nur ein paar Fuß weit vertrieben zu werden. Zu beiden Seiten bemerkte er in unregelmäßigen Abständen dunkle Öffnungen, aber er blieb im Hauptkorridor. Immer wieder schweifte sein Blick nach vorn über den Boden, um nicht in eine Fallgrube zu stürzen. Plötzlich hörte er das jämmerliche Weinen einer Frau. Noch eines von Tsothas Opfern, dachte er. Er verfluchte den Hexer und folgte dem Weinen in einen schmaleren, klammen Seitengang.

Das Weinen wurde beim Näherkommen lauter. Er hob die Fackel. In ihrem Schein sah er undeutlich eine Gestalt in der Düsternis. Nach ein paar weiteren Schritten hielt er grauenerfüllt an. Vor ihm blockierte eine gewaltige Masse den Weg. Ihre verschwommen erkennbaren Umrisse erinnerten ein bisschen an einen Kraken, aber die unförmigen Saugarme waren im Verhältnis zu seiner Größe viel zu kurz und die ganze Masse wabbelte wie Gallerte. Ihm wurde bei ihrem Anblick übel. In der Mitte wölbte sich ein Schädel, der dem eines Frosches glich. Conan konnte es kaum fassen, aber das klägliche Weinen kam aus dem breiten Froschmaul. Es wechselte jedoch zu einem Kichern über, als die großen Augen dieser Monstrosität auf ihm zu ruhen kamen. Und schon stemmte es sich ihm entgegen.

Conan wich zurück und floh zu dem breiten Tunnel, denn er war nicht sicher, ob seine Klinge diesem Ungeheuer etwas anhaben konnte. Es mochte zwar aus irdischem Fleisch und Blut sein, aber bei dem Grauen, das es in ihm geweckt hatte, bezweifelte er dies; vor allem glaubte er nicht, dass eine von Menschen gefertigte Waffe dagegen ankam. Eine Weile hörte er noch das schwerfällige Plumpsen der Sprünge dieser Kreatur, als sie ihn offenbar ein Stück verfolgte, und das grässliche Lachen, das sie ihm nachschickte. Es klang so entsetzlich menschlich, dass es ihn schüttelte, und hörte sich genauso an wie das der fetten Huren in Shadizar, der Verderbten, wenn Sklavinnen auf dem Markt ihrer Hüllen entblößt und versteigert wurden. Durch welche teuflischen Künste hatte Tsotha dieses unnatürliche Wesen ins Leben gerufen? Conan spürte, dass es eine Blasphemie gegenüber den ewigen Gesetzen der Natur war.

Ehe er den Hauptkorridor erreichte, durchquerte er eine Art Kammer, in der sich zwei Tunnels kreuzten. Im letzten Augenblick sah er etwas Gedrungenes auf dem Boden vor sich, aber es war bereits zu spät, anzuhalten oder auszuweichen, und so stieß sein Fuß gegen etwas Nachgiebiges, das schrill aufschrie. Er stürzte kopfüber. Die Fackel flog ihm aus der Hand und erlosch, als sie auf dem Boden aufschlug. Benommen erhob sich Conan und tastete in der Dunkelheit um sich. Er hatte keine Ahnung mehr, in welcher Richtung der Hauptkorridor lag. Er suchte nicht nach der Fackel, denn er hatte keine Möglichkeit, sie anzuzünden. Seine tastenden Hände fanden die Tunnelöffnungen. Auf gut Glück wählte er eine. Wie lange er durch die absolute Finsternis irrte, wusste er nicht, aber plötzlich hielt er an, denn seine barbarischen Sinne warnten ihn vor einer nahen Gefahr.

Es war das gleiche Gefühl, das sich seiner schon früher manchmal bemächtigt hatte, wenn er in der Dunkelheit am Rand eines tiefen Abgrunds gestanden hatte. Er ließ sich auf alle viere fallen, tastete sich vorsichtig vorwärts und fast sofort griff seine ausgestreckte Rechte ins Leere. Er war am Rand eines Schachtes angekommen. Nun legte er sich auf den Bauch und tastete den Fels ab, soweit sein Arm hinunterreichte. Die Wand, die steil abfiel, war kalt und unangenehm glitschig. Jetzt versuchte er, mit dem Schwert zur anderen Seite zu reichen, und tatsächlich berührte die Spitze sie gerade noch. Er könnte also darüber springen, aber wozu? Es bestand kein Zweifel, dass er dem falschen Tunnel gefolgt war und der Hauptkorridor irgendwo hinter ihm lag. Noch während ihm diese Gedanken durch den Kopf gingen, spürte er einen schwachen Luftzug aus dem Schacht kommen. Conans Haut prickelte. Er sagte sich, dass dieser Schacht eine Verbindung mit der Außenwelt hatte, aber seine Instinkte ließen ihn etwas anderes, Unnatürliches vermuten. Schließlich befand er sich tief in der Erde, nicht einmal mehr im Berg, sondern zweifellos tiefer als die Straßen der Stadt. Wie also könnte der Wind von *unten* durch den Schacht blasen? Dazu trug dieser merkwürdige Luftzug ein seltsames Pochen heran, das sich wie ferner Trommelschlag anhörte. Kalter Schauder schüttelte den König von Aquilonien.

Er stand auf, entfernte sich rückwärts von dem Schacht und plötzlich schwebte etwas daraus hervor. Was es war, wusste Conan nicht. Die Dunkelheit war undurchdringlich; er konnte nichts sehen, aber er spürte ganz deutlich, dass er nicht mehr allein war. Etwas Unsichtbares, Ungreifbares – und unsagbar Böses – schwebte vor ihm. Er wirbelte herum und floh den Weg zurück, den er gekommen war. Weit voraus bemerkte er einen winzigen roten Funken. Darauf rannte er zu. Doch lange, ehe er glaubte, ihn erreicht zu haben, prallte er gegen eine Wand – und er sah den Funken zu seinen Füßen. Es war seine Fackel. Die Flamme war zwar erloschen, aber das Fackelende schwelte noch. Vorsichtig hob er die Fackel auf und blies behutsam in die Glut, bis sie wieder aufflammte. Er seufzte erleichtert und schaute sich um. Er stand in der Kammer, wo die Tunnel sich kreuzten, und sein Richtungssinn kehrte wieder.

Er nahm den Tunnel zum Hauptkorridor. Während er weiterging, flackerte die Fackel heftig, als bliesen unsichtbare Lippen darauf. Wieder spürte er, dass er nicht allein war. Er hob die Fackel und sah sich erneut um.

Er sah nichts und doch war er sich irgendwie einer unsichtbaren körperlosen Kreatur bewusst, die in der Luft schwebte und von der Schleim herabsickerte. Obwohl er es nicht hören konnte, wusste er, dass sie grauenvolle Obszönitäten hervorstieß. Wild hieb er mit dem Schwert um sich; es

190

fühlte sich an, als durchtrenne seine Klinge Spinnweben. Ein kaltes Grauen packte ihn und er rannte durch den Tunnel. Im Laufen spürte er brennenden Atem auf seinem nackten Rücken.

Doch als er den breiten Korridor erreichte, fühlte er, dass er wieder allein war. Er folgte diesem Hauptgang weiter und rechnete jeden Augenblick damit, dass grässliche Ungeheuer ihn aus der Dunkelheit ansprangen. Es war nun durchaus nicht mehr still hier in den Tiefen der Erde. Aus allen Tunneln waren Laute zu vernehmen, die nicht in eine normale Welt gehörten. Kichern war zu hören, dämonisches Gelächter, ein lang gedehntes Heulen, schrilles Kreischen und einmal ein Lachen wie von einer Hyäne, das gespenstischerweise in einer menschlichen Stimme endete, die grauenvoll fluchte. Doch auch schleichende Schritte waren zu hören und in den Tunnelöffnungen sah er vage Gestalten von monströser, unnatürlicher Form.

Es war, als wanderte er durch eine Hölle – eine von Tsotha-lanti geschaffene Hölle. Doch die schattenhaften Geschöpfe kamen nicht in den Hauptkorridor, obwohl er ganz deutlich vernahm, wie sie laut geiferten, und ihre brennenden, hungrigen Blicke spürte. Plötzlich wurde ihm bewusst, wieso sie sich nicht herauswagten. Ein gleitendes, raspelndes Geräusch folgte ihm. Vor Schrecken sprang er in die Finsternis eines nahen Seitentunnels und löschte hastig die Fackel. Den Korridor herab kroch die gigantische Schlange, etwas schwerfällig durch ihre kürzliche Mahlzeit. Unmittelbar neben Conan wimmerte etwas furchtsam und wich weiter in die Finsternis zurück. Offenbar war der Hauptkorridor das Revier der Schlange und die anderen Monstrositäten blieben ihm fern.

Für Conan war die Schlange jedoch das geringste der Grauen hier. Er empfand fast eine Artverwandtschaft mit ihr, wenn er an die weinende und kichernde Gallertmasse dachte und an das schleimtriefende, lautlos fluchende unsichtbare Wesen, das aus dem Schacht hochgeschwebt war. Zumindest war die Schlange irdischen Ursprungs, und wenn sie auch der kriechende Tod war, war sie doch nur eine Bedrohung für den Körper, während diese anderen Obszönitäten dazu auch noch Geist und Seele in Gefahr brachten.

Nachdem die Schlange den Korridor weiter hinabgekrochen war, folgte er ihr – in sicherem Abstand, wie er hoffte. Glücklicherweise schwelte auch jetzt seine Fackel noch ein wenig, sodass er sie wieder zum Aufflammen bringen konnte.

Er war noch nicht weit gekommen, als er ein Stöhnen aus einem der Seitentunnel in der Nähe hörte. Zwar warnte ihn die Vorsicht, den Tunnel zu betreten, aber seine Neugier war größer. Er hielt die Fackel, die bereits zum Stumpf herabgebrannt war, hoch über den Kopf und wappnete sich, denn er war überzeugt, wieder etwas Grässliches zu sehen. Doch er stieß auf etwas, das er hier am wenigsten erwartet hatte.

Vor ihm befand sich eine breite Kammer, von der ein Teil mit Gitterstäben abgetrennt war, die, tief in den Boden verankert, bis zur Decke reichten. Hinter diesem Gitter lag eine Gestalt, die – wie er beim Näherkommen erkannte – entweder ein Mensch oder zumindest etwas sehr Menschenähnliches war. Es war von dicken Ranken umschlungen, die offenbar aus dem felsigen Fußboden wuchsen. Diese Ranken hatten seltsam spitze Blätter und rote Blüten. Aber dieses Rot war von unnatürlichem Ton, nicht wie man sie von normalen Blumen oder Blüten her kannte. Die geschmeidigen Ranken schmiegten sich eng an den nackten Körper des Mannes, dessen Fleisch vergebens vor ihnen zurückzuzucken schien. Eine riesige Blüte wiegte sich direkt über seinem Mund. Ein herzerweichendes Stöhnen entrang sich den schlaffen Lippen. Der Kopf wiegte sich wie in unerträglichen Qualen von Seite zu Seite und die Augen waren direkt auf Conan gerichtet. Aber sie sahen ihn nicht. Sie waren glasig-leer: die eines Schwachsinnigen.

Jetzt beugte die riesige rote Blüte sich hinab und drückte die Blütenblätter auf die vergebens zurückweichenden Lippen. Der arme Teufel wand sich vor schrecklichen Schmerzen, während die Ranken der Pflanze wie in Ekstase zitterten. Wellen wechselnder Farbtöne durchliefen sie, ihr Grün wurde tiefer, giftiger.

Conan verstand nicht, was er hier sah, aber dass es etwas Grauenvolles war, wusste er. Ob nun Mensch oder Dämon, die Qualen des Gefangenen berührten Conans Herz. Er suchte nach einer Tür und fand sie. Ein Schlüssel des Ringes, den er mitgenommen hatte, passte. Er schloss auf und trat ein. Sofort öffneten sich die Blütenblätter, die Ranken erhoben sich drohend und die ganze Pflanze neigte sich ihm zu. Das hier war kein natürliches Gewächs, sondern etwas mit teuflischem, ungewöhnlichem Verstand. Conan spürte, dass die Pflanze ihn zu sehen vermochte, und der Hass, den sie ihm entgegenschickte, war fühlbar.

Vorsichtig trat er näher heran und sein Blick suchte die aus dem Boden wachsende Hauptranke. Sie war dicker als sein Schenkel und offensichtlich ungemein geschmeidig. Während die langen Nebenranken mit raschelnden Blättern auf ihn zukamen, schwang er sein Schwert und durchtrennte die Hauptranke mit einem Hieb.

Sofort ließen die Ranken den Bedauernswerten los. Er landete heftig auf dem Boden. Die Hauptranke peitschte um sich wie eine geköpfte Schlange, ehe sie sich zu einer zuckenden Kugel zusammenrollte. Die Nebenranken schlugen blind durch die Luft und wanden sich wie in Schmerzen. Die spitzen Blätter rasselten Kastagnetten gleich und die Blüten öffneten und schlossen sich wie im Krampf. Dann erschlafften sie, die leuchtenden Farben wurden stumpf und ein stinkender weißer Saft floss aus dem Stumpf am Boden.

Wie gebannt beobachtete Conan die Pflanze. Da ließ ein

Geräusch ihn die Klinge heben. Der Befreite war aufgestanden und musterte ihn. Conan starrte ihn verwirrt an. Die Augen in dem hageren Gesicht waren durchaus nicht mehr leer. Wacher Verstand sprach aus ihnen und auch der Ausdruck des Schwachsinnigen war wie eine Maske von dem Gesicht abgefallen. Der Kopf des Fremden war schmal und wohlgeformt, die Stirn hoch und der Körper von edlem Wuchs.

»Welches Jahr haben wir?«, fragte er auf Kothisch.

Die Frage verblüffte Conan. »Wir haben heute den zehnten Tag des Monats Yuluk im Jahr der Gazelle«, antwortete er.

»Yagkoolan Ischtar!«, murmelte der Fremde. »Zehn Jahre!« Er fuhr sich mit der Hand über die Stirn, als müsste er seinen Kopf von Spinnweben befreien. »Ich sehe noch nicht ganz klar«, gestand er. »Nach zehn Jahren der Leere kann man wohl auch nicht erwarten, dass der Verstand sofort wieder normal arbeitet. Wer seid Ihr?«

»Conan, einst von Cimmerien, doch jetzt König von Aquilonien.«

Der andere war sichtlich überrascht.

»Oh, tatsächlich? Und Numedides?«

»Ich war gezwungen, ihn vor seinem Thron zu erwürgen, als ich die Stadt eingenommen hatte.«

Unwillkürlich zuckten die Lippen des Fremden bei dieser offenen Antwort amüsiert.

»Verzeiht, Eure Majestät. Ich hätte Euch als Erstes für meine Rettung danken müssen. Aber ich bin offenbar noch etwas verwirrt. Das ist wohl kein Wunder, da Ihr mich aus einem Schlaf geweckt habt, der tiefer als der des Todes war, und die Albträume, die mich quälten, schlimmer als die Hölle waren. Aber so viel ist mir bereits klar: Ich verdanke meine Befreiung Euch. Sagt, weshalb habt Ihr den Stängel der Yothgapflanze abgehackt, statt ihn mit den Wurzeln auszureißen?«

»Weil die Erfahrung mich lehrte, nichts zu berühren, das ich nicht verstehe«, brummte der Cimmerier.

»Gut für Euch«, sagte der Fremde. »Hättet Ihr sie ausgerissen, hätten sich möglicherweise Schreckensgestalten an ihre Wurzeln geklammert, gegen die Euer Schwert nicht angekommen wäre, denn Yothgas Wurzeln reichen bis tief in die Hölle.«

»Ihr habt mir noch nicht gesagt, wer Ihr seid«, erinnerte ihn Conan.

»Oh! Ich war unter dem Namen Pelias bekannt.«

»Was!«, rief der König. »Pelias, der Zauberer? Tsothalantis Rivale, der vor zehn Jahren vom Antlitz der Erde verschwand?«

»Nun, nicht ganz«, schwächte Pelias die Behauptung mit einem trockenen Lächeln ab. »Tsotha zog es vor, mich am Leben zu erhalten – in Banden, die schlimmer und wirkungsvoller als Eisenketten waren. Er sperrte mich hier mit dieser Teufelsblume ein, deren Samen aus dem schwarzen Kosmos von Yag, dem Verfluchten, hierher geweht wurden. Und hier, nur hier, in dieser madenzerfressenen Fäulnis auf dem Boden der Hölle fand sie fruchtbare Erde.

Es gelang mir nicht, mich meiner Zauberkräfte zu bedienen, ja nicht einmal, mich der magischen Worte zu entsinnen, in der teuflischen Umarmung dieses verfluchten Geschöpfes, das von meiner Seele trank. Tag und Nacht saugte sie an meinem Verstand, sodass mein Gehirn leer war wie ein zerbrochener Weinkrug. Zehn Jahre lang! Ischtar, stehe uns bei!«

Conan wusste nicht, was er sagen sollte. Mit einer Hand hielt er den Fackelstumpf, mit der anderen das Schwert. Der Mann musste wahnsinnig sein – aber andererseits wirkten die seltsamen Augen, die auf ihm ruhten, völlig klar.

»Sagt mir, ist der schwarze Hexer in Khorshemish? Nein – Ihr braucht mir nicht zu antworten. Meine Kräfte erwachen. Ich lese in Euren Gedanken von einer blutigen

Schlacht und einem König, der durch Verrat in die Falle gelockt wurde. Ich sehe auch Tsotha-lanti mit Strabonus und dem König von Ophir eilig zum Tybor reiten. Umso besser. Ich bin noch zu schwach von dem langen qualvollen Schlaf, um Tsotha zu stellen. Es wird eine Weile dauern, bis meine Kräfte voll zurückgekehrt sind. Verlassen wir Tsothas Hallen der Hölle.«

Conan klapperte schulterzuckend mit den Schlüsseln.

»Das Gitter vor der Außentür ist mit einem Riegel verschlossen, der nur von außen geöffnet werden kann. Gibt es nicht vielleicht noch einen anderen Ausgang aus diesen Tunneln?«

»Nur einen, der nichts für Euch oder mich ist, da er in die Tiefe und nicht ans Tageslicht führt«, antwortete Pelias mit grimmigem Lachen. »Doch was soll's? Sehen wir uns einmal die Gittertür an.«

Mit unsicheren Schritten, da seine Beine sich erst wieder ans Gehen gewöhnen mussten, trat er auf den Gang, doch als sie den Hauptkorridor erreicht hatten, stapfte er bereits fest einher.

»Eine verdammt große Schlange treibt sich in diesem Tunnel herum«, sagte Conan mit unwillkürlichem Schauder. »Wir sollten vorsichtig sein, damit wir nicht geradewegs in ihren Rachen steigen.«

»Ich erinnere mich an sie«, entgegnete Pelias finster. »Umso mehr, da ich mit ansehen musste, wie man zehn meiner Akoluthen an sie verfütterte. Sie ist Satha, die Alte, Tsothas Lieblingstierchen.«

»Hat Tsotha diese Hallen der Hölle nur gegraben, um seine verfluchten Monstrositäten hier zu beherbergen?«, fragte Conan.

»Er hat sie nicht gegraben, auch nicht graben lassen. Als die Stadt vor dreitausend Jahren gegründet wurde, gab es Ruinen einer älteren Stadt auf und um diesen Berg. König Khossus V., der Gründer, ließ seinen Palast auf dem Berg errichten. Als man die Keller ausheben wollte, stieß man auf eine zugemauerte Tür. Man brach sie auf und entdeckte die Tunnels, die schon damals nicht viel anders waren, als sie jetzt sind. Aber Khossus' Großwesir fand einen so grauenvollen Tod in ihnen, dass der König die Tür wieder zumauern ließ. Er sagte, der Wesir sei in einen Brunnenschacht gefallen. Auch die Keller unter seinem Palast ließ er wieder zuschütten und ein wenig später gab er seinen Palast ganz auf und zog in einen neuen, am anderen Ende der Stadt. Aus ihm vertrieb ihn die Panik, als er eines Morgens auf dem Boden seines Schlafgemachs dunkle Flecken vorfand.

Daraufhin zog er mit seinem gesamten Hof in den Osten des Königreichs und erbaute eine neue Stadt. Der Palast auf dem Berg wurde nicht mehr bewohnt und zerfiel. Als Akkutho I. Khorshemish wieder zu Ruhm brachte, errichtete er dort eine Burg. Tsotha-lanti übernahm sie und baute sie zu seiner scharlachroten Zitadelle aus. Er öffnete auch den Zugang zu den Tunneln wieder. Welches Geschick auch Khossus' Großwesir ereilte, Tsotha entging ihm. Er fiel in keinen Brunnenschacht. Wohl aber stieg er in einen tiefen Schacht, auf den er gestoßen war. Und als er daraus zurückkehrte, hatten seine Augen einen seltsamen Ausdruck angenommen, der sie auch nie wieder verließ.

Ich habe diesen Schacht gesehen, aber ich habe kein Verlangen danach, in ihm nach Weisheit zu forschen. Ich bin ein Zauberer, und älter, als Ihr es für möglich halten würdet, aber ich bin ein Mensch. Was Tsotha betrifft – nun, man erzählt sich, dass eine Tänzerin aus Shadizar zu nahe an den vormenschlichen Ruinen auf dem Dagothberg einschlief und in der Umarmung eines schwarzen Dämons erwachte. Aus dieser unheiligen Verbindung ging ein verfluchter Mischling hervor, den seine Mutter Tsotha-lanti nannte …«

Conan schrie schrill auf und stieß seinen Begleiter zurück. Vor ihnen erhob sich die gewaltige, weiß schimmernde Schlange Satha. Uralter Hass blitzte aus ihren Augen. Conan spannte die Muskeln zu einem wilden Angriff. Er hatte vor, dem Reptil die Fackel in die Augen zu stoßen und sich auf den Hieb seines Schwertes zu verlassen. Aber die Schlange achtete überhaupt nicht auf ihn. Über seine Schulter starrte sie auf den Mann namens Pelias, der ungerührt die Arme auf der Brust überkreuzt hatte und lächelte. Da machte der Hass in den Augen Sathas unverkennbarer Furcht Platz – das war das erste Mal, dass Conan einen solchen Ausdruck in Reptilaugen sah. Ein Luftzug war zu spüren, als das Tier mit erstaunlicher Schnelligkeit verschwand.

»Wovor hatte sie Angst?«, fragte Conan und betrachtete Pelias unsicher.

»Das Schlangenvolk sieht, was den Augen Sterblicher entgeht«, antwortete der Zauberer. »Ihr seht mein fleischliches Äußeres, sie sah meine unverhüllte Seele.«

Ein eisiger Schauder rann über Conans Rücken. Er fragte sich, ob Pelias wirklich, wie er behauptete, ein Mensch war, und nicht vielleicht ein Dämon aus der Tiefe in menschlicher Gestalt. Er dachte kurz darüber nach, ob es nicht vielleicht sicherer wäre, seinem Begleiter ohne Zögern das Schwert in den Rücken zu stoßen, aber da hatten sie das Gitter bereits erreicht, das im Fackelschein davor gut zu erkennen war, genau wie die Leiche Shukelis, die immer noch dicht am Gitter in ihrem Blut lag.

Pelias lachte, aber sein Lachen war nicht angenehm.

»Bei den Elfenbeinhüften Ischtars, wer ist unser Pförtner? Ho, kein Geringerer als der Edle Shukeli persönlich, der meine Jünger an den Füßen aufgehängt hat und ihnen kichernd bei lebendem Leib die Haut abzog! Schläfst du, Shukeli? Wieso liegst du so starr, auf deinem feisten Bauch noch dazu?«

»Er ist tot«, murmelte Conan. Der Tonfall des anderen ließ ihn schaudern.

»Tot oder lebend«, sagte Pelias lachend, »wird er uns die Tür öffnen!«

Er klatschte in die Hände und rief: »Steh auf, Shukeli! Erheb dich aus der Hölle, steh auf vom blutigen Boden und öffne die Tür für deine Herren! Erheb dich, befehle ich!«

Ein schreckliches Stöhnen hallte durch den Korridor. Kalter Schweiß lief Conan über den Rücken. Shukeli rührte sich und tastete schwerfällig mit den fetten Händen um sich. Pelias' Gelächter war erbarmungslos wie eine Feuersteinaxt, als der Eunuch taumelnd hochkam und sich an den Gitterstäben festhielt. Conan stockte das Blut, als er ihn betrachtete, denn Shukelis weit offene Augen waren glasig und leer und seine tödliche Wunde klaffte. Die Füße des Eunuchen stolperten übereinander und er betätigte den Riegel mit starren Bewegungen. Als er sich vom Boden erhoben hatte, vermutete Conan, dass er ihn doch nicht tödlich verwundet hatte, aber jetzt bestand kein Zweifel mehr, dass der Mann tot war, seit vielen Stunden bereits.

Pelias trat durch die geöffnete Gittertür. Conan folgte ihm dichtauf, aber er machte einen Bogen um die schreckliche Gestalt, die auf schlaffen Beinen, halb zusammengesackt, das Gitter offen hielt. Pelias achtete überhaupt nicht auf sie und schritt weiter, ohne einen Blick zurück. Aber Conan war übel, er würgte. Sie waren noch kein halbes Dutzend Schritte weit gekommen, als ein Plumpsen hinter ihnen ihn herumwirbeln ließ. Shukelis Leiche lag wieder reglos vor dem Gitter.

»Er hat seine Pflicht erfüllt, jetzt hat die Hölle ihn wieder«, bemerkte Pelias beiläufig und übersah höflich den Schauder, der Conan schüttelte.

Er ging vor dem Cimmerier die fast endlose Treppe hoch und dann durch die Messingtür mit dem Totenschädel. Conans Griff um das Schwert verstärkte sich. Er erwartete, dass ein ganzer Trupp Sklaven auf sie einstürmen würde, aber nichts tat sich. Schweigen herrschte in der Zitadelle. Sie folgten dem schwarzen Korridor und betraten den, von dessen Decke die Räucherschalen hingen, deren Rauch die Luft schwängerte. Immer noch war niemand zu sehen.

»Die Sklaven und Wächter sind in einem anderen Teil der Zitadelle untergebracht«, erklärte Pelias. »Da ihr Herr heute Nacht der Burg fern ist, sind sie sicher trunken von Wein oder Lotussaft.«

Conan blickte durch ein Bogenfenster mit goldenem Sims, das auf einen breiten Balkon hinausführte. Er fluchte erstaunt, als er den sternenübersäten Nachthimmel sah. Es war kurz nach Sonnenaufgang gewesen, als man ihn in die Hallen der Hölle geschafft hatte. Und jetzt war offenbar Mitternacht bereits vorbei. Er konnte es gar nicht glauben, dass er so lange dort unten gewesen war. Pelias schritt voraus in ein Gemach mit goldener Kuppeldecke, silbernem Boden und Wänden aus Lapislazuli, in denen sich viele Ziergittertüren befanden.

Mit einem tiefen Seufzer ließ Pelias sich auf einen Seidendiwan fallen.

»Ah, wieder Seide und Gold!«, hauchte er. »Tsotha gibt vor, sich aus äußeren Annehmlichkeiten nichts zu machen, aber er ist ja auch zur Hälfte ein Dämon. Ich dagegen bin Mensch, trotz meiner schwarzen Künste. Ich liebe Bequemlichkeit, Frohsinn und ein gutes Leben. Deshalb gelang es Tsotha auch, mich zu überwältigen – als ich dem Wein zugesprochen hatte. Wein ist ein Fluch – bei dem Elfenbeinbusen Ischtars, ich rede von ihm und hier ist der Verräter! Freund, schenkt mir einen Kelch voll ein – oh, verzeiht! Ich vergaß, dass Ihr König seid. Ich schenke selbst ein.«

»Zum Teufel!«, knurrte Conan. Er füllte einen Kristallkelch und reichte ihn Pelias. Er selbst nahm den ganzen Krug, setzte ihn an die Lippen und trank wie ein Verdurstender.

»Der Hund versteht was von gutem Wein«, brummte der Cimmerier und wischte sich die Lippen mit dem Handrücken ab. »Aber, bei Crom, Pelias, sollen wir hier sitzen, bis seine Soldaten erwachen und uns die Kehlen durchschneiden?«

»Keine Angst«, beruhigte ihn Pelias. »Möchtet Ihr gern sehen, wie es Strabonus geht?«

Eisiges Feuer brannte in Conans Augen und er umklammerte den Schwertgriff, bis die Fingerknöchel weiß wurden. »Ah, wenn ich ihm nur gegenüberstünde!«

Pelias hob eine schimmernde Kugel von einem Ebenholztischchen.

»Tsothas Kristallkugel. Ein kindisches Spielzeug, aber doch nützlich, wenn die Zeit für höhere Künste fehlt. Blickt hinein, Eure Majestät.«

Er stellte die Kristallkugel auf den Tisch vor Conan. Der König schaute in das verschwommene Innere, das tiefer und weiter zu werden schien. Allmählich hoben sich Bilder aus dem Dunst ab. Er sah eine vertraute Landschaft vor sich. Ausgedehnte Ebenen führten zu einem gewundenen Strom, jenseits von dem das flache Land zu welligem Hügelland anstieg und schließlich zu einer Reihe niedriger Berge. Am Nordufer des Flusses erhob sich eine mauerumsäumte Stadt, geschützt von einem breiten Wassergraben, dessen beide Enden in den Strom mündeten.

»Bei Crom!«, fluchte Conan. »Das ist ja Shamar! Die Hunde belagern die Stadt!«

Die Invasoren hatten den Fluss überquert. Ihre Zelte standen in dem Flachlandstreifen zwischen Stadt und Bergen. Ihre Krieger hatten die Mauern umringt. Ganz deutlich waren ihre im Mond schimmernden Rüstungen zu erkennen. Pfeile und Steine hagelten von den Wachttürmen auf sie herunter. Sie wichen zurück, stürmten jedoch gleich wieder herbei.

Unter Conans wütendem Blick änderte sich das Bild. Hohe Spitztürme und glänzende Kuppeln hoben sich aus dem Dunst. Vor ihm lag seine Hauptstadt Tarantia. Das Chaos herrschte hier.

Die Ritter von Poitain in Stahlrüstung, seine wackersten Anhänger, denen er die Stadt während seiner Abwesenheit überantwortet hatte, ritten aus dem Tor und die Menschen in den Straßen pfiffen und johlten ihnen nach. Überall wurde gekämpft und geplündert und die Soldaten, die die Türme bemannten und über die Stadtplätze stolzierten, trugen das Wappen von Pellia. Über allem, wie ein Geisterbild, sah er das dunkle, triumphierende Gesicht des Fürsten Arpello. Und dann löschte dicker Dunst wieder alles aus.

»Ah!«, fluchte Conan. »Kaum habe ich ihm den Rücken zugekehrt, wendet mein Volk sich schon gegen mich!«

»Ganz so ist es nicht«, versicherte ihm Pelias. »Man sagte ihm, dass Ihr tot seid. Sie hatten niemanden, der sie vor den Feinden und dem Bürgerkrieg schützen konnte, glaubten sie. Und so unterwarfen sie sich dem stärksten Edlen, um vor den Schrecken der Anarchie bewahrt zu werden. Den Poitanen trauen sie nicht, dazu ist die Erinnerung an die vergangenen Kriege zwischen den Provinzen noch zu wach in ihnen. Aber Arpello ist da, er ist der stärkste Fürst im mittleren Landesteil und es spricht auch nichts gegen ihn.«

»Wenn ich erst wieder in Aquilonien bin, wird er um einen Kopf kürzer sein und in der Verrätergrube verrotten!«, knirschte Conan zwischen den Zähnen.

»Doch ehe Ihr Eure Hauptstadt erreicht, könnte Strabonus Euch zuvorkommen. Zumindest werden seine Reiter Euer Reich verwüsten.«

»Stimmt!« Conan lief wie ein Löwe im Käfig in dem prunkvollen Gemach umher. »Selbst mit dem schnellsten Pferd könnte ich Shamar nicht vor Mittag erreichen. Und dort könnte ich auch nur mit den Verteidigern sterben, wenn die Stadt fällt – und fallen wird sie, spätestens in ein paar Tagen. Von Shamar nach Tarantia sind es mindestens fünf Tagesritte, wenn man seine Pferde zuschanden reitet. Ehe ich in meiner Hauptstadt sein und eine Streitmacht aufstellen kann, wird Strabonus bereits die Tore rammen. Überhaupt, eine aufzustellen, dürfte verdammt schwer fallen, denn meine verfluchten Vasallen sind bestimmt auf die Kunde meines Todes hin sofort zu ihren Lehnsgütern zurückgekehrt. Und da die Bürger von Tarantia Trocero von Poitain mit seinen Leuten aus der Stadt gejagt haben, gibt es keinen, der Arpello daran hindert, die Hand nach der Krone – und dem Kronschatz – auszustrecken. Er wird Strabonus das Land ausliefern, um als seine Marionette auf dem Thron sitzen zu dürfen. Aber ich wette, sobald Strabonus ihm den Rücken zugewandt hat, wird er das Volk gegen ihn aufstacheln. Doch die Edlen werden ihn nicht unterstützen und dann hat Strabonus einen Grund, das Königreich offen zu annektieren. O Crom, Ymir und Set! Hätte ich nur Schwingen, um wie der Blitz nach Tarantia zu fliegen!«

Pelias, der mit den Fingerspitzen auf die Jadeplatte des Tisches getrommelt hatte, hielt plötzlich inne und stand entschlossen auf. Er bedeutete Conan, ihm zu folgen. In seine düsteren Gedanken versunken, stapfte der König ihm nach. Pelias erklomm eine goldverzierte Marmortreppe bis zur Spitze der Zitadelle, dem Dach des höchsten Turmes. Ein heftiger Wind blies durch die sternenhelle Nacht und spielte mit Conans schwarzer Mähne. Tief unter ihnen brannten die Lichter von Khorshemish und es schien, als wären sie weiter entfernt als die Sterne über ihnen. Pelias hing ebenfalls seinen Gedanken nach und schien eins zu sein mit den unnahbaren Sternen.

Erst nach einer Weile wandte er sich wieder an Conan. »Überall gibt es Geschöpfe, nicht nur auf dem Land und im Wasser, sondern auch in der Luft und selbst in der fernsten Ferne des Himmels, doch sie führen ihr Leben unbemerkt von den Menschen. Dem aber, der die Schlüsselworte und Zeichen kennt und dem das Große Wissen zuteil ist, sind sie weder böse gesinnt noch unzugänglich. Habt acht und fürchtet Euch nicht.«

Er hob die Hand gen Himmel und stieß einen seltsamen Ruf hervor, der zum Firmament emporschallte und allmählich zwar leiser wurde, aber nicht verklang, sondern sich offenbar nur immer weiter in den unbekannten Kosmos vorwagte. Conan vernahm plötzlichen lauten Flügelschlag, der von den Sternen selbst zu kommen schien, und wich zurück, als schließlich ein riesiges, fledermausähnliches Geschöpf neben ihm landete. Er sah seine großen ruhigen Augen, die ihn im Sternenschein musterten, und die gewaltigen Schwingen mit einer Spannweite von bestimmt gut vierzig Fuß. Und er sah auch, dass es weder eine Fledermaus noch ein Vogel war.

»Setzt Euch auf ihn«, forderte Pelias den Cimmerier auf. »Er wird Euch noch vor dem Morgengrauen in Tarantia absetzen.«

»Bei Crom!«, murmelte Conan. »Ist das alles ein Traum, aus dem ich in meinem Schloss in Tarantia erwachen werde? Was ist mit Euch? Ich lasse Euch doch nicht allein hier zwischen Euren Feinden!«

»Macht Euch keine Sorgen um mich«, beruhigte ihn Pelias. »Am Morgen werden die Bürger von Khorshemish erfahren, dass sie einen neuen Herrn haben. Nutzt, was die Götter Euch sandten. In der Ebene von Shamar sehen wir uns wieder.«

Zweifelnd kletterte Conan auf den schmalen Rücken des Geschöpfes und hielt sich am gesenkten Hals fest. Er war immer noch nicht so recht sicher, ob das Ganze Wirklichkeit oder Traum war. Mit donnerndem Flügelschlag hob das Geschöpf sich in die Lüfte. Der König blinzelte ungläubig, als die Lichter der Stadt tief unter ihnen zurückblieben.

# IV

*Das Schwert, das den König tötet,*
*Durchschneidet den Lebensfaden des Reiches.*

Aquilonisches Sprichwort

DURCH DIE STRASSEN VON TARANTIA drängte sich der wilde
Mob. Die Männer ballten ihre Fäuste und schüttelten rostige
Lanzen. Es war die Stunde vor Sonnenaufgang am zweiten
Tag nach der Schlacht von Shamar. Die Ereignisse hatten
sich überschlagen. Es war alles so schnell gegangen, dass
der Verstand nicht mehr zu folgen vermochte. Auf eine
Weise, die nur Tsotha-lanti kannte, hatte die Kunde von des
Königs Tod Tarantia innerhalb weniger Stunden nach der
Schlacht von Shamar erreicht. Chaos war ausgebrochen.
Die Barone hatten sofort die Stadt verlassen und waren zu
ihren Burgen zurückgekehrt, um sie gegen möglicherweise
in ihr Land einfallende Nachbarn zu schützen. Das ver-
einigte Königreich, das Conan zusammengefügt hatte, stand
am Rand des Zusammenbruchs. Die Kaufleute und das
einfache Volk zitterten vor der drohenden Rückkehr der

Feudalherrschaft. Das Volk rief nach einem König, der sie nicht nur vor Feinden von außen, sondern auch vor ihren eigenen Lehnsherren schützen sollte. Graf Trocero, dem Conan die Verantwortung für die Stadt während seiner Abwesenheit übertragen hatte, bemühte sich, die Bürger zu beruhigen. Aber in ihrer Angst erinnerten sie sich an die alten Bürgerkriege und daran, dass gerade dieser Graf Tarantia vor fünfzehn Jahren belagert hatte. Auf den Straßen ging das Gerücht um, dass Trocero den König verraten hatte und jetzt beabsichtigte, die Stadt zu plündern. Das besorgten jedoch inzwischen die Söldner, die die schreienden Kaufleute aus ihren Läden zerrten und die verängstigten Frauen aus ihren Verstecken.

Trocero ging gegen die Plünderer vor, tötete die, die ihm hartnäckig Widerstand leisteten, und trieb die anderen in ihre Kasernen zurück. Trotzdem rannte das Volk kopflos umher und brüllte auch noch, der Graf habe die Söldner angestiftet, um selbst im Trüben fischen zu können.

Fürst Arpello trat vor die verzweifelten Ratsherrn und erklärte ihnen, er sei bereit, die Regierung zu übernehmen, bis ein neuer König ernannt würde, da Conan ja keinen Sohn hinterlassen hatte. Während lang und breit darüber beraten wurde, stahlen seine Beauftragten sich unter das Volk, das sofort, wie ein Ertrinkender nach dem Strohhalm, die Chance ergriff, sich von einem Mann mit zumindest einer Spur königlichen Blutes beschützen zu lassen. Und so rief es nach Arpello, dem Retter. Der Rat hörte es durch die offenen Fenster des Schlosses und fügte sich dem Willen des Volkes.

Trocero weigerte sich anfangs, sein Amt als Conans Vertreter aufzugeben, aber das Volk beschimpfte und verfluchte ihn und bewarf sein berittenes Gefolge mit Steinen und Pferdeäpfeln. Da er die Aussichtslosigkeit eines Kampfes in den Straßen gegen Arpellos Leute unter diesen Umständen einsah, schleuderte er seinem Rivalen das ihm von Conan ausgehändigte Zepter an den Kopf, hängte als letzten amtlichen Akt die Anführer der plündernden Söldner auf dem Marktplatz auf und ritt an der Spitze seiner fünfzehnhundert gerüsteten Reiter durchs Südtor. Das Tor fiel hinter ihm zu. Arpello legte seine verbindliche Maske ab und offenbarte die grimmige Visage des hungrigen Wolfes.

Da die Söldner teils beim Plündern getötet worden waren, teils sich in ihren Kasernen versteckt hatten, waren Arpellos Leute die einzigen Soldaten in der Stadt. Auf dem Rücken seines mächtigen Streitrosses erklärte der Fürst sich – unter dem Jubel der verblendeten Menschenmasse – zum neuen König.

Publius, der Kanzler, der sich dagegen aussprach, wurde in den Kerker geworfen. Die Kaufleute, die nach Arpellos Erklärung aufgeatmet hatten, mussten zu ihrer Entrüstung feststellen, dass die erste Amtshandlung des neuen Königs war, ihnen drückende Steuern aufzuhalsen. Sie wählten sechs aus ihren Reihen als Abordnung, um vor dem König dagegen zu protestieren. Ohne jedes Verfahren wurden die sechs auf der Stelle festgenommen und enthauptet. Eine Stille des Entsetzens beantwortete diese Hinrichtung. Die Kaufleute – wie es unter ihresgleichen üblich ist, wenn sie sich einer Macht gegenübersehen, die sich von ihrem Gold nicht lenken lässt – warfen sich auf ihre feisten Bäuche und küssten ihrem Unterdrücker die Füße.

Das Schicksal der Kaufleute berührte das einfache Volk nicht weiter, es begann jedoch zu murren, als es feststellen musste, dass die herumstolzierenden pellianischen Soldaten, die vortäuschten, für Ordnung zu sorgen, so schlimm wie turanische Banditen waren. Immer neue Klagen über Erpressung, Mord und Schändung wurden Arpello vorgebracht, der sein Quartier in Publius' Palast aufgeschlagen hatte, da die verzweifelten Ratsherrn – die durch seinen Befehl so gut wie zum Tode verurteilt waren – das Schloss gegen seine Soldaten hielten. Den vom Schloss getrennten Harem konnte

Arpello jedoch übernehmen und Conans Gespielinnen wurden in sein Quartier geschleppt. Die Tarantier murrten, als sie sahen, wie die schönen edlen Frauen sich im groben Griff der brutalen Pellianer wanden; wie die dunkeläugigen Demoisellen aus Poitain, die schlanken schwarzhaarigen Mädchen aus Zamora, Zingara und Hyrkanien und die blondlockigen Brythunierinnen, die nie rau behandelt worden waren, vor Angst und Scham weinten.

Die Nacht senkte sich auf das Chaos herab. Gegen Mitternacht verbreitete sich auf erstaunliche Weise die Kunde, dass die Kothier ihren Siegeszug fortgesetzt hatten und Shamar belagerten. Jemand in Tsothas seltsamem Geheimdienst hatte den Mund nicht halten können. Furcht schüttelte die Tarantier wie ein Erdbeben und keiner fragte sich, durch welche Hexerei diese Nachricht sie so schnell erreicht hatte. Die Bürger zogen vor Arpellos Palast und verlangten, dass er südwärts marschiere und den Feind über den Tybor zurücktreibe. Wäre er klug gewesen, hätte er darauf hinweisen können, dass seine eigene kleine Streitkraft dafür zu schwach sei und er keine größere zusammenstellen könne, ehe die Barone seinen Anspruch auf den Thron nicht anerkannt hatten. Aber er war machttrunken und so lachte er ihnen ins Gesicht.

Ein junger Gelehrter, Athemides, erklomm eine Säule auf dem Marktplatz und beschuldigte Arpello mit feurigen Worten, nur eine Marionette Strabonus' zu sein. Er malte ein eindringliches Bild des Lebens unter kothischer Herrschaft, mit Arpello als Statthalter. Ehe er seine Rede beendet hatte, schrie die Menge vor Angst und heulte vor Wut. Arpello sandte seine Soldaten, den Mann zu verhaften, aber das Volk verhalf ihm zur Flucht und bewarf die pellianischen Soldaten mit allem, was ihnen nur in die Hände kam. Eine Salve Armbrustbolzen verjagte die Menge und eine Schwadron Reiter tat den Rest. Doch Athemides konnte aus der Stadt geschmuggelt werden, um Trocero zu bitten, den

Befehl über die Stadt wieder zu übernehmen und mit Entsatz nach Shamar zu reiten.

Trocero war gerade dabei, sein Lager außerhalb der Stadtmauer abzubrechen, um nach Poitain, tief im Südwesten des Königreichs, zurückzureiten, als der junge Mann ankam. Auf seine flehende Bitte antwortete er, dass er keine ausreichende Streitmacht hatte, weder um Tarantia zurückzuerobern – selbst mithilfe des Volkes in der Stadt –, noch um gegen Strabonus vorzugehen. Ganz abgesehen davon musste er sich jetzt um sein eigenes Land kümmern, das nun zweifellos wieder feindlichen Einfällen durch habgierige Nachbarn ausgesetzt war. Nein, er musste nach Poitain zurück; dort würde er sich gegen Arpello und seine ausländischen Verbündeten verteidigen. Während Athemides mit Trocero verhandelte, tobte der Mob in der Stadt in ohnmächtiger Wut. Um den großen Turm neben dem Königsschloss drängten sich die Menschenmengen und brüllten ihren Hass hinauf zu Arpello, der über die Zinnen hinunterblickte und sie auslachte, während seine Schützen auf der Brustwehr mit Pfeilen an den Sehnen ihrer Bogen und den Fingern am Abzug ihrer Armbrüste auf seinen Befehl warteten.

Der Fürst von Pellia war ein kräftig gebauter Mann mittlerer Größe mit dunklem, strengem Gesicht. Er war Intrigant, aber auch ein Kämpfer. Unter seinem Seidenwams mit den bauschigen Ärmeln und den langen Schößen schimmerte brünierter Stahl. Sein langes schwarzes Haar war künstlich gelockt, in Duftwasser gewaschen und im Nacken mit einem breiten Silberband zusammengehalten. An seiner Seite hing ein Breitschwert, dessen juwelenbesetzter Knauf abgegriffen war von den vielen Kämpfen, in denen er ihn gehalten hatte.

»Ihr Narren!«, brüllte er hinunter. »Heult, wie ihr wollt! Conan ist tot und Arpello ist König!«

Was war, wenn sich ganz Aquilonien gegen ihn

zusammentat? Nun, er hatte genug Soldaten, um die mächtige Mauer zu halten, bis Strabonus kam. Aber er hatte nichts zu befürchten. Aquilonien war wieder gespalten. Schon jetzt rüsteten die Barone sich, um einander zu berauben. Er hatte es nur mit dem hilflosen Mob hier zu tun. Strabonus würde nicht mehr Schwierigkeiten haben, sich einen Weg durch die dünnen Linien der einander bekämpfenden Barone zu bahnen, als die Ramme einer Galeere durch Gischt. Und bis der kothische König hier war, brauchte er, Arpello, lediglich die Hauptstadt zu halten.

»Ihr Dummköpfe! Arpello ist König!«, rief er triumphierend.

Die Sonne stieg über den östlichen Türmen auf. Aus dem ersten Rot des Morgens kam etwas Winziges im Flug näher, das zur Fledermaus anwuchs, dann zum Adler, und beim Näherkommen immer größer wurde. Und dann schrien alle, die es sahen, erstaunt auf. Über die Mauern Tarantias flog ein Wesen, wie es der Menschheit höchstens aus halb vergessenen Legenden bekannt war. Und als es über dem hohen Turm war, sprang ein Mensch von seinem Rücken zwischen den mächtigen Schwingen. Schon verschwand das fremdartige Wesen mit gewaltigem, dröhnendem Flügelschlag. Die Menschen blinzelten und fragten sich, ob sie das Ganze vielleicht nur geträumt hatten. Doch da sahen sie auf den Zinnen eine wilde barbarische Gestalt, halb nackt, blutverkrustet, die ein großes Schwert schwang. Da erhob sich ein gewaltiges Freudengebrüll, das die Grundmauern des Turmes erschütterte:

»Der König! Es ist der König!«

Arpello stand kurz wie gelähmt, doch dann zog er die Klinge und stürzte sich auf Conan. Mit einem Löwengebrüll parierte der Cimmerier das pfeifende Schwert, dann ließ er sein eigenes achtlos fallen und packte den Fürsten. Am Hals und zwischen den Beinen hob er ihn hoch über den Kopf.

»Zur Hölle mit dir, Verräter!«, brüllte er und schleuderte

210

den Fürsten von Pellia wie einen Sack Salz hundertfünfzig Fuß weit durch die Leere. Die Menschen unten machten hastig Platz, als der Pellianer herabstürzte und auf dem Pflaster zerschmetterte.

Die Schützen auf dem Turm wichen verstört zurück und flohen. Die belagerten Ratsherrn stürmten aus dem Schloss und fielen über sie her. Pellianische Ritter und Soldaten versuchten sich auf der Straße in Sicherheit zu bringen, aber die aufgebrachte Menge machte sie nieder. Noch eine ganze Weile wogte der Kampf auf den Straßen. Und der König auf den Zinnen schüttelte sich in einem gewaltigen Lachen, das sich über alle Fürsten, alle Mobs und auch über ihn selbst lustig machte.

# V

*Ein langer Bogen, ein schwerer Bogen,*
*mag kommen, was will.*
*Den Pfeil an die Sehne, den Schaft ans Ohr*
*und den König von Koth als Ziel.*

Lied der bossonischen Bogenschützen

DAS TRÄGE WASSER DES TYBOR an den Südbollwerken Shamars glitzerte in der Nachmittagssonne. Die hohlwangigen
Verteidiger wussten, dass nur wenige von ihnen den Sonnenaufgang erleben würden. Die Zelte der Belagerer
bedeckten die Ebene. Den Shamarern war es bei der zahlen-
mäßigen Überlegenheit des Gegners nicht gelungen, ihn von
der Überquerung des Flusses abzuhalten. Mit Ketten aneinander befestigte Kähne bildeten eine Brücke, über die die
Invasoren strömten. Strabonus hatte nicht gewagt, weiter
nach Aquilonien einzumarschieren, solange Shamar nicht in
seinen Händen war. Seine Spahis – die leichte Reiterei –
hatte er vorausgeschickt, um das Land zu verwüsten, während er seine Belagerungsmaschinen auf der Ebene

aufgebaut hatte. Eine kleine Flottille, die Amalrus ihm zur Verfügung gestellt hatte, hatte er in der Flussmitte Anker werfen lassen. Zwar waren inzwischen einige der Schiffe durch Steine, die die Belagerer mit ihren Ballisten geschleudert hatten, versenkt worden, aber auf den restlichen hatten seine Bogenschützen, durch Schilde geschützt, an den Bugen und auf den Masten Posten bezogen und schossen auf die dem Fluss zugewandten Wachttürme und die Brustwehren. Sie waren Shemiten, von denen man sagte, sie seien mit dem Bogen in der Hand auf die Welt gekommen. Mit ihnen vermochten die aquilonischen Bogenschützen sich nicht zu messen.

Auf der Landseite schleuderten Wurfmaschinen Felsbrocken und Baumstämme in die Stadt. Sie durchbrachen Dächer und zermalmten Menschen wie Insekten. Unablässig donnerten Rammböcke gegen die Mauer und die Belagerer hoben Tunnel aus, die die Mauer untergraben sollten. Das Wasser im Verteidigungsgraben war abgeleitet, die Vertiefung mit Steinen, Erde und toten Männern und Pferden aufgefüllt worden. Direkt an der Stadtmauer legten die Belagerer ihre Sturmleitern an. Sie rollten die Belagerungstürme herbei, die sofort mit Lanzenkämpfern bemannt wurden, und hämmerten mit Böcken gegen das Tor.

Die Menschen in der Stadt hatten längst alle Hoffnung aufgegeben, denn es war unmöglich, mit knapp fünfzehnhundert Mann vierzigtausend Krieger zurückzuhalten. Aus dem Königreich, dessen Vorposten die Stadt war, kam keine Nachricht, dafür brüllten die Belagerer immer wieder höhnisch, dass Conan tot war. Nur die starken Mauern und die verzweifelte Tapferkeit der Verteidiger hatte die Belagerer bisher in Schach gehalten, aber lange würde es nicht mehr so bleiben. Der westliche Teil der Mauer war ein Trümmerhaufen, auf dem die Verteidiger sich bereits im Handgemenge mit den Invasoren befanden. Die anderen Mauerteile gaben allmählich durch die Unterhöhlung nach und die

Türme, unter denen die Belagerer ebenfalls Tunnel gegraben hatten, hatten sich bereits leicht geneigt.

Nun sammelten die Angreifer sich zum Sturm. Die Elfenbeinhörner dröhnten. Die mit ungegerbtem Leder bespannten Belagerungstürme wurden weitergeschoben. Die Shamarer sahen die Standarten von Koth und Ophir Seite an Seite in der Mitte der Streitmacht flattern und konnten zwischen den Rittern in glänzenden Rüstungen die schlanke Gestalt Amalrus' in goldener Rüstung sehen sowie die gedrungene von Strabonus in schwarzer Rüstung. Und zwischen ihnen befand sich eine weitere Gestalt, die selbst den Tapfersten vor Angst erblassen ließ: eine hagere, an einen Raubvogel gemahnende Figur in hauchdünner Seidenrobe. Die Lanzer marschierten vorwärts wie die glitzernden Wellen eines Flusses aus geschmolzenem Stahl. Die Ritter setzten sich mit erhobenen Waffen in Bewegung und ihre Banner wehten im Wind. Die Verteidiger auf der Mauer holten tief Atem, empfahlen ihre Seelen Mitra und umklammerten ihre schartigen, blutbefleckten Waffen.

Völlig unerwartet schmetterte Trompetenschall über den Lärm und Hufgedröhn, lauter als das der Angreifer, war zu hören. Nördlich der Ebene, auf der die vereinten Armeen sich in Marsch gesetzt hatten, erhob sich eine Bergkette, die im Norden und Westen wie die Treppe eines Riesen anstieg. Wie vom Sturm getriebene Gischt hetzten die Spahis, die zur Verwüstung des Landes ausgeschickt worden waren, die Berge herunter, verfolgt von dichten Reihen Reitern in Rüstung. Und schon waren sie besser zu sehen – auch das Löwenbanner Aquiloniens, das über ihren Köpfen flatterte.

Die Beobachter auf den Türmen stießen einen gewaltigen Jubelschrei aus. In ihrer Begeisterung schlugen die Verteidiger mit ihren schartigen Schwertern auf die mit Sprüngen durchzogenen Schilde und die Bürger – reiche Kaufleute, zerlumpte Bettler, Freudenmädchen in kurzen Röcken und feine Damen in Samt und Seide – fielen auf die Knie und priesen Mitra, während ihnen die Freudentränen über die Wangen rollten.

Strabonus erteilte brüllend Befehle und Arbanus riet ihm, sich mit der gesamten Streitmacht dieser unerwarteten Drohung entgegenzuwerfen. »Noch sind wir in der Überzahl, außer sie haben Nachschub in den Bergen versteckt. Die Männer auf den Belagerungstürmen genügen, mögliche Ausfälle aus der Stadt zurückzuschlagen. Die Herbeistürmenden sind Poitanen. Wir hätten uns ja denken können, dass Trocero sich auf einen solchen Wahnsinn einlässt.«

Amalrus schrie ungläubig auf.

»Ich sehe Trocero und seinen Hauptmann Prospero – *aber wer reitet da zwischen ihnen?*«

»Ischtar schütze uns!«, kreischte Strabonus erbleichend. »Es ist König Conan!«

»Ihr seid ja verrückt!«, wies Tsotha ihn zurecht, zuckte jedoch trotzdem erschrocken zusammen. »Satha hat sich schon lange den Bauch mit ihm voll geschlagen!« Er hielt an und spähte wild auf die Gegner, die Reihe um Reihe aus den Bergen auf die Ebene stürmten. Strabonus hatte recht. Der Riese im goldverzierten Harnisch auf dem Rapphengst mit der wallenden Seidenstandarte über dem Kopf war nicht zu verkennen. Ein Schrei bestialischer Wut drang über seine Lippen und Schaum troff in seinen Bart. Zum ersten Mal, seit er ihn kannte, sah Strabonus den Hexer die Fassung verlieren und sein Anblick jagte ihm Angst ein.

»Das ist Zauberei!«, kreischte Tsotha und krallte die Finger in seinen Bart. »Wie kann er entkommen sein und sein Reich rechtzeitig genug erreicht haben, um so schnell mit einer Armee hierher zu gelangen? Es ist Pelias' Werk! Verflucht sei er! Ich spüre, dass seine Hand im Spiel ist! Ich könnte mich selbst verwünschen, weil ich ihn nicht getötet habe, als ich die Macht dazu hatte!«

Die Könige rissen die Augen auf bei der Erwähnung des Mannes, den sie seit zehn Jahren tot geglaubt hatten, und der Schrecken, der sie erfasste, übertrug sich auf die Krieger. Alle erkannten den Reiter auf dem Rapphengst. Tsotha spürte die abergläubische Furcht der Männer und die Wut verwandelte sein Gesicht in eine teuflische Maske.

»Greift an!«, brüllte er und fuchtelte wild mit den Armen. »Wir sind immer noch stärker als sie! Auf sie! Zermalmt diese Hunde! Heute Nacht noch werden wir unseren Sieg in den Ruinen von Shamar feiern! O Set!« Er hob die Hände und rief den Schlangengott an. Selbst Strabonus erschrak über seine Worte. »Schenke uns den Sieg und ich werde dir fünfhundert sich in ihrem Blute windende Jungfrauen von Shamar opfern!«

Inzwischen hatten die Aquilonier alle die Ebene erreicht. Mit der leichten Reiterei kam ein, wie es den Anschein hatte, irregulärer Trupp auf schnellen Ponies. Ihre Reiter sprangen ab und formierten sich zu Fuß. Es waren furchtlose bossonische Bogenschützen und gut ausgebildete Lanzer von Gunderland, deren helle Locken unter den Helmen hervorlugten.

Eine bunt gemischte Armee war es, die Conan in den Stunden nach seiner Rückkehr in die Hauptstadt um sich geschart hatte. Er hatte die pellianischen Soldaten, die die äußeren Mauern von Tarantia bemannt hatten, vor dem aufgebrachten Mob gerettet und in seine Dienste genommen. Trocero hatte er einen schnellen Reiter nachgeschickt, um ihn zurückzuholen. Mit diesen Truppen als Kern seiner Armee war er südwärts geritten und hatte das Land nach Rekruten und Pferden durchkämmt. Edle von Tarantia und aus der Umgebung hatten sich ihm angeschlossen und unterwegs verlangte er von jeder Ortschaft und Burg ein Aufgebot. Trotzdem war es eine verhältnismäßig kleine Streitmacht gegen die gewaltige der Invasoren.

Neunzehnhundert gerüstete Reiter folgten ihm, von denen der Hauptteil poitanische Ritter waren. Die Überreste der Söldner und die Soldaten im Gefolge seiner ihm ergebenen

Edlen bildeten sein Fußvolk – fünftausend Bogenschützen und viertausend Lanzer. In disziplinierter Ordnung machten sie sich zum Kampf auf: voraus die Bogenschützen, dann die Lanzer und hinter ihnen im Schritt die Reiter.

Ihnen schickte Arbanus seine Streitkräfte entgegen. Die Armee der Verbündeten wälzte sich vorwärts wie ein schimmernder Ozean aus Stahl. Die Beobachter auf der Stadtmauer erzitterten, als sie dieses gewaltige Heer sahen, das um ein Vielfaches größer als das ihnen zu Hilfe kommende war. Voraus marschierten die shemitischen Bogenschützen, dichtauf die kothischen Speerkämpfer, gefolgt von Strabonus' und Amalrus' Rittern. Arbanus' Absicht war offensichtlich: Er wollte mit seinen Fußsoldaten Conans Fußtruppen hinwegfegen, um so den Weg für einen Sturmangriff seiner zahlenmäßig überlegenen schweren Reiterei frei zu haben.

Die Shemiten eröffneten den Beschuss aus einer Entfernung von fünfzehnhundert Fuß. Die Sehnen sirrten und der Pfeilhagel verdunkelte die Sonne. Die Bogenschützen aus dem Westen, die tausendjährige Erfahrung durch den erbarmungslosen Kampf gegen die piktischen Wilden hatten, schlossen scheinbar gleichmütig die Reihen, wenn einer ihrer Kameraden fiel, und ließen sich in ihrem Vormarsch nicht aufhalten. Sie waren von weit geringerer Zahl als die Shemiten, deren Bogen auch eine größere Reichweite hatten, aber in der Treffsicherheit nahmen sie es leicht mit ihren Gegnern auf. Außerdem waren sie disziplinierter, verteidigten eigenen Boden und hatten bessere Rüstungen. Als sie sich in Schussweite befanden, ließen sie ihre Pfeile schwirren und die Shemiten fielen in ganzen Reihen, denn die leichten Kettenhemden der blaubärtigen Krieger leisteten den schweren Pfeilen nicht genügend Widerstand. Die Überlebenden warfen ihre Bogen von sich und flohen. Ihre Flucht brachte Verwirrung in die dichtauf folgenden Reihen der kothischen Speerkämpfer.

Ohne die Unterstützung der Bogenschützen gingen diese

Krieger zu hunderten unter den Pfeilen der Bossonier zu Boden, und als sie verzweifelt ihre Reihen zu schließen suchten und vorwärts stürmten, sahen sie sich den Lanzen des Feindes gegenüber. Es gab keine Fußsoldaten, die es mit den wilden Gundermännern aufnehmen konnten, deren Heimat, die nördlichste Provinz Aquiloniens, nur einen Tagesritt über die Bossonischen Marken von der Grenze Cimmeriens entfernt war, und die, zum Kampf geboren und erzogen, von unverfälschtestem hyborischem Blut waren. Die kothischen Speerkämpfer, von ihren Verlusten durch den Beschuss benommen, wurden aufgerieben und fielen in ungeordneten kleinen Trupps zurück.

Strabonus tobte vor Wut, als er sah, wie seine Infanterie zurückgeschlagen wurde, und wies Arbanus an, den Befehl zum Sturmangriff zu geben. Sein Heerführer riet ihm, davon abzusehen, und wies darauf hin, dass die Bossonier sich vor der aquilonischen Reiterei neu formierten, die während des Kampfes der Fußsoldaten unbewegt abgewartet hatten. Arbanus empfahl einen zeitweiligen Rückzug, um die Ritter aus dem Westen von ihren Bogenschützen wegzulocken, aber Strabonus war blind vor Zorn. Er blickte auf die langen schimmernden Reihen seiner Reiter, dann auf die zahlenmäßig weit geringeren seiner Gegner und befahl Arbanus, das Zeichen zum Sturm zu geben.

Der Heerführer empfahl seine Seele Ischtar und blies ins Horn. Mit gesenkten Lanzen und Donnergebrüll brauste die gewaltige Heerschar über die Ebene, die unter dem ohrenbetäubenden Hufschlag erbebte. Die Rüstungen und der Stahl der Waffen blitzten und blendeten die Beobachter auf den Wachttürmen von Shamar.

Die Schwadronen spalteten die losen Reihen der Speerträger. Sie ritten Freund und Feind gleichermaßen nieder und schon brauste ihnen der Hagel bossonischer Pfeile entgegen. Über die Ebene donnerten sie gegen diesen Sturm, der ihnen fallende Ritter wie Laub im Herbst in den Weg

warf. Weitere hundert Fuß, und sie würden zwischen den Bossoniern sein und sie niedermähen. Doch Menschen aus Fleisch und Blut konnten diesem Todeshagel, der auf sie niederprasselte, nicht widerstehen. Schulter an Schulter, mit gespreizten Beinen standen die Bogenschützen und schickten jeweils mit einem kurzen tiefen Aufbrüllen ihre Salven ab.

Die vorderste Reihe der Ritter schmolz dahin. Über die pfeilgespickten Leichen ihrer Kameraden und die Kadaver der Pferde stolperte die nächste und ging ebenfalls zu Boden. Mit einem Pfeil in der Kehle stürzte Arbanus aus dem Sattel und wurde von seinem ebenfalls getroffenen Streitross zertrampelt. Verwirrung griff um sich. Strabonus erteilte einen, Amalrus einen gegensätzlichen Befehl. Und alle erfüllte die abergläubische Angst, die beim Anblick des totgesagten Conan erwacht war.

Während dieses Chaos schmetterten die Trompeten der Aquilonier und durch die sich öffnenden Reihen der bossonischen Bogenschützen stürmte die Reiterei zum Angriff.

Die feindlichen Armeen stießen mit der Heftigkeit eines Erdbebens aufeinander, das die unterwühlten Türme Shamars erschütterte. Die ungeordneten Schwadronen der Invasoren vermochten dem stählernen Keil mit seinen Speerstacheln nicht zu widerstehen, der wie ein Blitz in sie einschlug. Die langen Lanzen der Angreifer rissen die Reihen auf und die poitanischen Ritter inmitten ihrer Heerschar schwangen ihre schweren Schwerter mit beiden Händen.

Das Klirren und Krachen von Stahl klang wie eine Million Schmiedehämmer auf genauso vielen Ambossen. Den Zuschauern auf den Mauern schmerzten die Ohren – und die Augen kaum weniger, als sie diesen glitzernden Mahlstrom beobachteten, aus dem Federbüsche herausragten, blutige Standarten und immer wieder durch die Luft blitzende Klingen.

Prosperos Doppelschwert drang durch Amalrus' Schulter und warf ihn aus dem Sattel. Der Ophite starb unter trampelnden Hufen. Die Invasoren hatten die neunzehnhundert aquilonischen Ritter in ihrer Mitte, aber gegen den festen Keil, der sich immer tiefer in ihre weit loseren Reihen bohrte, kämpften die Ritter von Koth und Ophir vergebens. Der Keil war nicht zu brechen.

Die bossonischen Bogenschützen und die Gunderer mit ihren Lanzen hatten inzwischen unter den wild fliehenden kothischen Fußtruppen aufgeräumt und stürzten sich nun von außen mit Klingen und Lanzen auf den Feind.

Conan, der an der Spitze des Keiles ritt, brüllte immer wieder seinen barbarischen Schlachtruf und schwang sein mächtiges Schwert in tödlichem Bogen, dem weder stählerne Brustpanzer noch dicke Kettenhemden standhalten konnten. Geradewegs durch eine brandende Welle stahlgerüsteter Feinde ritt er und die kothischen Ritter schlossen sich hinter ihm und schnitten ihn von seinen Kriegern ab. Conan drosch nach links und nach rechts und durchbrach die Reihen durch die Kraft seiner Waffe und die Wucht seiner Schnelligkeit, bis er zu Strabonus kam, der bleich zwischen seiner Leibgarde ritt. Hier konnte die Schlacht sich noch zu seinen Gunsten entscheiden, denn mit seiner überlegenen Zahl gelang es dem kothischen König vielleicht, den Sieg an sich zu reißen.

Aber er schrie auf, als er seinen Erzfeind so dicht vor sich sah, und schlug wild mit der Streitaxt nach ihm. Sie prallte gegen Conans Helm, sodass Funken stoben. Der Cimmerier taumelte, schlug jedoch zurück. Seine fünf Fuß lange Klinge spaltete Strabonus' Helm und Schädel und dessen Streitross ging wild wiehernd mit der Leiche durch. Ein Schreckensschrei stieg aus den Reihen der Feinde auf, die zuerst zögerten und dann zurückwichen. Trocero und seine Leute kämpften sich an Conans Seite und die große Standarte Koths fiel.

Hinter den verstörten und schwer getroffenen Invasoren erhob sich plötzlich ohrenbetäubender Lärm und gleich darauf leckten Flammen gen Himmel. Die Verteidiger von Shamar hatten einen verzweifelten Ausfall gewagt und die Feinde vor ihren Toren niedergemacht; dann waren sie zu den Zelten der Belagerer gestürmt, hatten diese und die Belagerungsmaschinen in Brand gesetzt. Das gab den Invasoren den Rest. Die einst ihres Sieges so sichere Armee – oder vielmehr das, was von ihr noch übrig war – ergriff die Flucht, verfolgt von den ergrimmten Aquiloniern.

Die Fliehenden ritten zum Fluss, aber die Männer auf den Schiffen, denen die Belagerten mit Steinen und Pfeilen arg zugesetzt hatten, holten die Anker ein und überließen ihre Kameraden ihrem Schicksal. Viele von diesen erreichten das Ufer und rannten auf die Kähne, die sie zur Brücke zusammengekettet hatten, bis die Shamarer die Ketten am Ufer lösten und die Kähne davonzutreiben begannen. Von da ab wurde die Schlacht zum Gemetzel. In den Fluss getrieben, wo sie durch das Gewicht ihrer Rüstungen ertranken, oder entlang des Ufers gestellt, starben die Invasoren zu Tausenden. Genauso wenig wie sie der Zivilbevölkerung gegenüber hatten Gnade walten lassen, blieben die Sieger nun ihnen gegenüber gnädig.

Vom Fuß der Bergkette bis zu den Ufern des Tybor war die Ebene mit Leichen übersät, und auf dem Fluss, dessen Wasser rot gefärbt war, trieben die Toten. Von den neunzehnhundert Mann, die Conan in den Kampf begleitet hatten, lebten noch knapp fünfhundert, und die Zahl der gefallenen Bogenschützen und Lanzer war noch größer. Aber die gewaltigen, glänzenden Heerscharen von Strabonus und Amalrus waren völlig aufgerieben und jene, die flohen, waren weit weniger als die Toten.

Während der Kampf am Fluss noch weiterging, spielte sich der letzte Akt des grimmigen Dramas auf dem Weideland dahinter ab. Unter denen, die die Brücke noch hatten überqueren können, ehe die Kähne davontrieben, war auch Tsotha gewesen, der wie der Wind auf einem hageren, merkwürdig aussehenden Reittier dahinraste, mit dem kein gewöhnliches Pferd hätte Schritt halten können. Skrupellos Freund und Feind niederreitend, gelangte er ans andere Ufer, doch ein Blick über die Schulter zeigte ihm eine grimmige Gestalt auf einem mächtigen Rapphengst in wilder Verfolgung. Die Vertäuung war bereits gelöst und die Kähne trieben schon davon, trotzdem sprang Conans Pferd von Boot zu Boot wie von einer Eisscholle zur nächsten. Tsotha stieß eine heftige Verwünschung aus, aber der Rapphengst erreichte mit einem unbeschreiblichen Sprung das Südufer. Da floh der Hexer ins leere Weideland, doch hinter ihm her kam der König. Er ritt wie ein Besessener. Stumm schwang er das gewaltige Schwert, das Blutstropfen auf seiner Fährte zurückließ.

Weiter hetzten sie, Jäger und Gejagter. Keinen Fuß holte der Rapphengst auf, so sehr er sich auch anstrengte. Die Sonne ging unter, das Licht wurde düsterer und trügerische Schatten durchzogen das Land, durch das sie brausten. Die Kampfgeräusche waren längst hinter ihnen zurückgeblieben. Da tauchte am Himmel ein Wesen auf, das zu einem Adler anwuchs und immer größer wurde. Und dann stieß es herab, geradewegs auf Tsothas Reittier zu, das sich schreiend aufbäumte und seinen Reiter abwarf.

Der alte Tsotha erhob sich und stellte sich seinem Verfolger. Seine Augen erinnerten an die einer gereizten Schlange und sein Gesicht war eine unmenschliche Maske grauenvollen Grimmes. In jeder Hand hielt er etwas Schimmerndes – etwas Todbringendes, daran zweifelte Conan nicht.

Trotzdem schwang sich der König von seinem Rappen und ging mit klirrender Rüstung, das Schwert erhoben, auf seinen Gegner zu.

»So treffen wir uns wieder, Hexer!«, sagte er und grinste wild.

»Bleib mir vom Leib!«, heulte Tsotha wie ein Schakal. »Ich reiß dir das Fleisch von den Knochen. Du kannst mich nicht besiegen! Wenn du versuchst, mich zu zerstückeln, werden meine einzelnen Teile sich wieder vereinen und dich in die Hölle jagen! Ich sehe, dass Pelias die Hand im Spiel hat, aber ich trotze auch ihm! Ich bin Tsotha, Sohn von …«

Conan stürzte sich mit blitzendem Schwert und funkelnden Augen auf ihn. Tsothas Rechte holte aus und schoss vor. Schnell duckte der König sich. Etwas streifte seinen behelmten Kopf und explodierte hinter ihm, sodass selbst der Sand versengte und in teuflischem Feuer aufflammte. Doch ehe Tsotha auch die Kugel in seiner Linken werfen konnte, schnitt Conans Schwert durch seinen Hals. Der Kopf des Zauberers flog von seinen Schultern und die Gestalt in dem dünnen Seidengewand taumelte und brach wie betrunken zusammen. Obwohl der Kopf abgetrennt auf dem Boden lag, funkelten die schwarzen Augen in ungemindertem Hass und die Lippen verzerrten sich wild, während die Hände des Rumpfes auf grässliche Weise um sich tasteten, als suchten sie nach dem Kopf. Da stieß mit dem gewaltigen Brausen mächtiger Schwingen etwas vom Himmel herab – der Adler, der Tsothas Reittier angegriffen hatte. Mit den großen Krallen packte er den bluttriefenden Schädel und brauste damit davon. Conan stand kurz wie erstarrt, denn aus der Kehle des Adlers erschallte dröhnendes Gelächter, das genau wie Pelias' Lachen klang.

Da geschah etwas Grauenhaftes: Der kopflose Körper erhob sich und rannte auf steifen Beinen torkelnd davon, die Hände blind nach dem Punkt ausgestreckt, der sich allmählich am düsteren Himmel verlor. Mit weit aufgerissenen Augen blickte Conan ihm wie versteinert nach, bis die flinke, wenn auch taumelnde Gestalt in der Dunkelheit der weiten Wiese verschwunden war.

»Crom!« Seine breiten Schultern zuckten. »Zur Hölle mit

diesen teuflischen Fehden zwischen den Zauberern. Zwar war Pelias anständig zu mir und ich habe ihm viel zu verdanken, aber ich werde trotzdem nicht traurig sein, wenn ich ihn nie mehr wiedersehe. Da ziehe ich schon einen normalen Gegner und ein blankes Schwert vor. Verdammt! Was gäbe ich jetzt für eine Kanne Wein!«

# DIE KÖNIGIN DER SCHWARZEN KÜSTE

# I

## Conan wird Pirat

*So wie der Frühling neue Knospen bringt,*
*der Herbst die grünen Blätter niederrafft,*
*so sicher ist mein Herz noch unberührt,*
*für einen nur das Feuer meiner Leidenschaft.*

Das Lied von Bêlit

Hufe trommelten über die Straße zu den Kais. Die auf-
schreienden und zur Seite springenden Fußgänger erhaschten
nur einen flüchtigen Blick auf eine Gestalt in Rüstung auf
einem Rapphengst, deren wallender scharlachroter Umhang
im Wind hinter ihr herflatterte. Weiter entfernt auf der
Straße erschallten die Rufe und das Hufgetrappel der Verfolger, aber der Reiter warf keinen Blick zurück. Er jagte
auf den Kai hinaus und zügelte sein Tier so dicht am Rand
des Piers, dass es sich erschrocken aufbäumte. Die Seeleute,
die eben das gestreifte Segel einer hochbugigen, breitbau-
chigen Galeere setzten, starrten ihm mit offenen Mündern
entgegen. Der Schiffsherr, ein untersetzter, schwarzbärtiger

Mann, stand am Bug und stieß die Galeere mit einem Bootshaken ab. Er brüllte wütend auf, als der Reiter sich vom Sattel schwang und mit einem Riesensatz auf dem Mitteldeck landete.

»Wer hat Euch an Bord gebeten?«, schrie er aufgebracht.

»Legt schon ab!«, donnerte der Eindringling mit einer wilden Geste, bei der rote Tropfen von seinem Breitschwert sprühten.

»Aber wir segeln zu den Küsten von Kush!«, rief der Schiffsherr.

»Dann komme ich eben mit nach Kush! Legt ab, Mann!«

Der andere warf einen schnellen Blick die Straße hoch, auf der ein Trupp Reiter herangaloppierte. Ihm folgte, in noch größerer Entfernung, eine Abteilung Armbrustschützen zu Fuß.

»Könnt Ihr denn für Eure Fahrt bezahlen?«, fragte der Schiffsherr.

»Ich zahle mit blankem Stahl!«, donnerte der Mann im Kettenhemd und schwang das mächtige Schwert, das bläulich in der Sonne glitzerte. »Bei Crom, Mann, wenn Ihr Euch nicht beeilt, bade ich diese Galeere im Blut ihrer Mannschaft!«

Der Schiffsherr war ein guter Menschenkenner. Ein Blick auf das dunkle, narbenübersäte Gesicht mit dem grimmigen Ausdruck genügte ihm. Er erteilte einen scharfen Befehl und stieß den Bootshaken mit aller Kraft gegen den Kai. Die Galeere glitt hinaus ins klare Wasser. Die Ruder bewegten sich rhythmisch und schon füllte eine Bö das schimmernde Segel. Das leichte Schiff legte sich in den Wind und glitt dahin wie ein Schwan, während es immer mehr Fahrt aufnahm.

Auf dem Pier drohten die Reiter schwertfuchtelnd und befahlen brüllend, die Galeere solle wenden, während sie gleichzeitig auf die säumigen Armbrustschützen einschrien, sich zu beeilen, ehe das Schiff außer Schussweite war.

»Lasst sie wüten!«, sagte der kräftige Mann mit dem Schwert grinsend. »Haltet nur gut Kurs, Meister Steuermann!«

Der Schiffsherr stieg vom schmalen Bugdeck hinunter und zwischen den Rudererreihen hindurch zum Mitteldeck. Der Fremde lehnte dort mit dem Rücken gegen den Mast, und schaute sich mit dem Schwert in der Hand wachsam um. Der Schiffsherr wandte den Blick nicht von ihm und achtete darauf, dem langen Dolch in seinem Gürtel nicht zu nahe zu kommen. Er sah einen hochgewachsenen Mann von mächtiger Statur mit schwarzem Harnisch, brünierten Beinschienen und einem glänzenden, gehörnten Helm aus bläulichem Stahl vor sich. Über der Kettenrüstung trug der Fremde einen scharlachroten Umhang, der im Seewind von seinen Schultern flatterte. Ein breiter Chagrinledergürtel mit einer goldenen Schließe hielt die Scheide seines Breitschwerts. Unter dem Helm bildete die gerade geschnittene schwarze Mähne einen erstaunlichen Gegensatz zu den funkelnden blauen Augen.

»Wenn wir schon miteinander reisen müssen«, sagte der Schiffsherr, »sollten wir uns auch vertragen. Mein Name ist Tito, ich bin eingetragener Meisterschiffsherr der argossanischen Häfen. Ich segle nach Kush, um dort bei den schwarzen Königen Holzperlen, Seide, Zucker und Schwerter mit Messingknäufen gegen Elfenbein, Kopra, Kupfererz, Sklaven und Perlen einzutauschen.«

Der Mann mit dem Schwert schaute auf die stetig weiter zurückbleibenden Kais, wo seine Verfolger immer noch hilflos gestikulierten und offenbar Schwierigkeiten hatten, ein Schiff zu finden, das flink genug war, die schnelle Galeere einzuholen.

»Ich bin Conan, ein Cimmerier«, antwortete er. »Ich kam nach Argos, um mich hier zu verdingen, aber ohne die Aussicht auf einen Krieg sah es nicht gerade gut für mich aus.«

»Weshalb verfolgten Euch die Soldaten?«, erkundigte sich Tito. »Es geht mich ja nichts an, aber ich dachte ...«

»Ich habe nichts zu verbergen«, versicherte ihm der Cimmerier. »Bei Crom, obgleich ich schon ziemlich lange Zeit unter euch zivilisierten Menschen verbrachte, verstehe ich eure Gebräuche immer noch nicht so recht.

Nun, jedenfalls benahm sich gestern abend in einer Schenke ein Hauptmann der Königsgarde dem Mädchen eines jungen Soldaten gegenüber nicht so, wie man es von einem Offizier erwarten sollte. In seiner begreiflichen Empörung erstach der Soldat ihn. Aber offenbar gibt es hier irgendein verfluchtes Gesetz, das das Töten von Gardeoffizieren verbietet. Der Junge und das Mädchen flohen. Es sprach sich herum, dass ich mich in ihrer Gesellschaft befunden hatte, also befahl man mich heute vor Gericht und dort fragte man mich, wo der Junge sich verkrochen hätte. Aber da er mein Freund war, durfte ich ihn doch nicht verraten. Das ergrimmte den Richter und er gebrauchte viele große Worte, dass es meine Pflicht gegenüber Staat und Gesellschaft sei – und noch vieles andere, was ich nicht verstand – zu sagen, wohin der Junge geflohen wäre. Inzwischen war auch in mir der Grimm erwacht, denn ich hatte schließlich meinen Standpunkt dargelegt.

Aber ich unterdrückte meinen Zorn und hielt mich zurück. Das verärgerte den Richter offenbar so sehr, dass er behauptete, ich missachte die Ehre des hohen Gerichts, und er bestimmte, dass ich so lange im Kerker schmachten sollte, bis ich meinen Freund verriete. Als ich sah, dass er und das ganze Gericht den Verstand verloren hatten, zog ich mein Schwert und hieb es dem Richter über den Schädel, dann kämpfte ich mir den Weg aus dem Gericht. Ich stolperte über das Pferd des hohen Gerichtsherrn, das in der Nähe angebunden war, und lieh es mir aus. Ich ritt zum Pier, denn ich hoffte, ein Schiff zu finden, das mich in ein weit entferntes Land bringen würde.«

»Auch ich empfinde keine große Liebe für die Gerichte«, gestand Tito. »Zu oft schröpften sie mich, wenn reiche Kaufleute mich zu Unrecht aus diesem oder jenem Grund verklagten. Ich werde wohl einige Fragen zu beantworten haben, wenn ich wieder in diesem Hafen anlege, aber ich kann beweisen, dass ich unter Androhung von Waffengewalt dazu gezwungen wurde, Euch mitzunehmen. Steckt also Euer Schwert ruhig ein. Wir sind friedliebende Seeleute und haben nichts gegen Euch. Außerdem mag es sich als recht nützlich erweisen, einen Kämpfer wie Euch an Bord zu haben. Kommt mit mir ins Achterkastell, dann gönnen wir uns einen Krug Bier.«

»Einverstanden«, brummte der Cimmerier bereitwillig und schob sein Schwert in die Scheide.

Die *Argus* war ein kleines, robustes Schiff, typisch für die Kauffahrer, die ihre Geschäfte zwischen den Häfen von Zingara und Argos und entlang der südlichen Küsten abwickelten und sich selten aufs offene Meer wagten. Sie hatte einen hohen Bug, war breit in der Mitte und im Großen und Ganzen von angenehmer Form. Gesteuert wurde sie von dem langen Ruder am Heck und zur Fortbewegung diente in der Hauptsache das breite, gestreifte Seidensegel, das von einem Klüver unterstützt wurde. Die Ruder dienten gewöhnlich nur dazu, das Schiff aus Buchten und Mündungen zu manövrieren. Es gab zehn davon an jeder Seite, je fünf vor und hinter dem kleinen Mitteldeck. Der wertvollste Teil der Ladung war hier unter diesem und dem Vorderdeck vertäut. Die Mannschaft schlief an Deck oder zwischen den Ruderbänken, wo Segeltuchplanen sie bei schlechtem Wetter schützten. Mit zwanzig Mann an den Riemen, drei am Steuerruder und dem Schiffsherrn war die Besatzung komplett.

Aufgrund des guten Wetters kam die *Argus* rasch südwärts voran. Mit jedem Tag schien die Sonne heißer herab und so spannte man auch jetzt die Segeltuchplanen auf, die aus dem gleichen gestreiften Seidenstoff wie das schimmernde Segel waren und kaum weniger glänzten als die Goldverzierungen am Bug und entlang der Reling.

Die Küste von Shem kam in Sicht, ein weites welliges Grasland, und dahinter in der Ferne die weißen Zinnen der Stadttürme. Reiter mit blauschwarzen Bärten und Hakennasen beobachteten misstrauisch vom Rücken ihrer Pferde aus die Galeere. Sie legte hier auch nicht an. Beim Handel mit den wilden, wachsamen Söhnen Shems war nicht viel zu holen.

Genauso wenig fuhr Meister Tito in die breite Bucht ein, wo der Styx seine gewaltigen Fluten in den Ozean ergoss und die wuchtigen schwarzen Burgen der Khemi über das blaue Wasser ragten. Schiffe wagten sich selten ungebeten in diesen Hafen, wo schwarze Magier hinter dichtem Opferrauch ihre schrecklichen Zauber wirkten – hinter diesem Rauch, der immer und zu aller Zeit von den blutbefleckten Altären aufstieg, auf denen nackte Frauen ihre Furcht hinausschrien und wo Set, die Alte Schlange, der Gott der Stygier, sich angeblich mit seinem schuppenglitzernden Leib durch die Reihen seiner Anbeter schlängelte.

Meister Tito machte einen weiten Bogen um diese verträumte Bucht mit ihrem glasklaren Wasser, obgleich von einer befestigten Landspitze eine Gondel mit schlangenverziertem Bug herausglitt und nackte dunkle Frauen mit großen roten Blumen im Haar die Seeleute riefen und mit schamlosen Posen lockten.

Nun ragten auf dem Festland keine glitzernden Türme mehr in den Himmel. Das Schiff hatte die Südgrenze Stygiens passiert und die Küste von Kush erreicht. Das Meer war für Conan, der in den schroffen Bergen des nordischen Hochlands geboren war, ein nie endendes Rätsel. Und von den rauen Seeleuten hatten nur wenige je einen aus seinem Volk gesehen, deshalb zeigten sie großes und unverhohlenes Interesse an ihm.

Sie waren typische argossanische Matrosen, untersetzt und von kräftigem Körperbau. Trotzdem würden nicht einmal zwei von ihnen so viel Kraft aufbringen wie der Cimmerier allein, der um ein gutes Stück größer war als sie. Sie waren hart und zäh, aber er hatte die Ausdauer und die Vitalität des Wolfes. Das harte Leben in seinem heimatlichen Ödland hatte seine Muskeln und Nerven gestählt. Er lachte schnell, war jedoch auch genauso schnell ergrimmt und schrecklich in seinem Zorn. Er war ein ausdauernder Zecher, starke Getränke waren seine Leidenschaft – und seine Schwäche zugleich. Auch wenn er in mancher Weise naiv wie ein Kind war, und unvertraut mit den Feinheiten der Zivilisation, war er doch von Natur aus intelligent, auf seine Rechte bedacht und so gefährlich wie ein hungriger Tiger. Trotz seiner jungen Jahre verfügte er über große Erfahrung im Kämpfen; und er war schon weit herumgekommen. Letzteres verriet seine aus vielen Ländern stammende Kleidung. Er trug den gehörnten Helm der goldhaarigen Æsir von Nordheim; sein Harnisch und die Beinschienen waren beste kothische Arbeit; die feine Kettenrüstung, die seine Arme und Beine schützte, stammte aus Nemedien; die Klinge an seinem Gürtel war ein mächtiges aquilonisches Breitschwert; und der Stoff seines prächtigen, scharlachroten Umhangs konnte nur auf einem ophireanischen Webstuhl entstanden sein.

Immer weiter südwärts kamen sie. Meister Tito begann Ausschau nach den von hohen Mauern umgebenen Siedlungen der Schwarzen zu halten, aber alles, was sie fanden, waren rauchende Trümmerhaufen an einer Bucht und verstreut herumliegende schwarze Leichen.

Tito fluchte. »Ich machte hier gewöhnlich gute Geschäfte«, brummte er. »Es ist das Werk von Piraten.«

»Was geschieht, wenn wir mit ihnen zusammenstoßen?«, fragte Conan und griff unwillkürlich nach dem Schwert.

»Meine Galeere ist kein Kriegsschiff. Wir kämpfen nicht,

wir segeln davon. Aber falls es ihnen doch gelingen sollte, uns zu nahe zu kommen, wissen wir uns schon unserer Haut zu wehren. Es wäre nicht das erste Mal, dass wir Seeräuber in die Flucht schlagen, und wir schaffen es sicher wieder, außer wir bekommen es mit Bêlits *Tigerin* zu tun.«

»Wer ist Bêlit?«

»Die wildeste Teufelin, für die sich noch kein Strick fand. Falls ich die Spuren richtig las, waren es ihre Henkers-knechte, die die Siedlung an der Bucht überfielen. Ich hoffe, ich sehe sie einmal von der Rah baumeln! Man nennt sie die Königin der schwarzen Küste – eine Shemitin, die eine Mannschaft von Schwarzen um sich geschart hat. Sie ist eine Geißel der Seefahrt und hat schon so manchen guten Kauffahrer auf den Grund des Meeres geschickt.«

Tito holte gesteppte Wämser, stählerne Kappen, Pfeile und Bogen aus dem Achterkastell.

»Hat wenig Sinn, uns zu wehren, falls sie uns entern«, brummte er. »Aber es täte in der Seele weh, das Leben kampflos aufzugeben.«

Gegen Sonnenuntergang rief der Ausguck eine Warnung. Um die Landspitze einer Insel an Steuerbord glitt eine lange, schlanke Galeere, deren erhöhtes Deck vom Bug bis zum Heck verlief. Vierzig Ruder an jeder Seite trugen sie schnell durchs Wasser. An der niedrigen Reling standen dicht gedrängt nackte Schwarze, die ein Lied grölten und dazu im Takt mit ihren Speeren auf ovale Schilde schlugen. Eine blutrote Fahne flatterte von der Mastspitze.

»Bêlit!«, rief Tito erblassend. »Yare! Sofort wenden! In die Bucht! Wenn wir das Land erreichen, ehe sie uns ein-holt, haben wir noch eine Chance, mit dem Leben davonzu-kommen!«

Also wendete die *Argus* und jagte auf die Brandung zu, die sich gegen die palmenbewachsene Küste warf. Tito rannte auf und ab und trieb die keuchenden Ruderer zu noch größerer Anstrengung an. Die schwarzen Barthaare des Schiffsherrn schienen sich aufzustellen, seine Augen funkelten.

»Gebt mir einen Bogen!«, bat Conan. »Es ist zwar nicht die Art von Waffe, der ich den Vorzug gebe, aber ich habe das Bogenschießen bei den Hyrkaniern gelernt. Es müsste schon dumm zugehen, wenn ich nicht einen oder zwei der Burschen auf jenem Deck erwischen kann.«

Vom Heckkastell aus beobachtete er das schlangengleiche Schiff, das mit unvorstellbarer Leichtigkeit durchs Wasser schnitt. Auch wenn er als Nichtseemann keinerlei Erfahrung mit Schiffen hatte, war ihm klar, dass die *Argus* dieses Wettrennen nicht gewinnen konnte. Schon jetzt zischten Pfeile vom Piratendeck kaum zwanzig Schritt hinter dem Heck ins Wasser.

»Wir stellen uns ihnen besser«, knurrte der Cimmerier, »sonst sterben wir noch alle mit einem Schaft im Rücken, ohne selbst auch nur das Schwert erhoben zu haben.«

»Legt euch in die Riemen!«, brüllte Tito und hob verzweifelt die mächtigen Fäuste. Die bärtigen Ruderer brummten, aber sie strengten sich noch mehr an. Ihre Muskeln sprengten schier die Haut und der Schweiß lief ihnen in Strömen über Gesicht und Oberkörper. Die Balken der stabil gebauten kleinen Galeere knarrten und ächzten, als die Männer sie geradezu durch das Wasser rissen. Der Wind hatte sich gelegt und so hing das Segel schlaff herab. Immer näher kamen die unerbittlichen Verfolger. Die *Argus* befand sich noch eine gute Meile außerhalb der Brandung, als einer der Steuermänner würgend über die Ruderpinne fiel. Ein langer Pfeilschaft ragte aus seinem Hals. Tito beeilte sich, seinen Platz einzunehmen, und Conan spreizte die Beine auf dem schaukelnden Deck und hob seinen Bogen. Er konnte auf dem Piratenschiff bereits Einzelheiten erkennen. Die Ruderer waren durch eine Reihe erhöhter Schilde entlang der Schiffsseiten geschützt, aber die auf dem Deck herumtanzende Entermannschaft war ungeschützt. Die Piraten trugen eine Art Kriegsbemalung und einen Federschmuck auf dem Kopf. Erwartungsvoll schwangen sie Speere und gefleckte Schilde.

Auf einer erhöhten Plattform am Bug stand eine Gestalt, deren weiße Haut einen aufregenden Gegensatz zu dem glänzenden Schwarz um sie herum bildete. Das war zweifellos Bêlit. Conan zog den Pfeilschaft bis ans Ohr – doch dann hielt etwas seine Hand zurück; statt auf Bêlit zu schießen, zielte er auf einen hochgewachsenen Speerträger mit Federbusch neben ihr.

Immer näher kam die Piratengaleere dem kleineren Schiff. Es hagelte Pfeile auf die *Argus,* und die Luft hallte von den Schreien der Getroffenen wider. Alle drei Steuermänner lagen gespickt wie Igel auf dem Deck. Tito bediente das Ruder nun allein, während er die schwärzesten Flüche ausstieß und die Muskeln wie Stränge aus den weit gespreizten Beinen traten. Aber schließlich ging auch er mit einem Pfeil im tapferen Herzen zu Boden. Die *Argus* kam vom Kurs ab und rollte hilflos in der Brandung. Die Ruderer schrien in ihrer Verwirrung. Sofort übernahm Conan das Kommando.

»Auf, Jungs!«, brüllte er und schickte einen weiteren Pfeil ab. »Nehmt eure Klingen und zeigt den Hunden, was in euch steckt, ehe sie uns die Kehlen durchschneiden. Sinnlos, euch weiter in die Riemen zu legen, sie entern, ehe wir noch fünfzig Fuß weiterkommen!«

Mit dem Mut der Verzweiflung griffen die Ruderer nach ihren Waffen. Es war eine tapfere Geste, aber sie nutzte nichts. Es blieb ihnen gerade noch Zeit für eine Pfeilsalve, da hatten die Piraten sie bereits erreicht. Ohne Steuermann am Ruder drehte die *Argus* breitseits, und der mit Stahl gepanzerte Bug des Piraten krachte mittschiffs in sie. Enterhaken bohrten sich in ihre Seite. Von der hohen Reling schickten die schwarzen Seeräuber eine Salve Pfeile herunter, die durch die gesteppten Wämser der Getroffenen drangen, und dann sprangen sie mit Speeren in den Händen selbst herab, um ihr mörderisches Werk zu vollenden. Auf dem Deck des Piraten lag etwa ein halbes Dutzend Leichen, ein Beweis für Conans Schießkünste.

Der Kampf auf der *Argus* war kurz und blutig. Die untersetzten Seeleute waren keine Gegner für die hoch gewachsenen Barbaren und wurden bis auf den letzten Mann niedergemacht. Nur an einer Stelle des Schiffes hatte das Handgemenge eine unerwartete Wendung genommen. Conan, der auf dem Dach des Heckkastells stand, befand sich in gleicher Höhe mit dem Deck des Piraten. Als der Bug mit dem Stahlmantel sich in die *Argus* bohrte, wappnete er sich breitbeinig gegen den Aufprall und warf seinen Bogen von sich. Einen hochgewachsenen Seeräuber, der sich über die Reling schwang, traf Conans Schwert noch im Sprung und durchtrennte ihn in der Mitte. Dann schnellte der Cimmerier sich an Deck der *Tigerin* und hieb mit einer so ungeheuren Wut um sich, dass ein ganzer Haufen der Piraten tot auf den Planken lag, bevor sie überhaupt wussten, was los war.

Bald war er der Mittelpunkt eines Orkans aus stechenden Speeren und wild geschwungenen Keulen. Aber er bewegte sich mit solch geschmeidiger Behändigkeit, dass die Speere an seiner Rüstung abglitten, sie nur verbeulten oder wirkungslos durch die Luft zischten, während sein Schwert ein Todeslied sang. Seine Kampfeslust hatte ihn gepackt und mit unvorstellbarem Grimm und funkelnden Augen spaltete er Schädel, zerschmetterte Rippen, durchtrennte Gliedmaßen, durchbohrte Herzen, bis die Toten sich rings um ihn häuften.

Er kämpfte sich zum Mast vor, gegen den er sich lehnte, unverwundbar in seiner Rüstung, und machte Mann um Mann ein Ende, bis seine Gegner schließlich, keuchend vor Wut und Furcht, vor ihm zurückwichen. Dann, als sie ihre

Speere hoben, um sie auf ihn zu schleudern, spannte er sich zum Sprung, um so viele Piraten wie möglich mit in den Tod zu reißen. Aber da gebot ein schriller Ruf den erhobenen Armen Einhalt. Wie Statuen standen die schwarzen Giganten mit den wurfbereiten Speeren und der Cimmerier mit der bluttriefenden Klinge.

Bêlit sprang vor die Schwarzen und riss ihre Speere herab. Mit wogendem Busen und blitzenden Augen drehte sie sich zu Conan um. Etwas griff nach seinem Herzen und Staunen erfüllte ihn. Die Frau vor ihm war schlank und gewachsen wie eine Göttin: gleichzeitig grazil und üppig an den richtigen Stellen. Ihr einziges Kleidungsstück war ein breiter Seidengürtel. Ihre elfenbeinfarbenen Gliedmaßen und die wie Elfenbein schimmernden Halbkugeln ihrer Brüste erweckten eine heftige Leidenschaft in dem Cimmerier, stärker selbst als die Kampfeslust. Ihr volles glänzendes Haar, so schwarz wie eine stygische Nacht, fiel in weichen Wellen über den sanft geschwungenen Rücken. Ihre dunklen Augen ruhten brennend auf Conan.

Sie war so ungezähmt wie der Wüstenwind, so geschmeidig und gefährlich wie eine Raubkatze. Ohne auf seine mächtige Klinge zu achten, von der das Blut ihrer Krieger tropfte, stellte sie sich so dicht vor ihn, dass ihre Hüfte es sogar streifte. Ihre roten Lippen öffneten sich, als sie in seine düsteren, drohenden Augen blickte.

»Wer bist du?«, fragte sie. »Bei Ischtar, nie sah ich deinesgleichen, obwohl ich die See von den Küsten Zingaras bis zu den Feuern des tiefsten Südens befahren habe. Woher kommst du?«

»Aus Argos«, sagte er kurz, auf jede Heimtücke vorbereitet. Sollten ihre Finger sich dem juwelenbesetzten Dolch in ihrem Gürtel nähern, würde ein Hieb mit dem Handrücken sie bewusstlos auf das Deck schleudern. Aber im Grunde befürchtete er nichts von ihr. Er hatte schon zu viele

Frauen, aus zivilisierten wie barbarischen Ländern, in den muskulösen Armen gehalten, um das Feuer nicht zu erkennen, das in den Augen dieser Piratenkönigin brannte.

»Du bist kein weichlicher Hyborier!«, sagte sie. »Du bist wild und hart wie der graue Wolf. Nie raubten die Lichter der Stadt diesen Augen die Schärfe, noch erschlafften diese Muskeln je durch ein Leben zwischen Marmorwänden.«

»Ich bin Conan, ein Cimmerier«, brummte er.

Die Menschen des heißen Südens erachteten die nordischen Lande als ein fast mythisches Gebiet, in dem wilde, blauäugige Riesen hausten, die von Zeit zu Zeit mit Feuer und Schwert aus ihren eisigen Weiten herabstiegen. Doch ihre Raubzüge hatten sie nie nach Shem geführt, und so machte diese Tochter Shems keinen Unterschied zwischen Æsir, Vanir oder Cimmerier. Mit dem untrüglichen Instinkt des ewigen Weibes wusste sie sofort, dass sie einen ihr ebenbürtigen Mann gefunden hatte, und für sie spielte seine Herkunft keine Rolle. Und die Tatsache, dass er aus einem so fernen, fremdartigen Land kam, machte ihn nur noch interessanter.

»Und ich bin Bêlit!«, rief sie, wie eine andere vielleicht sagen würde: »Ich bin die Königin!«

»Sieh mich an, Conan!« Sie breitete die Arme aus. »Ich bin Bêlit, Königin der Schwarzen Küste. O Tiger des Nordens, du bist kalt wie die schneebedeckten Berge, die dich hervorbrachten. Nimm mich und überwältige mich mit deiner wilden Liebe! Geh mit mir ans Ende der Welt und ans Ende des Meeres. Feuer, Stahl und Kampf machten mich zur Königin – sei du mein König!«

Sein Blick schweifte über die zum größten Teil verwundeten Piraten und suchte in ihren Mienen nach Empörung oder Eifersucht. Doch nichts dergleichen drücksten sie aus. Die Kampfeswut war aus ihren ebenholzfarbenen Gesichtern verschwunden. Da wurde ihm klar, dass Bêlit für diese Männer mehr als eine Frau war. Sie war ihre Göttin, deren

Wunsch und Wille für sie als Gesetz galten. Er schaute auf die *Argus*. Sie schaukelte auf der Seite liegend in den blutschäumenden Wellen, die über ihr Deck spülten. Nur noch die Enterhaken verhinderten ihr Versinken. Er blickte auf die blau umsäumte Küste, auf den fernen grünen Dunst des Meeres und auf die glutvolle Gestalt vor sich – und sein Barbarenherz schlug schneller. Diese blau schimmernden Weiten mit der weißhäutigen jungen *Tigerin* zu durchsegeln, zu lieben, zu lachen, herumzukommen, zu plündern …

»Ich werde mit dir kommen«, brummte er und schüttelte die roten Tropfen von seiner Klinge.

»He, N'Yaga!« Bêlits Stimme sang wie eine Sehne. »Hol Kräuter und versorg die Wunden deines Herrn! Ihr anderen bringt die Beute an Bord und legt ab!«

Während Conan mit dem Rücken gegen die Achterreling lehnte und der alte Schamane die nicht allzu tiefen Verletzungen an Armen und Beinen behandelte, wurde die Ladung der *Argus* auf die *Tigerin* geschafft und in kleinen Kabinen unter Deck verstaut. Die Leichen der Mannschaft und der gefallenen Piraten warf man den Haien zum Fraß vor, während die verwundeten Schwarzen mittschiffs zum Verbinden gebracht wurden. Dann löste die Besatzung die Enterhaken, und als die *Argus* gluckernd im blutbefleckten Wasser verschwand, brach die *Tigerin* südwärts auf.

Die Piratengaleere glitt über die glasig blaue Tiefe. Nach einer Weile kam Bêlit zum Heck. Ihre Augen brannten wie die einer Raubkatze im Dunkeln. Sie nahm ihren Schmuck, die Sandalen, den Seidengürtel ab und warf alles vor Conans Füße. Dann stellte sie sich auf die Zehenspitzen, breitete die Arme aus und erbebte in ihrer weißen Blöße, während sie ihrer Mannschaft zurief: »Wölfe der blauen See, schaut nun den Tanz – den Hochzeitstanz Bêlits, deren Väter Könige von Asgalun waren!«

Sie tanzte wie der wirbelnde Wüstenwind, wie die lodernde, unlöschbare Flamme, wie die Paarung von

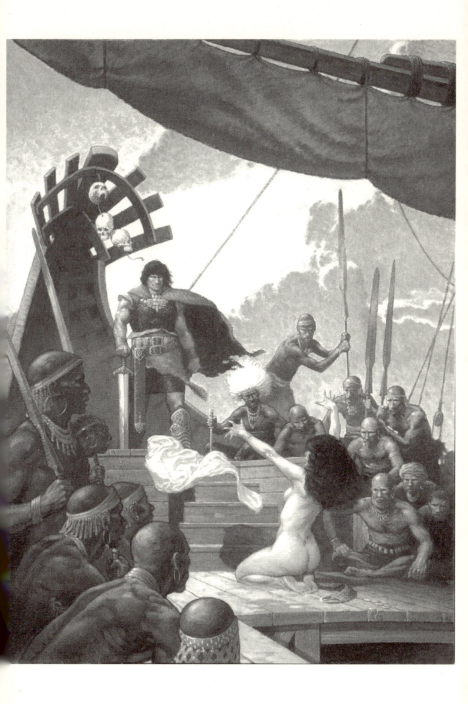

Ursprung und Ende. Ihre weißen Füße schienen über dem blutbesudelten Deck zu schweben. Die Sterbenden vergaßen den Tod, während ihr Blick bewundernd an ihr hing. Als die Sterne durch den samtig blauen Dunstbehang schimmerten und ihr Schein Bêlits Körper in wirbelndes Feuer zu verwandeln schien, warf sie sich mit einem wilden Schrei zu Conans Füßen nieder. Die übermächtige Flut seines Verlangens schwemmte alles andere hinweg und er presste die bebende Gestalt an den schwarzen Harnisch.

## II

### DER SCHWARZE LOTUS

*In diesem zerfallenden Bollwerk aus Fels*
*war ihr Blick gefangen in unheiligem Schein.*
*Und ein seltsamer Grimm loderte hoch in mir,*
*als hätt' ich ihr Herz nun nicht mehr allein.*

Das Lied von Bêlit

DIE *TIGERIN* DURCHSTREIFTE das Meer und verbreitete Furcht und Schrecken in den Dörfern der Schwarzen. Trommeln dröhnten die ganze Nacht hindurch und trugen die Kunde von Ort zu Ort, dass die Teufelin einen Gefährten gefunden hatte, einen Mann aus Eisen, dessen Grimm dem des verwundeten Löwen glich. Die Überlebenden von ausgeplünderten stygischen Schiffen verfluchten Bêlit und diesen weißen Krieger mit den wilden blauen Augen, sodass die Erinnerung an diesen Mann sich den stygischen Prinzen tief einprägte und zu einem bitteren Baum wurde, der in den kommenden Jahren blutige Früchte trug.

Aber so achtlos wie der unaufhaltbare Wind kreuzte die

*Tigerin* vor den südlichen Küsten, bis sie schließlich an der Mündung eines breiten düsteren Flusses Anker warf, dessen dschungelüberwucherte Ufer ungeahnte Geheimnisse bargen.

»Das ist der Zarkheba, der Tod«, sagte Bêlit. »Sein Wasser ist Gift. Siehst du, wie dunkel und schlammig es ist? Die Schwarzen bleiben ihm fern. Einmal floh eine stygische Galeere vor mir den Fluss hinauf und verschwand. Ich ankerte genau hier an dieser Stelle und wartete. Ein paar Tage später trieb sie den Fluss herab. Ihre Decks waren leer und blutbesudelt. Nur ein einziger Mann war an Bord, doch der Wahnsinn hatte nach ihm gegriffen und er starb, sinnloses Zeug plappernd. Die Fracht war unversehrt, doch die Mannschaft war auf gespenstische Weise verschwunden.

Liebster, ich glaube, dass sich irgendwo an diesem Fluss eine Stadt befindet. Ich hörte von Seeleuten, die sich ein Stück den Fluss hinaufgewagt hatten, dass sie in der Ferne hohe Türme und mächtige Mauern sahen, aber ihre Furcht war zu groß, sich ihnen zu nähern. Wir jedoch kennen keine Angst, Conan. Lass uns die Stadt plündern!«

Conan willigte ein. Er war fast immer mit Bêlits Vorschlägen einverstanden. Sie war der Kopf, der die Pläne schmiedete, er der Arm, der sie ausführte. Es war ihm gleich, wohin sie segelten und gegen wen sie kämpften, solange sie überhaupt segelten und kämpften. Ihm gefiel dieses Leben.

Ständige Überfälle und Raubzüge hatten die Reihen ihrer Mannschaft gelichtet. Nur etwa achtzig Speerkämpfer waren ihnen geblieben, kaum genug, um die lange Galeere in Bewegung zu halten. Aber Bêlit nahm sich nicht die Zeit für die lange Fahrt in den Süden zu den Inselkönigreichen, wo sie gewöhnlich ihre Besatzung anheuerte. Sie dachte im Augenblick an nichts anderes als an ihren bevorstehenden Raubzug. Und so glitt die *Tigerin* in die Flussmündung und die Ruderer legten sich schwer in die Riemen, um gegen die starke Strömung anzukämpfen.

Sie umruderten die geheimnisvolle Biegung, die den Blick zur See nahm. Gegen Sonnenuntergang kämpften sie immer noch gegen die Strömung an und wichen den zahllosen Sandbänken aus, auf denen sich fremdartige Reptilien ringelten. Aber kein einziges Krokodil war zu sehen, keine Vierbeiner oder Vögel, die zur Tränke ans Ufer kamen. Weiter ruderten sie durch die Schwärze, die dem Mondaufgang vorherging. Die Ufer schienen Palisaden der Finsternis zu sein. Geheimnisvolles Rascheln und schleichende Schritte waren dahinter zu hören, hin und wieder war das Schimmern grimmiger Augen zu sehen. Und einmal erhob sich eine nichtmenschliche Stimme in keckerndem Spott. Es war der Schrei eines Affen, erklärte Bêlit und fügte hinzu, dass die Seelen böser Menschen zur Strafe für immer in den Körpern dieser menschenähnlichen Tiere gefangen wären. Aber Conan glaubte es nicht so recht, denn einmal hatte er in einer hyrkanischen Stadt ein Tier mit unvorstellbar traurigen Augen in einem goldenen Käfig gesehen und man hatte ihm gesagt, es sei ein Affe. Doch an ihm war nichts von dieser dämonischen Bösartigkeit gewesen, die in dem kreischenden Gelächter des Dschungelwesens erklungen war.

Der Mond ging auf wie ein frischer Blutfleck auf schwarzem Tuch und der Dschungel erwachte, um ihn lautstark zu begrüßen. Brüllen, Heulen und Schrillen ließen die schwarzen Krieger erzittern. Aber all dieser ohrenbetäubende Lärm kam, wie Conan bemerkte, von weit aus dem Innern des Dschungels. Es war, als scheuten die Tiere die düsteren Fluten des Zarkheba nicht weniger als die Menschen.

Über die dichten finsteren Wipfel und die sich wiegenden Farnwedel hinweg warf der Mond seinen Silberschein auf den Fluss, sodass das Kielwasser der *Tigerin* zu einem sich verbreiternden glitzernden Pfad wie aus zerplatzenden Juwelen wurde. Die Ruder tauchten in das phosphoreszierende Gewässer und kamen in frostigen Silberschaum gehüllt hoch. Die Federbüsche auf den Köpfen der Krieger wiegten sich im Wind und die Edelsteine an den Schwertknäufen und Rüstungen funkelten.

Das kalte Licht ließ die Steine des Diadems in Bêlits schwarzen Locken in eisigem Feuer brennen, als die Piratin sich anmutig auf dem Leopardenfell ausstreckte, das sie auf dem Deck ausgebreitet hatte. Sie stützte sich auf einen Ellbogen und ihr Kinn ruhte auf der schlanken Hand. Sie schaute Conan an, der es sich neben ihr bequem gemacht hatte, und strich seine im Wind flatternde Mähne aus dem Gesicht zurück. Bêlits Augen glitzerten wie dunkle Juwelen im Mondschein.

»Geheimnisse und Schrecken sind rings um uns, Conan«, murmelte sie, »und wir rudern in das Reich des Grauens und Todes. Fürchtest du dich?«

Ein Achselzucken war seine Antwort.

»Auch ich habe keine Angst«, fuhr sie nachdenklich fort. »Ich fürchtete mich nie. Oft schon schaute ich dem Tod ins Auge. Conan, fürchtest du die Götter?«

»Ich möchte nicht auf ihre Schatten treten«, antwortete der Cimmerier bedächtig. »Manche Götter haben die Kraft zu zerstören, andere helfen den Menschen, das behaupten jedenfalls ihre Priester. Der Mitra der Hyborier muss ein starker Gott sein, denn seine Anhänger erbauten ihre Städte auf der ganzen Welt. Aber selbst die Hyborier fürchten Set. Und Bel, der Gott der Diebe, ist ein guter Gott. Als ich Dieb in Zamora war, hörte ich viel über ihn.«

»Was ist mit deinen eigenen Göttern? Nie hast du ihre Namen in den Mund genommen.«

»Der höchste ist Crom. Er lebt auf einem himmelhohen Berg. Aber was sollte es nutzen, ihn anzurufen? Es ist ihm gleichgültig, ob die Menschen leben oder sterben. Es ist besser, seine Aufmerksamkeit gar nicht erst auf sich zu lenken, denn er schickt Verderben, keine Hilfe oder irdischen Güter. Er ist grimmig und kennt die Liebe nicht. Doch er haucht dem Neugeborenen die Kraft zu streben und zu kämpfen ein. Wer kann mehr von den Göttern verlangen?«

»Aber was ist mit den Welten jenseits des Todesflusses?«, fragte Bêlit beharrlich.

»Im Glauben meines Volkes gibt es keine Hoffnung, weder für das Heute noch auf ein Leben nach dem Tod«, antwortete Conan. »In diesem Leben kämpfen und leiden die Menschen vergebens und finden ihre Freude nur im Wahnsinn der Schlacht. Und wenn sie sterben, wandern ihre Seelen für alle Ewigkeit durch ein graues Nebelreich mit tief hängenden Wolken und eisigen Winden.«

Bêlit schauderte. »Das Leben, auch wenn es wenig zu bieten hat, ist besser als ein solches Geschick. Woran glaubst du, Conan?«

Er hob die Schultern. »Ich habe viele Götter kennengelernt. Wer sie verleugnet, ist so blind wie der, der sich zu sehr auf sie verlässt. Ich versuche nicht, über den Tod hinauszuschauen. Vielleicht liegt hinter ihm die Schwärze, wie nemedische Skeptiker behaupten, oder Croms eisiges Wolken- und Nebelreich oder aber auch die weiten Säle der Walhall der Nordheimer. Ich weiß es nicht, es kümmert mich auch nicht. Ich möchte das Leben, solange es mir gehört, in tiefen Zügen trinken. Ich möchte saftiges Fleisch genießen und schweren Wein, möchte sanfte weiße Arme um mich spüren und mich am Kampf begeistern, wenn die blauen Klingen sich rot färben. Ja, dann bin ich zufrieden. Sollen doch die Weisen, Priester und Philosophen sich den Kopf über Wirklichkeit und Illusion zerbrechen. Ich weiß nur eines: Wenn das Leben eine Illusion ist, dann bin ich es nicht weniger und somit wäre auch die Illusion für mich Wirklichkeit. Ich lebe und das Leben brennt heiß in mir; ich liebe, ich kämpfe, ich bin zufrieden.«

»Aber die Götter sind wirklich«, murmelte Bêlit und hing ihren eigenen Gedanken nach. »Und über ihnen allen stehen die Götter der Shemiten: Ischtar und Aschtoreth, Derketo und Adonis. Auch Bel ist shemitisch, denn er wurde vor undenklicher Zeit im alten Shumir geboren, aus dem er lachend, mit lockigem Bart und verschmitzten Augen auszog, um längst vergessenen Königen die Schätze zu stehlen.

Es gibt ein Leben nach dem Tod, das weiß ich, und ich bin mir auch sicher, Conan von Cimmerien«, sagte sie, erhob sich auf die Knie und legte leidenschaftlich die Arme um ihn, »dass meine Liebe stärker als der Tod ist. Ich habe in deinen Armen gelegen und unter dem Feuer unserer Liebe gestöhnt. Du hast mich gehalten, mich an dich gedrückt und erobert, hast meine Seele mit der Heftigkeit deiner fordernden Lippen an dich gezogen. Mein Herz ist mit deinem verschmolzen, meine Seele Teil der deinen. Hätte der Tod bereits nach mir gegriffen und du kämpftest um dein Leben, so würde ich von überallher dir zur Hilfe eilen – ob mein Geist nun unter den Purpursegeln auf der Kristallsee des Paradieses dahintriebe oder sich in den geschmolzenen Flammen der Hölle wände! Ich bin dein und selbst alle Götter zusammen mit ihren Ewigkeiten können uns nicht trennen!«

Ein schriller Schrei drang vom Ausguck am Bug zu ihnen. Conan schob Bêlit zur Seite und sprang hoch. Sein Schwert glitzerte im Mondlicht. Seine Haare richteten sich im Nacken auf bei dem Anblick, der sich ihm bot. Der schwarze Krieger baumelte von einem dunklen, biegsamen Baumstamm, der sich über die Reling bog. Erst beim zweiten Blick erkannte der Cimmerier, dass es gar kein Baumstamm, sondern eine gewaltige Schlange war, die sich am Bug hochgewunden hatte und den bedauernswerten Schwarzen mit den Zähnen festhielt. Ihre nassen Schuppen blitzten im Mondschein, als sie sich hoch über das Deck hob, während ihr Opfer brüllte und sich wie eine Maus in den Fängen eines Pythons wand. Conan stürmte zum Bug. Ein Hieb seines mächtigen Schwertes durchtrennte fast vollständig den gewaltigen Schlangenleib, der dicker als der Körper eines Mannes war. Blut spritzte über die Reling. Das sterbende Ungeheuer krümmte sich darüber und peitschte, immer noch mit seinem Opfer im Rachen, im Todeskampf das Wasser, bis schließlich Mann und Schlange gemeinsam unter blutigem Gischt verschwanden.

Von da an übernahm Conan die Ausguckwache selbst, doch keine weiteren Bestien kamen aus den schlammigen Tiefen gekrochen, und als der Morgen über dem Dschungel graute, sah er die schwarzen Zinnen hoher Türme über den Bäumen aufragen. Er rief Bêlit, die in seinen scharlachroten Umhang gehüllt auf Deck geschlafen hatte. Sie eilte mit blitzenden Augen an seine Seite und öffnete schon die Lippen, um ihren Männern zu befehlen, Bogen und Speere aufzunehmen, als ihre schönen Augen sich weiteten.

Was hier vor ihnen lag, nachdem sie eine dschungel-überwucherte Landspitze umrundet hatten und sich dem landeinwärts windenden Ufer näherten, war eine Geister-stadt. Unkraut und üppiges Schilf wucherten zwischen den Steinblöcken des geborstenen Kais und hatten das Pflaster gesprengt, das einst breite Straßen, riesige Plätze und geräu-mige Höfe bedeckt hatte. Von allen Seiten, außer vom Fluss her, hatte der Dschungel die Stadt bereits eingeschlossen, hatte eingestürzte Säulen und Trümmerhaufen mit giftigem Grün überzogen. Da und dort hoben schiefe Türme sich wie trunken dem Morgenhimmel entgegen und geborstene Pfeiler ragten aus zerfallenden Mauern. In der Stadtmitte erhob sich aus der Spitze einer Marmorpyramide eine schlanke Säule. Darauf kauerte etwas, das Conan für eine Skulptur hielt, bis seine scharfen Augen entdeckten, dass es sich bewegte.

»Es ist ein großer Vogel«, sagte einer der Piraten am Bug.

»Es ist eine riesige Fledermaus«, widersprach ein anderer.

»Es ist eine Waffe«, sagte Bêlit.

In diesem Moment breitete das Geschöpf mächtige Schwingen aus und flatterte in den Dschungel.

»Ein geflügelter Affe«, murmelte der alte N'Yaga beunruhigt. »Es wäre klüger gewesen, uns selbst die Kehlen durchzuschneiden, als hierher zu kommen. Geister hausen hier.«

Bêlit lachte über die abergläubischen Ängste. Sie befahl, die Galeere zu den zerfallenen Kais zu rudern und dort zu vertäuen. Sie sprang als Erste auf den Pier. Conan folgte ihr dichtauf und etwas zögernd gingen die ebenholzfarbenen Piraten an Land. Ihre weißen Federbüsche wogten im Morgenwind, sie hielten ihre Speere fest in den Händen und immer wieder warfen sie besorgte Blicke auf den Dschungel rundum.

Drückende Stille, so unberechenbar wie eine schlafende Schlange, hing über der Stadt, aber es schien Bêlit nicht zu stören. In ihrer vibrierenden Lebendigkeit bildete ihre geschmeidige Elfenbeingestalt in den Ruinen einen malerischen Gegensatz zu dem Zerfall und der Trostlosigkeit ringsum. Langsam hob die Sonne sich über den Dschungel und überflutete die Türme mit einem stumpfen Gold, in dem die Mauern dunkle Schatten warfen. Bêlit deutete auf einen schlanken runden Turm, der auf einem verrotteten Fundament zu schwanken schien. Breite, gespaltene und mit Gras überwucherte Steinplatten führten zu ihm empor. Zu beiden Seiten lagen eingestürzte Säulen und unmittelbar vor ihm stand ein massiver Altar. Schnell rannte Bêlit die alten Platten hoch und blieb vor dem Turm stehen.

»Das war der Tempel der Alten«, sagte sie. »Schau«, wandte sie sich an Conan, der ihr gefolgt war, »man kann die Rinnen für das Blut an seinen Seiten sehen. Selbst der Regen von zehntausend Jahren konnte sie nicht von den dunklen Flecken reinwaschen. Die Zeit hat die Mauern ringsum zerfressen, aber dieser gewaltige Steinblock widerstand ihr und den Elementen.«

»Wer waren diese ›Alten‹?«, fragte Conan.

Sie hob die Schultern. »Nicht einmal die Legenden berichten von dieser Stadt. Aber sieh dir die Vertiefungen an den beiden Altarenden an. Sie dienten gewiss als Griffe. Priester verstecken oft ihre Schätze unter dem Altar. He, ich brauche vier Männer, die versuchen sollen, ihn zu heben!«

Sie trat zur Seite, um ihnen Platz zu machen, und schaute zu dem Turm hoch, der sich wie betrunken über sie neigte. Drei der stärksten Schwarzen hatten die Hände in die eingehauenen Öffnungen gesteckt – die merkwürdigerweise so gar nicht recht für Menschenhände zu passen schienen –, als Bêlit plötzlich mit einem Aufschrei zur Seite sprang. Die drei Schwarzen hielten erstarrt inne, während Conan, der sich gerade gebückt hatte, um ihnen zu helfen, fluchend herumwirbelte.

»Eine Schlange!«, rief Bêlit und wich zurück. »Komm, erschlag sie! Und ihr anderen seht zu, dass ihr den Stein hebt!«

Conan eilte zu ihr, während ein anderer der Piraten seinen Platz einnahm. Während er ungeduldig das hohe Gras nach dem Reptil absuchte, bemühten sich die Schwarzen mit schier berstenden Muskeln, gespreizten Beinen und heftig keuchend den Steinblock zu heben. Aber statt dessen bewegte der Altar sich plötzlich zur Seite. Und gleichzeitig war ein knirschendes Krachen zu hören. Der Turm stürzte ein und begrub die vier Schwarzen unter den schweren Trümmern.

Ihre Kameraden schrien erschrocken und entsetzt auf. Bêlits schlanke Finger gruben sich in Conans Arm. »Ich sah gar keine Schlange«, gestand sie. »Ich wollte dich nur vom Altar wegholen, weil ich befürchtete, dass die Alten sich etwas hatten einfallen lassen, um ihre Schätze zu behüten. Komm, wir wollen die Steine zur Seite räumen!«

Es kostete viel Schweiß, die Trümmer vom Altar

fortzuschaffen und die Leichen zu bergen. Darunter fanden die Piraten eine in den Stein gehauene Gruft. Der Altar, der an einer Seite mit seltsamen Steinangeln versehen war, hatte als Verschluss gedient. Die ersten Strahlen der Sonne wurden von Millionen glitzernden Facetten eingefangen. Ein Reichtum, wie selbst die Piraten sich ihn nicht in ihren kühnsten Träumen hätten vorstellen können, lag vor ihnen: Brillanten, Rubine, Blutsteine, Saphire, Türkise, Mondsteine, Opale, Smaragde, Amethyste und unbekannte Edelsteine, die wie die Augen sinnlicher Frauen leuchteten. Die Gruft war bis zum Rand damit gefüllt.

Mit einem Aufschrei sank Bêlit zwischen den blutbefleckten Trümmern am Gruftrand auf die Knie und tauchte die weißen Arme bis zu den Schultern in die glitzernde Pracht. Was sie fest umklammert zum Vorschein brachte, entlockte ihr einen Entzückensschrei. Ihre Rechte hob eine lange Halskette aus roten Steinen hoch, die auf dickem Golddraht aufgereiht waren und wie erstarrte klare Blutstropfen aussahen.

Bêlit wirkte völlig entrückt. Reichtum und materielle Güter versetzten die shemitische Seele leicht in einen wundersamen Rausch. Der Anblick dieser Schätze hätte selbst die Seele des Herrschers von Shushan erschüttert, der alles besaß, was ein Mensch sich nur wünschen mochte.

»Sammelt die Juwelen ein, Hunde!«, rief sie schrill vor Erregung.

»Seht!« Ein muskulöser schwarzer Arm deutete auf die *Tigerin*. Bêlit wirbelte herum und fletschte die Zähne, als erwarte sie, einen anderen Piraten herbeisegeln zu sehen, der beabsichtigte, sie ihrer Beute zu berauben. Aber von der Reling des Schiffes erhob sich lediglich eine dunkle Gestalt und flatterte hinein in den Dschungel.

»Der Teufelsaffe hat sich auf dem Schiff herumgetrieben«, murmelte einer der Schwarzen beunruhigt.

»Was macht es schon aus?«, rief Bêlit und strich fluchend

eine rebellische Locke über der Stirn zurück. »Macht eine Trage aus Speeren und Umhängen, damit wir die Juwelen fortschaffen können. – Wo, zum Teufel, gehst du denn hin?«

»Auf die Galeere, um nach dem Rechten zu sehen«, brummte Conan. »Es könnte ja leicht sein, dass dieses Fledermausgeschöpf ein Loch in den Kiel gebohrt hat!«

Er eilte über die geborstenen Steinplatten des Kais und sprang an Deck. Eine schnelle, aber gründliche Untersuchung unter Deck veranlasste ihn zu wildem Fluchen. Mit wütendem Blick schaute er in die Richtung, in die das flatternde Geschöpf verschwunden war. Hastig kehrte er zu Bêlit zurück, die das Plündern der Gruft überwachte. Sie hatte sich die kostbare Kette mehrmals um den Hals geschlungen und nun glitzerten die roten Tropfen dunkel auf ihrem weißen Busen. Ein riesiger nackter Schwarzer stand bis zu den Hüften in den Juwelen der Gruft und schaufelte sie mit seinen mächtigen Pranken zu seinen Kameraden hoch. Schillernde Ketten hingen von seinen schwarzen Fingern, Tropfen roten Feuers sickerten aus seinen mit Steinen in allen Regenbogenfarben gefüllten Händen. Es sah aus, als stünde ein schwarzer Titan mit gespreizten Beinen in der brennenden Hölle, die Hände voll funkelnder Sterne.

»Dieser fliegende Teufel hat unsere Wasserfässer leckgeschlagen«, knurrte Conan. »Wären wir nicht so sehr mit diesen Steinen beschäftigt gewesen, hätten wir den Krach hören müssen. Es war sehr unvorsichtig von uns, keine Wachen an Bord zurückzulassen. Wir können das Wasser aus diesem Fluss nicht trinken. Ich nehme zwanzig Mann und suche nach Quellwasser im Dschungel.«

Sie schaute ihn abwesend an. Ihre Augen schienen nur die Juwelen zu sehen und ihre Finger spielten mit den blutroten Steinen um ihren Hals.

»Ist gut«, murmelte sie, aber Conan war nicht sicher, ob

sie ihn überhaupt gehört hatte. »Ich kümmere mich darum, dass der Schatz an Bord gebracht wird.«

Der Dschungel schloss sich schnell um sie und verwandelte das Gold des Lichtes zu gespenstischem Grau. Ranken hingen wie Pythons von den grünen Ästen herab. Die Piraten stapften hintereinander her und bahnten sich einen Weg durch das Dämmerlicht. Es sah aus, als verfolgten schwarze Phantome einen weißen Geist.

Das Unterholz war nicht so dicht, wie Conan befürchtet hatte. Der Boden war schwammig nachgiebig, aber nicht sumpfig. Vom Fluss aus stieg das Gelände allmählich leicht an. Immer tiefer drangen sie in das wogende Grün vor, doch noch immer hatten sie keine Anzeichen von Wasser, weder das eines Baches noch eines Tümpels, gefunden.

Plötzlich hielt Conan an. Seine Krieger schienen zu Basaltgestalten zu erstarren. In dem folgenden, angespannten Schweigen schüttelte der Cimmerier verärgert den Kopf.

»Geht weiter!«, befahl er dem Unteranführer N'Gora. »Marschiert geradeaus, bis ihr mich nicht mehr sehen könnt, dann haltet an und wartet auf mich. Ich glaube, wir werden verfolgt. Ich habe etwas gehört.«

Die Schwarzen scharrten unruhig mit den Füßen, gehorchten jedoch. Während sie weiterstapften, trat Conan schnell hinter einen breiten Baumstamm und spähte den Weg zurück, den sie gekommen waren. Nichts, was aus diesem grünen Dickicht auftauchte, würde ihn überraschen. Doch nichts zeigte sich und die leisen Geräusche der Männer im Gänsemarsch verloren sich allmählich in der Ferne. Jetzt erst fiel Conan auf, dass die Luft mit einem fremdartigen, süßlichen Duft geschwängert war. Etwas streifte sanft seine Schläfe. Er wirbelte herum. Aus einer Gruppe grüner, ungewöhnlich dicht belaubter hoher Stiele nickten große schwarze Blüten ihm zu. Es war eine von ihnen, die ihn berührt hatte. Sie schienen ihm zu winken, streckten ihm ihre biegsamen Stängel entgegen. Sie bewegten sich, raschelten, obgleich kein Windhauch zu spüren war.

Conan wich vor ihnen zurück, denn nun erkannte er sie als schwarzen Lotus, dessen Saft den Tod bedeutete und dessen Duft in traumschweren Schlaf wiegte. Schon spürte er, wie eine betäubende Gleichgültigkeit ihn beschlich. Er wollte sein Schwert heben, um die schlangengleichen Stängel niederzumähen, aber sein Arm hing hilflos an seiner Seite und ließ sich nicht bewegen. Er öffnete die Lippen, wollte seinen Kriegern rufen, doch nur ein schwaches Krächzen drang heraus. Im nächsten Moment schien der Dschungel um ihn mit erschreckender Plötzlichkeit zu schwanken und es wurde dunkel vor seinen Augen. Er hörte die grauenvollen Schreie ganz in seiner Nähe nicht mehr. Seine Knie gaben nach und er sank schlaff zu Boden. Die schwarzen Blüten nickten in der unbewegten Luft über ihm.

# III
## DAS GRAUEN IM DSCHUNGEL

*War es ein Traum, den mir der schwarze Lotos gab?*
*Dann sei der Traum verdammt, der mir das Leben stahl;*
*Verdammt jeder Moment, der nicht erfüllt*
*vom Strom des dunklen Blutes über kalten Stahl.*

Das Lied der Bêlit

ANFANGS WAR DIE SCHWÄRZE der absoluten Leere um ihn, durch die der kalte Wind des kosmischen Raumes blies. Dann bildeten sich verschwommene, monströse Formen in dem unendlichen Nichts, als nähme die Dunkelheit Gestalt an. Der Wind wehte und schuf einen Strudel, eine wirbelnde Pyramide aus donnernder Finsternis. Aus ihr erwuchsen Form und Dimension und dann plötzlich, wie Wolken, die sich auflösen, oder ein Vorhang, der aufgezogen wird, teilte sich die Dunkelheit. Sie schob sich zu beiden Seiten zurück und offenbarte eine große Stadt aus grünem Stein, die sich am Ufer eines breiten, durch eine schier endlose Ebene strömenden Flusses erhob. Geschöpfe von fremdartiger Gestalt bewegten sich in dieser Stadt. Sie waren geflügelt und von gewaltigem Wuchs. Sie entstammten gewiss keinem Zweig der Evolution, die zum Menschen geführt hatte, sondern waren die reifen Früchte eines exotischen Baumes, der sich getrennt vom Hauptstamm entwickelt hatte. Abgesehen von ihren Schwingen ähnelten sie dem Menschen in etwa so weit, wie der Mensch auf seiner höchsten Entwicklungsstufe dem Affen gleicht. Und was ihre geistige, ästhetische und intellektuelle Reife betraf, waren sie dem Menschen so überlegen, wie es der Mensch dem Gorilla ist. Doch als sie ihre mächtige Stadt erbauten, war der Mensch noch nicht dem Urschlamm entstiegen.

Diese Wesen waren sterblich, wie alle Kreaturen aus Fleisch und Blut. Sie lebten, liebten und starben, doch war ihre Lebensspanne gewaltig. Und dann setzte nach unzähligen Jahrmillionen die Veränderung ein. Das Bild schimmerte und verzerrte sich. Über Stadt und Land wogte die Zeit dahin, wie Wellen über einen Strand. Auf dem Planeten verschoben sich die magnetischen Felder und die großen Gletscher und Eisflächen setzten sich auf die neuen Pole zu in Bewegung.

Aus den weiten Ebenen entlang der Ufer des großen Flusses wurden Sümpfe, in denen sich reptilisches Leben entwickelte. Wo sich die saftigen Wiesen erstreckt hatten, erhoben sich Wälder und verwuchsen zu dichtem, feuchtem Dschungel. Der Wandel verschonte auch die Bewohner der Stadt nicht. Aus Gründen, die unverständlich blieben, wanderten sie nicht in neues, fruchtbares Land aus, sondern blieben in ihrer alten Stadt, die dem Untergang geweiht war – und sie mit ihnen. Und wie das einst mächtige und reiche Land immer tiefer vom schwarzen Sumpf des sonnenlosen Dschungels verschlungen wurde, versanken auch die Bewohner der Stadt im Chaos des kreischenden Dschungellebens. Gewaltige Beben erschütterten die Erde, die Nächte waren fahl vom Widerschein speiender Vulkane, die sich Feuersäulen gleich ringsum am dunklen Horizont erhoben.

Nach einem Erdbeben, das die Außenmauer und die höchsten Türme der Stadt zum Einsturz brachte und bei dem sich ein tödlicher Stoff aus den Tiefen der Erde mit dem Gewässer des Flusses vermischt hatte, stellte sich heraus, dass das Wasser, von dem die Bewohner der Stadt seit undenkbarer Zeit getrunken hatten, nun verseucht war.

Viele, die weiter damit ihren Durst stillten, starben. Und jene, die überlebten, veränderten sich allmählich auf grauenvolle Weise. Während die geflügelten Geschöpfe sich den verändernden Lebensbedingungen angepasst hatten, waren sie tief unter ihre ursprüngliche Entwicklungsstufe gesunken. Und nun veränderte das giftige Wasser sie auf noch schrecklichere Weise und sie wurden von Generation zu Generation mehr zu Tieren. Sie, die geflügelte Götter gewesen waren, wurden zu flatternden Dämonen. Und alles Wissen ihrer Vorfahren wurde immer entstellter weitergegeben und verlor sich auf abartigen Pfaden. So, wie sie höher gestiegen waren, als die Menschheit es für sich auch nur hätte erträumen können, so tief sanken sie nun und wurden zu Albtraumbestien. Kannibalismus und ständige Fehden untereinander führten bald zu ihrem Aussterben. Und schließlich lauerte zwischen den flechtenüberwachsenen Ruinen ihrer Stadt nur noch ein einziger ihrer Rasse, eine verkümmerte, Abscheu erregende Perversion der Natur.

Dann tauchten zum ersten Mal Menschen auf: dunkelhäutige, geiergesichtige Männer in Kupfer- und Lederharnischen mit Pfeil und Bogen – Krieger aus dem vorgeschichtlichen Stygien. Es waren ihrer nur fünfzig, mit eingefallenen Wangen und hager vor Hunger und Erschöpfung. Der Weg durch den Dschungel hatte ihnen viele Schürf- und Kratzwunden eingetragen und die von verkrustetem Blut starren Verbände erzählten ihre eigene Geschichte von überstandenen, wilden Kämpfen mit einem stärkeren

Stamm, der sie geschlagen und immer weiter in den Süden gejagt hatte, bis sie sich in dem grünen Dschungelmeer am Fluss verirrt hatten.

Erschöpft ruhten sie sich zwischen den Ruinen aus, wo rote Blumen, die in hundert Jahren nur einmal blühten, ihre Köpfe wiegten, und sie schliefen schnell ein. Und während sie schlummerten, huschte eine abscheuliche, rotäugige Gestalt aus den Schatten und vollführte über und an jedem der Schlafenden seine unheimlichen, grauenvollen Riten. Der Mond stand am dunklen Himmel, sein Schein zauberte rote Tupfen auf das Schwarz des Dschungels. Über den schlafenden Kriegern schimmerten die scharlachfarbenen Blumen wie Blutflecken. Als der Mond schließlich unterging, leuchteten die Augen des Hexers wie in Ebenholz gefasste Rubine.

Beim ersten Grau des Morgens, der weißen Dunst aus dem Fluss zauberte, waren keine Menschen mehr zu sehen, nur noch eine haarige, geflügelte Albtraumgestalt in der Mitte eines Kreises von fünfzig gefleckten Hyänen, die ihre zuckenden Schnauzen zum dämmernden Himmel erhoben und wie gequälte Seelen in der Hölle heulten.

Danach wechselten die Szenen so schnell, dass sie sich überschnitten. Bewegungen verschwammen vor den Augen, Licht und Schatten verschmolzen vor dem Hintergrund eines schwarzen Dschungels, grüner Steinruinen und eines schlammigen Flusses. Schwarze Männer ruderten in langen Booten, mit grinsenden Totenschädeln am Bug, den Fluss herauf oder schlichen mit Speeren in den Händen zwischen den Bäumen. Schreiend flohen sie vor roten Augen und geifernden Fängen in die Dunkelheit. Wimmern und Heulen Sterbender zerrissen die Stille. Lautlose Füße huschten durch die Düsternis, rote Vampiraugen leuchteten. Der Mond blickte auf schreckliche Geschehnisse herab und immer wieder flatterte vor seiner roten Scheibe ein fledermausähnlicher Schatten.

Das nächste Bild war abrupt klar, verglichen mit den bisherigen verschwommenen und flüchtigen Szenen. Eine lange Galeere tauchte im frühen Morgengrauen um die Dschungelspitze auf. Ebenholzfarbene Gestalten bedienten die Ruder und am Bug stand ein weißhäutiger Riese in glitzernder Rüstung.

Erst zu diesem Zeitpunkt wurde Conan klar, dass er träumte. Bisher war er sich seiner Existenz überhaupt nicht bewusst gewesen. Aber als er sich selbst an Bord der *Tigerin* sah, wusste er, dass dies nicht die Wirklichkeit war, obgleich er nicht erwachte.

Noch während er sich darüber wunderte, wechselte der Schauplatz abrupt zu einer Dschungellichtung, auf der N'Gora mit neunzehn schwarzen Speerkämpfern stand, als warteten sie auf jemanden. Gerade als Conan sich erinnerte, dass er es war, auf den sie warteten, stieß eine grauenvolle Kreatur vom Himmel herab und die Stille wurde von Schreckensschreien gebrochen. Panikerfüllt warfen die Männer ihre Waffen von sich und rannten blind durch den Dschungel – und dicht über ihnen flatterte die geifernde Albtraumgestalt.

Chaos und Verwirrung folgten dieser Szene, während derer der Cimmerier sich verzweifelt zu erwachen bemühte. Vage sah er sich selbst unter einer Gruppe nickender schwarzer Blüten liegen und dann ein abscheuliches Wesen aus den Büschen auf ihn zukriechen. Mit ungeheurer Willensanstrengung brach er die unsichtbaren Bande, die ihn an seinen Traum fesselten, und richtete sich auf.

Benommen schaute er sich um. Neben ihm wiegte sich der dunkle Lotus. Hastig wich er vor ihm zurück.

Im schwammigen Boden ganz in der Nähe war ein Pfotenabdruck zu sehen, als hätte ein Tier, ehe es ganz aus den Büschen schlich, ein Bein vorgestreckt, es aber bei des Cimmeriers Erwachen hastig wieder zurückgezogen. Der Abdruck sah aus wie der einer riesigen Hyänentatze.

Conan rief nach N'Gora. Seine Rufe klangen hohl und krächzend in der drückenden Stille, die über dem Dschungel hing. Er konnte die Sonne nicht sehen, aber sein von der Wildnis geschulter Instinkt sagte ihm, dass der Tag sich seinem Ende entgegenneigte. Erschrocken wurde ihm klar, dass er viele Stunden bewusstlos gelegen hatte. Entschlossen folgte er der Fährte seiner Krieger, die sich unübersehbar im Morast vor ihm abhob. Sie waren hintereinander gestapft. Bald erreichte er eine Lichtung – und hielt abrupt an, als ihm schaudernd bewusst wurde, dass es die Lichtung aus seinem lotusschweren Traum war. Schilde und Speere lagen verstreut umher, als wären sie in blanker Panik fortgeworfen worden.

Auch aus den Spuren las Conan, dass die Schwarzen blindlings die Flucht ergriffen hatten. Die Fußabdrücke überschnitten einander und verschwanden zwischen Farnen. Er folgte der allgemeinen Richtung und kam abrupt aus dem Dschungel zu einem Felsen, der wie ein Hügel erst schräg abwärts führte und dann plötzlich steil weitere vierzig Fuß abfiel. Etwas hockte am Rand des Hanges.

Zuerst hielt Conan das Wesen für einen großen Gorilla, doch schließlich wurde ihm bewusst, dass es sich um einen affengleich zusammengekauerten Schwarzen handelte, dessen Arme schlaff auf den Boden hingen und über dessen Lippen Schaum quoll. Erst als die Kreatur mit einem schluchzengleichen Schrei die mächtigen Pranken hob und auf ihn losstürmte, erkannte er N'Gora. Der riesenhafte Pirat achtete nicht auf Conans Rufe, sondern stürmte mit Augen, von denen fast nur das Weiße zu sehen war, und gefletschten Zähnen weiter.

Trotz des Grauens, das der Wahnsinn immer im geistig Gesunden erweckt, handelte Conan sofort. Er stieß das Schwert durch den Leib des Schwarzen und wich den wie Klauen nach ihm ausgestreckten Händen aus. Als N'Gora zu Boden ging, trat Conan an den Rand des Felshangs.

Erschüttert schaute er auf die spitzen Felsbrocken hinunter, auf denen N'Goras Speerkrieger verstreut wie weggeworfene Puppen lagen. Kein Einziger bewegte sich mehr. Eine dicke Wolke aus Fliegen summte über den blutbesudelten Steinen. Ameisen wimmelten bereits auf den Leichen. In den Bäumen hockten Aasgeier. Ein Schakal, der auf die Toten zuschleichen wollte, schaute hoch und sah den Mann. Zögernd trollte er sich.

Eine kurze Weile stand Conan reglos. Dann wirbelte er herum und rannte den Weg zurück. Achtlos stürzte er durch hohes Gras und Büsche und zertrampelte die Schlingpflanzen, die sich wie Schlangen über seinen Weg wanden. Sein Schwert hielt er gesenkt in der Rechten. Eine ungewöhnliche Blässe hatte sein Gesicht überzogen.

Nichts außer Conans keuchendem Atem brach die Stille des Dschungels. Die Sonne war untergegangen und riesenhafte Schatten hoben sich aus dem schwarzen Schlamm. Immer schneller rannte der Cimmerier, bis er endlich das Flussufer erreichte.

Er sah die Galeere am zerfallenen Kai und dahinter die Ruinen der Stadt, die im Dämmerlicht betrunken zu schwanken schienen. Und auf den Steinen des Piers und der Straße, die zu ihm führte, hoben sich hellere Flecken ab, als hätte ein Maler seinen in rote Farbe getauchten Pinsel sorglos ausgeschüttelt.

Und wieder schaute Conan auf Tod und Vernichtung. Vor ihm lagen seine Speerkämpfer, doch sie erhoben sich nicht, ihn zu begrüßen. Vom Rand des Dschungels bis zum Fluss, zwischen den geborstenen Säulen und am Kai waren sie verstreut, zerfleischt, ausgeweidet, verstümmelt, halb aufgefressen.

Und überall um die Leichen und einzelnen Körperteile zeichneten sich gewaltige Abdrücke ab, wie die von riesigen Hyänentatzen.

Schweigend trat Conan auf den Kai und schritt auf die

Galeere zu, über deren Deck etwas hing, das im Dämmerlicht elfenbeinfarben schimmerte. Mit angehaltenem Atem
starrte der Cimmerier auf die Königin der Schwarzen Küste,
die von der Rahe ihrer eigenen Galeere baumelte. Zwischen
der Rahe und ihrem Hals spannte sich eine Kette mit roten
Steinen, die im letzten Licht des Tages wie große Blutstropfen glommen.

## IV

### ANGRIFF AUS DER LUFT

*Die Schatten waren schwarz um ihn,*
*so nah der mörderische Rachen,*
*und alles war von Blut so rot.*
*Doch meine Liebe bezwang den grimmen Tod*
*und selbst die Tore der Hölle brachen*
*und hielten mich nicht fern von ihm.*

Das Lied von Bêlit

DER DSCHUNGEL WAR EIN schwarzer Koloss, der die ruinen-
übersäte Lichtung mit Ebenholzarmen umschlang. Der Mond
war noch nicht aufgegangen. Die Sterne glitzerten wie Bern-
steintropfen auf einem nach Tod riechenden Himmel, der
den Atem anhielt. Wie eine eherne Statue saß Conan, der
Cimmerier, das Kinn auf eine Faust gestützt, auf der Pyramide zwischen den eingestürzten Türmen. In den entfern-
teren schwarzen Schatten huschten verstohlen prankengleiche
Füße und rote Augen funkelten. Die Toten lagen, wo sie
gefallen waren. Nur Bêlit hing nicht mehr von der Rahe.

Conan hatte aus zerhackten Ruderbänken und Speerschäften einen Scheiterhaufen errichtet. Darauf lag, zu ihrem letzten Schlummer gebettet, auf weichen Leopardenfellen und in Conans scharlachroten Umhang gehüllt, die Königin der Schwarzen Küste. Wie eine echte Herrscherin lag sie da, umgeben von ihren erbeuteten Schätzen: Seidenballen, golddurchwirkte Stoffe, Silberborte, Truhen mit Edelsteinen, Goldmünzen, Silberbarren, juwelenbestückte Dolche und kleine goldene Stufenpyramiden.

Doch wo der Schatz aus der Gruft dieser verfluchten Stadt geblieben war, wusste außer Conan, der ihn mit einem heidnischen Fluch dort hineingeworfen hatte, nur der schlammige Fluss Zarkheba. Und nun saß der Cimmerier mit grimmig zusammengebissenen Zähnen auf der Pyramide und wartete auf seinen unheimlichen Gegner. Die alles beherrschende Wut in ihm hatte jegliche Furcht vertrieben. Welcher Art der Feind war, der aus der Schwärze erscheinen würde, wusste er nicht, es war ihm auch egal.

Er zweifelte nun nicht mehr an der Wahrheit der Visionen, die ihm der Schwarze Lotus gezeigt hatte, und so war ihm klar, dass N'Gora und seine Kameraden vor Schrecken über das geflügelte Ungeheuer, das vom Himmel auf sie herabgestürzt war, in blinder Panik geflohen und über den Felsrand in den Abgrund gestürzt waren – alle außer dem Unterführer, der zwar irgendwie ihrem Geschick entgangen war, jedoch nicht dem Wahnsinn. Inzwischen – oder unmittelbar danach, möglicherweise auch zuvor – hatten die anderen in der Stadt und am Ufer ihren grauenvollen Tod gefunden, nicht in einer ehrlichen Schlacht, sondern in einem furchtbaren Gemetzel. Vielleicht war ihre abergläubische Angst daran schuld gewesen, dass die Schwarzen sich nicht wehrten, als sie von den dämonenähnlichen Wesen angefallen wurden.

Weshalb er so lange verschont geblieben war, verstand Conan nicht. Konnte es sein, dass diese bösartige Kreatur, die Herrscher über Stadt und Fluss zu sein schien, ihn noch eine Weile am Leben erhalten wollte, um ihn mit Gram und Furcht zu quälen? Alles deutete auf eine menschliche oder übermenschliche Intelligenz hin – das Zerschlagen der Wasserfässer, um die Gegner zu teilen, die Hetzjagd auf die Schwarzen, um sie über den Felsen zu treiben, und schließlich der grimmigste Scherz, Bêlit an der blutroten Kette, die wie ein Henkersseil um ihren Hals geschlungen gewesen war, an der Rahe aufzuhängen.

Da er den Cimmerier offenbar als sein besonderes Opfer ausgewählt hatte und bisher mit ausgesucht schlauen Qualen seinen Verstand gepeinigt hatte, war fest damit zu rechnen, dass der unbekannte Feind das Drama beenden würde, indem er den Nordmann seinen anderen Opfern hinterherschickte. Kein Lächeln verzog Conans Lippen bei diesem Gedanken, wohl aber leuchteten seine Augen in grimmigem Humor auf.

Der Mond ging auf und ließ des Cimmeriers gehörnten Helm blitzen. Plötzlich senkte sich eine tiefe Stille über die Nacht herab und der Dschungel hielt den Atem an. Instinktiv lockerte Conan das mächtige Schwert in der Scheide. Die Pyramide, auf der er saß, hatte vier Seiten. In die dem Dschungel zugewandte Seite waren breite Stufen gehauen. Conan hielt einen shemitischen Bogen in der Hand, wie Bêlits Piraten sie benutzt hatten. Seinen Arm hatte er auf ein Knie gestützt und zu seinen Füßen lag ein Haufen Pfeile.

Etwas bewegte sich in der Dunkelheit unter den Bäumen und hob sich auf einmal scharf im Schein des aufgehenden Mondes ab. Conan sah Kopf und Schultern einer Hyäne. Und gleich darauf kamen etwa zwanzig gefleckte Artgenossen in geducktem Lauf aus den Schatten. Ihre geifernden Fänge blitzten im Mondlicht und ihre Augen schienen Feuer zu sprühen, wie es bei einem echten Tier unmöglich war.

Zwanzig! Dann hatten die Speere der Piraten doch unter ihnen aufgeräumt, dachte Conan, als er sich erinnerte, dass

es seiner Vision nach viel mehr hätten sein müssen. Er spannte den Bogen und gleich darauf vollführte eine der Hyänen einen Satz in die Höhe und fiel zuckend zu Boden. Doch das hielt die anderen nicht zurück. Ohne Zaudern kamen sie näher und wie tödlicher Hagel schlugen die Pfeile des Cimmeriers auf sie ein.

Trotz seiner glühenden Wut zielte Conan genau und kein Pfeil verfehlte sein Ziel. Die Luft war erfüllt von gefiedertem Tod, der breite Lücken in die Reihen der heranstürmenden Bestien riss. Weniger als die Hälfte erreichte den Fuß der Pyramide, weitere blieben getroffen auf den breiten Stufen liegen. Ein Blick in die Feuer sprühenden Augen verriet Conan erneut, dass diese Kreaturen keine echten Tiere waren. Nicht nur ihre unnatürliche Größe verriet es, auch die Ausstrahlung, die fast greifbar um sie war, wie schwarzer Nebel, der aus einem mit Leichen bedeckten Sumpf aufsteigt. Der Cimmerier wusste nicht, welch gottloser Alchimie diese Bestien ihr Dasein verdankten, wohl aber, dass sie einer grauenvollen Teufelei entsprungen waren. Schließlich hatte er das in seinem Traum gesehen.

Conan sprang auf die Füße und sein letzter Pfeil durchbohrte die Bestie, die gerade zum Sprung an seine Kehle ansetzte. Der Schaft war ein fliegender Mondstrahl, der leicht verschwommen durch die Luft blitzte, aber sehr wirklich, als er durch den Leib des Tiers drang, das sich zuckend überschlug und die Stufen hinunterrollte.

Doch dann hatten die anderen ihn mit geifernden Lefzen erreicht. Sein Schwert durchtrennte das erste Ungeheuer, ehe die Wucht der Leiber ihn zu Boden warf. Er zerschmetterte einen schmalen Schädel mit dem Schwertknauf, dann ließ er die Klinge fallen, da sie ihm in dieser Bedrängnis wenig nutzte, und griff nach den Kehlen zweier der Ungeheuer, die in wilder Raserei an ihm zerrten und kratzten. Ein fauliger Gestank raubte ihm fast den Atem und sein eigener Schweiß ließ ihn die Augen zusammenkneifen. Nur seine

Rüstung bewahrte ihn davor, in Stücke zerfetzt zu werden. Seine Finger fanden eine haarige Kehle und rissen sie auf. Seine Linke, die den Hals eines anderen Untiers verfehlt hatte, erfasste ein Vorderbein und brach es. Ein grässlicher Schrei, gespenstisch menschenähnlich und der einzige Schrei in diesem grimmigen Kampf, entrang sich der Bestie. Kaltes Grauen ließ Conan unwillkürlich seinen Griff lockern.

Die andere Hyäne, aus deren aufgerissener Kehle das Blut spritzte, warf sich in einer letzten Zuckung auf ihn und stieß ihm die Zähne in den Hals, doch ehe sie tief genug eingedrungen waren, fiel sie tot zurück.

Die mit dem gebrochenen Bein versuchte wie ein Wolf, ihm den Bauch aufzureißen, und es gelang ihr tatsächlich, einige Glieder der Kettenrüstung zu durchbeißen. Conan stieß den Kadaver der ersten von sich und packte die andere. Mit ungeheurer Anstrengung, die seinen blutigen Lippen ein Stöhnen entrang, stand er auf und hielt die wild nach ihm schnappende Bestie fest in den Armen. Einen Moment taumelte er, während der stinkende Atem des Untiers in seiner Nase brannte und es versuchte, ihm die Zähne in den Hals zu graben. Dann warf er es mit aller Kraft von sich, sodass es mit zersplitternden Knochen die Marmorstufen hinunterfiel.

Als er nach Atem ringend und taumelnd auf gespreizten Beinen stand, Dschungel und Mond hinter einem blutigen Schleier vor seinen Augen verschwammen, drang heftiges Flügelflattern an sein Ohr. Er bückte sich schwindelig nach seinem Schwert und hob leicht schwankend mit beiden Händen die mächtige Klinge über seinen Kopf, während er das Blut aus seinen Augen schüttelte, um die Luft über sich nach dem neuen Gegner abzusuchen.

Doch statt eines Angriffs aus der Luft erbebte die Pyramide plötzlich unter seinen Füßen. Er hörte ein polterndes Krachen und sah die hohe Säule über sich hin- und herschwingen. Ohne zu überlegen, machte er einen weiten

Satz zu einer auf etwa halber Höhe liegenden Stufe, die unter seinem Aufprall zu schaukeln begann. Sein nächster Sprung brachte ihn auf den Erdboden. Doch während seine Füße aufsetzten, fiel die Pyramide mit ohrenbetäubendem Krachen zusammen. Die Säule polterte in Tausende von Bruchstücken zerschellend herab. Einen flüchtigen Herzschlag lang schien es Marmorsplitter vom Himmel zu regnen. Und dann lag ein Trümmerhaufen gespenstisch schimmernd im Mondschein.

Conan schüttelte die Splitter ab, die ihn halb begraben hatten. Ein schwerer Steinbrocken hatte ihm den Helm vom Kopf geschlagen und ihn einen Augenblick lang betäubt. Über seinen Oberschenkeln lag ein Stück der Säule und drückte ihn zu Boden. Er wusste nicht, ob seine Beine gebrochen waren. Seine schwarze Mähne klebte schweißüberströmt auf seinem Kopf. Blut sickerte aus Wunden an seiner Kehle und den Händen. Er stützte sich auf einen Ellbogen und versuchte, sich von dem Trümmerstück auf seinen Oberschenkeln zu befreien.

Da brauste plötzlich etwas vom Himmel herab und landete im Gras in seiner Nähe. Als Conan sich mühsam umdrehte, sah er den – *Geflügelten!*

Mit unvorstellbarer Schnelligkeit schoss dieser auf ihn zu, sodass Conan nur den verschwommenen Eindruck einer gigantischen, menschenähnlichen Gestalt auf verkümmerten, gekrümmten Beinen gewann, riesiger haariger Arme mit unförmigen schwarznägeligen Klauen, eines missgestalteten Schädels, in dessen breitem Gesicht das einzig Erkennbare ein Paar blutrot glühender Augen waren. Die Kreatur war weder Mensch noch Tier noch Teufel, doch sie wies Züge aller drei auf.

Aber Conan hatte keine Zeit für bewusste Überlegungen. Er streckte sich nach dem Schwertgriff, der ihm aus der Hand gefallen war. Aber er konnte ihn nicht erreichen. Verzweifelt griff er nach dem Trümmerstück, das seine Beine festhielt. Die Adern schienen ihm in den Schläfen zu bersten, als er alle Kraft aufwandte, es von sich zu schieben. Es gab ein Stück nach, aber es war ihm klar, dass das Ungeheuer schneller sein würde und die schwarzen Klauen ihm den Tod brachten, ehe er sich würde befreien können.

Der Geflügelte hatte in seinem Ansturm nicht innegehalten. Er beugte sich wie ein schwarzer Schatten mit ausgebreiteten Armen über Conan – als sich plötzlich etwas Weißes zwischen die beiden stürzte.

Benommen sah der Cimmerier eine vor wilder Liebe bebende Gestalt, die wie Elfenbein im Mondlicht schimmerte. Er sah das Glühen ihrer dunklen Augen, die schweren dunklen Locken, den wogenden Busen, die leicht geöffneten roten Lippen, und sie schrie so scharf und schneidend wie das Klirren von Schwertklingen, als sie sich über das geflügelte Ungeheuer warf.

»Bêlit!«, brüllte Conan. Sie warf ihm einen schnellen Blick zu und er sah in ihren dunklen Augen die Liebe flammen, elementar wie ungebändigtes Feuer und schmelzende Lava. Dann war sie verschwunden und der Cimmerier erblickte nur noch die geflügelte Bestie, die in ungewohnter Furcht zurückgetaumelt war und die Arme angstvoll erhoben hatte, als wolle sie einen Angriff abwehren. Da wurde Conan wieder voll Qual bewusst, dass Bêlit in Wirklichkeit auf ihrem Scheiterhaufen an Deck der *Tigerin* lag, und in seinen Ohren hallte ihr leidenschaftlicher Ruf: *Hätte der Tod bereits nach mir gegriffen und du kämpftest um dein Leben, so würde ich von überallher dir zur Hilfe eilen ...*

Mit einem furchterregenden Schrei richtete Conan sich auf und wälzte das Säulenstück zur Seite. Der Geflügelte kam wieder heran. Der Cimmerier sprang ihm entgegen mit dem Feuer des Wahnsinns in den Adern. Die Muskeln traten in dicken Strängen hervor, als er sein mächtiges Schwert schwang und sich dabei auf den Fersen drehte. Es traf das Ungeheuer, das sich auf ihn werfen wollte, über den Hüften.

Der Oberkörper fiel zu einer, der Unterkörper zu der anderen Seite, als die scharfe Klinge den Leib durchtrennte.

In der mondhellen Stille starrte Conan, das bluttriefende Schwert kraftlos in der Hand, auf die beiden Teile seines Gegners. Die roten Augen funkelten immer noch in erschreckender Lebendigkeit zu ihm empor, doch dann verschleierten sie sich und wurden glasig. Die Klauenhände verkrampften sich, ehe das Leben auch aus ihnen wich. Mit diesem Ungeheuer hatte die älteste Rasse der Erde ihr unrühmliches Ende gefunden.

Conan hob den Kopf und schaute sich nach den Kreaturen um, die Sklaven dieser Bestie und ihre Henkersknechte gewesen waren. Doch keine war zu sehen. Was im mondbeschienenen Gras verstreut lag, waren nicht die Kadaver von Tieren, sondern die Leichen von Männern: geiergesichtige, dunkelhäutige Männer, nackt, von Pfeilen durchbohrt oder durch Schwerthiebe verstümmelt. Und sie zerfielen vor seinen Augen zu Staub.

Weshalb war der geflügelte Gebieter seinen Sklaven nicht zu Hilfe geeilt, als er, Conan, mit ihnen gekämpft hatte? Hatte er gefürchtet, in die Reichweite ihrer scharfen Zähne zu kommen, weil sie sich vielleicht gegen ihn wenden und ihn zerreißen mochten? List und Vorsicht hatten in dem missgestalteten Schädel gehaust, aber beides hatte ihm zu guter Letzt nichts genutzt.

Conan machte auf dem Absatz kehrt. Er schritt über den verfallenden Kai zur Galeere und ging an Bord. Ein paar Hiebe seines Schwertes lösten die Taue. Dann stellte er sich ans Steuerruder. Die *Tigerin* schaukelte leicht in dem schlammigen Wasser und trieb schließlich zur Flussmitte, bis die starke Strömung sie erfasste. Conan lehnte sich gegen das Steuerrad. Sein Blick ruhte düster auf der Gestalt, die in seinem Umhang auf dem Scheiterhaufen aufgebahrt lag, mit all ihren Schätzen um sich, wie eine echte Königin keine größeren besaß.

V

## Das Totenfeuer

*Nun lebt wohl für immer, ihr blauen Wellen,*
*lebt wohl, ihr Ruder, du Segel im Wind;*
*nie mehr wird ihr Mut sich den Stürmen stellen.*
*Du blauer Gürtel der Welt, nimm zurück*
*den Schatz, den du gabst.*

Das Lied von Bêlit

Wieder tönte die Morgenröte das Meer. Eine hellere Röte färbte die Flussmündung. Conan von Cimmerien stand auf sein mächtiges Schwert gestützt auf dem weißen Strand. Sein Blick ruhte auf der *Tigerin*, die auf ihre letzte Fahrt ging. Seine Augen wirkten stumpf, sie sahen das glasklare Wasser nicht. Die endlose blaue Weite hatte allen Zauber für ihn verloren. Heftiger Abscheu schüttelte ihn, als ihm die grünlichen Wellen bewusst wurden, die sich in der Ferne in geheimnisvollem Purpurdunst verloren.

Bêlit war Teil der See gewesen, der sie Glanz und Reiz verliehen hatte. Ohne sie war der Ozean von Pol zu Pol eine

275

trostlose Öde. Ja, Bêlit gehörte zum Meer, und so gab er sie ihm und seinen unergründlichen Geheimnissen zurück. Mehr konnte er nicht tun. Für ihn war die glitzernde blaue Pracht nun abstoßender als die hohen Farne, die um ihn raschelten und ihm von der rätselvollen Wildnis hinter ihnen zuflüsterten, durch die er sich jetzt einen Weg würde bahnen müssen.

Keine Hand ruhte am Steuerrad der *Tigerin*, keine Ruder bewegten sie durch das grüne Wasser. Aber ein frischer Seewind blähte ihr Seidensegel, und wie ein wilder Schwan, der auf dem Weg zu seinem Nest den Himmel durcheilt, schnitt sie durch die Wellen und glitt seewärts. Die Flammen auf ihrem Deck loderten hoch. Sie züngelten nach dem Mast und hüllten die stille Gestalt ein, die im roten Umhang auf dem Scheiterhaufen aufgebahrt lag.

So schied die Königin der Schwarzen Küste dahin. Immer noch auf sein blutbeflecktes Schwert gestützt, blickte Conan ihr nach, bis das rote Glühen im fernen blauen Dunst erlosch und die Morgensonne ihre goldenen Strahlen über das Meer sandte.

# NATOHK,
# DER ZAUBERER

*»Die Nacht der Macht, als das Schicksal über die Straßen der Welt stapfte, wie ein Koloss, der sich von einem uralten Granitthron erhob ...«*

E. Hoffmann Price, Das Mädchen von Samarkand

## I

NUR DAS SCHWEIGEN uralter Zeit brütete über den geheimnisvollen Ruinen von Kuthchemes – und Furcht hing in der Luft. Die Furcht ging von Shevatas, dem Dieb, aus, der mit zusammengepressten Zähnen stoßweise atmete.

Er stand als einzig lebendes Wesen zwischen den gewaltigen Monumenten, die ein Bild der Trostlosigkeit und des Zerfalls boten. Nicht einmal ein Aasgeier zog seine Kreise an der weiten blauen Himmelskuppel, von der die Sonne glühend heiß herabstrahlte. Überall erhoben sich grimmige Relikte einer früheren, vergessenen Zeit: riesige zerbrochene Säulen, die ihre geborstenen Kapitelle in den Himmel reckten; lange, zerfallende Mauern; umgestürzte gewaltige Steinblöcke; zerschmetterte Standbilder, deren abscheuliche Fratzen von Wind und Sandstürmen halb zerfressen waren.

Von Horizont zu Horizont war nirgends auch nur eine Spur von Leben. Allein die schier atemberaubende Weite der kahlen Wüste erstreckte sich hier, durchschnitten von einem gewundenen, längst ausgetrockneten Flussbett. Und in der Mitte dieser unendlichen Öde schienen die glänzenden Fänge der Ruinen zu drohen, die Säulen, die sich wie geknickte Schiffsmasten dem Wind stellten. Doch über alles hinausragend, alles beherrschend war die mächtige Elfenbeinkuppel, vor der der angstzitternde Shevatas stand.

Die Kuppel erhob sich von einer gewaltigen Marmorplattform auf einer sich ehemals terrassenförmig erhebenden Anhöhe am Ufer des alten Flusses. Breite Stufen führten zu einer mächtigen Bronzetür in der Kuppel, die wie eine titanische Eihälfte auf der Plattform ruhte. Die Kuppel selbst war aus reinem Elfenbein, der wie von unsichtbaren Händen gepflegt makellos glänzte. Auch die goldene Spitze, die sich von ihr abhob, glitzerte, genau wie die Inschrift in goldenen Hieroglyphen rings um die Kuppel. Kein Mensch auf Erden vermochte diese Schriftzeichen zu lesen, aber Shevatas erschauerte bei den Vorstellungen, die sie in ihm weckten, denn er stammte aus einem sehr alten Volk, dessen Legenden weiter zurückreichten, als die Menschen dieser Zeit sich auch nur auszumalen vermochten.

Shevatas war drahtig und geschmeidig, wie es ein Meisterdieb aus Zamora sein musste. Sein kleiner runder Kopf war kahl geschoren, sein einziges Kleidungsstück war ein Lendentuch aus scharlachroter Seide. Wie alle aus seinem Volk war er dunkelhäutig und in dem schmalen, an einen Raubvogel gemahnenden Gesicht blitzten scharfe, schwarze Augen. Seine langen schlanken Finger waren so schnell und feinfühlig wie die Schwingen eines Falters. Von einem goldschuppigen Gürtel hing ein schmales Kurzschwert mit juwelenbestücktem Griff in einer kunstvoll verzierten Lederscheide. Shevatas behandelte die Waffe mit scheinbar übertriebener Vorsicht. Er schien sogar vor der

Berührung ihrer Hülle mit seinem nackten Schenkel zurückzuschrecken. Aber seine Vorsicht war nicht unbegründet.

Er war Shevatas, ein Dieb unter Dieben, dessen Namen man in den Lasterhöhlen und den finsteren Gewölben unter den Tempeln Bels voll Bewunderung aussprach und der wohl noch in tausend Jahren in Liedern besungen und in Legenden verehrt werden würde. Doch jetzt nagte die Furcht an seinem Herzen, als er vor der Elfenbeinkuppel von Kuthchemes stand. Jeder Dummkopf konnte sehen, dass hier etwas nicht mit rechten Dingen zuging. Wind und Sonne von dreitausend Jahren hatte dieses Bauwerk über sich ergehen lassen und doch glänzten und funkelten sein Gold und Elfenbein wie am Tag, da unbekannte Hände es am Ufer des namenlosen Flusses errichteten.

Dazu kam noch die Aura, die von diesen, von Dämonen heimgesuchten Ruinen ausging. Die Wüste war eine geheimnisvolle Ebene im Südosten der shemitischen Lande. Ein Kamel würde seinen Reiter in drei Tagen in Südwestrichtung an die Stelle des Styxflusses bringen, wo er plötzlich im rechten Winkel von seinem bisherigen Verlauf abbog, um westwärts weiterzufließen, der fernen See entgegen. An der Spitze dieser Biegung begann das Land Stygien, die dunkelbusige Geliebte des Südens, deren von dem mächtigen Fluss bewässertes Reich steil aus der umliegenden Wüste emporstrebte.

Im Osten, das wusste Shevatas, ging die Wüste in das Steppenland über, das bis zum hyrkanischen Königreich Turan mit seiner barbarischen Pracht, an der Küste des riesigen Binnenmeers, reichte. Im Norden, etwa einen Siebentageritt entfernt, endete die Wüste an kahlen Bergen, auf deren anderer Seite das fruchtbare Hochland begann, das südlichste Gebiet des hyborischen Volkes. Im Westen lief die Wüste in das saftige Weideland von Shem aus, das sich bis zum Ozean erstreckte.

All das wusste Shevatas, ohne sich dieses Wissens direkt

bewusst zu sein, ebenso wie man die Straßen seiner Heimatstadt kennt. Er war ein weit gereister Mann und hatte die Schätze vieler Königreiche geplündert. Doch jetzt, angesichts des größten Schatzes überhaupt und seines vielleicht gefährlichsten Abenteuers, zögerte er, und ein Schauder rann ihm über den Rücken.

In dieser Elfenbeinkuppel ruhten die Gebeine Thugra Khotans, des schwarzen Magiers, der vor dreitausend Jahren über Kuthchemes geherrscht hatte, als die Königreiche Stygien und Acheron bis zum großen Fluss reichten, über die Wiesen Shems und hinauf zum Hochland. Doch dann begann die Völkerwanderung der Hyborier, von ihrer Heimat nahe dem Nordpol Richtung Süden. Es war eine ungeheuerliche Wanderung, die viele Jahrhunderte dauerte. Und während der Herrschaft Thugra Khotans, des letzten Magiers von Kuthchemes, ritten grauäugige Barbaren mit hellbraunem Haar, in Wolfsfellen und Kettenrüstung, aus dem Norden in das fruchtbare Hochland, um mit ihren Eisenschwertern das Königreich Koth zu errichten. Wie eine Flutwelle waren sie über Kuthchemes hergefallen und hatten ein Blutbad angerichtet; das Königreich Acheron war in Schutt und Asche versunken.

Während sie in den Straßen dieser Stadt ihr blutiges Unwesen trieben und die Bogenschützen Thugra Khotans wie reifes Korn niedermähten, schluckte der Herrscher ein fremdartiges, schreckliches Gift. Seine Priester in ihren gespenstischen Masken hatten ihn daraufhin in die Grabkammer gebracht, die er selbst vorbereitet hatte. Seine Untertanen starben vor diesem Grabgewölbe, aber den Barbaren gelang es nicht, die Tür zu öffnen, weder durch Rammböcke noch durch Feuer.

So ritten sie schließlich weiter und ließen die Stadt in Trümmern zurück. Nur die Elfenbeinkuppel, das Grabgewölbe des großen Thugra Khotans, blieb unberührt und schlief durch die Jahrhunderte, während die Sandechsen sich an den zerfallenden Säulen sonnten und der Fluss, der dieses Land bewässert hatte, im Sand versickerte und austrocknete.

Viele Diebe versuchten den Schatz an sich zu bringen, der nach den Legenden um die morschen Gebeine im Innern der Kuppel gehäuft lag. Viele Diebe starben an der Tür des Grabgewölbes und viele andere plagten schreckliche Träume, bis sie schließlich mit Schaum auf den Lippen im Wahnsinn starben.

Und so schauderte Shevatas, als er die Kuppel betrachtete, doch wurde dieser Schauder nicht allein durch die Legende hervorgerufen, die besagte, dass eine Schlange die Gebeine des Magiers bewachte. Allen Legenden über Thugra Khotan haftete Grauen und Todesgeruch an. Von da, wo der Dieb stand, konnte er die Ruine der riesigen Festhalle sehen, in der während einer feierlichen Zeremonie hunderten von aneinander geketteten Gefangenen als Opfer für Set, den Schlangengott Stygiens, vom Priesterkönig die Köpfe abgeschlagen wurden. Ganz in der Nähe musste sich die dunkle, schreckliche Grube befunden haben, in die man die schreienden Opfer stieß, damit ein amorphes Ungeheuer, das aus einer noch tieferen, grauenvollen Höhle kam, sich an ihnen gütlich tue. Die Legenden machten Thugra Khotan zu mehr als einem einfachen Sterblichen, ja man hielt ihn für einen Gott, der in einem entarteten Kult verehrt wurde. Die Angehörigen dieses Kults prägten Münzen mit Thugra Khotans Bildnis, um damit für ihre Toten die Überfahrt über den großen dunklen Fluss zu erkaufen, von dem der Styx lediglich der stoffliche Schatten war. Shevatas hatte sein Abbild auf den Münzen gesehen, die er unter den Zungen der Toten gestohlen hatte, und es blieb ihm unauslöschlich im Gedächtnis haften.

Tapfer versuchte er seine Ängste zu überwinden und stieg zu der Bronzetür hoch, deren glatte Oberfläche kein Schloss irgendeiner Art aufwies. Shevatas hatte nicht umsonst an dunklen Kulten teilgenommen und den grauenvollen Worten der Anhänger Skelos' gelauscht, die sich mitternächtlich unter dunklen Bäumen trafen, um aus den verbotenen, in Eisen gebundenen Büchern Vathelos', des Blinden, zu lesen.

Shevatas kniete sich vor der Tür nieder und betastete die Schwelle mit geschickten Fingern. Ihre empfindsamen Spitzen fanden winzige Erhöhungen, die weniger erfahrene Finger nie entdeckt hätten. Vorsichtig drückte er in einer ganz bestimmten Reihenfolge darauf und murmelte dabei lange vergessene Beschwörungen. Nachdem er auf die letzte Erhebung gedrückt hatte, sprang er eilig zurück und klopfte mit einem schnellen, scharfen Schlag der Handfläche auf die Türmitte.

Kein Knarren oder Knirschen einer Angel oder Feder war zu hören. Lautlos wich die Tür nach innen zurück. Keuchend fuhr Shevatas' Atem durch zusammengepresste Zähne. Ein kurzer schmaler Korridor öffnete sich vor ihm. Die Tür war über die ganze Länge des Korridors nach innen geglitten und befand sich nun an seinem anderen Ende. Boden, Decke und Seiten dieses tunnelähnlichen Ganges waren aus Elfenbein. Plötzlich kroch ein stummes, sich windendes Grauen aus einer Seitenöffnung. Es richtete sich ruckartig auf und starrte den Eindringling mit schrecklichen, leuchtenden Augen an. Eine Schlange war es, gut zwanzig Fuß lang, mit schimmernden, phosphoreszierenden Schuppen.

Der Dieb nahm sich keine Zeit zu überlegen, welche nachtschwarzen Höhlen unter der Kuppel diese Ausgeburt der Hölle ausgespuckt hatten. Flink zog er das Schwert. An seiner Spitze glänzte eine grünliche Flüssigkeit genau wie die, die von den geschwungenen Fängen des Reptils tropfte. Die Klinge war in das gleiche Gift getaucht, das diese Schlange hervorbrachte. Wie Shevatas zu diesem Gift aus den Sümpfen Zingaras gekommen war, in denen schreckliche Ungeheuer hausten, wäre eine Geschichte für sich.

Vorsichtig kam der Dieb mit leicht gebeugten Knien auf den Fußballen näher, bereit, sofort blitzschnell zur Seite zu springen. Und er brauchte auch seine ganze Flinkheit, als der Kopf der Schlange mit unvorstellbarer Geschwindigkeit vorschnellte. Trotz seiner übermenschlich schnellen Reaktion hätte Shevatas in diesem Augenblick den Tod gefunden, wäre ihm nicht ein unerwarteter Zufall zu Hilfe gekommen. Sein wohl überlegter Plan, zur Seite zu springen und gleichzeitig mit dem Schwert dem Reptil den Kopf abzuschlagen, wurde durch die Blitzesschnelle des Angriffs der Schlange zunichte gemacht. Dem Dieb blieb lediglich Zeit, das Schwert vorzustoßen. Unwillkürlich schloss er die Augen und schrie auf. Dann wurde ihm das Schwert aus der Hand gerissen und er hörte ein schreckliches Umsichschlagen und Peitschen.

Erstaunt darüber, dass er noch am Leben war, öffnete Shevatas die Augen. Er sah, wie das Ungeheuer sich wand und aufbäumte und um sich peitschte. Und er sah auch das Schwert, das aus dem riesigen Rachen ragte. Der pure Zufall hatte es, als er es blindlings ausstreckte, direkt den Rachen treffen lassen, in dem es stecken blieb. Wenige Herzschläge später, als das Gift an der Klinge zu wirken begann, sank die Schlange leblos zusammen.

Vorsichtig stieg Shevatas über sie hinweg und drückte auf die Tür, die diesmal zur Seite glitt und den Weg in die Kuppel freigab. Erstaunt schrie der Dieb auf. Statt in absolute Finsternis zu treten, blendete seine Augen ein rotes, fast schmerzhaft pulsierendes Licht. Es ging von einem gigantischen roten Edelstein hoch unter dem Kuppeldach aus. Shevatas sperrte den Mund auf, obgleich er an den Anblick gewaltiger Schätze gewöhnt war, aber das hier übertraf alle seine Erwartungen. Riesige Haufen von Rubinen, Diamanten, Türkisen, Opalen und Smaragden lagen herum; Zikkurate aus Jade, Gagat und Lapislazuli; Pyramiden aus Goldkeilen; Teocallis aus Silberbarren; Schwerter mit edelsteinbesetzten

Griffen in Goldhüllen; goldene Helme mit farbigen Pferdeschwanzkämmen oder schwarzen und roten Federbüschen; silberschuppige Brustpanzer; juwelenverzierte Harnische, einst von Königen getragen, die seit mehr als dreitausend Jahren in ihren Grabkammern ruhten; goldüberzogene Totenschädel mit Augen aus Mondstein; Ketten aus Menschenzähnen, die mit den verschiedensten Edelsteinen gefüllt waren. Der Elfenbeinboden war zollhoch mit Goldstaub bedeckt, der unter dem roten Licht glitzerte und schimmerte und millionenfach Funken sprühte. Der Dieb stand mit geweiteten Augen in einem Wunderland der Pracht und Magie, mit Sternen unter den Sohlen seiner Sandalen.

Aber seine Augen blickten wie gebannt auf das Kristallpodest, das sich inmitten dieser glitzernden Herrlichkeit erhob, unmittelbar unter dem roten Edelstein – auf dem die verrottenden, zu Staub zerfallenden Gebeine des seit dreißig Jahrhunderten toten Magiers liegen sollten. Das Blut wich aus Shevatas dunklen Zügen, sein Mark erstarrte zu Eis und Knochenfinger schienen über seinen Rücken zu streichen, während seine Lippen sich lautlos bewegten. Plötzlich fand er seine Stimme wieder und sein grauenvoller Schrei hallte ohrenbetäubend vom Kuppeldach wider. Dann senkte sich erneut die Stille von Äonen über die Ruinen des geheimnisvollen Kuthchemes herab.

## II

GERÜCHTE VERBREITETEN SICH über das Grasland bis zu den
Städten der Hyborier. Karawanen brachten sie mit sich,
diese langen Kamelzüge, die sich durch den Sand schleppten
und von schlanken, adleräugigen Männern in weißen Kaftanen begleitet wurden. Auch die hakennasigen Hirten des
Weidelands trugen sie weiter und von den Zeltbewohnern
erfuhren die Bürger der Städte sie, deren Könige mit krausen
blauschwarzen Bärten tonnenbauchige Götter mit unge-
wöhnlichen Riten verehrten. Die Gerüchte verbreiteten sich
auch am Fuß der Berge, wo hagere Nomaden sich an den
Schätzen der Karawanen bereicherten. Sie fanden ihren
Weg in das fruchtbare Hochland, in dem sich prächtige
Städte an blauen Seen und Flüssen erhoben, und machten
auch an den breiten, weißen Straßen nicht Halt, auf denen
Ochsenkarren rollten, Rinder brüllten und sich reiche Kaufleute, Ritter in stählernen Rüstungen, Bogenschützen und
Priester drängten.

Es waren Gerüchte, die aus der Wüste östlich von Stygien kamen, weit im Süden der kothischen Berge. Ein neuer
Prophet war unter den Nomaden erschienen. Man sprach

von Kriegen zwischen den Stämmen, von Geiern, die sich im Südosten in Massen scharten, und von einem schrecklichen Anführer, der seine schnell wachsenden Horden von Sieg zu Sieg führte. Die Stygier, seit jeher für die nördlichen Nationen eine Bedrohung, hatten offenbar nichts mit dieser Bewegung zu tun, denn sie sammelten ihre eigenen Truppen an der Ostgrenze und ihre Priester nahmen Zuflucht zur Magie, um gegen den Wüstenzauberer vorzugehen, den man Natohk, den Verschleierten nannte, da er stets sein Gesicht verhüllte.

Aber die Flut rollte nordwärts und die dunkelbärtigen Könige starben vor den Altären ihrer tonnenbauchigen Götter, während ihre befestigten Städte in Blut getaucht wurden. Man vermutete, dass das hyborische Hochland das Ziel Natohks und seiner frommen Anhänger war.

Überfälle aus der Wüste waren nichts Ungewöhnliches, aber die gegenwärtige Bewegung schien mehr als ein üblicher Überfall zu werden. Natohk, so ging das Gerücht, sollten sich bereits dreißig Nomadenstämme und die streitbaren Männer von fünfzehn Städten angeschlossen haben, ja sogar ein Rebellenprinz aus Stygien kämpfte an seiner Seite. Letzteres verlieh der Bewegung einen besonders ernsten Anstrich.

Charakteristischerweise nahmen die meisten der hyborischen Nationen die drohende Gefahr nicht zur Kenntnis. Aber in Khoraja, das die Klingen kothischer Abenteurer aus shemitischem Land gehauen hatten, war man sich ihrer durchaus bewusst. Da das kleine Königreich südlich von Koth lag, würde es die Invasion voll zu spüren bekommen. Dazu befand sich der junge König von Khoraja in der Gefangenschaft des verräterischen Königs von Ophir, der sich nicht entschließen konnte, ob er ihn für ein hohes Lösegeld freigeben oder seinem Erzfeind, dem geizigen König von Koth ausliefern sollte, von dem er zwar kein Gold, dafür aber ein günstiges Bündnis bekommen konnte.

Inzwischen lag die Regentschaft des leidgeprüften Landes in den zarten Händen der jungen Prinzessin Yasmela, der Schwester des Königs.

Minnesänger priesen in der ganzen westlichen Welt ihre Schönheit und in ihr war der Stolz einer langen Königsdynastie. Aber in dieser Nacht legte sie ihren Stolz ab wie ihr Gewand. In ihrem Gemach mit seiner Kuppel aus Lapislazuli, mit dem von kostbaren und seltenen Fellen bedeckten Marmorboden und den mit goldenen Friesen kunstvoll verzierten Wänden, schlummerten auf Samtdiwanen rings um das goldene Podest, auf dem das Bett der Prinzessin mit seinem Seidenbaldachin stand, zehn Mädchen, die Töchter von Edelmännern, mit schweren goldenen Arm- und Beinreifen. Aber Prinzessin Yasmela ruhte nicht in diesem seidenen Bett. Sie lag nackt auf ihrem Bauch auf dem kalten Marmorboden, wie ein sich zutiefst erniedrigender Bittsteller. Ihr dunkles Haar wallte über ihre weißen Schultern, ihre schlanken Finger hatte sie ineinander verkrampft. Sie wand sich in furchtbarem Grauen, das ihr das Blut in den geschmeidigen Gliedern erstarren ließ, ihre schönen Augen verschleierte, an ihren Haarwurzeln zu zerren schien und ihr ein Schaudern über den Rücken jagte.

Über ihr, in der dunkelsten Ecke des Marmorgemachs, lauerte ein gewaltiger, formloser Schatten. Es war keine lebende Gestalt aus Fleisch und Blut, sondern ein Fleck in der Dunkelheit, etwas, das vor den Augen verschwamm, ein monströser Nachtgeist, der eine Einbildung ihres schlaftrunkenen Geistes hätte sein können, wären nicht die Punkte glühenden, gelben Feuers gewesen, die wie zwei Augen aus der Schwärze funkelten.

Außerdem hatte dieses monströse Schattenwesen eine Stimme, die jedoch mit ihrem merkwürdigen Säuseln keiner menschlichen glich, sondern leicht an das Zischen einer Schlange erinnerte. Ihr Klang sowie die Bedeutung der Worte erfüllten die Prinzessin mit einem so unerträglichen

Entsetzen, dass sie ihren schlanken Körper wie unter Peitschenhieben krümmte, als könnte sie dadurch ihren Geist glauben machen, es gäbe dieses Albtraumwesen nicht.

»Du bist für mich bestimmt, Prinzessin«, zischelte die Stimme triumphierend. »Noch ehe ich aus meinem langen Schlaf erwachte, hatte ich dich für mich erwählt und sehnte mich nach dir, doch die alte Zauberformel, durch die ich meinen Feinden entkam, bannte mich. Ich bin die Seele Natohks, des Verschleierten. Sieh mich gut an, Prinzessin! Bald wirst du mich in meiner körperlichen Form erblicken und in Liebe zu mir entflammen!«

Das gespenstische Zischeln wurde zu einem begehrlichen Säuseln. Yasmela stöhnte und hämmerte in ihrer Hilflosigkeit und Furcht mit den kleinen Fäusten auf die Marmorfliesen.

»Ich schlummere in einem Gemach im Palast von Akhbitana«, fuhr die säuselnde Stimme fort. »Dort liegt mein fleischlicher Körper und doch ist er nur eine leere Hülle, die mein Geist eine kurze Weile verlassen hat. Könntest du aus dem Palastfenster sehen, würdest du die Nutzlosigkeit deines Widerstands erkennen. Die Wüste ist ein Rosengarten unter dem Mond, mit den Feuern von hunderttausenden von Kriegern. So wie eine Lawine sich den Berg hinabwälzt, immer schneller und größer wird, so werde ich die Lande meiner alten Feinde überrollen. Die Schädel ihrer Könige werden mir als Trinkkelche dienen, ihre Frauen und Kinder werden die Sklaven der Sklaven meiner Sklaven sein. Ich bin stark geworden in den langen Jahren meines Träumens …

Doch du wirst meine Königin werden, o Prinzessin! Ich will dich die alten vergessenen Techniken der Lust lehren. Wir …« Vor dem Strom übelster Obszönitäten, der aus dem schattenhaften Koloss auf sie herabprasselte, zuckte und wand Yasmela sich, als wäre er eine Peitsche, die in ihr Fleisch biss.

»Vergiss nicht«, wisperte das Albtraumwesen, »in wenigen Tagen schon wirst du mein sein!«

Yasmela presste ihr Gesicht auf die Fliesen und verschloss die Ohren mit den zarten Fingern. Trotzdem war ihr, als höre sie ein seltsames Rascheln, wie das Flattern von Fledermausflügeln. Als sie es wagte, wieder aufzublicken, sah sie nur den Mond, der durch das Fenster einen Silberstrahl wie ein Schwert in die Ecke schickte, in der sich eben noch das Phantom befunden hatte. Am ganzen Leib zitternd erhob sich die Prinzessin und taumelte zu einem satinüberzogenen Diwan, auf den sie sich hysterisch weinend warf. Die Mädchen schliefen weiter, nur eine erwachte. Sie setzte sich auf, gähnte, reckte ihre schlanken Glieder und sah sich blinzelnd um. Sofort eilte sie zu Yasmela, kniete sich vor ihrem Diwan nieder und legte beruhigend die Arme um ihre schlanke Taille.

»Was – was ist geschehen?« Ihre dunklen Augen waren furchtgeweitet.

Yasmela schlang heftig die Arme um sie. »O Vateesa, ES ist wieder gekommen! Ich sah ES – hörte ES sprechen. ES nannte seinen Namen – Natohk! ES ist Natohk, nicht bloß ein Albtraum. ES schwebte über mir, während ihr wie betäubt geschlafen habt. Was – o *was* kann ich tun?«

Vateesa spielte nachdenklich mit einem goldenen Armband.

»O Prinzessin«, sagte sie, »es besteht kein Zweifel, dass irdische Mächte ihm nichts anzuhaben vermögen. Auch das Amulett, das die Ischtarpriester Euch gaben, schützt Euch nicht vor ihm. Sucht das vergessene Orakel Mitras auf.«

Trotz ihrer kaum überstandenen Furcht erschauderte Yasmela bei diesem Rat kaum weniger als beim Anblick des Phantoms. Die Götter von gestern wurden zu den Dämonen von morgen. Die Kothier verehrten Mitra schon seit Äonen nicht mehr. Sie hatten diesen einst größten aller hyborischen Götter vergessen. Irgendwie glaubte Yasmela, dass diese Gottheit, weil sie sehr, sehr alt war, auch sehr, sehr schrecklich sein musste. Ischtar war eine furchterregende Göttin, wie alle kothischen Götter furchteinflößend waren. Die kothische Kultur und Religion hatten unter dem gemischten Einfluss shemitischer und stygischer Bräuche gelitten. Die einfachen Sitten der Hyborier waren zu einem hohen Maß durch die sinnliche, Luxus liebende und doch despotische Art des Ostens verändert worden.

»Wird Mitra mir denn helfen?« In ihrer Aufregung umklammerte Yasmela Vateesas Handgelenk so heftig, dass das Mädchen leise aufschrie. »So lange schon beten wir Ischtar an …«

»Er wird Euch ganz sicher helfen.« Vateesa war die Tochter eines ophitischen Priesters, der seinen Glauben und seine Sitten mitgebracht hatte, als er vor politischen Feinden nach Khoraja fliehen musste. »Geht zu seinem Altar! Ich werde Euch begleiten.«

»Ja, ich werde zu ihm gehen.« Yasmela erhob sich, verwehrte es Vateesa jedoch, sie anzukleiden. »Es wäre anmaßend, mich dem Schrein in Samt und Seide zu nähern. Nackt und auf den Knien werde ich zu Mitra flehen, wie es sich für eine Bittstellerin schickt. Mitra soll nicht glauben, mir fehle es an Demut.«

»Unsinn!« Vateesa hatte keinen Respekt vor Riten, die sie für falsch hielt. »Mitra will, dass die Menschen aufrecht vor ihm stehen und sich nicht wie Würmer auf dem Bauch vor ihm krümmen oder seine Altäre mit Opferblut besudeln.«

Derart beruhigt gestattete Yasmela dem Mädchen, ihr in ein seidenes Mieder zu helfen, über das sie eine Seidentunika zog, die sie mit einem breiten Samtgürtel schloss. Sie schlüpfte noch in Satinpantöffelchen, während Vateesas geschickte Finger ihr dunkles, welliges Haar zu seidig glänzenden Zöpfchen flocht. Danach folgte die Prinzessin dem Mädchen hinter einen schweren, mit Goldfäden bestickten Wandteppich und durch eine dort verborgene Tür.

Sie führte auf einen schmalen, gewundenen Gang, durch den die Mädchen zu einer weiteren Tür und hinaus auf einen breiten Korridor kamen. Hier stand ein Leibgardist in vergoldetem Kammhelm, silbernem Harnisch und gold-verzierten Beinröhren mit einer langschäftigen Streitaxt Wache.

Eine flüchtige Handbewegung ließ ihn verstummen, noch ehe er ein Wort über die Lippen brachte. Salutierend nahm er seinen Posten neben der Tür wieder ein und blieb reglos wie eine Statue stehen. Die Mädchen durchquerten den Korridor, der im Licht der Pechschalen an den hohen Wänden gespenstisch wirkte, und stiegen eine Treppe hinunter. Bei jedem Schatten in den verborgenen Winkeln zuckte Yasmela zusammen. Drei Stockwerke tiefer hielten sie schließlich in einem schmalen Gang inne. Seine gewölbte Decke war mit Edelsteinen besetzt, der Boden aus Kristall-blöcken zusammengefügt, und die Wände waren mit gol-denen Friesen verziert. Diesen prächtigen Korridor rannten sie, einander an der Hand haltend, hinunter zu einem breiten vergoldeten Portal.

Vateesa stieß die Tür auf. Ein Altar lag vor ihnen, der nur von ein paar Getreuen und königlichen Gästen des khoraja-nischen Hofes besucht wurde, für die dieser Schrein über-haupt noch erhalten wurde. Yasmela war nie zuvor hierher gekommen, obgleich sie im Palast das Licht der Welt erblickt hatte. Im Vergleich mit den prunkvollen Ischtar-altären wirkte er einfach in seiner ungekünstelten Würde, die für die Mitrareligion charakteristisch war.

Die Decke war hoch, doch nicht gewölbt, und bestand aus unverziertem weißem Marmor, genau wie die Wände und der Boden, doch wurden Letztere durch ein goldenes Fries ringsum aufgelockert. Hinter dem Altar aus klarer grüner Jade, der unbefleckt von Opferblut war, stand das Podest und darauf saß das weltliche Abbild der Gottheit. Mit ehrfürchtig geweiteten Augen betrachtete Yasmela die

mächtigen Schultern, die fein geschnittenen Züge, die gütig
wirkenden Augen, den patriarchalischen Bart, die üppigen
Locken, die von einem einfachen Band um die Schläfen
gehalten wurden. Das war, obgleich Yasmela es nicht
wusste, Kunst in ihrer höchsten Vollendung – der freie,
unverfälschte Ausdruck eines zutiefst ästhetischen Volkes,
das frei von konventionellem Symbolismus war.

Die Prinzessin fiel vor dieser Statue auf die Knie und
drückte schließlich, trotz Vateesas Einwände, die Stirn auf
den kalten Marmorboden. Vorsichtshalber folgte die Ophitin
dann aber doch dem Beispiel; schließlich war sie nur ein
junges Mädchen und dieser Schrein erfüllte sie mit tiefer
Ehrfurcht. Allerdings konnte sie nicht umhin, Yasmela ins
Ohr zu flüstern:

»Das ist nur ein Bildnis. Niemand maßt sich an zu wissen,
wie Mitra wirklich aussieht. So stellte man ihn in
idealisierter Menschengestalt dar, der Vollkommenheit so
nah, wie Menschengeist sie auszudrücken vermag. Mitra
wohnt nicht in kaltem Stein, wie eure Priester es auch
glauben machen wollen, dass Ischtar es tut. Er ist überall
– über uns, um uns – und manchmal träumt er dort oben
zwischen den Sternen. Doch hierher wendet er oft den Blick.
Darum ruft ihn jetzt an.«

»Was soll ich sagen?«, wisperte Yasmela angstvoll.

»Noch ehe Ihr überhaupt den Mund zu öffnen vermögt,
kennt Mitra bereits Eure Gedanken …«, begann Vateesa
und zuckte genau wie Yasmela furchtsam zusammen, als
eine Stimme in der Luft über ihnen erschallte. Die tiefe,
ruhige, an Glocken erinnernde Stimme kam weder aus dem
steinernen Abbild, noch von sonst woher in dem Altarraum.
Wieder erbebte die Prinzessin unter einer körperlosen
Stimme, die zu ihr sprach, doch diesmal nicht vor Grauen
oder Abscheu.

»Sprich nicht, meine Tochter, denn ich lese in deiner
Seele!« Die Stimme klang musikalisch wie sanfte Wogen,

die rhythmisch über einen goldenen Strand spülten. »Es gibt einen Weg, dein Königreich und mit ihm die ganze Welt vor den Fängen der Schlange zu retten, die aus der Finsternis der alten Zeit gekrochen kommt. Geh allein hinaus auf die Straße und lege das Geschick deines Königreichs in die Hände des ersten Mannes, dem du begegnest!«

Die echolose Stimme verstummte. Die beiden Mädchen starrten einander an. Schweigend erhoben sie sich und stahlen sich davon. Sie sprachen auch nicht, bis sie wieder in Yasmelas Schlafgemach zurück waren. Die Prinzessin blickte aus dem goldvergitterten Fenster. Der Mond war bereits untergegangen, es war lange nach Mitternacht. Die fröhlich Feiernden hatten sich aus den Gärten und von den Dächern zurückgezogen. Khoraja schlummerte unter den Sternen, mit denen die Pechschalen in Gärten, Straßen und auf den flachen Dächern der Häuser, in denen die Menschen schliefen, zu wetteifern suchten.

»Was wollt Ihr tun?«, fragte Vateesa zitternd.

»Bring mir einen Umhang«, bat die Prinzessin.

»Aber allein auf der Straße, und zu dieser Stunde!«, rief Vateesa.

»Mitra hat gesprochen«, erwiderte Yasmela. »Ob es nun die Stimme eines Gottes gewesen ist oder der Trick eines Priesters, ich werde gehen!«

Sie warf sich einen weiten Seidenumhang um die schmalen Schultern, setzte eine Samtkappe auf, von der ein feiner Schleier hing, den sie sich vor das Gesicht zog. Hastig durchquerte sie die Korridore. Vor einer Bronzetür stand ein Dutzend Speerträger, die ihr offenen Mundes nachstarrten, als sie hindurcheilte. Diese Tür befand sich in einem direkt auf die Straße führenden Flügel. Alle anderen Seiten des Palasts waren von Gärten mit hohen Mauern umgeben. Yasmela trat auf eine Straße hinaus, die in regelmäßigen Abständen von Pechschalen auf hohen Stangen erhellt wurde. Sie zögerte, doch dann schloss sie endlich die Tür hinter sich, ehe sie in ihrem Entschluss zu schwanken beginnen konnte. Leicht schaudernd blickte sie die Straße entlang, die still und menschenleer vor ihr lag. Noch nie hatte die Königstochter sich ohne Eskorte außerhalb des Palasts ihrer Vorfahren gewagt. Sie straffte die Schultern und lief mit schnellen Schritten los. Ihre Füße in den dünnen Satinpantöffelchen verursachten kaum einen Laut, trotzdem schlug ihr Herz bei jedem Aufsetzen ihrer zierlichen Füße heftig. Sie bildete sich ein, ihre Schritte hallten wie Donner in der riesigen Stadt wider und weckten überall in den Gossen zerlumpte Gestalten mit unsteten Augen. Jeder Schatten schien ihr einen versteckten Meuchelmörder zu verbergen, und jede Tür die geifernden Hunde der Finsternis.

Plötzlich zuckte sie erschrocken zusammen. Vor ihr trat eine Gestalt aus einer dunklen Gasse auf die Straße. Hastig zog Yasmela sich in den Schatten einer Mauer zurück, der ihr mit einem Mal wie eine Zuflucht erschien. Ihr Herz hämmerte wie besessen. Die näher kommende Gestalt bewegte sich jedoch nicht verstohlen wie ein Dieb. Festen Schrittes stiefelte sie daher, als gäbe es für sie nichts, das sie zu fürchten hätte. Schwer schlugen die Sohlen auf das Pflaster. Als sie an einer flackernden Pechlampe vorüberkam, konnte Yasmela sie ganz deutlich sehen. Es war ein riesenhafter Mann in der Kettenrüstung eines Söldners. Die Prinzessin nahm all ihren Mut zusammen und rannte aus dem Schatten heraus.

»Sa-ha!« Der Söldner riss sein Schwert halb aus der Scheide, doch dann schob er es sofort zurück, als er sah, dass er eine Frau vor sich hatte. Trotzdem schaute er sich wachsam um, ob nicht irgendwo in den Schatten Halunken lauerten, deren Lockvogel die Frau sein mochte.

Die Hand an dem langen Schwertgriff, der aus dem wallenden scharlachroten Umhang über dem Kettenhemd herausragte, betrachtete er sie. Das flackernde Licht spiegelte sich an dem glänzenden blauen Stahl seiner Beinröhren und der Kesselhaube. Doch stärker als das Licht funkelten seine eisblauen Augen. Beim ersten Blick schon hatte die Prinzessin erkannt, dass er kein Kothier war, und als er sprach, wurde ihr bewusst, dass er auch aus keinem hyborischen Land stammte. Seine Kleidung wies ihn als Hauptmann der Söldnertruppen aus, zu denen Männer aus den verschiedensten Ländern gehörten, Barbaren ebenso wie zivilisierte Fremde. Das Wölfische an ihm verriet den Barbaren. Nie würden die Augen eines zivilisierten Menschen, egal wie wild oder schurkisch er war, mit einem solchen Feuer brennen. Sein Atem, der ihr flüchtig entgegenschlug, roch nach Wein, aber der Mann torkelte weder, noch stammelte er.

»Haben sie dich ausgesperrt?«, fragte er in barbarischem Kothisch und streckte die Hand nach ihr aus. Seine Finger legten sich nur leicht um ihr Handgelenk, aber sie spürte, dass sie es ohne Anstrengung zermalmen könnten, wenn er es so wollte. »Ich komme aus dem letzten noch offenen Weinhaus – Ischtars Fluch auf diese erbärmlichen Weltverbesserer, die alle Tavernen am liebsten schon am frühen Abend schließen würden! ›Die Männer sollen schlafen, statt zu saufen!‹, sagen sie. Ha! Damit sie für ihre Herrn besser arbeiten und kämpfen können! Hasenherzige Eunuchen sind sie in meinen Augen! Als Söldner in Corinthien soffen und liebten wir die ganze Nacht hindurch und kämpften dafür am Tag umso besser – ja, Blut floss in Strömen von unseren Schwertern. Aber was ist mit dir, mein Mädchen? Zieh doch diesen verdammten Schleier hoch …«

Sie wich seinem Griff mit einer geschmeidigen Drehung ihres grazilen Körpers aus. Ihr war die Gefahr durchaus bewusst, in der sie mit diesem betrunkenen Barbaren schwebte. Sagte sie ihm, wer sie war, würde er sie auslachen oder einfach stehen lassen. Sie war sich auch nicht sicher, ob er ihr nicht vielleicht einfach den Hals umdrehen würde. Barbaren waren zu allem fähig. Sie kämpfte gegen ihre wachsende Angst an.

»Nicht hier«, sagte sie mit gezwungenem Lachen. »Komm mit mir …!«

»Wohin?« Sein wildes Blut pochte heiß in den Adern, aber er war wachsam wie ein Wolf. »Willst du mich Räubern in die Hände liefern?«

»Nein, nein, ich schwöre es!« Es war nicht leicht, der Hand auszuweichen, die schon wieder nach ihrem Schleier griff.

»Der Teufel hole dich, Weibsbild!«, brummte er verärgert. »Du bist nicht besser als die Hyrkanierinnen mit ihren verdammten Schleiern. Dann lass mich wenigstens deine Figur sehen!«

Ehe sie es verhindern konnte, hatte er ihr den Umhang von der Schulter gerissen. Sie hörte, wie er bewundernd den Atem einsog. Er hielt ihren Umhang und starrte sie an, als hätte der Anblick ihres kostbaren Gewands ihn ein wenig ernüchtert. Wieder stieg Misstrauen in ihm auf.

»Wer, zum Teufel, bist du?«, knurrte er. »Du bist keine Straßendirne – außer dein Zuhälter hat deine Sachen aus dem Harem des Königs gestohlen.«

»Zerbrich dir jetzt nicht den Kopf darüber.« Sie wagte es nun sogar, eine Hand auf seinen muskulösen Arm zu legen. »Komm lieber schnell mit mir von der Straße!«

Er zögerte, dann zuckte er die mächtigen Schultern. Sie erriet, dass er sie für eine vornehme Dame hielt, die, ihrer feinen Liebhaber müde, sich auf diese Weise amüsieren wollte. Er gestattete, dass sie sich wieder in den Umhang hüllte, und folgte ihr. Sie beobachtete ihn aus dem Augenwinkel, während sie gemeinsam die Straße entlanggingen. Seine Rüstung vermochte nicht die kräftigen Muskeln, die raubtierhafte Kraft verrieten, zu verbergen. Alles an ihm war raubtierhaft, ungebändigt. Er war ihr so fremd wie der Dschungel, wenn sie ihn mit den vornehmen Höflingen verglich, an die sie gewöhnt war. Sie fürchtete ihn, versuchte sich einzureden, dass sie seine rohe Kraft und seine barbarischen Manieren verabscheute, und doch zog er sie ungewollt an, rührte an etwas in ihrer Seele. Allein bei der Erinnerung an die Berührung seiner harten Hand auf ihrem Arm erschauderte sie auf angenehme Weise. Viele Männer waren vor ihr auf die Knie gesunken, doch hier war einer, das spürte sie, der vor niemandem das Knie beugen würde. Sie fühlte sich wie eine Frau, die einen ungezähmten Tiger spazieren führte; sie hatte Angst und war doch gleichzeitig von dieser Angst fasziniert.

An der Palasttür blieb sie stehen und drückte leicht dagegen. Verstohlen beobachtete sie ihren Begleiter, doch sie las kein Misstrauen in seinen Augen.

»Palast, hm?«, brummte er. »Du bist also eine Leibmagd!«

Mit einem Hauch von Eifersucht fragte sie sich, ob vielleicht schon eine ihrer Dienerinnen diesen Kriegsadler in ihren Palast mitgenommen hatte. Die Wachen standen unbewegt, als sie ihn vorbeiführte, aber er beobachtete sie, wie ein wilder Hund es vielleicht bei einer fremden Meute tun mochte. Sie ging ihm voraus durch eine verhangene Tür in ein Gemach, in dem er sich neugierig umsah, bis er einen Weinkrug auf einem Ebenholztischchen stehen sah. Erleichtert aufseufzend griff er danach und hob ihn an die Lippen. In diesem Augenblick kam Vateesa aus dem Nebengemach herbeigelaufen und rief atemlos: »O meine Prinzessin …«

»Prinzessin!«

Der Weinkrug fiel auf den Boden und zerbrach. Mit einer blitzschnellen Bewegung riss der Söldner Yasmelas Schleier herunter. Mit einem Fluch wich er zurück und sein Schwert schien wie von selbst in seine Hand zu springen. Seine Augen funkelten gleich denen eines gestellten Tigers. Eine Spannung wie vor einem Gewitter hing in der Luft. Ohne ein weiteres Wort hervorzubringen, sank Vateesa furchterfüllt auf den Boden, aber Yasmela stand dem Barbaren gegenüber, ohne auch nur mit der Wimper zu zucken. Sie wusste, dass ihr Leben an einem seidenen Faden hing. In seinem Misstrauen mochte der Barbar bei der geringsten Bewegung zuschlagen. Doch irgendwie genoss die Prinzessin die Aufregung dieser Situation.

»Habt keine Angst!«, sagte sie. »Ich bin Yasmela, aber Ihr habt keinen Grund, mich zu fürchten.«

»Weshalb brachtet Ihr mich hierher?«, knurrte er und seine eisig glitzernden Augen blicken sich misstrauisch um. »Es stinkt nach einer Falle!«

»Keine Falle!«, versicherte sie ihm. »Ich brachte Euch hierher, weil ich Hilfe brauche. Ich rief die Götter an – Mitra rief ich an und er gebot mir, auf die Straße zu gehen und den ersten Mann, dem ich begegnen würde, um Hilfe zu bitten.«

Das war etwas, das er verstehen konnte. Auch die Barbaren hatten ihre Orakel. Er senkte das Schwert, steckte es jedoch nicht in die Scheide zurück.

»Nun, wenn Ihr Yasmela seid, habt Ihr wahrhaftig Hilfe bitter nötig«, brummte er. »Euer Königreich befindet sich in keiner erfreulichen Lage. Aber wie kann ich Euch helfen? Wenn Ihr möchtet, dass ich jemandem die Kehle durchschneide …«

»Setzt Euch!«, bat sie. »Vateesa, bring ihm Wein!«

Er ließ sich, wie ihr auffiel, so nieder, dass er mit dem Rücken an einer Wand lehnte und den ganzen Raum im Auge behalten konnte. Sein blankes Schwert legte er über die von der Kettenrüstung bedeckten Knie. Sie betrachtete es fasziniert. Sein stumpfblaues Schimmern schien von heißem Kampf und Blutvergießen zu erzählen. Sie bezweifelte, dass sie kräftig genug wäre, es zu heben, und doch wusste sie, dass dieser Söldner es mit einer Hand so leicht schwingen konnte, als wäre es eine Reitpeitsche. Sie bemerkte die Größe seiner fast prankenhaften Hände, in denen ungeheure Kraft stecken musste. Erschrocken ertappte sie sich dabei, dass sie sich vorstellte, wie diese starken Finger durch ihre schwarzen Locken fuhren.

Sein Misstrauen ließ nach, als sie sich auf einem Diwan ihm gegenüber niederließ. Er nahm seine Kesselhaube ab, legte sie auf den Tisch und zog den Nackenschutz zurück, sodass die Kettenglieder lose auf die Schulter fielen. Sie fand nun doch eine Ähnlichkeit mit den Hyboriern an ihm. Sein dunkles sonnengebräuntes Gesicht verriet ein wenig Düsternis und die Züge wirkten finster, ohne dass sie von Verderbtheit oder Bosheit gezeichnet waren, was die funkelnden Augen noch betonten. Eine gerade geschnittene, rabenschwarze Mähne hing über die hohe Stirn.

»Wer seid Ihr?«, fragte sie.

»Conan, ein Hauptmann der Söldnerspeerträger«, antwortete er, ehe er den Weinbecher mit einem Schluck leerte und zum Nachfüllen ausstreckte. »Ich wurde in Cimmerien geboren.«

Dieser Name sagte ihr wenig. Sie erinnerte sich nur vage, einmal gehört zu haben, dass Cimmerien ein raues Bergland im fernen Norden, jenseits der letzten Außenposten der hyborischen Nationen und die Heimat eines wilden, grimmigen Volkes war. Aber sie war nie zuvor einem Cimmerier begegnet.

Sie stützte das Kinn auf ihre Hände und blickte ihn mit den klaren dunklen Augen an, die ihr schon viele Herzen hatten zufliegen lassen.

»Conan von Cimmerien«, flüsterte sie. »Ihr sagtet, ich hätte Hilfe bitter nötig. Wieso?«

»Nun«, erwiderte er. »Das ist jedem klar. Der König, Euer Bruder, befindet sich in Gefangenschaft in Ophir. Koth ist darauf aus, euch zu versklaven. Dazu kommt noch dieser Zauberer, der die Hölle auf Shem herabbeschwört. Und außerdem desertieren jeden Tag mehr Eurer Soldaten.«

Sie antwortete nicht sofort. Es war völlig ungewohnt für

sie, dass jemand so offen zu ihr sprach, ohne seine Worte in höfische Phrasen zu kleiden.

»Weshalb desertieren meine Soldaten, Conan?«, fragte sie.

»Manche laufen zu Koth über, weil man ihnen dort mehr verspricht«, brummte er und füllte seinen Becher erneut. »Viele sind der Ansicht, dass Khoraja ohnedies bald seine Unabhängigkeit verlieren wird. Und vielen jagen diese Schauergeschichten über den Hund Natohk Angst und Schrecken ein.«

»Werden die Söldner uns beistehen?«, fragte sie besorgt.

»Nur solange sie gut bezahlt werden«, erwiderte er offen. »Eure Politik bedeutet uns nichts. Ihr könnt Eurem General Amalric vertrauen, aber der Rest sind Männer, für die nur die Beute, die sie machen können, zählt. Wenn Ihr das Lösegeld bezahlt, das Ophir verlangt, werdet Ihr nicht mehr genug Sold für uns haben, so zumindest geht das Gerücht. In diesem Fall könnte es leicht sein, dass der größte Teil der Söldner zum König von Koth überläuft, obgleich er ein Knauser ist, wie man nicht so schnell einen findet. Oder es wäre natürlich auch möglich, dass wir diese Stadt plündern. In Bürgerkriegen gibt es immer reiche Beute.«

»Weshalb würdet ihr nicht zu Natohk überlaufen?«, fragte Yasmela.

»Womit würde er uns bezahlen?«, entgegnete Conan verächtlich. »Mit tonnenbäuchigen Götterbildern, die er aus den shemitischen Städten geplündert hat? Solange Ihr gegen Natohk kämpft, könnt Ihr uns trauen.«

»Würden Eure Kameraden Euch folgen?«, fragte sie übergangslos.

»Was meint Ihr damit?«

»Nun, ganz einfach, dass ich Euch zum Feldherrn der khorajanischen Heere machen werde.«

Er stellte den Becher ab, den er gerade an die Lippen

führen wollte, und starrte sie an. Plötzlich begann er über das ganze Gesicht zu grinsen.

»Feldherr! Crom! Aber was werden Eure parfümierten Edlen dazu sagen?«

»Sie werden mir gehorchen!« Sie klatschte in die Hände, um einen Sklaven zu rufen, der mit einer tiefen Verbeugung eintrat. »Lass Graf Thespides sofort zu mir kommen; und den Kanzler Taurus, ebenso Lord Amalric und den Agha Shupras!«

»Ich setze mein Vertrauen in Mitra«, erklärte die Prinzessin und schaute Conan fest an, der jetzt das Essen verschlang, das Vateesa zitternd vor ihm abgestellt hatte. »Habt Ihr schon in vielen Kriegen gekämpft?«

»Ich wurde mitten im Schlachtgetümmel geboren«, antwortete er, ehe er mit kräftigen Zähnen ein Stück Fleisch von einer gewaltigen Keule riss. »Das Erste, was ich in diesem Leben hörte, war das Klirren von Schwertern, Schlachtrufe und das Schreien der Verwundeten. Ich kämpfte in Blut- und Stammesfehden und in Kriegen, die mächtige Reiche gegeneinander führten.«

»Aber könnt Ihr Eure Männer auch anführen und zur Schlacht formieren?«

»Ich kann es versuchen«, erwiderte er unerschütterlich. »Es ist nicht viel mehr als ein Schwertkampf in größerem Maßstab. Man lockt den Gegner aus seiner Deckung ins Gefecht. Entweder liegt dann er am Boden oder man selbst.«

Der Sklave kam zurück und meldete die Ankunft der Männer, nach denen geschickt worden war. Yasmela trat in das Gemach nebenan und zog den Samtvorhang hinter sich zu. Die Edlen beugten die Knie. Sie waren offensichtlich erstaunt, zu so später Stunde gerufen zu werden.

»Ich habe euch kommen lassen, um euch meine Entscheidung kundzutun«, sagte Yasmela. »Das Königreich ist in Gefahr.«

»Sehr richtig, meine Prinzessin.« Graf Thespides ergriff das Wort. Er war ein hochgewachsener Mann mit gelocktem schwarzem Haar. Mit einer Hand strich er sich über den Spitzbart, während die andere ein Samtbarett mit einer scharlachroten Feder hielt. Seine spitzen Schuhe waren aus Satin und sein goldbesticktes Samtwams reichte ihm bis über die Hüften. Sein Benehmen wirkte geziert, aber die Muskeln unter dem prächtigen Gewand waren nicht zu übersehen.

»Ich wollte Euch bereits vorschlagen, Ophir mehr Gold für die Freilassung Eures Bruders anzubieten«, sagte er.

»Ich bin absolut dagegen«, warf Taurus, der Kanzler ein. Er war ein älterer Mann, dessen Züge von seinem lang-jährigen Dienst gezeichnet waren, und trug eine mit Her-melin besetzte Robe. »Wir erklärten uns schon bereit, mehr zu bezahlen, als wir uns leisten können. Eine noch höhere Summe vorzuschlagen, würde Ophirs Habgier nur noch anstacheln. Meine Prinzessin, wie Ihr wisst, bin ich nach wie vor der Überzeugung, dass Ophir nichts unternehmen wird, solange nicht die Entscheidung zwischen uns und den eindringenden Horden dieses Natohk gefallen ist. Unter-liegen wir, wird Ophir König Khossus ausliefern, sie-gen wir, wird er ihn zweifellos nach Aushändigung eines Lösegelds zu uns zurückschicken.«

»Und inzwischen desertieren täglich mehr Soldaten«, gab Amalric zu bedenken. »Die Söldner werden unruhig, weil wir immer noch nichts unternehmen.« Der General war ein riesenhafter Nemedier mit einer gelben Löwenmähne. »Wir müssen schnell handeln, wenn wir …«

»Morgen marschieren wir südwärts«, versicherte ihm Yasmela. »Und hier ist der Mann, der euch führen wird.«

Sie zog den Samtvorhang zurück und deutete nicht ohne Dramatik auf den Cimmerier. Allerdings hatte sie dafür vielleicht nicht den richtigen Augenblick gewählt, denn Conan hatte sich auf seinem Diwan zurückgelehnt und die

Beine auf den Tisch gelegt, während er damit beschäftigt war, an der Rinderkeule zu nagen, die er in beiden Händen hielt. Er blickte gleichmütig auf die erstaunten Edlen, grinste Amalric zu und aß ungerührt weiter.

»Mitra schütze uns!«, entfuhr es Amalric. »Das ist Conan, der Nordmann, der wildeste meiner Söldner! Ich hätte ihn schon längst hängen lassen, wäre er nicht der beste Schwertkämpfer, der mir je unterkam …«

»Eure Hoheit beliebt zu scherzen!«, sagte Thespides schrill. Seine aristokratischen Züge verdüsterten sich. »Dieser Mann ist ein Wilder – ohne Kultur und Manieren! Es kommt einer Beleidigung gleich, Männer meines Blutes unter ihm dienen zu lassen! Ich …«

»Graf Thespides«, sagte Yasmela, »Ihr tragt meinen Handschuh an Eurem Gürtel. Gebt ihn mir zurück, dann geht!«

»Gehen soll ich?«, rief er verblüfft. »Wohin?«

»Nach Koth oder zum Hades«, antwortete die Prinzessin. »Wenn Ihr mir nicht dienen wollt, wie ich es befehle, dann werdet Ihr mir überhaupt nicht mehr dienen.«

»Ihr tut mir Unrecht, Prinzessin«, sagte er zutiefst gekränkt und verbeugte sich. »Ich würde nie meinen Treueeid brechen. Um Euretwillen werde ich sogar diesem Wilden meine Schwerthand leihen.«

»Und Ihr, mein Lord Amalric?«

Der General fluchte leise, dann grinste er. Als echter Glücksritter verwunderte ihn nicht so leicht etwas.

»Ich werde unter ihm dienen. Ein kurzes Leben und ein lustiges – das ist es, was ich immer wollte. Und mit Conan, dem Tollkühnen, als Befehlshaber verspricht es sowohl lustig als auch kurz zu werden. Mitra! Wenn dieser Hund je mehr als eine Abteilung von Halunken befehligte, fresse ich ihn mitsamt seiner Rüstung!«

»Und Ihr, mein Agha?« Yasmela drehte sich Shupras zu.

Der zuckte ergeben die Schultern. Er war ein typischer

Vertreter des Volkes, das sich entlang der Südgrenze von Koth entwickelt hatte – groß und hager, mit noch knochigeren Zügen und raubvogelähnlicher als seine reinblütigen Brüder in der Wüste.

»Ischtars Wille geschehe, Prinzessin.« Der Fatalismus seines Volkes sprach aus ihm.

»Wartet hier«, befahl Yasmela. Während Thespides wütend sein Samtbarett in den Händen zerknüllte, Taurus vor sich hin brummelte und Amalric auf und ab marschierend und an seinem gelben Bart zupfend wie ein hungriger Löwe grinste, verschwand die Prinzessin wieder hinter dem Vorhang und rief nach ihren Sklaven.

Auf ihre Anweisung hin brachten sie einen Harnisch, den Conan statt seines Kettenhemds tragen sollte, dazu Ringkragen, Stahlschuhe, Brustpanzer, Schulterschutz, Beinschienen und Helm. Als Yasmela den Vorhang wieder öffnete, stand Conan in brüniertem Stahl vor den Wartenden. In der Rüstung und mit seinem dunklen Gesicht im Schatten des gewaltigen schwarzen Federbusches, der auf seinem Helm wippte, wirkte er auf grimmige Weise beeindruckend. Selbst Thespides musste es sich insgeheim eingestehen. Eine spöttische Bemerkung erstarb auf Amalrics Lippen.

»Bei Mitra«, sagte er bedächtig. »Ich hätte nie erwartet, Euch je in edler Rüstung zu sehen, aber sie steht Euch verdammt gut. Bei meinen Fingerknöcheln, Conan, ich sah Könige, die ihren Harnisch weniger majestätisch trugen, als Ihr es tut.«

Conan schwieg. Er schien in weite Fernen zu blicken, als sähe er die Zukunft. In vielen Jahren, wenn einst sein Traum Wirklichkeit geworden war, würde er sich an Amalrics Worte erinnern.

## III

AM FRÜHEN MORGEN DRÄNGTEN SICH die Bürger auf den Straßen von Khoraja, um die Truppen durch das Südtor ziehen zu sehen. Endlich waren die Streitkräfte in Marsch. Die Vorhut bildeten die Ritter in ihren reich verzierten Rüstungen mit farbigen Federbüschen, die auf den glänzenden Helmen wippten. Ihre Rosse in Harnischen aus glänzendem Leder, die mit goldenen Gurten über seidene Schabracken geschnallt waren, tänzelten und kurbettierten unter der Führung ihrer Reiter. Die ersten Strahlen der aufgehenden Sonne ließen die Lanzenspitzen aufblitzen, die wie ein gewaltiger Wald aufragten, und die Banner flatterten in der leichten Brise. Jeder Ritter trug einen Gunstbeweis seiner Herzensdame – einen Handschuh, einen Schal oder eine Rose, entweder am Helm oder an seinem Schwertgürtel. Diese Ritter waren die Edlen von Khoraja, etwa fünfhundert an der Zahl. Graf Thespides, der sich, wie man raunte, Hoffnungen auf die Hand der Prinzessin machte, führte sie an.

Ihnen folgte die leichte Kavallerie mit ihren hochbeinigen, ausdauernden Pferden. Ihre Reiter waren Männer aus den Bergen, hager, mit Raubvogelgesichtern. Sie trugen

Spitzhelme aus Stahl und unter ihren weiten Kaftanen glänzende Kettenpanzer. Ihre Hauptwaffe war der furchterregende shemitische Bogen, mit dem man Pfeile fünfhundert Fuß weit schießen konnte. Sie waren insgesamt gut fünftausend unter ihrem Anführer Shupras, der mit mürrischem Gesicht vor ihnen herritt.

Dicht hinter ihnen marschierten die khorajanischen Speerträger, wie überall in den hyborischen Ländern gering an Zahl, da die Reiterei als die einzig ehrenhafte Truppe galt. Sie, genau wie die Ritter, waren von altem kothischem Blut – Söhne verarmter Familien, die keine Zukunft hatten und sich weder Pferde noch Rüstung leisten konnten. Auch sie waren fünfhundert an der Zahl.

Die Söldner bildeten die Nachhut – tausend Reiter und zweitausend Speerträger. Die großen Pferde der Kavallerie wirkten so hart und wild wie ihre Reiter; sie tänzelten und kurbettierten nicht wie die Rosse der Ritter. Grimmig sahen sie aus, diese Berufskämpfer, die allesamt Veteranen vieler blutiger Schlachten waren. Sie steckten von Kopf bis Fuß in Kettenrüstung und trugen ihre visierlosen Helme über Kettenhauben, die bis über die Schultern reichten. Ihre Schilde waren ohne jede Zier, ihre langen Lanzen ohne Banner. An ihren Sattelknäufen baumelten Streitäxte oder stählerne Streitkolben und von der Seite eines jeden hing ein langes Breitschwert. Die Speerträger waren ähnlich bewaffnet, nur dass sie statt der Kavallerielanzen Piken trugen.

Es waren Männer aus verschiedenen Völkern. Hochgewachsene Hyperboreaner befanden sich unter ihnen, mager, grobknochig, mit langsamer Zunge und von aufbrausendem Wesen; braunhaarige Gundermänner aus den Bergen im Nordwesten; stolze corinthische Renegaten; dunkelhäutige Zingarier mit borstigem schwarzem Schnurrbart und feurigem Temperament; Aquilonier aus dem fernen Westen. Aber alle außer den Zingariern waren Hyborier.

Ganz zuletzt kam ein Kamel mit prächtiger Schabracke,

das ein Ritter auf einem gewaltigen Streitross führte und von einem Trupp ausgesuchter Kämpfer der Leibgarde begleitet wurde. Unter dem Seidenbaldachin des Sitzes war eine schlanke, seidengewandete Gestalt zu sehen, bei deren Anblick die Bevölkerung in einen Begeisterungstaumel ausbrach.

Conan der Cimmerier blickte in seiner Panzerrüstung beunruhigt und missbilligend auf das prunkvolle Kamel, dann sprach er zu Amalric, der in seiner prächtigen Rüstung aus Kettenhemd, goldenem Brustpanzer und Helm mit Pferdeschweifkamm neben ihm ritt. »Die Prinzessin bestand darauf mitzukommen. Sie ist zwar entschlossen, aber es mangelt ihr doch an Körperkraft. Wie dem auch sei, sie muss sich von diesen behindernden Gewändern trennen.«

Amalric zog an seinem gelben Schnurrbart, um ein Grinsen zu verbergen. Offenbar nahm Conan an, dass Yasmela vorhatte, sich einen Schwertgürtel umzuschnallen und höchstpersönlich an der Schlacht teilzunehmen, wie die Frauen der Barbaren es taten.

»Hyborische Frauen kämpfen nicht wie cimmerische, Conan«, erklärte er ihm. »Yasmela reitet lediglich mit, um die Schlacht zu beobachten. Außerdem«, er drehte sich im Sattel und senkte die Stimme, »nur zwischen Euch und mir: Ich habe das Gefühl, dass die Prinzessin ganz einfach Angst hat, in der Stadt zu bleiben. Sie fürchtet sich vor etwas …«

»Vor einem Aufruhr? Vielleicht sollten wir vorsichtshalber ein paar Bürger aufhängen, ehe wir aufbrechen …«

»Nein, das ist es nicht. Eine ihrer Leibmägde konnte den Mund nicht halten – sie plapperte, *Etwas* würde des Nachts in den Palast eindringen und Yasmela zu Tode erschrecken. Zweifellos eine von Natohks Teufeleien. Conan, wir werden gegen mehr als nur Menschen aus Fleisch und Blut kämpfen müssen!«

»Jedenfalls ist es besser, dem Feind entgegenzuziehen, als auf ihn warten zu müssen.«

Er warf einen Blick auf die langen Wagenreihen mit dem Tross, dann nahm er die Zügel in seine eisenbehandschuhte Rechte und stieß aus reiner Gewohnheit den Kampfruf der Söldner aus: »Reiche Beute oder zur Hölle, Kameraden – vorwärts, marsch!«

Hinter dem langen Zug schloss sich das schwere Stadttor von Khoraja. Besorgte Blicke folgten ihnen von den Brustwehren. Die Khorajaner wussten nur zu gut, dass von dieser Armee ihr Leben abhing. Wenn sie geschlagen würde, war zu erwarten, dass Khoraja in Blut versank, denn die wilden Horden aus dem Süden kannten kein Erbarmen.

Den ganzen Tag marschierte und ritt die Kolonne durch hügeliges Weideland, durch das sich träg schmale Flüsse wälzten. Allmählich begann das Gelände anzusteigen. Vor ihnen lag eine niedrige Bergkette, die sich lückenlos vom östlichen zum westlichen Horizont erstreckte. In der Nacht lagerten sie auf den Nordhängen dieser Berge. Zu Dutzenden kamen die glutäugigen Männer der Bergstämme mit ihren scharf geschnittenen Zügen und Geiernasen an die Lagerfeuer, um das Neueste aus der geheimnisvollen Wüste zu berichten. Wie eine kriechende Schlange wand sich der Name Natohk durch ihre Berichte. Auf sein Geheiß brachten die Dämonen der Luft Donner, Wind und Nebel und die der Unterwelt schüttelten mit grauenvollem Gebrüll die Erde unter ihren Füßen. Natohk beschwor Feuer aus der Luft herbei, das die Tore der befestigten Städte verschlang und die, die sich gegen ihn stellten, zu Asche verbrannte. Seine Krieger waren so zahlreich wie die Sandkörner der Wüste, dazu hatte er fünftausend Stygier in Streitwagen unter dem Befehl des Rebellenprinzen Kutamun.

Conan hörte ihnen unbeeindruckt zu. Der Krieg war sein Handwerk, das Leben eine Aneinanderreihung von Schlachten. Seit seiner Geburt war der Tod sein ständiger Begleiter. Er stapfte mit klappernden Knochen neben ihm her, schaute ihm am Spieltisch über die Schulter und seine

Knochenfinger griffen nach den Weinbechern. Er hob sich als vager, monströser Schatten über ihn, wenn er sich zur Ruhe legte. Und so war Conan so sehr an ihn gewöhnt, dass er genauso wenig auf seine Anwesenheit achtete wie ein König auf die seines Pagen. Eines Tages würden die Knochenhände sich um ihn schließen, dann war es eben aus. Ihm genügte, dass er die Gegenwart genoss.

Andere waren jedoch weniger furchtlos als der Cimmerier. Als er von seinem Kontrollgang der Postenreihe zurückkehrte, blieb Conan beim Anblick einer schlanken, in einen Umhang gehüllten Gestalt stehen.

»Prinzessin! Ihr solltet in Eurem Zelt bleiben!«

»Ich konnte nicht schlafen.« Ihre dunklen Augen wirkten verstört. »Conan, ich habe Angst.«

»Fürchtet Ihr Euch vor irgendwelchen meiner Männer?«

»Nein, nicht vor Menschen habe ich Angst. Conan, gibt es denn nichts, das Ihr fürchtet?«

Er rieb nachdenklich sein Kinn. »Doch«, gestand er schließlich. »Den Fluch der Götter.«

Sie schauderte. »Ich bin verflucht. Ein Teufel aus der tiefsten Hölle hat es auf mich abgesehen. Nacht um Nacht lauert er mir in den finstersten Schatten auf und flüstert mir Schreckliches zu. Er will mich zu seiner Königin machen und in seine Hölle holen. Ich wage nicht mehr zu schlafen, denn gewiss wird er auch in mein Zelt kommen, genau wie er mich im Palast heimsuchte. Conan, Ihr seid stark – lasst mich bei Euch bleiben. Ich fürchte mich so sehr!«

Nicht länger war sie Prinzessin, sondern ein völlig verstörtes Mädchen. Ihr Stolz war von ihr abgefallen, doch sie schämte sich dessen nicht. In ihrer Verzweiflung war sie zu dem Mann gekommen, den sie für den stärksten hielt. Seine ungebändigte Kraft, die sie zuerst abgestoßen hatte, zog sie nun an.

Als Antwort nahm er seinen scharlachroten Umhang ab und legte ihn rau um ihre Schultern, als wäre Sanftheit ihm völlig fremd. Seine eiserne Pranke ruhte flüchtig auf ihrem Arm, da erschauderte sie erneut, doch nicht aus Furcht. Wie ein elektrischer Schlag ging seine raubtierhafte Vitalität bei dieser Berührung auf sie über, als gäbe er ein wenig seiner übermenschlichen Kraft an sie ab.

»Macht es Euch hier bequem.« Er deutete auf ein freies Fleckchen neben einem niedrigen, flackernden Feuer. Für ihn war es ganz selbstverständlich, dass eine Prinzessin sich in den Umhang eines Kriegers gehüllt auf den nackten Boden neben ein Lagerfeuer zum Schlafen legte. Ohne Zögern tat sie, was er ihr riet.

Er selbst setzte sich in ihrer Nähe auf einen Felsblock und legte sein blankes Breitschwert über die Knie. Die Flammen spiegelten sich auf seiner bläulichen Rüstung. Er erschien Yasmela wie ein Bildnis aus Stahl. Seine ungeheuerliche Kraft war zwar im Augenblick unbewegt, ruhte jedoch nicht, sondern schien nur darauf zu warten, beim geringsten Anlass wie ein Vulkan auszubrechen. Der Feuerschein spielte auf seinen Zügen und ließ sie unbeugsam erscheinen. Sie waren reglos, wie erstarrt, aber in den Augen funkelte ungebändigtes Leben. Er war nicht lediglich ein wilder Mann, nein, er war Teil der Wildnis, unbezähmbar wie sie. In seinen Adern floss das Blut der Wolfsrudel, in seinem Gehirn lauerten die Tiefen der Nordnacht, sein Herz pochte mit dem Feuer brennender Wälder.

In ihre Gedanken versunken und schon halb träumend schlummerte Yasmela im angenehmen Gefühl ein, in seiner Nähe sicher zu sein. Irgendwie zweifelte sie nicht, dass kein flammenäugiger Schatten sich in der Dunkelheit über sie beugen würde, solange dieser grimmige Krieger aus dem fernen Norden über sie wachte. Trotzdem zitterte sie vor grauenvoller Angst, als sie erwachte, doch nicht wegen quälender Schatten.

Ein Stimmengemurmel hatte sie geweckt. Als sie die Lider hob, bemerkte sie, dass das Feuer niedergebrannt war.

Der Morgen war offenbar nicht mehr fern. Sie sah Conan immer noch auf dem Felsblock sitzen, das Breitschwert über seinen Knien. Dicht neben ihm kauerte eine Gestalt, auf die das ersterbende Feuer ein schwaches Glühen warf. Verschlafen nahm Yasmela eine Hakennase wahr und ein glitzerndes Auge unter einem weißen Turban. Der Mann sprach rasch und noch dazu in einem shemitischen Dialekt, den sie nur mit Mühe verstehen konnte.

»Möge Bel mir den Arm verkümmern lassen. Ich spreche die Wahrheit! Bei Derketo, Conan, ich bin der König der Lügner, doch nie würde ich einen alten Kameraden belügen. Ich schwöre es dir bei den Tagen, da wir beide Diebe in Zamora waren, ehe du noch den Helm des Söldners aufsetztest!

Ich sah Natohk. Mit den anderen warf ich mich auf die Knie, als er Set anbetete. Aber ich steckte nicht meine Nase in den Sand wie die anderen. Ich bin ein Dieb aus Shumir und meine Augen sind schärfer als die eines Wiesels. Ich blinzelte hoch, gerade als sein Schleier im Wind zur Seite flatterte. Und da sah ich *es* – Bel stehe mir bei, Conan, ich schwöre dir, ich sah es! Das Blut gefror mir in den Adern und das Haar stand mir zu Berge. Was ich gesehen hatte, brannte in meiner Seele wie weiß glühendes Eisen. Ich fand keine Ruhe mehr, bis ich mich vergewissert hatte.

Ich ritt zu den Ruinen von Kuthchemes. Die Tür der Elfenbeinkuppel stand offen. Nahe des Eingangs lag eine große tote Schlange, in der ein Schwert steckte, und im Kuppelgemach entdeckte ich die derart verschrumpelte und entstellte Leiche eines Mannes, dass ich eine Weile brauchte, bis ich sie erkannte – es war der Leichnam Shevatas, des Zamoriers, des einzigen Diebes auf der Welt, von dem ich zugegeben hätte, dass er mir überlegen war. Der Schatz war offenbar unberührt, er lag in glitzernden Haufen um die Leiche.«

»War das alles?«, fragte Conan. »Keine Gebeine …«

»Nichts!«, unterbrach ihn der Shemit heftig. »Absolut nichts! Nur dieser eine, einzige Leichnam!«

Einen Augenblick herrschte Schweigen. Yasmela schienen eisige Finger über den Rücken zu streichen.

»Woher kam Natohk?«, fragte der Shemit flüsternd und beantwortete seine Frage selbst: »Aus der Wüste, eines Nachts, als die Welt blind und aufgewühlt von stürmischen Wolken war, die in ihrem wilden Zug die schaudernden Sterne verbargen, und das Heulen des Windes eins wurde mit dem Kreischen der Wüstengeier. Vampire flatterten in jener Nacht durch die Finsternis, Hexen ritten nackt im Wind und Werwölfe heulten in der Wildnis. Auf einem schwarzen Kamel kam er angeritten mit der Geschwindigkeit des Sturms. Ein unheiliges Feuer flammte um ihn und die Kamelfährte glühte in der Dunkelheit. Als Natohk vor Sets Schrein in der Oase von Aphaka absaß, rannte das Kamel in die Nacht und verschwand. Ich unterhielt mich mit Nomaden darüber, die schworen, dass es plötzlich mächtige Schwingen ausbreitete und, eine gewaltige Feuerspur zurücklassend, zu den Wolken emporbrauste. Kein Sterblicher hat dieses Kamel seither je wieder gesehen, aber eine schwarze, viehische Kreatur von nur vage menschlicher Form watschelt jede Nacht in der Finsternis kurz vor dem Morgengrauen zu Natohks Zelt und spricht zu ihm auf eine Weise, die kein Sterblicher verstehen kann. Ich werde dir sagen, was Natohk ist, Conan – warte, ich zeige dir ein Abbild des Gesichts, das ich an jenem Tag bei Shushan sah, da der Wind Natohks Schleier zur Seite wehte!«

Etwas Goldenes glitzerte in des Shemiten Hand, als die beiden Männer sich darüber beugten. Yasmela hörte Conan durch die Zähne pfeifen, da senkte sich plötzlich absolute Schwärze über sie. Zum ersten Mal in ihrem Leben war die Prinzessin in Ohnmacht gefallen.

## IV

DER MORGEN WAR NICHT MEHR als ein grauer Streifen am
Horizont, als die Streitmacht der Khorajaner sich bereits
wieder in Marsch befand. Nomaden waren herbeigaloppiert,
auf Pferden, die vor Erschöpfung stolperten, um zu berichten, dass die Wüstenhorde an der Oase von Altaku lagerte.
Also stießen die Soldaten in aller Eile über die Berge vor
und ließen den Tross zurück. Yasmela ritt mit den Sturm-
truppen. Furcht sprach aus ihren Augen. Das namenlose
Grauen hatte noch schrecklichere Form angenommen, seit
sie in der vergangenen Nacht die Münze in der Hand des
Shemiten erkannt hatte – es war eine dieser heimlich
geprägten des entarteten Zugitenkults, eine Münze, die die
Züge eines seit dreitausend Jahren toten Mannes trug.

Der Weg führte zwischen steilen Felsen und schroffen
Gipfeln dahin. Da und dort kauerten kleine Dörfer mit nur
wenigen Steinhütten an den Hängen. Die Männer aus diesen
winzigen Nestern eilten herbei, um sich dem Feldzug anzu-
schließen. Bis sie die Berge hinter sich hatte, war die khora-
janische Streitmacht um etwa dreitausend Bogenschützen
angewachsen.

316

Als sie aus den Bergen herauskamen, hielten die Männer den Atem an beim Anblick der ungeheuren Weite vor ihnen. An der Südseite fiel das Bergland steil ab und bildete so eine deutliche Trennlinie zwischen dem kothischen Hochland und der südlichen Wüste. Die Berge waren kahl und öde. Nur der Stamm der Zaheemi lebte hier. Seine Pflicht war es, den Karawanenweg zu schützen. Hinter den Bergen erstreckte sich die Sandwüste, die kein eigenes Leben hervorbrachte. Aber jenseits ihres Horizonts befand sich die Oase von Altaku und dort lagerte gegenwärtig Natohks Horde.

Die Soldaten schauten hinunter auf den Shamlapass, über den der Reichtum des Nordens und Südens floss und der mehr als einmal die Armeen von Koth, Khoraja, Shem, Turan und Stygien gesehen hatte. Hier war der steile Bergwall durchbrochen. Höhenrücken verliefen bis hinaus in die Wüste und bildeten kahle Schluchten, von denen alle außer einer im Norden durch raue Felswände abgeschlossen waren. Diese eine war der Pass. Seiner Form nach glich er einer großen ausgestreckten Hand. Zwei gespreizte Finger bildeten ein fächerförmiges Tal. Die Finger waren breite Hügelkämme links und rechts, deren Außenseiten jäh abfielen, während die Innenseiten zwar auch steil waren, aber doch nicht im gleichen Maße. Das Tal stieg an seiner spitz zulaufenden Vorderseite an und endete an einem Plateau mit zerklüfteten Flanken. Ein Brunnen befand sich dort bei einigen turmähnlichen Steinbauten, in denen die Zaheemis hausten.

Dort ließ Conan Halt machen und schwang sich von seinem Streitross. Er hatte die schwere Panzerrüstung gegen die ihm vertraute Kettenrüstung ausgetauscht.

Thespides ritt an seiner Seite. »Weshalb haltet Ihr hier an?«, fragte er barsch.

»Wir werden hier den Feind erwarten«, antwortete Conan.

»Es wäre ritterlicher, ihm entgegenzureiten«, sagte der Graf von oben herab.

»Damit sie uns allein durch ihre Zahl erdrücken?« Conan schüttelte den Kopf. »Außerdem gibt es dort draußen kein Wasser. Wir schlagen unser Lager auf dem Plateau …«

»Meine Ritter und ich lagern im Tal«, erklärte Thespides heftig. »Wir sind die Vorhut und fürchten uns nicht vor einer zerlumpten Wüstenhorde.«

Conan zuckte die Achseln und der ergrimmte Edelmann ritt weiter. Amalric, der gerade brüllend Befehle erteilte, hielt mitten im Wort inne und schaute dem blitzenden Trupp nach, während dieser den Hang ins Tal hinabritt.

»Diese Narren!«, fluchte er. »Ihre Wasserbeutel werden bald leer sein, dann müssen sie zurück zum Brunnen reiten, um ihre Pferde tränken zu können.«

»Sollen sie«, brummte Conan. »Es gefällt ihnen nicht, Befehle von mir entgegenzunehmen. Gebt weiter, dass wir hier lagern werden! Die Männer sollen es sich bequem machen und die Mägen voll schlagen, nachdem sie ihre Pferde getränkt haben.«

Späher auszuschicken war nicht nötig. Die Wüste lag offen vor ihren Augen, auch wenn ihre Sicht gegenwärtig durch tief hängende weiße Wolkenmassen am südlichen Horizont beschränkt war. Die Eintönigkeit wurde nur durch die Ruinen eines stygischen Tempels ein paar Meilen südwärts unterbrochen. Conan hieß seine Bogenschützen entlang der Kämme mit den Nomaden Posten beziehen. Die Söldner und khorajanischen Speerträger postierte er auf dem Plateau um den Brunnen. Yasmelas Zelt hatte er weiter hinten, wo die Karawanenstraße in einem scharfen Bogen auf das Plateau führte, errichten lassen.

Da noch kein Feind in Sicht war, gönnten die Krieger sich die verdiente Rast. Sie nahmen ihre Helme ab, warfen die Kettenhauben zurück und lockerten die Schwertgürtel. Raue Späße machten die Runde, während die Männer das am Feuer geröstete Fleisch kauten und tiefe Schlucke Bier zu sich nahmen. Die Bergnomaden machten es sich an den

Hängen entlang bequem und stärkten sich mit Datteln und Oliven. Amalric kam auf Conan zu, der mit entblößtem Kopf auf einem Felsblock saß.

»Conan, habt Ihr gehört, was die Nomaden über Natohk raunen? Sie sagen – Mitra, es ist zu verrückt, es auch noch zu wiederholen. Was meint Ihr?«

»Samen ruhen manchmal Jahrhunderte in der Erde, ohne an Keimkraft zu verlieren«, antwortete der Cimmerier. »Aber sicherlich ist Natohk nur ein Mensch.«

»Das würde ich nicht beschwören wollen«, brummte Amalric. »Jedenfalls habt Ihr die Truppen postiert, wie ein erfahrener General es nicht besser hätte machen können. So werden uns Natohks Teufel gewiss nicht überraschen. Mitra, welch ein Nebel!«

»Ich hielt ihn anfangs für Wolken«, sagte Conan. »Seht nur, wie er wallt!«

Was zuerst wie Wolken ausgesehen hatte, war ein dichter Nebel, der wie ein gewaltiger Ozean nordwärts wogte und schnell die Sicht auf die Wüste raubte. In kurzer Zeit hatte er bereits die stygischen Ruinen verschlungen und immer noch wälzte er sich weiter. Die Soldaten beobachteten ihn mit großen Augen. Ähnliches hatten sie noch nie gesehen. Es war unnatürlich und unerklärlich.

»Zwecklos, Späher auszuschicken«, brummte Amalric verärgert. »Sie könnten keine paar Schritte weit sehen. Der Rand der Nebelwand hat schon die Außenseiten der Kämme erreicht. Bald wird er den ganzen Pass und diese Berge einhüllen …«

Conan, der den wallenden Nebel mit wachsender Besorgnis beobachtet hatte, bückte sich plötzlich und drückte ein Ohr auf den Boden. Fluchend sprang er auf.

»Pferde und Streitwagen zu Tausenden! Der Boden erzittert unter den Hufen und Rädern. He, ihr!«, brüllte er über das Tal, um seine rastenden Krieger aufzuschrecken. »Helme auf! Greift zu den Waffen! Auf die Posten, Burschen!«

Hastig rafften sich die Soldaten auf, stülpten sich ihre Helme und Hauben wieder über, nahmen ihre Waffen und Schilde auf und bezogen ihre Stellungen. Fast gleichzeitig wallte der Nebel zurück, als wäre er nun von keinem Nutzen mehr. Nicht allmählich löste er sich auf, wie normaler Dunst, er verschwand abrupt wie die Flamme einer ausgeblasenen Kerze. Gerade noch lag die Wüste unter den wogenden Watteschichten, die sich bis zum Himmel übereinander häuften, und jetzt schien die Sonne von einem wolkenlosen Himmel auf eine kahle Ödnis, die jedoch nicht länger leer war. Eine ungeheure Streitmacht bewegte sich dort und ein lauter, gewaltiger Schlachtruf erschütterte die Berge.

Beim ersten Blick schienen die Soldaten vom Plateau auf eine glitzernde, sprühende See aus Bronze und Gold hinabzusehen, in der Stahlspitzen wie Myriaden von Sternen funkelten. Als der Nebel sich hob, hatten die Invasoren wie erstarrt in langen, dicht geschlossenen Reihen angehalten.

Zuvorderst befanden sich unzählige Streitwagen, die von großen, feurigen stygischen Rossen mit wippenden Federbüschen gezogen wurden. Die Pferde schnaubten und bäumten sich auf, als jeder der halb nackten Lenker sich zurücklehnte und seine muskulösen Beine gegen die Wagenwand stemmte. Die Krieger in den Wagen waren ohne Ausnahme hochgewachsene Männer mit raubvogelhaften Zügen. Ihre Bronzehelme schmückte ein Halbmond, der eine goldene Kugel trug. Es waren Bogenschützen, doch keine gewöhnlichen, sondern Edelleute aus dem Süden, deren größtes Vergnügen der Krieg und die Jagd waren und die mehr als einen Löwen mit ihren Pfeilen erlegt hatten.

Hinter ihnen befanden sich die malerisch bunten Reihen wilder Männer auf halb wilden Pferden – die Krieger aus Kush, dem ersten der großen schwarzen Königreiche im Weideland südlich von Stygien. Ihre ebenholzfarbene Haut glänzte, sie waren geschmeidig und gewandt und saßen nackt auf den Pferderücken, ohne Sattel und Zaumzeug.

Wiederum hinter ihnen sah man die schier unendliche Horde, die die gesamte Wüste zu bedecken schien. Tausende und abertausende der kriegerischen Söhne Shems waren es: Reihen von Reitern in Kettenrüstung und walzenförmigen Helmen, die Asshuri aus Nippr, Shumir, Eruk und ihren Schwesterstädten; wilde weiß gewandete Horden – die Nomadenstämme.

Jetzt setzten die Reihen sich in Bewegung. Die Streitwagen wichen zur Seite, während sich die Hauptstreitmacht bereit machte. Unten im Tal waren die Ritter aufgesessen, und jetzt galoppierte Graf Thespides den Hang empor, auf dem Conan stand. Er nahm sich nicht die Zeit abzusitzen, sondern sprach von oben herab:

»Offenbar hat das plötzliche Verschwinden des Nebels sie verwirrt! Jetzt ist der richtige Augenblick zum Angriff. Die Kushiten haben keine Bogen und sie behindern den Vormarsch. Ein Sturm meiner Ritter wird sie zurück in die Reihen der Shemiten treiben und ihre Formation aufreißen. Folgt mir! Wir werden diese Schlacht mit einem Handstreich gewinnen!«

Conan schüttelte den Kopf. »Kämpften wir gegen einen gewöhnlichen Feind, würde ich zustimmen. Aber dieses Durcheinander ist gewiss nur vorgetäuscht, nicht echt. Es soll uns zum Angriff verleiten. Ich fürchte, es ist eine Falle.«

»Dann weigert Ihr Euch anzugreifen?«, rief Thespides mit vor Wut tiefrotem Gesicht.

»Seid doch vernünftig!«, versuchte Conan ihn zu beruhigen. »Wir befinden uns hier in einer viel vorteilhafteren Stellung.«

Mit einem grimmigen Fluch wendete Thespides sein Pferd und galoppierte ins Tal zurück, wo seine Ritter ungeduldig warteten.

Amalric neigte den Kopf. »Ihr hättet ihn nicht losreiten lassen sollen, Conan. Ich … seht doch!«

Der Cimmerier sprang fluchend hoch. Thespides hatte

neben seinen Männern angehalten. Sie konnten seine aufgebrachte Stimme nur schwach vernehmen, aber seine Gesten waren unverkennbar. Einen Herzschlag später senkten sich fünfhundert Lanzen und der Trupp gepanzerter Ritter donnerte das Tal entlang.

Ein junger Page kam von Yasmelas Zelt herbeigerannt und rief Conan mit schriller, aufgeregter Stimme zu: »Mein Lord, die Prinzessin lässt fragen, weshalb Ihr Graf Thespides nicht folgt und ihm beisteht.«

»Weil ich kein so unüberlegter Narr bin wie er«, brummte Conan und setzte sich wieder auf den Felsblock, um weiter an seiner Rinderkeule zu nagen.

»Ihr werdet mit Eurer Befehlsgewalt ja direkt vernünftig«, staunte Amalric. »Früher wäre gerade ein solcher Wahnsinn Euer besonderes Vergnügen gewesen.«

»Ja, aber da war ich nur für mich selbst verantwortlich«, antwortete Conan. »Doch jetzt – was, zum Teufel …«

Die Horde hatte angehalten. Von der äußersten Flanke brauste ein Streitwagen herbei und hinter seinen donnernden Rädern blieb gleich dem Kielwasser eines Schiffes eine lange dünne, pulverige Linie zurück, die wie die phosphoreszierende Spur einer Schlange im Sand glitzerte.

»Das ist Natohk!«, fluchte Amalric. »Welchen höllischen Samen sät er da?«

Die voranstürmenden Ritter hatten ihre Geschwindigkeit nicht vermindert. Noch weitere fünfzig Schritte, und sie würden in die ungeordneten Reihen der Kushiten stoßen, die mit aufgerichteten Speeren reglos dastanden. Die vordersten Ritter erreichten gerade die dünne glitzernde Pulverspur im Sand. Sie achteten nicht auf diese kriechende Gefahr, doch als die Hufeisen damit in Berührung kamen, war es, als schlage Stahl gegen Feuerstein – nur mit gewaltigeren Folgen. Eine ungeheure Explosion erschütterte die Wüste und an der Pulverlinie loderten weiße Flammen empor. Im nächsten Augenblick prallten die nachfolgenden

Reihen der Ritter gegen die verkohlten Leiber ihrer Kameraden und erlitten das gleiche Schicksal. Durch die Geschwindigkeit ihres Sturmangriffs waren sie nicht in der Lage, rechtzeitig anzuhalten, und so stürzte Reihe um Reihe in den Tod. Mit unvorstellbarer Plötzlichkeit war die Falle zugeschnappt und machte den Rittern ein Ende.

Im gleichen Moment wurde das absichtliche Durcheinander der wilden Horde zur disziplinierten Formation. Die Kushiten stürzten sich auf die gefallenen Ritter. Die noch lebenden erstachen sie mit ihren Speeren und schlugen ihnen mit Steinen und Streitäxten die Helme ein. Alles war so schnell vorbei, dass die Beobachter auf den Hängen und dem Plateau völlig benommen waren. Und schon setzte sich die Horde in der Wüste wieder in geordnete Bewegung, während unter den Khorajanern der Schrei aufstieg: »Unsere Gegner sind keine Menschen, sondern Teufel!«

Auf beiden Kämmen verloren die Männer den Mut. Einer rannte mit schäumenden Lippen zum Plateau.

»Flieht!«, schrie er. »Flieht! Niemand kommt gegen Natohks Magie an!«

Mit einem raubtierhaften Knurren sprang Conan von seinem Felsblock und hieb dem Burschen die Rinderkeule auf den Schädel, sodass der Feigling bewusstlos zu Boden ging. Conan zog sein Schwert. Seine halb zusammengekniffenen Augen waren Schlitze lodernden Feuers.

»Zurück in eure Stellungen!«, brüllte er. »Der Nächste, der seinen Posten verlässt oder auch nur einen Schritt zurückweicht, ist einen Kopf kürzer! Kämpft, verdammt!«

Die Fliehenden kehrten um. Conans wilde Persönlichkeit war wie ein eiskalter Guss in die Flammen ihrer Furcht.

»Keinen Schritt von euren Posten!«, warnte der Cimmerier. »Weder Mensch noch Teufel kommt heute zum Shamlapass hoch!«

Wo der Rand des Plateaus in den Hang zum Tal überging, stellten die Söldner sich breitbeinig auf und hielten ihre

Speere bereit. Hinter ihnen saßen die Lanzenreiter auf ihren Pferden und an einer Seite standen die khorajanischen Speerträger als Reserve bereit. Für Yasmela, die mit weißem Gesicht stumm an der Öffnung ihres Zeltes stand, wirkte ihre Armee im Vergleich mit der dicht an dicht gereihten Wüstenhorde wie ein armseliger Haufen.

Conan stand zwischen den Speerkämpfern. Ihm war klar, dass die Angreifer nicht versuchen würden, den Pass mit Streitwagen zu stürmen, aber er wunderte sich, als die Reiter absaßen. Diese wilde Horde hatte keinen Tross. Beutel mit Wasser und Proviant hingen von den Sattelknäufen. Jetzt tranken die Gegner den letzten Tropfen ihres Wassers und warfen die leeren Beutel weg.

»Das ist der Todessturm«, murmelte Conan, als die Reihen sich zu Fuß formierten. »Ein Reiterangriff wäre mir lieber gewesen. Verwundete Pferde gehen durch und reißen die Reihen auf.«

Die Horde hatte einen gewaltigen Keil gebildet. An der Spitze marschierten die Stygier und hinter ihnen reihten die Asshuri sich auf, mit den Nomaden an den Flanken. In dichten Reihen und mit erhobenen Schilden wälzten sie sich nordwärts, während hinter ihnen in einem Streitwagen eine hochgewachsene Gestalt in weißem Gewand die Hände zu einem unheiligen Segen ausbreitete.

Als die Horde den breiten Taleingang erreichte, schossen die Krieger der Bergstämme ihre Pfeile ab. Trotz ihrer Schildwallformation fielen die Angreifer zu Dutzenden. Die Stygier hatten ihre Bogen von sich geworfen. Sie senkten die Köpfe unter dem Pfeilhagel und spähten über den Schildrand. So wälzten sie sich in einer unaufhaltsamen Welle näher, ohne auf ihre gefallenen Kameraden zu achten. Die Shemiten jedoch erwiderten den Beschuss. Dichte Wolken von Pfeilen verdunkelten den Himmel. Conan blickte über die wogenden Reihen und fragte sich, welch neue Grauen der Zauberer heraufbeschwor. Irgendwie hatte er das Gefühl, dass Natohk, wie alle seiner Art, bei der Verteidigung mehr zu fürchten war als beim Angriff. Gegen ihn die Offensive zu ergreifen, hieß das Unheil herausfordern.

Zweifellos war es Magie, die die Horde in den Rachen des Todes trieb. Conan hielt den Atem an beim Anblick der Verheerung unter den anstürmenden Reihen. Die Keilränder schienen dahinzuschmelzen und bereits jetzt war das Tal mit Toten übersät. Trotzdem hielten die Überlebenden nicht inne. Als wären sie sich des drohenden Todes überhaupt nicht bewusst, drängten sie vorwärts. Doch auch ihre Pfeile trafen ihr Ziel. Allein durch die größere Zahl ihrer Bogen bedrängten sie die Schützen auf den Kämmen. Wolken von Pfeilen schossen hoch und zwangen die Männer in Deckung. Die Angst griff nach ihren Herzen bei diesem unaufhaltbaren Ansturm. Aber wie gestellte Wölfe ließen sie ihre eigenen Bogen nur um so eifriger surren.

Als die Horde sich dem schmalen Hals des Passes näherte, polterten Felsblöcke hinunter und zermalmten Natohks Krieger zu Dutzenden, doch auch das hielt die Reihen nicht auf. Conans Wölfe bereiteten sich auf den unausbleiblichen Zusammenstoß vor. In ihrer dichten Formation und der schützenden Rüstung erlitten sie durch die Pfeile keine nennenswerten Verluste. Was Conan fürchtete, war die ungeheure Wucht des Ansturms, wenn der gewaltige Keil in seine dünnen Reihen eindrang. Jetzt wurde ihm klar, dass er die Horde nicht mehr aufhalten konnte. Nachdenklich legte er eine Hand auf die Schulter eines Zaheemi und drehte ihn zu sich herum.

»Gibt es irgendeinen Weg, auf dem Männer in Rüstung in das verborgene Tal jenseits des westlichen Kamms gelangen können?«

»Ja, einen steilen, gefährlichen Pfad, der nie unbewacht ist. Aber ...«

Conan zerrte den Zaheemi mit sich zu Amalric, der auf seinem mächtigen Streitross saß.

»Amalric!«, keuchte er. »Folgt diesem Mann. Er wird Euch in das äußere Tal führen. Reitet um den Kamm herum und greift die Horde von hinten an. Redet nicht lange, brecht auf! Ich weiß, es ist Wahnsinn, aber wir sind ohnehin zum Untergang verdammt. Ehe wir den letzten Atemzug tun, soll der Feind uns noch verfluchen. Beeilt Euch!«

Amalrics Schnurrbart sträubte sich unter seinem grimmigen Grinsen und nur wenige Augenblicke später folgten er und seine Lanzenreiter dem Führer zu einem Gewirr von Klüften, die in das Plateau schnitten. Mit dem Schwert in der Hand kehrte Conan zu seinen Speerkämpfern zurück.

Und nicht zu früh. Auf beiden Kämmen schossen Shupras' Männer in Erwartung ihrer bevorstehenden Niederlage voller Verzweiflung Pfeil um Pfeil auf die Angreifer hinab. Männer starben wie Fliegen im Tal und entlang der Hänge – doch mit einem heftigen Brüllen drangen die Stygier auf die Söldner ein.

In einem Tornado klirrenden Stahles verkeilten sich die Reihen ineinander und schwankten. Kriegshandwerk und Kampfgeist waren keinem fremd, nicht den Edelmännern und nicht den Soldaten. Schilde schmetterten gegen Schilde, Speere stießen dazwischen und Blut spritzte.

Conan sah die beeindruckende Gestalt des Prinzen Kutamun über das Schwertermeer hinweg, aber das Getümmel, in dem er Brust an Brust gegen dunkelhäutige Männer kämpfte, die hieben und stachen, ließ ihm wenig Zeit, sich umzuschauen. Hinter den Stygiern drängten die Asshuri brüllend nach.

Zu beiden Seiten kletterten die Nomaden die Felsen empor und kamen ins Handgemenge mit ihren entfernten Verwandten, den Bergnomaden. Überall entlang der Kämme tobte der Kampf. Mit Zähnen und Nägeln, mit von Fanatismus und alten Blutfehden schäumenden Lippen rissen und bissen und starben die Nomaden, während die nackten Kushiten sich heulend ins Getümmel warfen.

Conan hatte das Gefühl, als blicke er durch seine vor Schweiß brennenden Augen hinunter auf ein emporflutendes Meer aus Stahl, das wallte und wirbelte und das Tal von Kamm zu Kamm füllte. Beide Fronten steckten in einer tödlichen Umklammerung fest. Die Bergnomaden hielten die Kämme und die Söldner mit blutigen Speeren den Pass. Die besseren Stellungen und Rüstungen glichen derzeit die zahlenmäßige Überlegenheit noch aus, aber auf die Dauer würde es nicht so bleiben. Welle um Welle hassverzerrter Gesichter und blitzender Speere schob sich den Hang empor. Die Asshuri füllten die Lücken in den Reihen der Stygier.

Conan hielt Ausschau nach Amalric und seinen Lanzenreitern, aber sie kamen immer noch nicht um den Westkamm und die Speerkämpfer begannen allmählich unter dem heftigen Ansturm zu schwanken. Conan gab alle Hoffnung auf Sieg und Leben auf. Er erteilte seinen keuchenden Hauptleuten brüllend einen Befehl und raste über das Plateau zu der khorajanischen Reserve, die es kaum noch erwarten konnte, endlich zum Einsatz zu kommen. Er warf keinen Blick hinüber zu Yasmelas Zelt. Er hatte die Prinzessin vergessen. Ihn beherrschte jetzt nur der Instinkt der Wildnis: zu töten, ehe er selbst fiel.

»Heute werdet ihr zu Rittern!«, rief er grinsend und deutete mit seinem tropfenden Schwert auf die Pferdeherde der Bergnomaden, die in der Nähe weidete. »Sitzt auf und folgt mir in die Hölle!«

Die Tiere bäumten sich heftig unter dem ungewohnten Klirren der kothischen Rüstungen und Conans raues Gelächter erschallte über dem Lärm, als er seine Krieger dorthin führte, wo der östliche Kamm steil abfiel. Fünfhundert Fußsoldaten – verarmte Patrizier, jüngere Söhne von Edelleuten, schwarze Schafe – stürmten auf halb wilden Shemitenpferden einen Steilhang hinunter, an den sich nicht so leicht eine Kavallerie gewagt hätte, um eine ganze Armee anzugreifen!

Vorbei an dem von Kämpfenden verstopften Eingang des Passes donnerten sie, wo die Leichen dicht gesät lagen, und den Hang hinunter. Fast zwei Dutzend verloren ihren Halt und gerieten unter die Hufe. Die Gegner brüllten und warfen die Arme hoch, als könnten sie sie damit abwehren, und die donnernde Schar überrannte sie, wie sich eine Lawine über einen Wald junger Sprösslinge hinwegwälzt. Durch den dicht gedrängten Feind brausten die Khorajaner und ließen einen Teppich zerstampfter Toter zurück.

Und dann, als die Wüstenhorde ihnen auszuweichen begann und sich wieder zusammenschloss, galoppierten Amalrics Lanzenreiter, die sich erst einen Weg durch einen Reiterkordon im äußeren Tal hatten bahnen müssen, um den Westkamm. In Keilformation, aus der die Stahlspitzen ihrer Lanzen ragten, stürmten sie hinein in die Horde. Ihr Angriff hatte die betäubende, demoralisierende Wirkung eines unerwarteten Überfalls von hinten. Im Glauben, überlegene Streitkräfte hätten sie in die Zange genommen, und aus Furcht, von der freien Wüste abgeschnitten zu werden, ergriffen ganze Gruppen von Nomaden blindlings die Flucht und rasten durch die Reihen ihrer tapferen Kameraden, die schwankten oder taumelnd auswichen, noch ehe die Khorajaner sie erreicht hatten. Auch auf den Kämmen schwankten die Wüstenkämpfer und die Bergnomaden fielen mit neuer Wut über sie her und trieben sie die Hänge hinab.

Durch den doppelten Überfall völlig verwirrt ergriff die Horde die Flucht. Und war sie erst in Auflösung, konnte weder der beste Feldherr noch ein Zauberer eine solche Armee wieder zur Vernunft bringen. Über das Meer von Köpfen und Speeren hinweg sahen Conans Männer Amalrics Reiter zwischen den Fliehenden blutige Ernte halten. Ein wilder Siegestaumel erfüllte jeden Einzelnen der khorajanischen Truppen und verwandelte seinen Arm in Stahl.

Die Speerkämpfer im Pass setzten sich in Bewegung und warfen sich auf die verwirrten Reihen der Gegner. Die

Stygier hielten ihnen stand, aber die Asshuri ergriffen die Flucht. Und so wälzten die Söldner sich über die fallenden, bis zum letzten Atemzug kämpfenden stygischen Edelleute, um die schwankenden Massen dahinter zu zermalmen oder in alle Winde zu verstreuen.

Auf einem Felsen lag der alte Shupras; ein Pfeil war ihm durch das Herz gedrungen. Amalric hatte ein Speer durch die Rüstung in den Oberschenkel getroffen und aus dem Sattel gehoben. Wie ein Pirat fluchend schaute er sich um. Von Conans berittener Infanterie saßen kaum noch hundertfünfzig auf ihren Pferden. Aber die Horde war aufgelöst. Nomaden und Speerträger wichen zurück und flohen zu ihrem Lager, wo sie die Pferde zurückgelassen hatten. Die Bergnomaden eilten die Hänge hinab. Sie stachen die Fliehenden nieder und machten ein Ende mit den Verwundeten.

Plötzlich tauchte in dem wirbelnden roten Chaos eine grauenerweckende Erscheinung vor Conans sich aufbäumendem Pferd auf. Es war Prinz Kutamun, der jetzt, von seinem Lendentuch abgesehen, nackt war. Sein Harnisch war ihm zerschlagen worden, sein Kammhelm eingebeult, und seine Glieder waren blutbesudelt. Mit einem furchterregenden Schrei schleuderte er Conan den Griff seines zerbrochenen Schwertes voll ins Gesicht. Dann sprang er hoch und griff nach den Zügeln von Conans Hengst. Der Cimmerier schwankte, halb betäubt, im Sattel. Mit unvorstellbarer Kraft zwang der dunkelhäutige Riese das wiehernde Pferd hoch und wieder zurück, bis es das Gleichgewicht verlor, in den blutigen Sand und auf sich krümmende Verletzte stürzte.

Conan sprang, noch ehe der Hengst aufschlug, aus dem Sattel. Mit einem Löwengebrüll stürzte Kutamun sich auf ihn. In diesem Albtraum eines Kampfes gelang es dem Cimmerier irgendwie, seinen Gegner zu töten, aber er hätte später nicht mehr zu sagen vermocht, wie. Er erinnerte sich lediglich, dass der Stygier mit einem Stein immer wieder auf seinen Helm eingeschlagen hatte, sodass er außer sprühenden Funken kaum noch etwas gesehen hatte. Und er selbst hatte mit dem Dolch auf den Prinzen eingestoßen, nicht nur einmal, aber dem Stygier mit seiner ungeheuren Lebenskraft schien es nichts ausgemacht zu haben. Und dann, als alles vor Conans Augen verschwamm, zuckte der andere und fiel schlaff gegen ihn.

Blut strömte aus seinem zerbeulten Helm über Conans Gesicht, als dieser sich taumelnd aufrichtete und benommen auf die Vernichtung um ihn schaute. Von Kamm zu Kamm lagen die Toten verstreut wie ein roter Teppich, der das Tal ausfüllte. Wie eine blutige See sah es aus, jede Leiche eine kleine Welle. Sie verstopften den Eingang zum Pass und waren allüberall auf den Hängen verstreut. Und unten in der Wüste, wo die Überlebenden ihre Pferde erreichten und, von ihren Verfolgern gehetzt, über die Sandebene flohen, ging das Gemetzel weiter. Conan glaubte seinen Augen nicht trauen zu können, als er sah, wie wenige übrig geblieben waren.

Da zerriss ein schrecklicher Schrei den Schlachtenlärm. Ein Streitwagen kam das Tal hochgebraust, über die Toten hinweg. Keine Pferde zogen ihn, sondern eine riesenhafte schwarze Kreatur, die einem Kamel ähnelte. In diesem Streitwagen stand Natohk mit wehendem Gewand. Und neben ihm, die Zügel mit einer Hand führend und mit der anderen wie besessen auf die Kamelkreatur einpeitschend, kauerte ein schwarzes, anthropomorphes Wesen, das vage an einen ungeheuerlichen Affen erinnerte.

Der Wagen sauste mit der Geschwindigkeit des Windes den von Leichen übersäten Hang hoch, geradewegs zu dem Zelt, vor dem Yasmela allein stand, von ihren Leibwachen in der Hitze des Gefechts verlassen.

Conan erstarrte. Er hörte ihren schrecklichen Schrei, als Natohks langer Arm sie in den Streitwagen zerrte. Dann wendete das gespenstische Zugtier und raste das Tal wieder hinunter. Niemand wagte, ihm einen Pfeil oder Speer nachzuschicken, aus Angst, Yasmela zu treffen, die sich in Natohks Griff wand.

Ein unmenschliches Brüllen drang aus des Cimmeriers Kehle. Er hob sein Schwert auf, das ihm entfallen war, und sprang dem heranstürmenden Wagen entgegen. Doch seine Klinge kam kaum hoch, als die Vorderbeine der schwarzen Kreatur ihn wie ein Blitz trafen und ihn mehr als ein Dutzend Fuß durch die Luft warfen, sodass er halb betäubt und zerschunden auf den Felsen landete. Yasmelas Schrei gellte durchdringend in seinen Ohren, als der Streitwagen an ihm vorbeidonnerte.

Wieder brüllte Conan wie ein Besessener. Er sprang hoch und griff nach dem Zügel eines reiterlosen Pferdes, das an ihm vorbeitrabte. Er schwang sich in den Sattel, ohne das Tier anzuhalten. Er raste hinter dem schnell verschwindenden Streitwagen her und galoppierte wie ein Wirbelwind durch das Lager der Shemiten und hinaus auf die Wüste, vorbei an Trupps seiner eigenen Leute und verzweifelt fliehenden Wüstenreitern.

Weiter flog der Streitwagen und weiter raste Conan, obgleich das Pferd unter ihm bereits Zeichen der Erschöpfung zeigte. Dann lag die Wüste offen vor ihnen, ganz in die leuchtende Pracht der untergehenden Sonne getaucht. Darin erhoben sich die alten Ruinen und mit einem schrillen Schrei, der Conan schier das Blut in den Adern stocken ließ, warf der nichtmenschliche Wagenlenker Natohk und das Mädchen aus dem Wagen. Sie rollten über den Sand. Vor Conans benommenem Blick veränderten Streitwagen und Zugtier sich auf grauenvolle Weise. Gewaltige Schwingen wuchsen aus der schwarzen Kreatur, die nun keinerlei Ähnlichkeit mehr mit einem Kamel hatte, und sie sauste mit einem Flammenschweif himmelwärts, während eine schwarze, vage menschenähnliche Gestalt triumphierend brüllte. So schnell ging alles, dass es Conan wie ein nur einen Herzschlag lang währender Albtraum vorkam.

Natohk schoss hoch und warf einen schnellen Blick auf seinen grimmigen Verfolger, der nicht angehalten hatte, sondern mit dem bluttropfenden Schwert in der Hand auf ihn zugaloppierte. Der Zauberer zerrte die bewusstlose Prinzessin hoch und rannte mit ihr in die Ruinen.

Conan sprang vom Pferd und hetzte hinter beiden her. Er kam in einen Raum, in dem es ungewöhnlich hell war, obgleich es draußen bereits dämmerte. Natohk hatte Yasmela auf einen schwarzen Jadealtar gelegt. Ihr nackter Leib schimmerte in dem gespenstisch grellen Licht wie Elfenbein. Ihre Gewänder lagen auf dem Boden verstreut, waren ihr offenbar in großer Hast brutal vom Körper gerissen worden. Natohk stellte sich dem Cimmerier – er war unmenschlich groß und mager und in schillernde grüne Seide gekleidet. Er warf seinen Schleier zurück und so blickte Conan in die gleichen Züge, die auf der zugitischen Münze abgebildet waren.

»Zurück, Hund!« Die Stimme klang wie das Zischen einer riesigen Schlange. »Ich bin Thugra Khotan! Lange lag ich in meiner Grabkuppel und wartete auf den Tag, da man mich wecken und erlösen würde. Die Künste, die mich vor langer Zeit vor den Barbaren retteten, setzten mich auch gefangen, doch ich wusste, dass einst einer kommen würde. Und er kam, um sein Schicksal zu erfüllen – und zu sterben, wie kein Mensch während dreitausend Jahren gestorben war.

Narr, glaubst du, du hättest gesiegt, weil meine Krieger in alle Winde verstreut sind? Weil mich der Dämon, den ich an mich gebannt hatte, verriet und im Stich ließ? Ich bin Thugra Khotan, der trotz eurer armseligen Götter über die Welt herrschen wird! Die Wüste ist voll von meinen Leuten; die Dämonen der Erde hören auf meinen Ruf, so wie die Reptilien mir gehorchen. Das Verlangen nach einer Frau schwächte meine Zauberkünste. Jetzt ist diese Frau mein, und wenn ich mich erst an ihrer Seele gestärkt habe, bin ich unbesiegbar. Hebe dich hinweg, Narr! Du hast Thugra Khotan nicht besiegt!«

Er warf Conan seinen Stab vor die Füße. Der Cimmerier wich mit einem unwillkürlichen Schrei zurück. Denn als der Stab fiel, verwandelte er sich auf schreckliche Weise. Seine Umrisse verschwammen, er wand sich und plötzlich schnellte eine zischende Kobra auf den erschrockenen Cimmerier zu. Mit einem wütenden Fluch hieb Conan auf das Reptil ein und das Schwert teilte die grässliche Kreatur entzwei. Da lagen lediglich die beiden Hälften des Ebenholzstabes auf dem Boden. Thugra Khotan lachte furchterregend. Er wirbelte herum und hob etwas hoch, das im Staub des Bodens gekrochen war.

In seiner ausgestreckten Hand hielt er etwas Lebendes, das sich geifernd wand. Diesmal war es kein Trick. Thugra Khotan hatte einen schwarzen Skorpion von gut einem Fuß Länge umklammert – das tödlichste Tier der Wüste. Das Gift in seinem Stachel führte bei Mensch und Tier zum sofortigen Tod. Thugra Khotans an einen Totenschädel gemahnendes Gesicht verzog sich zu einem mumiengleichen Grinsen. Conan zögerte, dann warf er ohne Vorwarnung sein Schwert.

Dies kam für den Zauberer völlig unerwartet. Er hatte keine Zeit mehr auszuweichen. Die Schwertspitze drang unter dem Herzen in seinen Leib und ragte gleich darauf einen Fuß aus dem Rücken hervor. Er stürzte zu Boden und zerquetschte beim Aufprall das giftige Spinnentier in seiner Hand.

Conan eilte zum Altar und hob Yasmela mit seinen blutbefleckten Händen herab. Sie warf ihre weißen Arme heftig schluchzend um seinen Hals und klammerte sich an ihn.

»Croms Teufel, Mädchen«, brummte er. »Lasst mich los! Fünfzigtausend Mann sind heute gefallen und es gibt viel für mich zu tun …«

»Nein!«, rief sie und klammerte sich in ihrer Angst nur noch fester an ihn. »Ich lasse dich nicht gehen. Ich bin dein durch Feuer und Stahl und Blut! Und du bist mein! Im Palast gehöre ich anderen – hier nur mir … und dir! Du wirst nicht gehen!«

Er zögerte. Sein Kopf wirbelte von der wilden Leidenschaft, die in ihm aufstieg. Das leuchtende, unirdische Glühen erhellte immer noch das Kuppelgemach und fiel gespenstisch auf das tote Gesicht Thugra Khotans, der sie freudlos anzugrinsen schien. Draußen in der Wüste und auf den Bergen im Meer der Toten lagen tapfere Männer im Sterben, während andere in ihren Schmerzen, ihrem Durst und ihrem Wahnsinn heulten und Königreiche wankten. Doch die brennende Flut, die in seiner Seele aufstieg, als er den schimmernden weißen Leib heftig an sich drückte, schwemmte alle anderen Gedanken fort.

# ANHANG

# Im Zeichen des Phönix

(erste eingereichte Fassung)

## 1

»Meine Lieder sind die Fackeln
für den Scheiterhaufen des Königs!«

»Um Mitternacht stirbt der König!«
Der Sprecher war groß, dunkel und schlank. Eine Narbe
neben dem Mund verstärkte den ohnehin schon finsteren Ausdruck. Die Zuhörer nickten voller Ingrimm. Einer
von ihnen war ein kleiner, dicker, teuer gekleideter Mann
mit weichem Schmollmund und unsteten Augen. Ein
anderer war ein düsterer Riese in vergoldetem Kettenhemd.
Der Dritte war ein großer drahtiger Kerl in der Kleidung
eines Possenreißers, dessen störrisches blondes Haar ihm
über die strahlend blauen Augen fiel. Der Letzte war ein
Zwerg mit grausamem Aristokratengesicht, dessen abnorm
breite Schultern mit den langen Armen einen eigenartigen
Gegensatz zum gedrungenen Leib darstellten.

Der erste Sprecher blickte unwillkürlich zu den fest verriegelten Türen und den mit Samtvorhängen versperrten
Fenstern und lächelte freudlos. »Lasst uns den Eid des
Dolches und der Flamme schwören. Natürlich vertraue ich
euch. Trotzdem wäre es besser, wenn wir uns gegenseitig
eine Art Versprechen gäben. Mir fällt auf, dass einige von
euch zittern.«

»Du hast gut reden, Ascalante«, schaltete sich der
Dicke mit klagender Stimme ein. »Du bist sowieso ein

Gesetzloser, auf den ein Kopfgeld ausgesetzt ist. Du hast alles zu gewinnen und nichts zu verlieren, während wir hier ...«

»... während ihr viel zu verlieren, aber noch viel mehr zu gewinnen habt«, ergänzte der Gesetzlose ungerührt. »Ihr habt mich aus meiner Wüstenfestung weit im Süden hergerufen, damit ich euch helfe, einen König zu stürzen – nun, ich habe die Pläne geschmiedet, die Stolperseile ausgelegt und die Falle mit einem Köder präpariert und bin bereit, die Beute zu schlagen – aber ich muss sicher sein, dass man mich nicht übervorteilt. Seid ihr bereit zu schwören?«

»Ich habe genug von diesem sinnlosen Geschwätz!«, rief der Mann in der Kleidung des Possenreißers. »Jawohl, wir wollen dir in der Dämmerung den Schwur leisten und in der Nacht, wenn der König gestorben ist, vor Freude tanzen! ›Oh, der Gesang der Wagenräder und das Flügelrauschen der Geier ...‹«

»Spar dir deine Lieder für eine andere Gelegenheit, Rinaldo«, lachte Ascalante. »Dies ist die Zeit der Dolche, nicht der Gedichte.«

»Meine Lieder sind die Fackeln für den Scheiterhaufen des Königs!«, rief der Minnesänger und fuchtelte mit einem langen Dolch herum. »Hallo, Sklaven, schafft mir eine Kerze her! Ich will der Erste sein, der den Eid ablegt.«

Ein Sklave, dessen dunkle Haut sein stygisches Blut verriet, kam mit einer langen Kerze und Rinaldo stach sich leicht ins Handgelenk, bis das Blut kam. Die anderen folgten seinem Beispiel und stellten sich, einander bei den Händen fassend, rings um die brennende Kerze im Kreis auf, in deren Flamme sie die Blutstropfen fallen ließen. Während es zischte und flackerte, wiederholten sie die Schwüre:

»Ich, Ascalante, ein Mann ohne Land, bekräftige den geschlossenen Pakt und schwöre bei Stahl und Flamme und Blut den unaufhebbaren Eid. Ich werde Stillschweigen über das Abkommen bewahren.«

»So auch ich, Rinaldo, erster Minnesänger von Aquilonien!«, rief der Dichter.

»Und ich, Volmana, Graf von Karaban«, rief der Zwerg.

»Und ich, Gromel, Kommandant der Schwarzen Legion von Aquilonien«, grollte der Riese.

»Und ich, Dion, Baron von Attalus und rechtmäßiger Erbe von Aquiloniens Thron«, war die bebende Stimme des Dicken zu vernehmen.

Die Kerze erlosch, die Flamme war in den gefallenen Blutstropfen erstickt.

»So soll auch das Leben unseres Feindes vergehen«, sprach Ascalante. Er ließ die Hände seiner Kumpane los und betrachtete sie mit sorgfältig verborgener Verachtung. Er hatte schon zu viele Eide gebrochen, um diesen Schwur anders als mit Zynismus betrachten zu können, doch er wusste, dass Dion, dem er am wenigsten traute, abergläubisch war. Es gab keinen Grund, irgendeine Absicherung zu versäumen, und sei sie noch so unbedeutend.

»Morgen«, verkündete Ascalante unvermittelt, »… nein, ich meine heute, denn es dämmert ja schon – heute wird also Graf Trocero von Poitain, der Seneschall des Königs, mit Prospero, König Conans rechter Hand, nach Nemedien reiten. Sie werden den größten Teil der poitanischen Truppen und eine ganze Reihe der Schwarzen Dragoner mitnehmen, aus denen sich die Leibgarde des Königs rekrutiert. Mit Ausnahme der wenigen Abteilungen seines Regiments, die zurzeit im Palast sind, patrouillieren die Truppen an der piktischen Grenze – dank der stetig zunehmenden Aktivitäten der Barbaren an der Westküste. Wenn Conan tot ist, wird sich das Volk erheben und die neuen Herrscher willkommen heißen. Die Freunde des Königs, die vielleicht herbeieilen, um ihn zu rächen, werden die Stadttore verschlossen vorfinden und der Rest der Streitmacht – besonders die Schwarze Legion – wird bereit sein, das neue Herrschergeschlecht, oder besser, das alte, wieder eingesetzte Herrschergeschlecht zu verteidigen.«

»Ja«, sagte Volmana mit einer gewissen Befriedigung, »so lautete dein Plan, Ascalante, doch ohne meine Hilfe hättest du ihn nicht verwirklichen können. Ich habe hochgestellte Verwandte am Hof von Nemedien und es war recht einfach, sie unauffällig zu überreden, König Numa zu bitten, Trocero zu sich zu rufen. Und da Conan den Grafen von Poitain in Ehren hält wie keinen Zweiten, muss er ihm eine große Eskorte königlicher Truppen und sogar noch einen Teil seiner eigenen Reserven mitgeben.«

Der Gesetzlose nickte.

»Das ist wahr. Wie ich dir schon sagte, ist es mir dank Gromels Hilfe endlich gelungen, einen verschwenderisch lebenden Offizier der Schwarzen Dragoner zu bestechen. Der Mann wird die Wache kurz vor Mitternacht unter irgendeinem Vorwand vom königlichen Schlafgemach wegführen. Die verschiedenen Sklaven, die sich dort noch herumtreiben, weil sie Dienst haben oder sonst etwas besorgen müssen, wird er bis dahin ebenfalls beseitigt haben. Ich werde mich mit sechzehn todesmutigen Halunken, die ich persönlich aus der Wüste herbeigerufen habe, bereithalten. Sie verstecken sich derzeit in verschiedenen Teilen der Stadt. Wir werden uns durch den Geheimgang, der nur dir, Volmana, bekannt ist, Zugang zum Palast verschaffen, und da die Kräfte zwanzig zu eins stehen werden …«

Er lachte. Gromel nickte ernst, Volmana grinste freudlos, Dion erbleichte und schnaufte erschrocken. Rinaldo klatschte in die Hände. »Bei Mitra«, rief er laut. »Jeder, der auf goldenen Saiten zu spielen versteht, soll sich an diese Nacht erinnern. Der Sturz des Tyrannen, der Tod des Despoten! Welche Lieder ich komponieren werde!«

Ein wilder, fanatischer Funke glomm in seinen Augen. Die anderen beäugten ihn skeptisch. Nur Ascalante neigte den Kopf, um sein Grinsen zu verbergen. Dann richtete sich der Gesetzlose abrupt auf.

»Genug! Die Sonne wird bald aufgehen und ihr dürft nicht gesehen werden, wenn ihr dieses Haus verlasst. Kehrt jetzt in eure eigenen Häuser zurück und verratet nicht mit Worten, nicht mit Taten und nicht mit Blicken, was in euren Köpfen vorgeht.« Er hielt inne und beäugte Dion. »Baron, dein bleiches Gesicht wird dich verraten. Wenn Conan zu dir kommt und dir mit seinem forschenden Blick in die Augen sieht, dann wirst du zusammenbrechen. Warte, bis die Sonne ein Stück weit aufgegangen ist, damit du kein Aufsehen erregst, wenn du so früh am Tage schon unterwegs bist. Dann fährst du zu deinem Landsitz hinaus und hältst dich still, bis wir nach dir schicken. Wir vier und meine Kumpane können die Sache heute Nacht allein erledigen.«

Dion wäre vor Erleichterung fast ohnmächtig geworden. Zitternd wie Espenlaub und sinnlose Worte plappernd, ging er hinaus. Die anderen nickten dem Gesetzlosen zu und zogen sich ebenfalls zurück.

Ascalante streckte sich wie eine große Katze und grinste. Er rief nach Wein, der ihm vom dunkelhäutigen stygischen Sklaven gebracht wurde.

»Morgen«, erklärte Ascalante, als er den Weinpokal nahm, »morgen werde ich ins Licht treten und mich dem Volk von Aquilonien zeigen. Seit Monaten schon, seit die vier Rebellen mich aus der Wüste hergerufen haben, musste ich mich wie eine Ratte verstecken – im Herzen des Feindeslandes habe ich mich in Dions Haus verkrochen, habe mich bei Tageslicht versteckt, bin herumgeschlichen, habe mich des Nachts in dunklen Gassen und noch dunkleren Gängen herumgedrückt. Und doch konnte ich erreichen, was diese rebellischen Lords nicht erreichen konnten. Durch sie und andere Handlanger, von denen viele nie mein Gesicht gesehen haben, habe ich das Reich mit Unzufriedenheit und

Unruhe überzogen. Ich habe Beamte bestochen und korrumpiert, ich habe das Volk aufgewiegelt und dafür gesorgt, dass Regimenter meuterten – kurz und gut, ich habe im Verborgenen gewirkt und den Sturz des Königs vorbereitet, der in diesem Augenblick noch im Sonnenlicht auf dem Thron sitzt. Bei Mitra, ich hatte schon fast vergessen, dass ich ein Staatsmann war, bevor ich Gesetzloser wurde.«

»Ihr arbeitet mit seltsamen Werkzeugen«, bemerkte der Sklave.

»Schwache Männer, doch auf ihre Weise stark«, antwortete der Gesetzlose träge. »Und was das Werkzeug angeht, so halten sie mich für das ihre. Volmana – ein verschlagener Kerl, kühn und wagemutig mit hochgestellten Verwandten, doch er ist verarmt und seine unfruchtbaren Ländereien sind überschuldet. Gromel – stark und wild wie ein Löwe; er genießt beträchtlichen Einfluss unter den Soldaten, doch es fehlt ihm an Verstand. Dion, auf seine schlichte Art durchtrieben, aber ansonsten ein Narr und ein Feigling. Sein ungeheurer Reichtum spielte jedoch in meinen Plänen eine entscheidende Rolle – denn Beamte und Soldaten mussten bestochen und starke Tränke mussten über die Grenzen geschmuggelt werden, um die Pikten verrückt zu machen, bis sie im Grenzland zu toben begannen. Rinaldo – ein irrer Dichter voller beschränkter Visionen und altmodischer Ritterlichkeit. Er ist der Beliebteste, weil er mit seinen Liedern die Herzen der Menschen anrührt. Seine Beliebtheit können wir für uns nutzen. Jeder dieser Männer hat ein wenig zu dem Komplott beigetragen, doch ich bin die Kraft im Zentrum, die das Netz beisammen hält. Wenn ich heute Nacht durch Conans Schwert sterbe, wird die Verschwörung zerfallen.«

»Wer besteigt den Thron, wenn Ihr Erfolg habt?«

»Dion natürlich – oder jedenfalls glaubt er es. In seinen Adern fließt eine Spur königlichen Blutes. Conan macht einen großen Fehler, wenn er Männer am Leben lässt, die sich ihrer Abstammung vom alten Herrschergeschlecht rühmen können. Volmana will in die früheren Privilegien wieder eingesetzt werden, die er unter den alten Herrschern genoss, um mit seinem Besitz und Titel die alte Größe zurückzugewinnen. Gromel hasst mit aller Halsstarrigkeit, die sein bossonisches Blut ihm verleiht, den Kommandeur der Schwarzen Dragoner und glaubt, er selbst müsse Pallantides ablösen und der nächste General der gesamten aquilonischen Streitmacht werden. Rinaldo – pah! Ich verachte den Mann und bewundere ihn zugleich. Er ist ein echter Idealist. Als Einziger von uns allen hat er keinen persönlichen Ehrgeiz. Er betrachtet Conan als ungehobelten brutalen Barbaren, der aus dem Norden kam, um ein friedliches Land auszuplündern. Er fürchtet, auf diese Weise könne die Barbarei am Ende über die Kultur triumphieren. Er idealisiert jetzt schon den König, den Conan getötet hat. Er vergisst die wahre Natur dieses Schurken und weiß nur noch, dass der Mann gelegentlich die Künste gefördert hat. Die Untaten, unter denen das Land in seiner Herrschaftszeit gestöhnt hat, hat er selbst vergessen und macht er die Menschen vergessen. Sie singen jetzt schon in aller Öffentlichkeit das ›Trauerlied für den König‹, in dem Rinaldo den heiligen Schuft lobpreist und Conan als ›den Wilden mit dem rabenschwarzen Herzen‹ beschimpft. Conan lacht darüber, aber zugleich wundert er sich, warum sich die Menschen gegen ihn wenden.«

»Doch warum hasst Rinaldo Conan?«

»Weil er ein Dichter ist. Alle Dichter hassen die Leute, die gerade an der Macht sind. Das Vollkommene liegt für sie immer hinter der letzten oder jenseits der nächsten Biegung. Sie flüchten vor der Gegenwart in Träume von der Vergangenheit und der Zukunft. Rinaldo ist von hehrem Idealismus erfüllt und sieht sich als Helden und makellosen Ritter – was er ja schließlich auch ist –, der sich erhoben hat, um den Tyrannen zu bezwingen und das Volk zu befreien.«

»Und Ihr?«

Ascalante lachte und leerte seinen Weinkelch. »Dichter sind gefährlich, weil sie glauben, was sie singen – so lange sie singen. Nun, ich hingegen glaube, was ich denke, und ich denke, dass Dion nicht lange auf dem Thron sitzen wird. Vor einigen Monaten hatte ich jeden Ehrgeiz verloren, abgesehen von dem, bis an mein Lebensende die Karawanen zu überfallen. Jetzt aber – nun ja, wir werden sehen.«

Der breitschultrige Sklave zuckte mit den Achseln. »Es gab eine Zeit«, antwortete er mit kaum verhohlener Bitterkeit, »als ich vom Ehrgeiz getrieben war. Es war ein Ehrgeiz, gegen den der Eure bescheiden wirkt. Und welchen Status habe ich heute erreicht! Meine alten Gefährten und Rivalen würden fassungslos glotzen, wenn sie Thothamon mit dem Ring sehen könnten, wie er einem Fremden als Sklave dient, noch dazu einem Gesetzlosen, und wie er den Baronen und Königen bei ihren erbärmlichen Intrigen hilft!«

»Du hast dein Vertrauen in Magie und Mummenschanz gesetzt«, antwortete Ascalante gleichgültig. »Ich vertraue auf meinen Verstand und mein Schwert.«

»Verstand und Schwert sind Kindereien gegenüber der dunklen Weisheit der Nacht«, grollte der Stygier. Ein drohendes Flackern lag in den dunklen Augen. »Hätte ich nicht den Ring verloren, dann könnten unsere Rollen vertauscht sein.«

»Wie dem auch sei«, erwiderte der Gesetzlose ungeduldig, »ob Ring oder nicht, du trägst die Male meiner Peitsche auf dem Rücken und du wirst sie wohl auch weiter tragen.«

»Seid Euch da nicht so sicher!« Unversöhnlicher Hass glomm eine Sekunde lang in seinen Augen. »Irgendwie werde ich eines Tages den Ring wiederfinden, und wenn das geschieht, bei den Schlangenzähnen von Set, dann werdet Ihr büßen …«

344

Der heißblütige Aquilonier versetzte ihm mit flacher Hand einen harten Schlag auf den Mund. Thoth taumelte, Blut quoll aus den geplatzten Lippen.

»Du nimmst dir zu viel heraus, Hund«, knurrte der Gesetzlose. »Pass nur auf, noch bin ich dein Herr. Wie du mir gedient hast, so habe ich dich beschützt. Steig doch aufs Hausdach und brülle es hinaus, dass Ascalante in der Stadt ist, um den König zu stürzen – wenn du es wagst.«

»Ich wage es nicht«, murmelte der Sklave und wischte sich das Blut vom Mund.

»Nein, du wagst es nicht.« Ascalante grinste humorlos. »Denn wenn ich durch Hinterlist oder Verrat von deiner Seite sterbe, dann wird ein Einsiedlerpriester in der südlichen Wüste davon erfahren und das Siegel einer Handschrift erbrechen, die ich in seiner Obhut hinterließ. Und wenn er liest, was ich dort schrieb, dann wird man in Stygien zu tuscheln beginnen und um Mitternacht wird von Süden her ein Wind aufkommen. Wie wolltest du dann noch deinen Kopf retten, Thoth-amon?«

Der Sklave schauderte und sein dunkles Gesicht färbte sich aschgrau.

»Genug!« Ascalantes Tonfall wechselte. »Ich habe Arbeit für dich. Ich misstraue Dion. Reite ihm hinterher, und wenn du ihn nicht auf der Straße einholst, dann reite weiter bis zu seinem Landsitz und bleibe dort, bis wir nach ihm schicken. Lass ihn nicht aus den Augen. Er ist fast wahnsinnig vor Angst und könnte den Schwanz einziehen – vielleicht rennt er in seiner Panik sogar zu Conan und offenbart ihm den ganzen Plan, weil er hofft, damit seine eigene Haut retten zu können. Geh jetzt!«

Der Sklave verbeugte sich und verbarg so den Hass, der noch immer in seinen Augen glomm. Als er ging, um den Befehl auszuführen, wandte Ascalante sich wieder seinem Wein zu.

*Als ich ein Krieger war, galt mir der Trommelschlag,*
*Weil mir in Ruhm und Glanz das Volk zu Füßen lag.*
*Jetzt bin ich König und mir droht Gefahr*
*Durch Gift und Mörderdolch – aus seiner Schar.*

Die Straße der Könige

DER RAUM WAR GROSS und kostbar eingerichtet. Wandbehänge schmückten die holzvertäfelten Wände, dicke Teppiche lagen auf dem gekachelten Boden und die hohe Decke war mit Schnitzereien und Figuren geschmückt. An einem goldgefassten Tisch saß ein Mann, dessen breite Schultern und sonnengebräunte Haut an diesem luxuriösen Ort wie Fremdkörper wirkten. Er schien eher auf einen Berg in der Wildnis zu gehören, wo er Sonne und Wind ausgesetzt war. Schon die kleinsten Bewegungen zeigten, dass er Muskeln wie Stahlfedern hatte, die von dem scharfen Verstand eines Mannes gesteuert wurden, der die Körperbeherrschung des geborenen Kämpfers besaß. Nichts Bedächtiges oder Gemessenes war an seinen Bewegungen. Entweder er war völlig entspannt – reglos wie eine Bronzestatue – oder er war in Bewegung, aber nicht mit der ruckartigen Hast überspannter Nerven, sondern mit einer katzenhaften Geschwindigkeit, der man mit bloßem Auge kaum folgen konnte.

Seine Kleider waren aus teuren Stoffen gewoben, aber einfach gehalten. Er trug keinen Ring und auch sonst keinen Schmuck und die eckig geschnittene schwarze Haarmähne wurde von einem einfachen, mit Silber durchwirkten Band hinter dem Kopf zusammengehalten.

Jetzt legte er den goldenen Stift weg, mit dem er umständlich etwas auf Papyrus geschrieben hatte, stützte das Kinn auf die Faust und heftete den Blick der durchdringenden blauen Augen neidisch auf den Mann, der vor ihm stand.

Dieser Mann war gerade mit ganz anderen Dingen beschäftigt. Pfeifend und in Gedanken versunken spielte er mit den Litzen seiner vergoldeten Rüstung, was angesichts der Tatsache, dass er sich in der Gegenwart des Königs befand, ein recht ungewöhnliches Verhalten war.

»Prospero«, sagte der Mann am Schreibtisch, »diese Staatsangelegenheiten ermüden mich mehr als alle Kämpfe, die ich je durchgestanden habe.«

»Das ist alles ein Teil des Spiels«, erwiderte der dunkeläugige Poitane. »Du bist der König und musst diese Rolle spielen.«

»Ich wünschte, ich könnte mit dir nach Nemedien reiten«, sagte Conan neidisch. »Es ist eine Ewigkeit her, dass ich das letzte Mal ein Pferd zwischen den Schenkeln spürte – aber Publius sagt, gewisse Angelegenheiten erforderten meine Anwesenheit hier in der Stadt. Verflucht soll er sein! Als ich das alte Herrscherhaus bezwang«, fuhr er mit einer Vertraulichkeit fort, die es nur zwischen ihm und dem Poitaner geben konnte, »war es leicht, auch wenn es damals bitter und hart erschien. Wenn ich jetzt auf den unebenen Weg zurückblicke, dem ich gefolgt bin, dann kommen mir all die mühseligen Tage voller Intrigen, Gemetzel und Trübsal vor wie ein Traum. Aber mein Traum reichte nicht weit genug, Prospero. Als König Numedides tot vor meinen Füßen lag und ich ihm die Krone vom zerschlagenen Haupt nahm, um sie mir selbst aufzusetzen, da hatte ich die äußerste Grenze dessen erreicht, was meine Träume mir gezeigt hatten. Ich war darauf vorbereitet, die Krone an mich zu nehmen, aber nicht, sie zu behalten. Früher, als ich frei war, wollte ich nichts als ein scharfes Schwert und einen geraden Weg, der mich direkt zu meinen Feinden führte. Jetzt ist kein Weg mehr gerade und das Schwert kann ich nicht mehr gebrauchen.

Als ich Numedides bezwang, war ich der Befreier – jetzt spucken sie meinen Schatten an. Sie haben in Mitras Tempel eine Statue von Numedides aufgestellt und die Leute versammeln sich dort und wehklagen und preisen ihn als heiligen Monarchen, der von einem brutalen Barbaren umgebracht wurde. Als ich ihre Armeen als Söldner zum Sieg führte, übersah Aquilonien die Tatsache, dass ich ein Fremder war – jetzt kann man mir eben dies nicht verzeihen.

Im Mitratempel verbrennen sie nun Weihrauch zum Gedenken an Numedides. Männer, die von seinen Henkersknechten geblendet und verstümmelt wurden. Männer, deren Söhne in seinen Verliesen gestorben sind, deren Frauen und Töchter in seinen Harem verschleppt wurden. Diese nichtsnutzigen Narren!«

»Rinaldo trägt an erster Stelle die Verantwortung dafür«, antwortete Prospero. Er zog seinen Schwertgurt ein Stückchen höher. »Er singt Lieder, um die Männer verrückt zu machen. Hänge ihn in seiner Possenreißerkluft an den höchsten Turm der Stadt. Lass ihn Reime für die Geier schmieden.«

Conan schüttelte die Löwenmähne. »Nein, Prospero. Er ist tabu für mich. Ein großer Dichter ist größer als jeder König. Seine Lieder sind mächtiger als mein Zepter, denn er hat mir beinahe das Herz aus der Brust gerissen, als er sich entschied, für mich zu singen. Ich werde sterben und man wird mich vergessen, aber Rinaldos Lieder werden ewig leben.

Nein, Prospero«, fuhr der König fort. Ein düsterer, zweifelnder Ausdruck trat in seine Augen. »Da ist noch etwas Verborgenes am Werk, eine heimliche Unterströmung, die wir noch nicht erkennen. Ich spüre es, wie ich in meiner Jugend den Tiger gespürt habe, der im hohen Gras lauerte. Es gibt eine namenlose Unruhe im ganzen Königreich und ich spüre rings um mich unsichtbare Fallstricke. Ich bin wie der Jäger, der sich mitten im Wald an sein kleines Feuer hockt und in der Dunkelheit leise Füße tappen hört und beinahe glaubt, das Funkeln wilder Augen zu sehen. Wenn ich nur etwas Greifbares zu fassen bekäme. Etwas, das ich mit dem Schwert in Stücke hauen kann! Ich sage dir, es ist kein Zufall, dass die Pikten in der letzten Zeit so hitzig die Grenzen attackieren, worauf die Bossonier um Hilfe riefen, damit sie zurückgeschlagen werden. Ich hätte selbst mit den Truppen reiten sollen.«

»Publius fürchtete eine Hinterlist, um dich jenseits der Grenze zu fangen und zu töten«, erwiderte Prospero. Über der glänzenden Rüstung strich er den seidenen Übermantel glatt und bewunderte seine große schlanke Gestalt in einem silbernen Spiegel. »Deshalb hat er dich gedrängt, in der Stadt zu bleiben. Vergiss diese Zweifel, die dir deine barbarischen Instinkte eingeben. Lass die Leute knurren! Die Söldner sind auf unserer Seite und die Schwarzen Dragoner und alle Schurken in Poitain legen Eide auf dich ab. Die einzige Gefahr für dich wäre ein Meuchelmörder und das ist unmöglich, weil du Tag und Nacht von den Männern der imperialen Truppen bewacht wirst. Woran arbeitest du da überhaupt?«

»Es ist eine Karte«, sagte Conan nicht ohne Stolz. »Die Landkarten des Hofs zeigen die Länder im Süden, Osten und Westen, doch im Norden werden die Karten unbestimmt und fehlerhaft. Ich habe die Karte nach der besten Vorlage kopiert und ergänze jetzt die Länder im Norden.«

»Bei Mitra«, sagte Prospero, »diese Länder sind nur wenigen bekannt. Alle wissen, dass Nemedien östlich von Aquilonien liegt, und dann kommt Brythunien und dahinter Zamora. Im Süden liegen Koth und die Gebiete von Shem. Im Westen erstreckt sich hinter den bossonischen Ländereien die Wildnis der Pikten und hinter den nördlichen Grenzen Bossoniens ist Cimmerien. Aber wer weiß schon, was jenseits dieses Landes liegt?«

»Ich weiß es«, antwortete der König, »und ich verzeichne mein Wissen auf dieser Karte. Hier ist Cimmerien, wo ich geboren wurde. Hier sind …«

»Asgard und Vanaheim«, sagte Prospero nach einem Blick auf die Karte. »Bei Mitra, beinahe hätte ich geglaubt, diese Länder gebe es nur in den Sagen.«

Conan grinste und berührte abwesend die Narben in seinem dunklen Gesicht. »Bei Mitra, hättest du deine Jugend an der Nordgrenze Cimmeriens verbracht, dann wüsstest du es besser! Asgard liegt im Norden und Vanaheim im Nordwesten von Cimmerien. An der Grenze tobt ein ewiger Krieg. Der westliche Teil Vanaheims liegt an den Gestaden des Westmeeres und östlich von Asgard erstreckt sich das Land der Hyperboreaner, die zivilisiert sind und in Städten leben. Hinter deren Land liegen noch weiter im Osten die hyrkanischen Wüsten.«

»Wie sehen diese Völker im Norden aus?«, fragte Prospero neugierig.

»Sie sind groß und hellhäutig und haben blaue Augen. Sie sind vom gleichen Blut und sprechen die gleichen Sprachen, nur dass die Æsir blonde und die Vanir rote Haare haben. Ihr Hauptgott ist Ymir, der Frostriese, und sie haben keinen Oberherrn, sondern jeder Stamm hat einen eigenen König. Sie sind wild und unberechenbar und heißblütige Kämpfer. Sie prügeln sich den ganzen Tag und nachts trinken sie Bier und grölen Kampflieder.«

»Dann bist du ihnen wohl ähnlicher als deinem eigenen Volk«, bemerkte Prospero. »Du kannst schallend lachen, du trinkst reichlich und brüllst wackere Lieder. Außer dir habe ich noch nie einen Cimmerier gesehen, der etwas anderes als Wasser trank, und auch keinen, der lauthals lachte oder etwas anderes als traurige Klagelieder sang.«

»Vielleicht liegt es am Land, in dem sie leben«, erwiderte Conan. »Ein bedrückenderes Land wirst du nirgends auf der Welt finden. Es ist ein stark bewaldetes Hügelland und die Bäume sind düster, sodass die Gegend selbst bei Tage dunkel und bedrohlich wirkt. So weit das Auge reicht, sieht man eine endlose Folge von Hügeln, die in der Ferne immer dunkler werden. Zwischen den Hügeln hängen stets Wolken, der Himmel ist fast ständig grau. Kalt und beißend weht der Wind und treibt Regen oder Hagel und Schnee vor sich her, während er trostlos über die Pässe und durch die Täler heult. Es gibt nur wenig Heiterkeit in diesem Land.«

»Kein Wunder, dass von dort so übellaunige Männer kommen«, gab Prospero mit einem Achselzucken zurück. Er dachte an die sonnenüberfluteten Ebenen und die trägen blauen Flüsse Poitains, der südlichsten Provinz Aquiloniens.

»Eigenartige und übellaunige Männer sind sie in der Tat«, antwortete Conan. »Das Leben ist hart und mühsam und trostlos. Die Männer, die in diesen dunklen Tälern leben, brüten viel zu viel über unbekannte Dinge. Ungeheuerliche Träume träumen sie und ihre Götter sind Crom und sein dunkles Volk. Sie glauben, die Welt der Toten sei ein kalter, sonnenloser Ort, an dem ewiger Nebel herrscht und wo die umherstreifenden Geister bis in alle Ewigkeit klagen müssen. Sie setzen weder in diese noch in die nächste Welt große Hoffnung und sie grübeln viel zu oft über die Sinnlosigkeit des Lebens. Ich habe gesehen, wie sie in ihren eigenartigen Irrsinn verfallen sind, wenn ein nichtiger Anlass wie eine wirbelnde Staubwolke oder der hohle Schrei eines Vogels oder das Stöhnen des Windes in den kahlen Ästen ihren schwermütigen Seelen die Sinnlosigkeit des Lebens und die Vergeblichkeit des Daseins vor Augen führte. Nur im Krieg sind die Cimmerier glücklich. Mitra! Da war Æsir doch mehr nach meinem Geschmack.«

»Tja«, meinte Prospero grinsend, »die dunklen Hügel Cimmeriens liegen jetzt weit hinter dir. Und nun muss ich gehen. Ich werde an Numas Hof einen Kelch nemedischen Weißweins auf dein Wohl leeren.«

»Gut so«, grunzte der König. »Aber Numas Tänzerinnen küsst du bitte auf eigene Rechnung, damit die Staatsgeschäfte nicht leiden.«

Sein schallendes Lachen folgte Prospero, als dieser den

Raum verließ. Die geschnitzte Holztür schloss sich hinter dem Poitanen und Conan wandte sich wieder seiner Arbeit zu. Er hielt einen Augenblick inne, lauschte gedankenverloren den verhallenden Schritten des Freundes, die hohle Echos in den Fluren erzeugten. Als hätte das Geräusch eine gleich gestimmte Seite in seiner Seele angerührt, stieg eine Woge von Widerwillen in ihm empor. Die Heiterkeit fiel von ihm ab wie eine Maske und sein Gesicht war alt, die Augen müde. Die unverhoffte Melancholie legte sich wie ein Leichentuch über die Seele des Cimmeriers und lähmte ihn mit dem erdrückenden Gefühl, alles menschliche Streben sei vergeblich und das Leben ein sinnloses Unterfangen. Sein Königreich, seine Freuden, seine Ängste, sein Streben, alle irdischen Belange kamen ihm auf einmal vor wie Staub und ein zerbrochenes Spielzeug. Sein ganzes Leben schrumpfte bis auf einen Punkt und die Lebenslinien darin verdorrten vor seinem inneren Auge. Ein taubes Gefühl war alles, was ihm blieb; er legte den Kopf in die großen Hände und stieß ein lautes Stöhnen aus.

Dann hob er den Kopf und sah sich um wie ein Mann, der gehetzt nach einem Fluchtweg sucht, und bemerkte eine Kristallkaraffe mit goldenem Wein. Rasch stand er auf, füllte sich einen Kelch und kippte den Wein mit einem großen Schluck hinunter. Noch einmal füllte er den Kelch, leerte ihn und füllte ihn erneut. Als er ihn abstellte, breitete sich schon die Wärme des Weins in seinen Adern aus. Die Dinge und Ereignisse bekamen einen neuen Stellenwert. Die dunklen cimmerischen Hügel verblassten. Das Leben war schön und real und aufregend und keineswegs der Traum eines idiotischen Gottes. Er streckte sich lässig wie eine riesige Katze und setzte sich wieder an den Tisch, seiner großartigen Erscheinung und seiner überragenden Bedeutung bewusst und wieder vollständig auf die wichtige Aufgabe konzentriert. Zufrieden kaute er am Federkiel und beäugte die Karte.

»Südlich von Hyperborea liegt Brythunien«, murmelte er halblaut. Er wählte einen großen freien Raum auf der Karte aus, weit genug draußen in der hyrkanischen Wüste, um neugierige Forscher zu verblüffen, und schrieb ungelenk: »Hier gibt es Drachen.« Dann lehnte er sich zurück und beäugte mit kindlicher Freude sein Werk.

3

*In den Pyramidengewölben kriecht*
*der mächtige Set durch die Nacht,*
*während sein finsteres Volk*
*im Schatten der Grüfte erwacht.*
*Ich spreche die alten Worte,*
*die ich in düsteren Tiefen las –*
*O herrlicher, gewaltiger Set,*
*schick einen Schergen für meinen Hass.*

DIE SONNE GING UNTER, überzog das Grün und das dunstige Blau des Waldes mit flüchtigem Gold. Die schwindenden Strahlen glänzten auf der schweren Goldkette, mit der Dion von Attalus' fleischige Hand unablässig spielte. Er saß im abendlichen Flammenmeer der Blüten und blühenden Bäume inmitten seines Gartens, rückte in seiner Leibesfülle auf der Marmorbank hin und her und sah sich verstohlen um, als wollte er einen lauernden Feind ausmachen. Er befand sich in einem kreisrunden Hain schlanker Bäume, deren verflochtene Zweige einen dichten Baldachin über ihm bildeten. Ganz in der Nähe plätscherte ein Springbrunnen, dessen silberhelles Murmeln sich mit weiteren Wasserspielen in verschiedenen Teilen des großen Gartens zu einer ewigen Symphonie verband.

Abgesehen von einer großen dunklen Gestalt, die es sich in der Nähe auf einer Marmorbank bequem gemacht hatte und den Baron mit tiefen, dunklen Augen beobachtete, war Dion allein. Dion jedoch verschwendete kaum einen Gedanken an Thoth-amon. Er wusste zwar, dass der Mann ein Sklave war, dem Ascalante großes Vertrauen schenkte, doch wie so viele reiche Männer würdigte Dion diejenigen, die unter ihm standen, kaum eines Blickes.

»Ihr braucht nicht so nervös zu sein«, sagte Thoth. »Die Verschwörung kann nicht scheitern.«

»Ascalante kann Fehler machen wie jeder andere«, schnaubte Dion. Schon der bloße Gedanke an ein Scheitern brachte ihn zum Schwitzen.

»Er nicht.« Der Stygier grinste gehässig. »Sonst wäre ich nicht sein Sklave, sondern sein Herr.«

»Was soll dieses Gerede?«, gab Dion etwas einfältig zurück. Er hatte nur mit halbem Ohr zugehört.

Thoth-amon kniff die Augen zusammen. Trotz seiner eisernen Selbstbeherrschung platzte ihm vor Wut und Hass und aufgestauter Empörung fast der Kragen. Er war verzweifelt genug, jede auch noch so kleine Chance zu ergreifen. Allerdings hatte er nicht damit gerechnet, dass Dion ihn nicht als menschliches Wesen mit Vernunft und Verstand sah, sondern einfach nur als Sklaven und somit als Kreatur, die man nicht weiter beachten musste.

»Hört mir zu«, sagte Thoth. »Ihr werdet König sein. Aber Ihr wisst wenig über Ascalantes Gedanken. Ich kann Euch helfen. Wenn Ihr mich beschützt, sobald Ihr an der Macht seid, dann werde ich Euch helfen. Ihr könnt Ascalante nicht trauen, sobald Conan getötet ist.

Hört mir zu, mein Lord. Ich war einst im Süden ein mächtiger Zauberer. Man hat von Thoth-amon mit der gleichen Hochachtung gesprochen wie von Rammon. König Ctesphon von Stygien erwies mir eine große Ehre und verstieß seinen Hof-Magier, um mich an dessen Stelle zu setzen. Sie hassten mich, aber sie fürchteten mich auch, denn ich habe Macht über Wesen besessen, die auf meinen Ruf von draußen herbeikamen und mir zu Diensten waren. Bei Set, keiner meiner Feinde wusste, ob er nicht irgendwann um Mitternacht erwachen und die Klauen eines namenlosen Schreckens an der Kehle spüren würde. O ja, ich habe mit dem Schlangenring von Set eine dunkle, schreckliche Magie gewirkt. Ich fand den Ring eine Meile unter der Erde in einem finsteren Grab, das schon vergessen war, bevor der erste Mensch aus dem Schlamm des Meeres gekrochen ist.

Doch ein Dieb hat mir den Ring gestohlen und ich verlor meine Macht. Die Magier erhoben sich und wollten mich töten, so bin ich geflohen. Verkleidet als Kameltreiber reiste ich mit einer Karawane durch das Land von Koth, bis Ascalantes Plünderer uns überfielen. Alle in der Karawane außer mir wurden getötet. Ich habe mein Leben gerettet, indem ich Ascalante meine Identität offenbarte und schwor, ihm als Sklave zu dienen. Wie bitter war mir dieses Band!

Um mich zu halten, schrieb er über mich in einer Handschrift, versiegelte sie und gab sie in die Hände eines Wüsteneremiten, der an der Südgrenze von Koth lebt. Ich wage nicht, den Dolch gegen ihn zu erheben, wenn er schläft, oder ihn seinen Feinden auszuliefern, denn dann würde der Einsiedler das Manuskript eröffnen und lesen – so lauten Ascalantes Anweisungen. Und er würde in Stygien etwas verlauten lassen …«

Wieder schauderte Thoth und die dunkle Haut wurde aschfahl.

»In Aquilonien kennt man mich nicht gut«, fuhr er fort. »Aber sollten meine Feinde in Stygien erfahren, wo ich mich aufhalte, dann würde auch die große Entfernung nicht ausreichen, um mich vor einem Schicksal zu bewahren, das einer Bronzestatue die Seele austreiben würde. Nur ein König mit Burgen und genügend Schwertkämpfern kann mich beschützen. So habe ich Euch mein Geheimnis anvertraut und ich dränge Euch nun, mit mir ein Bündnis zu schließen. Ich kann Euch mit meiner Weisheit helfen und

Ihr könnt mich beschützen. Und eines Tages werde ich den Ring wieder finden ...«

»Ring? Ein Ring?«

Thoth hatte die Selbstbezogenheit dieses Mannes völlig unterschätzt. Dion hatte nicht einmal zugehört, was der Sklave ihm zu sagen hatte, so sehr war er mit seinen eigenen Gedanken beschäftigt. Das eine Wort aber hatte ihn ein wenig aus seiner Selbstvergessenheit gerissen.

»Ein Ring?«, fragte er noch einmal. »Das erinnert mich an ... an meinen Glücksring. Ich bekam ihn von einem shemitischen Dieb, der schwor, er habe ihn einem Magier im tiefen Süden gestohlen. Der Ring sollte mir Glück bringen. Ich habe ihm, weiß Mitra, wahrlich genug dafür bezahlt. Und bei den Göttern, ich kann alles Glück gebrauchen, das ich nur bekommen kann, nachdem Volmana und Ascalante mich in ihre blutigen Händel hineingezogen haben – ja, ich will sehen, wo der Ring ist.«

Thoth sprang auf, das Blut schoss ihm ins dunkle Gesicht und in seinen Augen brannte die ohnmächtige Wut eines Mannes, der schlagartig erkennt, welch grenzenloser Dummheit er gegenübersteht. Dion hörte einfach nicht zu. Der Adlige öffnete ein Geheimfach in der Marmorbank, tastete einen Moment in einem bunten Haufen Tand herum – barbarische Talismane, Knöchelchen, kitschige Amulette sowie andere Glücksbringer und Fetische, die er in seinem Aberglauben gesammelt hatte.

»Ah, da ist er ja.« Triumphierend hielt er einen eigenartigen Ring hoch. Das Metall erinnerte an Kupfer; geformt war er wie eine dreimal zusammengerollte geschuppte Schlange, die sich selbst in den Schwanz biss. Die Augen bestanden aus gelben, unheilvoll funkelnden Edelsteinen. Thoth-amon schrie, als hätte ihn der Schlag getroffen, und Dion fuhr, auf einmal leichenblass, erschrocken herum. Die Augen des Sklaven blitzten, er riss den Mund auf und streckte die großen dunklen Finger aus wie Raubtierkrallen.

356

»Der Ring! Bei Set! Der Ring!«, kreischte er. »Mein Ring – er wurde mir gestohlen …«

Stahl blitzte in der Hand des Stygiers, dann trieb er dem Baron den Dolch in den fetten Leib. Dions schrilles Quietschen brach mit ersticktem Gurgeln ab und sein schlaffer Körper sackte zusammen wie ein Berg schmelzender Butter. Ein Dummkopf bis zu seinem Ende, der in seinem Schrecken und Entsetzen nicht einmal verstanden hatte, warum er sterben musste.

Thoth schob den schlaffen Körper gleichgültig zur Seite und barg den Ring mit beiden Händen. In seinen dunklen Augen loderte ein schreckliches Feuer.

»Mein Ring!«, flüsterte er in grimmiger Verzückung. »Meine Macht!«

Er wusste selbst nicht, wie lange er über das garstige Ding gebeugt verharrte, reglos wie eine Statue, und die böse Aura des Rings in seine dunkle Seele aufnahm. Als er sich aus seinen Träumen riss und aus den finsteren Abgründen löste, durch die er gestreift war, ging bereits der Mond auf und warf lange Schatten auf die glatte Lehne der Marmorbank, vor der ein dunkler Schatten lag, den man einst Dion von Attalus genannt hatte.

»Es ist vorbei, Ascalante, es ist vorbei!«, flüsterte der Stygier und seine Augen glühten in der Dämmerung rot wie bei einem Vampir. Er bückte sich, hob eine Hand voll geronnenes Blut aus der zähen Lache, in der sein Opfer lag, und rieb es über die Augen der Kupferschlange, bis die gelben Funken von einer roten Maske bedeckt waren.

»Verschließe deine Augen, rätselhafte Schlange«, sang er flüsternd. »Verschließe deine Augen vor dem Mondlicht und öffne sie den Tiefen. Was siehst du, o Schlange von Set? Wen rufst du aus den Abgründen der Nacht herauf? Wessen Schatten verdeckt das schwindende Licht? Rufe ihn zu mir, o Schlange von Set!«

Mit einer eigenartigen kreisenden Bewegung, nach der

die Finger immer wieder zum Ausgangspunkt zurückkehrten, strich er über den Ring. Leiser und leiser wurde seine Stimme, als er die dunklen Namen und die garstigen Anrufungen sprach, die in der Welt vergessen und nur noch im harschen Hinterland des dunklen Stygiens bekannt waren, wo im Dunkel der Gräber finstere Ungeheuer umgingen.

In der Luft ringsum rührte sich etwas, beinahe wie ein Strudel im Wasser, wenn ein Geschöpf an die Oberfläche steigt. Ein namenloser, eiskalter Hauch wehte ihm entgegen, als hätte man eine Tür geöffnet. Thoth spürte etwas hinter sich, doch er sah sich nicht um. Er hielt den Blick auf den vom Mondlicht erhellten Bereich des Marmors geheftet, auf dem sich ein schmaler Schatten abzeichnete. Während er die geflüsterten Anrufungen fortsetzte, gewann der Schatten Konturen und wurde größer, bis er sich schrecklich und deutlich vor ihm erhob. Der Umriss ähnelte einem riesigen Pavian, doch ein solcher Pavian hatte noch nie auf der Erde gelebt, nicht einmal in Stygien. Immer noch sah Thoth ihn nicht offen an, sondern zog eine Sandale seines Herrn aus dem Gürtel – er trug sie immer bei sich, weil er nie die Hoffnung aufgegeben hatte, dass sich eines Tages eine Gelegenheit wie diese ergeben würde – und warf sie hinter sich.

»Merke sie dir gut, Sklave des Rings!«, rief er. »Finde den, der sie trug, und vernichte ihn. Schau ihm in die Augen und zerschmettere seine Seele, bevor du ihm die Kehle zerfetzt. Töte ihn! Jawohl«, fügte er ihn blinder Wut hinzu, »ihn und alle, die bei ihm sind!«

Von dem Mondlicht scharf umgrenzt, neigte der Schrecken das unförmige Haupt und nahm die Witterung auf wie ein abscheulicher Hund. Dann wurde der grässliche Kopf zurückgeworfen, das Wesen fuhr herum und verschwand wie ein Windhauch im Baum. Der Stygier aber hob in irrem Jubel die Arme. Seine Zähne und Augen schimmerten hell im Mondlicht.

Ein Wachsoldat auf der Mauer erschrak und stieß einen Schrei aus, als ein riesiger schwarzer Schatten daherkam, über die Mauer setzte und geschwind wie eine Bö vorbeiflog. Doch die Erscheinung war so schnell an ihm vorbei, dass der verwirrte Krieger sich noch lange danach fragte, ob er geträumt oder eine Halluzination gehabt hatte.

## 4

*Als die Welt noch jung und die Menschen schwach,*
*und es herrschten die Dämonen der Nacht,*
*da zog ich mit Feuer und Stahl und dem Saft des*
*Upasbaums gegen Set in die Schlacht.*
*Und jetzt, da ich im dunklen Herzen des Berges liege*
*in dem die Zeit mich begraben hat –*
*Vergesst ihr ihn, der mit der Schlange rang*
*und den uralten Erzfeind der Seele zertrat?*

KÖNIG CONAN LAG ALLEIN in seinem großen Schlafgemach mit der hohen goldenen Kuppeldecke und träumte. Durch wallende graue Schwaden hörte er einen eigenartigen Ruf, weit entfernt und leise, und auch wenn er ihn nicht verstand, so schien es doch unmöglich, ihn zu ignorieren. Das Schwert in der Hand tappte er durch den grauen Dunst, als watete er durch Wolken, und die Stimme wurde lauter, bis er das Wort verstand, das sie sprach – es war sein eigener Name, der über die Abgründe von Zeit und Raum hinweg gerufen wurde.

Die Nebel lichteten sich und er stand in einem weiten dunklen Gang, der aus massivem schwarzem Fels geschnitten schien. Es gab kein Licht, doch dank irgendeines Zaubers konnte er alles deutlich sehen. Boden, Decke und Wände waren poliert; sie schimmerten trüb und waren geschmückt mit den Reliefs alter Helden und fast vergessener Götter. Er schauderte, als er die großen, schattenhaften Umrisse der namenlosen Alten Götter sah. Irgendwie wusste er, dass seit Jahrhunderten kein Sterblicher mehr den Fuß in diese Gänge gesetzt hatte.

Er erreichte eine breite Treppe, die ebenfalls in den nackten Felsen geschnitten war. Die Wände waren mit geheimnisvollen Symbolen bedeckt, die so alt und entsetzlich waren, dass König Conans Haut zu prickeln begann. Jede Stufe trug das eingeritzte Abbild der Alten Schlange Set. Bei jedem Schritt setzte er den Fuß auf den Kopf der Schlange, wie es von alters her vorgesehen war. Nichts von alledem war geeignet, ihn zu beruhigen.

Doch die Stimme rief ihn weiter und endlich, in einer Dunkelheit, die für menschliche Augen undurchdringlich hätte sein müssen, erreichte er eine seltsame Gruft. Eine verschwommene Gestalt mit weißem Bart saß auf dem Grabmal. Conans Nackenhaare sträubten sich und er griff nach dem Schwert, doch die Gestalt sprach mit Grabesstimme zu ihm.

»O Mensch, erkennst du mich?«

»Nein, bei Crom!«, fluchte der König.

»Mann«, sagte der Alte, »ich bin Epemitreus.«

»Aber Epemitreus der Weise ist seit fünfzehnhundert Jahren tot!«, stammelte Conan.

»Höre!«, befahl der andere. »Wie ein Stein, der Wellen an die Ufer wirft, wenn man ihn in stilles Wasser wirft, so weckten Geschehnisse in der Unsichtbaren Welt mich aus dem Schlaf. Ich habe dich beobachtet, Conan von Cimmerien. Du trägst das Zeichen großer Ereignisse und großer Taten. Doch ein Unheil geht um im Land, gegen das du mit deinem Schwert nichts ausrichten kannst.«

»Du sprichst in Rätseln«, gab Conan unbehaglich zurück. »Zeige mir den Feind und ich will ihm den Schädel bis zu den Zähnen spalten.«

»Deine Barbarenwut sollst du gegen die Feinde aus

Fleisch und Blut richten«, erwiderte der Alte. »Aber nicht vor den Menschen muss ich dich beschützen. Es gibt dunkle Welten, den Menschen kaum bekannt, in denen gestaltlose Ungeheuer umgehen – Feinde, die aus den Abgründen des Nichts herbeigerufen werden können. Auf Geheiß schwarzer Magier können sie eine feste Form annehmen und alles zerfleischen und verschlingen. Eine Schlange ist in deinem Haus, o König – eine Viper sucht dein Königreich heim. Sie kam aus Stygien und trägt das Wissen um die Schattenwelt in ihrer finsteren Seele. Wie ein schlafender Mann von der Schlange träumt, die schon in der Nähe kriecht, so habe ich die üble Gegenwart von Sets Handlanger gespürt. Er ist trunken von einer entsetzlichen Macht und die Schläge, die er seinem Feind versetzen kann, sind imstande, das ganze Königreich zu zerstören. Ich habe dich zu mir gerufen, um dir eine Waffe gegen ihn und seine höllische Meute zu geben.«

»Aber warum mir?«, fragte Conan verwirrt. »Die Legende berichtet, dass du im schwarzen Herzen Golamiras schlummerst, um deinen Geist auf unsichtbaren Schwingen auszusenden, wenn Aquilonien deine Hilfe braucht. Ich aber … ich bin ein Fremder und ein Barbar.«

»Still!« Der gespenstische Ruf hallte laut durch die riesige finstere Höhle. »Dein Schicksal ist mit dem Aquiloniens verknüpft. Gewaltige Ereignisse bahnen sich im Gespinst des Schicksals an und ein blutrünstiger besessener Hexer darf der Bestimmung des Reichs nicht im Wege stehen. Vor langer Zeit schlang Set sich um die Welt wie ein Python um die Beute. Mein ganzes Leben, das so lange währte wie die Lebensspannen dreier gewöhnlicher Männer, kämpfte ich gegen ihn. Ich trieb ihn in die Schatten des unerforschten Südens, doch im dunklen Stygien beten immer noch Menschen den an, der für uns der Erzfeind ist. Wie ich gegen Set kämpfte, so kämpfe ich gegen seine Anbeter und Jünger. Hebe dein Schwert.«

Conan gehorchte verwundert und der Alte malte mit knochigem Finger ein seltsames Symbol, das wie weißes Feuer im Schatten brannte, knapp hinter dem schweren silbernen Handschutz auf die große Klinge. Im gleichen Augenblick verschwanden Gruft, Grabmal und Greis und Conan sprang benommen von seinem Lager in der großen Kammer mit der goldenen Kuppel. Und wie er dort stand, verwirrt über den seltsamen Traum nachdenkend, wurde ihm bewusst, dass er das Schwert in der Hand hielt. Wieder sträubten sich ihm die Nackenhaare, denn auf die breite Klinge war tatsächlich ein Symbol geritzt. Es war der Umriss eines Phönix. Er konnte sich erinnern, auf dem Grabmal in der Gruft eine ähnliche, aus Stein gehauene Figur gesehen zu haben. Inzwischen begann er sich allerdings zu fragen, ob er wirklich eine Steinfigur gesehen hatte, und wieder bekam er eine Gänsehaut.

Ein verstohlenes Geräusch draußen auf dem Flur ließ ihn auffahren. Ohne auch nur eine Sekunde zu zögern legte er seine Rüstung an. Jetzt war er wieder der Barbar, misstrauisch und wachsam wie der graue Wolf, wenn er seine Beute beschleicht.

## 5

*Ich weiß nichts von eurem kultivierten Leben,*
*von Lug und Trug und falschem Schein.*
*Ich kam zur Welt in einem wilden Land,*
*wo es galt, rasch und stark zu sein.*
*Es gibt keine Arglist, kein Intrigenspiel,*
*das nicht letztlich das Schwert gewann,*
*so greift an, ihr Gewürm – auch im Mantel des*
*Königs empfängt euch ein Mann!*

Die Straße der Könige

ZwanZig Vermummte schlichen durch den stillen Gang des Königspalastes. Die Füße, mit weichem Leder bekleidet oder gänzlich nackt, machten weder auf dem dicken Teppich noch auf kalten Marmorfliesen ein Geräusch. Die Fackeln, die entlang des Ganges in Nischen brannten, funkelten rot auf den Klingen von Dolch und Schwert und geschärfter Axt.

»Ruhe jetzt!«, zischte Ascalante. »Hört auf, so verdammt laut zu atmen, wer auch immer es ist! Der Offizier der Nachtwache hat die meisten Wächter aus diesen Gängen abgezogen und den Rest betrunken gemacht, aber wir müssen trotzdem vorsichtig sein. Zurück! Da kommt die Wache!«

Sie huschten hinter eine Reihe geschnitzter Säulen und gleich darauf kamen zehn Hünen in schwarzen Rüstungen gemessenen Schrittes vorbei. Ihre Gesichter verrieten ihren Zweifel, da ihr Offizier sie von ihrem Posten abberufen hatte. Der Offizier selbst war bleich. Als die Wachabteilung das Versteck der Verschwörer passierte, wischte er sich mit zitternder Hand den Schweiß von der Stirn. Er war noch jung und es fiel ihm nicht leicht, seinen König zu verraten. Insgeheim verfluchte er seine Spielleidenschaft, die ihn den Wucherern ausgeliefert und den Ränke schmiedenden Politikern in die Hände getrieben hatte.

Mit lautem Schritt verschwand der Trupp in einem Flur.

»Gut so«, grinste Ascalante. »Jetzt schläft Conan unbewacht. Beeilt euch jetzt! Wenn sie uns erwischen, während wir ihn umbringen, ist es um uns geschehen. Doch wenn der König erst tot ist, wird sich niemand mehr seiner Sache verschreiben wollen.«

»Jawohl, beeilt euch!«, rief Rinaldo und seine Augen blitzten wie die Klinge des Schwerts, das er über dem Kopf schwang. »Meine Klinge dürstet nach Blut! Ich höre schon, wie sich die Aasgeier sammeln! Weiter!«

Unbekümmert stürmten sie durch den Flur, bis sie vor

einer vergoldeten Tür standen, auf der das königliche Drachensymbol Aquiloniens prangte.

»Gromel!«, knurrte Ascalante. »Brich die Tür auf!«

Der Riese holte tief Luft und warf sich mit seinem ganzen Gewicht gegen das Holz, das unter dem Aufprall ächzte. Er nahm einen neuen Anlauf und sprang noch einmal vor. Riegel zersprangen krachend, Holz splitterte, die Tür zerbrach und die Teile flogen in den Raum dahinter.

»Hinein!«, brüllte Ascalante, von der eigenen Begeisterung mitgerissen.

»Hinein!«, rief auch Rinaldo. »Tod dem Tyrannen!«

Wie angewurzelt blieben sie stehen, als sie Conan vor sich erblickten. Kein nackter Mann, der benommen und unbewaffnet aus tiefem Schlaf gerissen wurde und sich abschlachten ließ wie ein Schaf, sondern ein hellwacher, zum Kampf bereiter Barbar in halb angelegter Rüstung, der das lange Schwert in der Hand hielt.

Einen Augenblick lang herrschte Stille. Die vier rebellischen Adligen verharrten in der geborstenen Tür, die Horde wilder bärtiger Männer hinter sich. Wie gelähmt standen sie vor dem Hünen mit den kalt funkelnden Augen, der sie inmitten der von Kerzenlicht erhellten Schlafkammer mit blank gezogenem Schwert erwartete. Doch da sah Ascalante das Silberzepter und den schmalen Goldreif, die Krone Aquiloniens, auf einem Tischchen neben der königlichen Schlafstatt liegen und die Gier danach übermannte ihn.

»Hinein, ihr Halunken!«, brüllte der Gesetzlose. »Zwanzig gegen einen steht es und er trägt nicht einmal einen Helm!«

So war es. Conan hatte nicht genug Zeit gehabt, den schweren, federbuschverzierten Helm aufzusetzen und die Seitenteile der Rüstung anzulegen. Auch den großen Schild konnte er jetzt nicht mehr von der Wand reißen. Dennoch war Conan besser gerüstet als alle seine Feinde mit Ausnahme von Volmana und Gromel, die ihre volle Rüstung trugen.

Der König starrte sie böse an und fragte sich, wer sie wohl sein mochten. Durch die geschlossenen Visiere konnte er die Gesichter der Verschwörer nicht erkennen und Rinaldo hatte sich den Schlapphut tief ins Gesicht gezogen. Doch er hatte keine Zeit für müßige Gedanken. Mit einem Schrei, der laut von dem Kuppeldach widerhallte, stürzten die Meuchelmörder ins Zimmer, Gromel allen voran. Wie ein Stier griff er mit gesenktem Kopf an, das Schwert weit unten haltend für einen Stoß, der dem Gegner den Bauch aufschlitzen sollte. Conan sprang ihm entgegen und legte seine ganze tigerhafte Kraft in den Arm, der das Schwert schwang. Die große Klinge sauste durch die Luft und krachte auf den Helm des Bossoniers. Klinge und Helm zerbrachen und Gromel sank leblos zu Boden. Den abgebrochenen Griff in der Hand, sprang Conan wieder zurück.

»Gromel!«, fauchte er und riss erstaunt die Augen auf, als der geborstene Helm den zerschmetterten Kopf freigab. Dann fiel der Rest der Meute über ihn her. Eine Dolchspitze kratzte in der Lücke zwischen Brustpanzer und Rückenteil über seine nackten Rippen, eine Schwertschneide blitzte vor seinen Augen. Er schleuderte den Dolchschwinger mit dem linken Arm zur Seite und schmetterte dem Schwertkämpfer den Schwertstumpf gegen die Schläfe. Das Hirn des Mannes spritzte ihm ins Gesicht.

»Fünf an die Tür!«, schrie Ascalante. Er tänzelte um die Kämpfenden herum, denn er fürchtete, Conan könnte mitten durchs Getümmel brechen und fliehen. Die Schurken wichen kurz zurück, als ihr Anführer ein paar von ihnen herausgriff und zur einzigen Tür des Raumes bugsierte. Conan aber nutzte die kleine Verschnaufpause, um zur Wand zu springen und die alte Streitaxt herunterzureißen, die seit einem halben Jahrhundert unberührt dort gehangen hatte.

Mit dem Rücken zur Wand betrachtete er kurz den sich schließenden Ring der Angreifer, dann sprang er mitten hinein. Er war kein Kämpfer, der auf Defensive baute.

Selbst angesichts einer unüberwindlichen Übermacht der Gegner ging er zum Angriff über. Jeder andere Mann wäre längst tot gewesen und auch Conan hatte keine Hoffnung, dass er überleben würde, doch er nahm sich inbrünstig vor, so viel Schaden wie möglich anzurichten, bevor er fiel. Ein heißes Feuer brannte in seiner Barbarenseele und im Geiste hörte er die Kampflieder der alten Helden.

Als er sich von der Wand löste, traf seine Axt einen Gesetzlosen und trennte ihm den Arm an der Schulter ab; der heftige Rückhandschlag gleich danach zerschmetterte einem zweiten den Schädel. Schwertspitzen zischten gefährlich nahe durch die Luft, doch immer wieder verfehlte der sichere Tod ihn um Haaresbreite. Der Cimmerier bewegte sich mit atemberaubender Geschwindigkeit. Wie ein Tiger in einer Pavianhorde kämpfte er, sprang zur Seite und fuhr herum, bot dank seiner Beweglichkeit ein nur schwer zu treffendes Ziel, während seine Axt sich wie ein blitzendes Todesrad drehte.

Eine kleine Weile noch bedrängten die Meuchelmörder ihn grimmig, teilten blindlings Hiebe aus und behinderten sich gegenseitig durch ihre schiere Überzahl, doch dann wichen sie plötzlich zurück. Zwei Leichen auf dem Boden legten ein beredtes Zeugnis ab von der Kampfeswut des Königs, obschon auch Conan blutende Wunden auf Armen, Hals und Beinen davongetragen hatte.

»Seid ihr kleine Kinder?«, schrie Rinaldo und riss sich den federverzierten Schlapphut vom Kopf. Seine Augen blitzten wild. »Drückt ihr euch etwa vor dem Kampf? Soll der Tyrann etwa weiterleben? Auf ihn!«

Ungestüm um sich hauend stürmte er los, doch Conan, der ihn mittlerweile erkannt hatte, zerschmetterte sein Schwert mit einem kurzen, schrecklichen Hieb und streckte ihn mit einem Schlag seiner flachen Hand rücklings zu Boden. In diesem Augenblick traf die Spitze von Ascalantes Schwert Conans linken Arm und der Gesetzlose konnte nur mit knapper Not sein Leben retten, indem er sich duckte und sich mit einem raschen Sprung vor der niedersausenden Axt in Sicherheit brachte. Wieder kreisten die Schurken ihn ein und Conans Streitaxt pfiff durch die Luft und fand ihre Opfer. Ein bärtiger Schuft tauchte unter einem Hieb hinweg und attackierte von unten her die Beine des Königs, doch nach kurzem Gezerre an etwas, das ihm vorkam wie ein massiver Eisenturm, hob er den Blick – gerade noch rechtzeitig, um die Axt fallen zu sehen, aber nicht früh genug, um ihr auszuweichen. Unterdessen hatte einer seiner Kameraden ein Breitschwert mit beiden Händen gehoben und versetzte dem König einen Hieb, der die linke Schulterpanzerung durchschlug und die Schulter darunter verletzte. Augenblicke später war Conans Harnisch voller Blut.

Volmana drängte die anderen Angreifer in wilder Ungeduld links und rechts zur Seite, schob sich nach vorn und hackte mordlustig auf Conans ungeschützten Kopf los. Der König duckte sich und die Klinge trennte ihm eine schwarze Haarlocke ab, als sie knapp über seinem Kopf vorbeistrich. Conan drehte sich auf der Ferse um sich selbst und ging mit einem seitlichen Hieb zum Gegenangriff über. Die Axt drang durch Volmanas Stahlrüstung und der Gegner sackte in verbeultem Panzer zusammen.

»Volmana!«, keuchte Conan atemlos. »Die Hölle soll diesen Zwerg …«

Er richtete sich auf und stellte sich dem erbittert angreifenden Rinaldo. Der Possenreißer verzichtete völlig auf Deckung und war nur mit einem Dolch bewaffnet. Conan sprang zurück und hob die Axt.

»Rinaldo!«, rief er verzweifelt und drängend. »Zurück! Ich will dich nicht töten …«

»Stirb, Tyrann!«, kreischte der irre Minnesänger und warf sich auf den König. Conan zögerte mit dem Schlag, den er nicht anbringen wollte, bis es zu spät war. Erst als der Stahl in seine ungeschützte Flanke fuhr, schlug er blindlings zu.

Rinaldo stürzte mit zerschmettertem Schädel zu Boden und Conan taumelte rückwärts gegen die Wand. Blut spritzte zwischen den Fingern hervor, die er auf die Wunde presste.

»Los jetzt, tötet ihn!«, brüllte Ascalante.

Conan stützte sich an der Wand ab und hob die Axt. Er stand da wie der Inbegriff der Unbesiegbarkeit – die Beine weit gespreizt, den Kopf vorgeschoben, eine Hand an die Wand gestemmt, um Halt zu finden; die zweite hielt die Axt zum Schlag bereit, die starken Muskelstränge traten wie Eisendrähte hervor, das Gesicht war zu einer Maske tödlicher Wut verzerrt. Erbarmungslos funkelten die Augen durch die blutigen Schleier, die sie trübten. Die Männer zauderten – so wild, verbrecherisch und blutdürstig sie auch waren, sie kamen doch aus einer Gesellschaft, die man gemeinhin als zivilisiert bezeichnete, und nun stand ein Barbar vor ihnen, der gefährlich war wie ein wildes Tier. Sie wichen zurück. Auch ein sterbender Tiger konnte noch tödliche Hiebe austeilen.

Conan spürte ihre Unsicherheit und grinste erbarmungslos und wild.

»Wer will als Erster sterben?«, stieß er mit zerplatzten, blutigen Lippen hervor.

Ascalante sprang los wie ein Wolf, hielt mit unglaublicher Wendigkeit praktisch mitten im Sprung inne und ließ sich zu Boden fallen, um dem tödlichen Gegenangriff zu entgehen. Er brachte hektisch seine Füße in Sicherheit und rollte sich ab, als Conan sich nach dem missglückten Schlag wieder sammelte und noch einmal zuschlug. Dieses Mal drang die Axt dicht neben Ascalantes zurückzuckenden Beinen einige Zoll tief in den polierten Holzboden ein.

Ein weiterer tollkühner Bandit wählte genau diesen Augenblick für seinen Angriff, einige Kumpane folgten ihm halbherzig. Er wollte Conan töten, bevor der Barbar seine

Axt aus dem Holzboden reißen konnte, doch er hatte sich verschätzt. Die Axt fuhr hoch und wieder hinab und das blutrote Zerrbild eines Mannes stürzte den Angreifern vor die Füße.

In diesem Augenblick schrien die Schurken an der Tür ängstlich auf, denn ein unförmiger schwarzer Schatten schob sich vor die Wand. Alle bis auf Ascalante fuhren herum und dann stürzten sie heulend wie die Hunde in blinder Flucht durch die Tür nach draußen und verstreuten sich auf den Fluren.

Ascalante aber blickte nicht zur Tür. Er hatte nur Augen für den verletzten König. Er musste annehmen, dass der Kampflärm den Palast geweckt hatte. Gleich würden die treuen Wächter kommen, doch es war seltsam, dass seine kampferprobten Banditen unter so entsetzlichen Schreien geflohen waren. Auch Conan sah nicht zur Tür. Er beobachtete den Gesetzlosen mit den brennenden Augen eines sterbenden Wolfs. Nicht einmal in dieser außergewöhnlichen Situation verlor Ascalante seinen zynischen Humor.

»Alles scheint verloren, vor allem die Ehre«, murmelte er. »Doch jedenfalls stirbt der König im Stehen und …«

Was ihm sonst noch durch den Kopf ging, ist nicht überliefert, denn er ließ den Satz unvollendet und stürmte leichtfüßig auf Conan los, als der Cimmerier sich mit dem Axtarm das Blut aus den Augen wischte.

Doch kaum hatte er mit seinem Angriff begonnen, da war in der Luft ein eigenartiges Rauschen zu hören und etwas Schweres versetzte ihm genau zwischen den Schultern einen heftigen Schlag. Als er vornüber stürzte, bohrten sich gewaltige Krallen in sein Fleisch. Verzweifelt wand er sich unter dem Angreifer und suchte zu entkommen, dann drehte er den Kopf herum und starrte der Inkarnation von Albtraum und Wahnsinn ins Angesicht. Über ihm hockte ein riesiges schwarzes Ungeheuer, das nicht von dieser Welt war. Es sabberte, schwarze Reißzähne näherten sich seiner Kehle und das Starren der gelben Augen brach seine Kraft, wie ein eiskalter Wind das junge Getreide bricht.

Das grässliche Gesicht gehörte keinem Tier. Es hätte das Antlitz einer alten, bösen Mumie sein können, die von dämonischer Kraft auferweckt worden war. In diesem entsetzlichen Gesicht glaubte der Gesetzlose, einem Schatten gleich, eine schwache und doch beängstigende Ähnlichkeit mit dem Sklaven Thoth-amon zu erkennen. Dann wurde Ascalante sogar von seiner allgegenwärtigen zynischen Lebensphilosophie im Stich gelassen und gab mit einem entsetzlichen Schrei den Geist auf, noch bevor die geifernden Kiefer ihn zerfleischten.

Conan hatte sich unterdessen das Blut aus den Augen gewischt und sah benommen zu. Zuerst dachte er, ein großer schwarzer Hund habe sich über Ascalantes Körper hergemacht, doch als er wieder klar sehen konnte, begriff er, dass er weder einen Hund noch einen Pavian sah.

Mit einem Schrei, der ein Echo von Ascalantes Todesschrei hätte sein können, stieß er sich von der Wand ab und warf mit aller Kraft, die er noch aufbieten konnte, die Axt nach dem auf ihn zustürzenden Ungeheuer. Doch die Axt, die den Schädel hätte spalten sollen, glitt harmlos ab und der König wurde vom Aufprall des mächtigen Körpers durchs halbe Zimmer geschleudert.

Die geifernden Kiefer verbissen sich in dem Arm, den Conan schützend vor die Kehle gehoben hatte, aber das Ungeheuer machte keine Anstalten, sein Opfer zu töten. Über den gepackten Arm hinweg starrte es den König, in dessen Augen nun ein ähnliches Entsetzen lag wie in Ascalantes toten Augen, böse an. Conan verlor jeden Mut; er hatte das Gefühl, die Seele werde ihm aus dem Leib gesaugt und er müsse in den entsetzlichen gelben Abgründen, die gespenstisch vor ihm glühten, versinken, während ringsum die Welt zu formlosem Chaos zerfiel und alles Leben und alles Denken verging. Die Augen schienen zu riesigen Ausmaßen anzuschwellen und in ihnen sah der Cimmerier all die grauenhaften Schrecken, die in der gestaltlosen Welt unmenschlicher Abgründe hausen. Er öffnete den blutenden Mund und wollte seinen Hass und die Abscheu herausschreien, doch aus seiner Kehle drang nur ein leises Röcheln.

Die Ausgeburt des Schreckens, die Ascalante gelähmt und getötet hatte, weckte im Cimmerier eine wilde, irrwitzige Wut. Einem ausbrechenden Vulkan gleich bäumte er sich auf, ohne auf den verletzten, schmerzenden Arm zu achten, und zerrte das Ungeheuer hinter sich her. Die ziellos tastende zweite Hand fand etwas, das sein benommener Verstand nach einem Augenblick als den Griff des zerbrochenen Schwerts erkannte. Instinktiv packte er es, schlug mit aller Kraft zu, die noch in seinen Knochen steckte, und benutzte das Schwert, wie man sonst einen Dolch führt. Die zerbrochene Klinge drang tief ein und Conans Arm kam frei, als das entsetzliche Maul vor Schmerzen aufgerissen wurde. Der König wurde zur Seite geschleudert, und als er sich mühsam auf eine Hand stützte und aufrichtete, sah er benommen die Todeszuckungen des Ungeheuers. Dickes Blut spritzte aus der großen Wunde, die seine Klinge gerissen hatte. Nur wenige Augenblicke noch, dann ebbte der Todeskampf ab und das Ungeheuer zuckte nur noch leicht, starrte mit totem, gebrochenem Blick zur Decke. Conan blinzelte und schüttelte sich das Blut aus dem Gesicht. Es kam ihm vor, als wolle das Biest unter seinen Augen zerfließen und zu einem gestaltlosen Schleimklumpen zerfallen.

Dann waren aufgeregte Stimmen zu hören und auf einmal wimmelte der Raum vor Höflingen, die endlich erwacht und zu ihm gestürmt waren – Ritter, Adlige, Hofdamen, Bewaffnete, Berater. Alle riefen wild durcheinander und standen sich gegenseitig im Weg. Die Schwarzen Dragoner trafen ein, ungestüm und zum Kampf bereit; sie fluchten und knufften, hatten die Hände schon auf die Schwertgriffe gelegt und stießen fremdländische Verwünschungen aus. Vom jungen Offizier der Leibwache war nichts zu sehen und auch später wurde er nicht gefunden, obwohl man angestrengt nach ihm suchte.

»Gromel! Volmana! Rinaldo!«, rief Publius, der Reichsberater. Händeringend stand er inmitten der Leichen. »Allerschlimmster Verrat! Dafür soll jemand büßen! Ruft die Wache!«

»Die Wache ist längst hier, alter Trottel«, fauchte Pallantides, der Kommandant der Schwarzen Dragoner. In der Hitze des Augenblicks hatte er völlig vergessen, welchen Rang Publius bekleidete. »Hört auf zu jammern und helft uns, die Wunden des Königs zu verbinden, damit er uns nicht noch verblutet.«

»Ja, ja«, rief Publius, der ein Mann des Planens und gewiss kein Mann der Tat war. »Wir müssen seine Wunden verbinden. Lasst alle Heiler im Hof herbeiholen! Oh, mein König, welche Schande für diese Stadt! Was hat man Euch nur angetan?«

»Wein!«, grunzte der König, den man inzwischen auf eine Liege gebettet hatte. Ein Kelch wurde ihm an die blutigen Lippen gesetzt und er trank gierig wie ein halb verdursteter Mann.

»Gut«, schnaufte er und ließ sich zurückfallen. »Diese Prügelei macht durstig.«

Die Blutung war eingedämmt und die Lebenskraft des Barbaren gewann allmählich wieder die Oberhand.

»Kümmert euch zuerst um den Dolchstich in meiner Seite«, befahl er den Hofärzten. »Rinaldo hat mir da ein tödliches Lied eingeritzt und sein Griffel war scharf.«

»Wir hätten ihn längst aufhängen sollen«, schnatterte Publius. »Einem Dichter kann man einfach nicht – wer ist das?«

Unsicher stieß er Ascalantes Leichnam mit der Spitze seiner Sandale an.

»Bei Mitra!«, entfuhr es dem Kommandanten. »Das ist Ascalante, der ehemalige Graf von Thune! Welche Teufelei hat ihn aus seiner Wüste hierher verschlagen?«

»Und warum starrt er so seltsam?«, flüsterte Publius. Er zog sich zurück. Seine Augen waren vor Angst geweitet und zwischen den kurzen Haaren im feisten Nacken spürte er ein eigenartiges Prickeln. Die anderen betrachteten schweigend den toten Gesetzlosen.

»Wenn ihr gesehen hättet, was er und ich gesehen haben«, knurrte der König, der sich nun trotz der Proteste seiner Heiler aufrecht setzte, »dann würdet ihr nicht fragen. Aber ihr könnt euch einen Eindruck verschaffen, wenn ihr …« Er unterbrach sich und sperrte den Mund auf, denn sein Finger zielte ins Leere. Wo das Ungeheuer verendet war, konnte man jetzt nur noch nackten Boden sehen.

»Bei Crom!«, fluchte er. »Das Biest ist geschmolzen und in dem üblen Loch versunken, aus dem es gekrochen kam!«

»Der König spricht im Fieberwahn«, flüsterte ein Edelmann. Conan hörte es und deckte den Mann mit einigen barbarischen Verwünschungen ein. »Bei Badb, Morrigan, Macha und Nemain!«, schloss er die zornige Tirade. »Ich habe nicht den Verstand verloren. Es sah aus wie eine Kreuzung zwischen einer stygischen Mumie und einem Pavian. Es kam zur Tür herein und Ascalantes Kumpane sind vor ihm geflohen. Es hat Ascalante getötet, als dieser mich gerade angreifen wollte. Dann stürzte es sich auf mich und ich habe es besiegt – ich weiß allerdings nicht wie, denn meine Axt ist abgeglitten wie von einem Felsblock. Aber ich glaube, der weise Epemitreus hatte seine Hand im Spiel …«

»Hört nur, wie er von Epemitreus spricht, der seit fünfzehnhundert Jahren tot ist!«, flüsterten sie einander zu.

»Bei Ymir!«, brüllte der König. »Ich habe in dieser Nacht mit Epemitreus gesprochen! Er ist mir im Traum erschienen und ich lief durch einen aus schwarzem Stein gehauenen

Gang, in dessen Wände alte Götter gemeißelt waren, bis ich zu einer Steintreppe kam, auf der ich die Umrisse von Set sah. Dahinter gelangte ich in eine Gruft und sah ein Grab mit einem eingravierten Phönix …«

»In Mitras Namen, mein Herr und König, schweigt still!« Der Hohepriester hatte sich eingeschaltet; grau wie Asche war sein Gesicht. Conan warf den Kopf herum, wie ein Löwe die Mähne schüttelt, und wandte sich mit flammenden Augen an den Mann.

»Und wer seid Ihr, dass Ihr mir den Mund verbieten wollt?«, knurrte Conan wie ein gereizter Tiger.

»O nein, mein Lord, nein.« Der Hohepriester zitterte, aber es war nicht der Zorn des Königs, der ihn beben ließ. »Ich wollte nicht respektlos sein.« Er neigte den Kopf dicht zum Ohr des Königs und flüsterte, dass nur Conan es hören konnte.

»Mein Herr und König, dies ist eine Angelegenheit, die das menschliche Begriffsvermögen übersteigt. Nur der innere Kreis der Priesterschaft weiß von diesem Gang aus schwarzem Stein, der von unbekannten Händen ins Herz des Bergs Golamira gehauen wurde. Niemand sonst kennt das Grab mit dem kauernden Phönix, in dem Epemitreus vor fünfzehnhundert Jahren zur letzten Ruhe gebettet wurde. Seit jener Zeit hat kein lebender Mensch mehr das Grab betreten, denn auserwählte Priester haben den Zugang versperrt, damit niemand ihn mehr finden konnte, nachdem sie den Weisen in die Gruft gelegt hatten. Kein Priester könnte heute sagen, wo die Grabstätte zu finden ist; das Wissen darum wird eifersüchtig gehütet und nur durch mündliche Überlieferung an einige wenige Auserwählte weitergegeben. Das Wissen um die Ruhestätte des Epemitreus im schwarzen Herzen Golamiras bleibt auf den innersten Kreis von Mitras Jüngern beschränkt.«

»Ich kann nicht sagen, mit welcher Magie Epemitreus mich zu sich rief«, antwortete Conan. »Doch ich sprach mit

ihm und er setzte ein Zeichen auf mein Schwert. Die Klinge
zerbrach ich auf Gromels Helm, doch der Rest war lang
genug, um das Ungeheuer zu töten, und es starb hier auf
dem Boden.«

Die verängstigten Menschen verstummten, als sie näher
hinschauten, und einige fielen sogar auf die Knie und riefen
Mitra an. Wieder andere flohen schreiend aus dem Schlafgemach.

Denn auf dem Boden, wo das Ungeheuer gestorben war,
zeichnete sich, beinahe greifbar wie ein Schatten, ein breiter
dunkler Umriss ab, der nicht weggewischt werden konnte.
Das Biest hatte mit seinem Blut seine Gestalt in den Boden
geätzt und dieser Umriss gehörte offenbar einem Wesen,
das weder Mensch noch Tier war, noch sonst etwas, das in
dieser Welt seinen Platz hatte.

»Lasst mich Euer Schwert ansehen«, flüsterte der Hohepriester. Ihm wurde die Kehle eng beim Sprechen.

Conan hielt ihm die Waffe hin und der Mann stieß einen
Schrei aus und sank auf die Knie.

»Mitra möge uns vor den Mächten der Dunkelheit
schützen!«, keuchte er mit aschfahlem Gesicht. »Ihr habt
heute Nacht gewiss mit Epemitreus gesprochen. Es ist das
geheime Zeichen, das niemand benutzen darf außer ihm
selbst. Es ist das Zeichen des unsterblichen Phönix, der
ewig über seinem Grab wacht.«

Conan runzelte verwirrt die Stirn.

»Wie konnte dieses Zeichen den Dämon für mein Schwert
verwundbar machen?«

Der Hohepriester stand kopfschüttelnd wieder auf.

»Die Geheimnisse der Schattenwelt gehen über unser Verständnis. Symbole sind nur die äußeren Zeichen
verborgener Mächte. Wir sehen lediglich die äußerlichen
Hinweise, doch wir erkennen nicht das ewige Spiel der
Mächte, das dahinter abläuft. Die Kräfte des Lichts kämpfen
gegen die Kräfte der Dunkelheit. Mit einem bösen Symbol

beschwört ein Hexer einen Albtraum aus den Abgründen herauf. Mit einem Symbol des Lichts wird das Ungeheuer zurückgestoßen. Dunkle Flügel werfen Schatten über unsere Seelen, andere unsichtbare Flügel werden ausgebreitet und beschützen uns. Die Klügsten unter uns sind nicht mehr als blinde Kinder, die hilflos durchs Dunkel tappen.«

»Bei Crom«, sagte Conan, »die Götter und Dämonen der Zivilisation sind so kompliziert und geheimnisvoll wie alles andere, was dazugehört. Ich fühle mich wirklich wie ein Blinder, der hilflos durch die Finsternis irrt. Aber so viel verstehe ich: Es gibt einen Zauberer im Königreich, der zur Strecke gebracht werden muss. Und dies dort – dieser Fleck. Was war das?«

Der Hohepriester schauderte und nahm mit zitternden Händen das Schwert.

»Nur Mitra weiß, welche Schattengestalten in der Finsternis lauern oder ungesehen durch unsere Welt streifen. Ich erkenne jedoch die Macht Sets hinter dieser Erscheinung. Sucht nach einem Stygier, wenn Ihr den Zauberer sucht, mein König. Dieser Fleck dort auf dem Boden ist, wenn wir nicht alle verrückt geworden sind, das Gegenstück eines Schattens, der zu einem geschnitzten Affengott gehört, den ich vor langer Zeit einmal in einem dunklen fernen Land, das ans dunkle Reich von Stygien grenzt, auf dem Altar eines düsteren Tempels kauern sah.«

# Exposé ohne Titel
## (Die scharlachrote Zitadelle)

DIE ERZÄHLUNG SETZT AM ENDE einer Schlacht ein, in der
König Conan von Aquilonien durch die Heere der Königreiche Koth und Ophir geschlagen wurde. Amalrus, der
König von Ophir, hatte Conan wissen lassen, dass Strabonus,
der König von Koth, seine Länder plünderte. Er hatte Conan
bedrängt, ihm zu helfen. Conan marschierte also los, mit
fünftausend Reitern ohne Bogenschützen oder Infanterie,
und traf in den Ebenen von Ophir auf Strabonus, der mit
zehntausend Rittern und Bogenschützen sowie mit Kata-
pulten gekommen war, zu denen sich noch eine ophirische
Armee von fünfzehntausend Mann gesellte.

Conans kleines Heer wurde mit Pfeilen gespickt und
völlig aufgerieben. Conan selbst, der einzige Überlebende,
wird von Strabonus oder vielmehr von dessen Magier
Tsothalanti gefangen genommen. Letzterer ist ein bösartiger, geheimnisvoller Alter, der hinter dem König die wahre
Macht in Koth darstellt. Tsotha ritzt Conans Haut mit einem
Stift, der in Gift getaucht wurde, das man aus der purpurnen
Lotusblume gewonnen hat. Dieses Gift lähmt die Muskeln.
Conan wird nach Khorshemish, Koths Hauptstadt, verschleppt, wo man ihn drängt, zugunsten von Prinz Arpello
abzudanken. Arpello ist ein aquilonischer Adliger, der sich
insgeheim mit Strabonus verbündet hat. Conan weigert sich
und wird in einen unterirdischen Gang unter Tsothas Zitadelle gesteckt, wo er an die Mauer gekettet und seinem
Schicksal überlassen wird. In diesen Gängen wirkt Tsotha
seine Magie.

Eine kleine Kerze, die über seinem Kopf befestigt ist, wirft einen engen Lichthof um Conan. Bald darauf gleitet eine ungeheuer große, achtzig Fuß lange Schlange aus der Dunkelheit herbei und richtet sich vor Conan auf. Ein Tropfen Gift fällt auf Conans nackten Schenkel und hinterlässt eine dauerhafte Narbe.

Doch in diesem Augenblick tritt ein riesiger schwarzer Mann ins Verlies und erklärt, Conan habe als Pirat an den Küsten von Cush seinen Bruder erschlagen. Er macht Anstalten Conan zu enthaupten, doch die Schlange gleitet wieder aus der Dunkelheit herbei und packt ihn. Die Schlüssel fallen vor Conans Füße und er kann sich befreien. Er will fliehen, doch ein Soldat hält die Tür von außen verschlossen, obwohl Conan ihn durch die Gitterstäbe erreichen kann.

Conan findet einen rivalisierenden Zauberer, der ebenfalls gefangen gehalten wird, und befreit ihn. Der Zauberer ruft einen großen Vogel oder Drachen, mit dem Conan nach Aquilonien zurückfliegt, wo er eine Armee aushebt und die Kothier besiegt.

# Exposé ohne Titel
## (Natohk, der Zauberer)

SHEVATAS, EIN ZAMORIANISCHER DIEB, kam in die Ruinenstadt Kuthchemes in der stygischen Wüste. Einst durchströmte ein Fluss die Stadt, ein Nebenfluss des Gewässers, das die Stygier Styx, die Kothier Stygus und die Nemedier Nilas nennen. Doch das Flussbett ist schon vor vielen Jahrhunderten ausgetrocknet und die Ruinen von Kuthchemes heben sich dunkel und zerklüftet vor dem Mond ab. Früher herrschte hier der Zauberer Thugra Khotan, der Hohepriester von Set, der Alten Schlange. Das mit Gold verkleidete Marmordach seines Grabmals überragte noch immer die Ruinen.

Ein Fluch lag über dem alten Land, doch Shevatas' Begierde richtete sich auf den Schatz, der angeblich in diesem Grabmal verborgen war. Auf einem geheimen Weg drang er dort ein. Er entriegelte von draußen die große Tür und tötete mit Gift, das von ihr selbst stammte, die große Schlange, die das Grabmal bewachte. Nachdem er tief ins düstere Verlies vorgedrungen war, kreischte er, als sich in der Dunkelheit eine noch dunklere Gestalt aufrichtete. Dann kehrte wieder Stille ein in den Ruinen von Kuthchemes.

Zu dieser Zeit gab es ein unabhängiges Königreich südlich von Koth. Der junge Herrscher des Fürstentums Khoraspar, Graf Khossa, hatte sich seinem König widersetzt und ein eigenes Königreich ausgerufen. Die Bevölkerung bestand teils aus Kothiern, teils aus Shemiten und wurde von einer Aristokratenkaste reinblütiger Hyborier regiert. Khossa wurde damals in Ophir gefangen gehalten, dessen

König noch zögerte, ob er ein Lösegeld aus Khoraspar annehmen oder den Mann an den König von Koth ausliefern sollte.

Khoraspar wurde unterdessen von der Prinzessin Yasmela regiert. Es verbreitete sich die Kunde, aus der südlichen Wüste rücke eine Invasionsarmee vor. Ein neuer Prophet war unter den nomadisch lebenden Shemiten aufgetaucht, ein großer Zauberer, der sich Natohk nannte, der Verschleierte, denn er trug stets einen Schleier. Dieser Prophet benutzte schwarze Magie und versicherte sich der Hilfe eines rebellischen stygischen Prinzen, des Bruders des Königs, der zuvor geschlagen und in die Wüste verbannt worden war. Die Verbündeten machten Anstalten, gegen die hyborischen Völker in den Krieg zu ziehen, und das erste Land auf ihrem Weg war Khoraspar.

Yasmela wurde von einer schillernden, gestaltlosen Kreatur mit lodernden unmenschlichen Augen heimgesucht, die in ihrer Schlafkammer im Schatten lauerte, wenn die Zofen schliefen, und ihr entsetzliche Drohungen und Schamlosigkeiten zuflüsterte. Verschreckt und verängstigt suchte sie in einer unterirdischen Kammer des Palasts ein altes Orakel auf. Sie entkleidete ihre schönste Zofe und legte das wimmernde Mädchen auf den Altar, besaß aber weder den Mut noch die Grausamkeit, es tatsächlich zu opfern.

Doch eine eigenartige Stimme sprach flüsternd aus der Luft zu ihr und forderte sie auf, den erstbesten Mann, den sie traf, auszuwählen, um ihre Armee zu führen. Die Offiziere desertierten bereits, bestochen vom König von Koth oder verschreckt durch die Berichte über den verschleierten Zauberer.

Die Prinzessen ging verkleidet auf die Straße und der Erste, den sie traf, war ein Hauptmann der Söldner mit Namen Conan der Cimmerier. Er torkelte betrunken durch eine einsame Straße. Sie zweifelte an der Wahrhaftigkeit des Orakels, nahm ihn aber trotzdem in den Palast mit und musste eine ganze Menge liebevoller Zudringlichkeiten durch seine Hände über sich ergehen lassen. Dann gab sie sich ihm zu erkennen und er erschrak. Er zog sein Schwert und wollte sich den Weg freikämpfen, doch sie beruhigte ihn und übertrug ihm das Kommando über die Reste der Armee, die ihr nach den Desertionen noch geblieben war – eine Truppe treuer Edelmänner, ein Regiment shemitischer Bogenschützen und die Söldner: Gundermänner, Aquilonier, Hyperboreaner und Nemedier.

Sie marschierten los und stellten die Feinde dort, wo die Hügel in die Wüste übergingen. Ein mächtiger Nebel wallte von Süden heran und in seiner Deckung rückten tausende Kämpfer Natohks vor. Doch der Wind wehte den Nebel fort und in der darauf entbrennenden Schlacht trugen Conan und seine Männer dank der Fürbitte eines uralten kothischen Gottes den Sieg davon. Conan konnte Natohk bezwingen, der niemand anders als Thugra Khotan war. Und so konnte Conan triumphieren.

# Fragment ohne Titel

## 1

AUF DEM SCHLACHTFELD war es still, in den roten Lachen zwischen den reglosen Körpern spiegelte sich der grellrote Sonnenuntergang. Einige Gestalten stahlen sich aus dem hohen Gras, Raubvögel stießen mit leise rauschenden Federn auf entstellte Leiber herab. Als wären sie Vorboten des Schicksals, flog eine Kette Reiher langsam zum schilfbewachsenen Flussufer. Kein Knirschen von Wagenrädern und kein Trompetenstoß störte die Totenstille. Das Schweigen des Todes folgte dem donnernden Schlachtlärm.

Eine Gestalt bewegte sich durch das weite Reich der Zerstörung, zwergenhaft klein vor dem trübroten Himmel. Der Kerl war ein Cimmerier, ein Riese mit schwarzer Mähne und glühenden blauen Augen. Das gegürtete Lendentuch und die hochgeschnürten Sandalen waren mit Blut bespritzt. Das mächtige Schwert, das er in der rechten Hand schleppte, war bis zum Heft mit Blut besudelt. In einem Schenkel klaffte eine hässliche Wunde, er musste humpeln. Vorsichtig und doch ungeduldig bewegte er sich zwischen den Toten, hinkte von einer Leiche zur nächsten und fluchte hasserfüllt, während er sie durchsuchte. Andere waren vor ihm hier gewesen. Kein Armreif, kein edelsteinbesetzter Dolch, kein silberner Harnisch ließ sich finden. Er war ein Wolf, der zu lange mit Blutvergießen zugebracht hatte, während die Schakale schon die Beute geplündert hatten.

Er starrte über das mit Leichen bedeckte Schlachtfeld hinweg, sah keine Bewegung und kein Lebenszeichen. Die

Messer der Söldner und der Nachzügler hatten ganze Arbeit geleistet. Schließlich brach er die fruchtlose Suche ab, streckte sich und sah sich unsicher auf der dunkelnden Ebene um. In der Ferne ließ die untergehende Sonne die Türme der Stadt erstrahlen.

Als ein leiser, gequälter Schrei an sein Ohr drang, drehte er sich um. Es war offenbar ein Verletzter, ein Überlebender, der demnach auch noch nicht ausgeplündert war. Rasch humpelte er auf das Geräusch zu und erreichte den Rand der Ebene, wo er störrische Schilfhalme vor sich teilen musste, bis er vor einer Gestalt stand, die sich noch schwach bewegte.

Ein Mädchen lag dort. Sie war nackt, die weißen Glieder von Schnitten und Quetschungen entstellt. Verkrustetes Blut klebte im langen schwarzen Haar. Unnennbare Qualen trübten die dunklen Augen und sie stöhnte vor Schmerzen.

Der Cimmerier stand da, schaute sie an und einen Moment lang bekam sein Blick einen Ausdruck, der bei einem anderen Mann als Mitleid gegolten hätte. Er hob das Schwert, um das Mädchen von seinen Qualen zu erlösen. Doch als die Klinge über ihr schwebte, wimmerte sie noch einmal wie ein kleines Kind, das Schmerzen leidet. Mitten in der Luft hielt das große Schwert inne und der Cimmerier stand reglos wie eine Bronzestatue. Dann steckte er das Schwert rasch entschlossen in die Scheide, bückte sich und hob das Mädchen mit seinen starken Armen auf. Sie schlug blind um sich, hatte aber kaum noch Kraft. Vorsichtig trug er sie und humpelte zum Flussufer, das ein Stück entfernt hinter dem Schilf verborgen war.


## 2


DIE BEWOHNER DER STADT YARALET verriegelten und verrammelten bei Einbruch der Dunkelheit schaudernd ihre

Türen und Fenster, hockten zitternd hinter ihren Schutzwällen und brannten Kerzen vor den Hausgottheiten ab, bis sich die Minarette wieder in der Morgendämmerung abzeichneten. Kein Wächter patrouillierte auf den Straßen, keine grell geschminkten Dirnen winkten im Schatten, keine Diebe stahlen sich durch enge Gassen. Schurken und ehrbare Leute mieden gleichermaßen die düsteren Straßen und versammelten sich in stinkenden Löchern und in den mit Kerzen beleuchteten Schenken. Von der Abenddämmerung bis zum Morgengrauen war Yaralet eine schweigende Stadt, die Straßen lagen leer und verlassen.

Dabei wussten die Menschen nicht einmal genau, was sie fürchteten. Freilich gab es reichlich Hinweise, dass sie die Türen nicht vor einem bloßen Traum versperrten. Männer raunten von schleichenden Schatten, die man zwischen den verriegelten Fenstern hindurch gesehen habe – eilende Gestalten, die keine Menschen waren und nicht von dieser Welt stammten. Türen seien des Nachts gesplittert, auf das Kreischen und Schreien von Menschen sei viel sagendes Schweigen gefolgt, bei Sonnenaufgang habe man zerbrochene Türen entdeckt, die in den Rahmen leerer Häuser schwangen. Deren Bewohner aber waren und blieben verschwunden.

Man erzählte auch vom eiligen Rumpeln geisterhafter Kutschen, die vor der Morgendämmerung durch dunkle und leere Straße rollten. Wer es hörte, wagte nicht hinauszuschauen. Ein Kind spähte einmal nach draußen, doch der Knabe wurde sogleich vom Irrsinn befallen und starb kreischend und mit Schaum vor dem Mund, ohne sagen zu können, was er gesehen hatte, als er aus dem verdunkelten Fenster spähte.

Eines Nachts, als das Volk von Yaralet schaudernd in den verrammelten Häusern hockte, fand in der kleinen, mit Samttüchern geschmückten Kammer von Atalis, den manche einen Philosophen und andere einen Schurken nannten, bei Kerzenschein eine eigenartige Zusammenkunft statt. Atalis war ein schlanker Mann von mittlerer Größe mit edlem Kopf und den Zügen eines gerissenen Händlers. Er trug ein einfarbiges Gewand aus kostbarem Stoff und sein Kopf war glatt rasiert, um seine Hingabe an die Wissenschaft und die Künste zu demonstrieren. Während er sprach, gestikulierte er unablässig mit der Linken. Der rechte Arm dagegen lag unnatürlich verdreht in seinem Schoß. Hin und wieder verzerrte ein schmerzvoller Krampfanfall sein Gesicht, und wenn dies geschah, bog sich der rechte Fuß, der unter dem langen Gewand verborgen war, in einem unnatürlichen Winkel im Fußgelenk.

Er sprach mit einem, der in der Stadt Yaralet als Prinz Than bekannt und beliebt war. Der Prinz, ein großer, geschmeidiger Mann, war jung und zweifellos sehr hübsch. Die festen Muskeln und die stahlharten grauen Augen passten nicht recht zu den etwas weibisch wirkenden schwarzen Locken und der mit einer Feder geschmückten Samtmütze.

# Exposé ohne Titel

EIN TRUPP ZAMORIANISCHER SOLDATEN marschierte unter Führung des Offiziers Nestor, eines Gundermann-Söldners, durch eine schmale Schlucht, um einen Dieb zu verfolgen. Conan der Cimmerier hatte mit seinen Diebstählen bei reichen Kaufleuten und Adligen die Regierung der nächstgelegenen zamorianischen Stadt erzürnt. Er musste aus der Stadt fliehen und wurde bis in die Berge verfolgt. Die Wände der Schlucht waren steil und der Untergrund dicht mit hohem, saftigem Gras bewachsen. An der Spitze seiner Männer laufend, stolperte Nestor über irgendetwas und stürzte schwer. Es war ein Seil aus Fellstreifen, das Conan hier angebracht hatte. Durch die Berührung wurde ein gespannter Ast ausgelöst, der seinerseits einen Erdrutsch in Gang setzte. Nestor überlebte mit zerkratzter und verbeulter Rüstung, alle anderen Soldaten wurden verschüttet. Wütend folgte er der Fährte allein weiter und erreichte eine Hochebene, auf der sich eine verlassene Stadt der Alten befand. Dort traf er auf Conan, den er ohne Zögern angriff. Nach erbittertem Kampf konnte der Cimmerier ihn mit einem Schwerthieb auf den Helm bewusstlos schlagen. Im Glauben, der Gegner sei tot, brach Conan zur verlassenen Stadt auf. Nestor kam jedoch wieder zu sich und folgte dem Cimmerier. Conan hatte unterdessen die Stadt erreicht, kletterte über die Mauer, da die Tore verschlossen waren, und musste gegen ein Ungeheuer kämpfen, das die Stadt heimsuchte. Er konnte es besiegen, indem er von einem erhöhten Standort große Steinblöcke schleuderte, danach hinunterstieg und die Kreatur mit seinem Schwert in Stücke hackte. Dann wandte er sich zum großen Palast, der im Zentrum der Stadt aus einem einzigen riesigen Felshügel gehauen worden war. Er suchte noch nach einem Eingang, als Nestor, der ihm über die Mauer gefolgt war, ihn abermals mit dem Schwert angriff. Conan empfahl ihm entnervt, er solle ihm lieber helfen, den riesigen sagenhaften Schatz zu finden, statt gegen ihn zu kämpfen. Nach einem Wortwechsel willigte der Gundermann ein; zusammen betraten sie den Palast und fanden nach einer Weile die große Schatzkammer. Dort lagen Krieger einer längst vergangenen Zeit reglos, aber ansonsten unversehrt. Die Gefährten packten Gold und Edelsteine ein und losten mit Würfeln aus, wer ein wundervolles Ensemble überirdisch schöner Edelsteine, die einen Altar schmückten, bekommen sollte. Auf dem Altar lag auch eine Schlange aus Jade, die offenbar eine Gottheit darstellen sollte.

Conan gewann das Würfelspiel und überließ Nestor alles Gold und die anderen Edelsteine. Für sich selbst nahm er nur die Edelsteine und die Jadeschlange vom Altar. Doch als er die Kostbarkeiten barg, erwachten die alten Krieger zum Leben und eine schreckliche Schlacht entbrannte. Die Diebe kamen mit knapper Not davon. Sie rannten aus dem Palast und wurden von den riesigen Kriegern verfolgt, die jedoch, als sie ins Sonnenlicht traten, zu Staub zerfielen.

Ein gewaltiges Erdbeben erschütterte die verlassene Siedlung und die Gefährten wurden voneinander getrennt. Conan fand den Rückweg zur Stadt und als er die Taverne erreichte, in der seine Liebste Wein trank, schüttete er die Edelsteine zwischen die Bierlachen auf den Tisch. Zu seinem Erstaunen waren die Steine jedoch zu grünem Staub zerfallen. Dann wollte er die Jadeschlange untersuchen, die noch im Lederbeutel steckte. Das Mädchen hob den Beutel und ließ ihn mit einem Schrei wieder fallen. Sie schwor, im Beutel habe sich etwas bewegt.

In diesem Augenblick kam der Stadtvogt mit einem

Trupp Soldaten herein, um Conan festzunehmen. Dieser stellte sich mit dem Rücken zur Wand und zog das Schwert. Bevor die Soldaten Conan umstellen konnten, schob der Stadtvogt die Hand in den Beutel.

Nestor war offenbar mit den nicht zu Staub zerfallenen Münzen in die Stadt zurückgekehrt, hatte sich betrunken und von der Schatzsuche erzählt. Die Männer hatten auch Nestor festnehmen wollen, doch obwohl er betrunken war, hatte er sich einen Weg freikämpfen können und war geflohen.

Als nun der Stadtvogt die pummelige Hand in den Beutel geschoben hatte, kreischte er und riss sie sofort wieder heraus. Eine lebendige Schlange hatte sich in seinen Fingern verbissen. Der Aufruhr, der darauf folgte, verschaffte Conan und dem Mädchen die Gelegenheit zur Flucht.

# Veröffentlichungsnachweise

Die Texte zu dieser Ausgabe wurden von Patrice Louinet, Rusty Burke und Dave Gentzel sowie mit Unterstützung von Glenn Lord bearbeitet. Der Wortlaut wurde entweder mit Howards Originalmanuskripten, die Glenn Lord zur Verfügung stellte, oder mit der ersten publizierten Fassung abgeglichen, wenn das jeweilige Manuskript nicht verfügbar war. Sofern Exposés zu Howards Storys existierten, wurden sie ebenfalls überprüft, um eine größtmögliche Exaktheit zu gewährleisten. Es wurden alle Anstrengungen unternommen, Robert E. Howards Texte so werkgetreu wie möglich darzustellen.

**Cimmerien**
(*Cimmeria*)
Es ist kein Originalmanuskript von Howard erhalten. Der Text stammt aus einer Abschrift, die von Glenn Lord zur Verfügung gestellt wurde und wahrscheinlich von Emil Petaja stammt, an den Howard im Dezember 1934 das Gedicht schickte.
Dt. Erstveröffentlichung in: Helmut Pesch (Hrsg.): Ein Träumer aus Texas, 1987 (Reihe Fantasia Bd. 4/Erster Dt. Fantasy-Club)

**Im Zeichen des Phönix**
(*The Phoenix on the Sword*)
Ursprünglich im Dezember 1932 in *Weird Tales* erschienen.
»Thoth-Amon«, die Schreibweise in *Weird Tales*, wurde

durchgängig gegen Howards Schreibweise »Thoth-amon« ausgetauscht.

Dt. Erstveröffentlichung in: Robert E. Howard/L. Sprague de Camp: Conan der Ursupator, 1971 (Heyne-Buch Nr. 06/3263)

## Ymirs Tochter

(*The Frost-Giant's Daughter*)

Der Text stammt aus Howards Originalmanuskript, das von Glenn Lord zur Verfügung gestellt wurde. Howards Schreibmaschine hatte keine Ligaturen. »AEsir« wurde in der hier abgedruckten Fassung durchgängig als »Æsir« wiedergegeben.

Dt. Erstveröffentlichung in: Robert E. Howard/L. Sprague de Camp/Lin Carter: Conan von Cimmeria, 1970 (Heyne-Buch Nr. 06/3206)

## Der Gott in der Schale

(*The God in The Bowl*)

Der Text stammt aus Howards Originalmanuskript, das von Glenn Lord zur Verfügung gestellt wurde.

Dt. Erstveröffentlichung in: Robert E. Howard/L. Sprague de Camp/Lin Carter: Conan, 1970 (Heyne-Buch Nr. 06/3202)

## Der Turm des Elefanten

(*The Tower of the Elephant*)

Ursprünglich im März 1933 in *Weird Tales* erschienen.

Dt. Erstveröffentlichung in: Conan (Heyne-Buch Nr. 06/3202)

## Die scharlachrote Zitadelle

(*The Scarlet Citadel*)

Der Text stammt aus Howards Originalmanuskript, das Glenn Lord zur Verfügung stellte.

Dt. Erstveröffentlichung in: Conan der Usurpator (Heyne-Buch Nr. 06/3263)

## Die Königin der schwarzen Küste
(*Queen of the Black Coast*)
Ursprünglich im Mai 1934 in *Weird Tales* erschienen.
Dt. Erstveröffentlichung in: Conan von Cimmeria (Heyne-Buch Nr. 06/3206)

## Natohk, der Zauberer
(*Black Colossus*)
Ursprünglich im Juni 1933 in *Weird Tales* erschienen.
Dt. Erstveröffentlichung in: Robert E. Howard/L. Sprague de Camp: Conan der Freibeuter, 1970 (Heyne-Buch Nr. 06/3210)

## Im Zeichen des Phönix (erste eingereichte Fassung)
Howard schrieb drei Fassungen von *Im Zeichen des Phönix*, bis er zufrieden war. Die vorliegende dritte Version umfasste 28 Seiten und wurde Anfang März 1932 bei *Weird Tales* eingereicht. Einige Tage später bat der Herausgeber Farnsworth Wright um verschiedene Änderungen, bevor die Geschichte akzeptiert werden konnte: »Ich hoffe, Sie finden einen Weg, den Text noch weiter zu verbessern, und werden ihn noch einmal einreichen. Die beiden ersten Kapitel sagen mir nicht sehr zu. Die Story beginnt nach meinem Gefühl nicht sonderlich interessant und der Leser hat Schwierigkeiten sich zu orientieren. Das erste Kapitel hat einen schönen Schluss und das zweite einen ausgezeichneten Anfang, doch nachdem König Conans Persönlichkeit eingeführt ist, leidet das Kapitel unter zu viel Beiwerk. Ich glaube, die allerletzte Seite der Story könnte auf vorteilhafte Weise umgeschrieben werden, da sie nach den atemberaubenden Ereignissen im vorangehenden Text ein wenig schwach wirkt.« Howard setzte Wrights Anregungen wortwörtlich

um, schrieb nur die ersten beiden Kapitel und den Anfang des dritten um (insgesamt 13 Seiten) und änderte die letzten beiden Seiten der Story. Da Wright gegen die Seiten 14 bis 26 keine Einwände hatte, schickte Howard sie zusammen mit den neuen Seiten einfach noch einmal ab, wie sie waren. Die 15 abgelehnten Seiten – von denen die meisten editorische Anmerkungen von Wright tragen –, wurden in Howards Archiv verbannt. Der in diese Ausgabe aufgenommene Text besteht aus den ersten dreizehn abgelehnten Seiten. Danach folgt der in *Weird Tales* veröffentlichte Text und am Ende wieder der Text laut Howards ursprünglichem Manuskript. Der in *Weird Tales* als »Thoth-Amon« geschriebene Name wurde in »Thoth-amon« wie bei Howard geändert, Howards »AEsir« wurde »Æsir« geschrieben.

**Exposé ohne Titel (Die scharlachrote Zitadelle)**
Der Text stammt aus Howards Originalmanuskript, das Glenn Lord zur Verfügung stellte.

**Exposé ohne Titel (Natohk, der Zauberer)**
Der Text stammt aus Howards Originalmanuskript, das Glenn Lord zur Verfügung stellte.

**Fragment ohne Titel**
**(Auf dem Schlachtfeld war es still …)**
Der Text stammt aus Howards Originalmanuskript, das Glenn Lord zur Verfügung stellte.

**Exposé ohne Titel**
**(Ein Trupp zamorianischer Soldaten …)**
Der Text stammt aus Howards Originalmanuskript, das Glenn Lord zur Verfügung stellte.

Vollständig, chronologisch und reich illustriert.
Als Hardcover, Paperback und eBook

Infos, Leseproben & eBooks:
www.Festa-Verlag.de

# ROBERT E. HOWARD

# DER LÖWE VON TIBERIAS

und andere historische Erzählungen

Diese auf nur 500 Exemplare limitierte Hardcoverausgabe
ist illustriert von Timo Wuerz, der auch das
Umschlagbild anfertigte.
Eine eBook-Veröffentlichung erscheint nicht.

Infos & Leseprobe:
www.Festa-Verlag.de